Les éditions H&O reçoivent le soutien
de la Région Languedoc-Roussillon

la Région
Languedoc
Roussillon

Pour être tenu régulièrement informé de nos publications,
il suffit de nous faire parvenir vos nom et adresse à :
H&O éditions - CS 00001 - 34270 Le Triadou
ou de consulter notre site web : www.ho-editions.com

Le gentilhomme assassin

Du même auteur

Paysages suspendus
nouvelles, Commode éditions, 1993

Mémoire de Faune
nouvelles, Commode éditions, 1994

Ichor
roman, éditions Thé glacé, 2000

dans la série *Les mémoires d'un bardache*

Le sceau de Kropotkine
roman, H&O, 2008

L'élixir d'oubli
roman, H&O, 2008

ISBN 978-2-84547-194-8

Philippe Gimet

Le gentilhomme assassin

roman

H&O

à Gérard Coudougnan,
Laurent Lejard et Michel Robert,
voyageurs (presque) immobiles…

I

Lorsque, au lendemain de Noël 1723, le duc de Richelieu, mon ami, se fit annoncer à l'hôtel d'Ystirac en compagnie du marquis de La Fare, je me doutai que ce n'était pas uniquement pour présenter ses respects à nos familles. Le marquis était en effet un ancien *roué* du feu Régent ; son épieu avait fourragé maints ventres illustres, dont celui de la princesse de Conti, engrossée six ans auparavant. Le prince, notre intime, avait légitimé l'enfant mais vouait à La Fare une haine sans égale ; nous avions donc veillé à ne jamais convier ce dernier en nos murs.

Le marquis lut probablement dans mes pensées car il abandonna, pour me saluer, les airs de grand seigneur qu'il affichait à l'habitude. Louis-François de Richelieu l'imita et, après avoir fait sa révérence à mon épouse Anna et aux Ystirac, chuchota vouloir m'entretenir d'une affaire importante. Nous nous enfermâmes aussitôt dans un salon :

— Voilà, commença-t-il. Depuis que Son Altesse Royale est décédée, il est devenu très difficile d'organiser à Versailles de ces petites fêtes qui faisaient notre bonheur : la maison d'Orléans a changé de maître et le nouveau duc est à ce point l'opposé de son auguste père que l'on pourrait douter de leur parenté…

— Au fait ! coupai-je.

— Vous aviez, dit La Fare, fort courtoisement prêté à feue Son Altesse Royale certain domaine où nous avons eu l'honneur de paraître…

— *La Tuerie,* reprit Louis-François. Cet endroit, désormais, nous est interdit, mais tu pourrais sans doute… Enfin, nous voudrions…

— Que vous acceptiez de nous rouvrir *La Tuerie,* compléta La Fare. Nous vous en serions grandement reconnaissants.

— Nous savons ce que ce domaine signifie pour toi, appuya Richelieu ; la peine, le respect… Nous pouvons t'assurer…

— Cela n'est point nécessaire, lâchai-je. N'ayant aucune intention d'y retourner, je vous le confie volontiers mais à deux conditions : que vous cessiez de l'appeler ainsi et que le prince de Conti ne sache jamais que c'est à vous — je pointai La Fare — que j'accorde cette grâce.

Le marquis me considéra d'un air surpris et bredouilla un mélange d'excuses, de promesses et de remerciements.

— Feue Son Altesse Royale, dit Louis-François après un court silence, avait coutume d'appeler, par dérision, l'endroit *Petites Tuileries* : le nom te conviendrait-il ?

J'acquiesçai et, tout en raccompagnant mes visiteurs, glissai furtivement à l'oreille de mon compagnon que je ne complaisais à sa requête qu'en souvenir de nos joutes.

Par un étrange concours de circonstances, la vicomtesse d'Arcadia, castrat en retraite qui tenait bordel dans mon navire ancré quai des Balcons vint, quelques jours après, formuler une demande similaire :

— La *Daria* est humide, gémit-elle, et mes membres perclus : semblable bâtiment est-il le meilleur endroit pour une vieille dame ?

Son corps voûté, ses yeux fatigués et son teint cireux malgré le fard parlaient pour elle. Je lui fis part de l'agrément passé avec Richelieu et La Fare :

— Votre domaine est assez vaste pour que l'on m'y fasse place ! protesta-t-elle. Mes catins ne sont plus très nombreuses ; la plupart travaille désormais au bordel de Deschauffours — il fournit toutes les maisons en bardaches — et les eunuques qui me restent, outre la particularité de leur anatomie, conviendraient, j'en suis certaine, à vos nobles amis, lesquels entretiennent par ailleurs assez de monde pour nous ajouter à leur liste...

Je lui donnai raison et envoyai aussitôt un pli à Louis-François pour l'informer de l'arrivée imminente d'une mère maquerelle aux *Petites Tuileries*. Je décidai également de profiter de ce que la *Daria* fût libérée — elle servait de prostibule depuis de nombreuses années et ne comptait plus, depuis longtemps, ni capitaine ni marins — pour lui faire subir un grand ravalement ; ainsi, songeais-je, elle recouvrerait sa vocation première.

Monsieur le Duc — de Bourbon — ayant pris les rênes du royaume, le comte d'Argenson me fit savoir, au début de 1724, que l'on avait mis ce prince dans le secret de mes attributions et celles de mes collègues — dont je n'avais, fors Richelieu et Valère, mon mentor, reparti en Russie, jamais revu le visage depuis le sacre de Louis XV, deux ans auparavant :

— Son Altesse Sérénissime, ajouta d'Argenson, a moins été convaincue de l'utilité d'un tel service que de vos capacités à protéger Sa Majesté des sodomites.

Je ne pus m'empêcher de sourire en me remémorant la teneur de certaines conversations que j'avais eues avec le jeune souverain, et l'illusion dans laquelle son entourage était de ce que l'on pût réprimer sa nature.

D'Argenson évoqua ensuite le feu duc d'Orléans, à qui il devait beaucoup et dont la disparition le condamnait à troquer son poste de lieutenant général de police contre celui de conseiller d'État :

— La dignité est autrement prestigieuse, soupira-t-il, mais je crains de m'ennuyer. Monsieur d'Ombreval, qui me remplacera, ne connaît point sa fortune…

Il me pressa de retourner au plus vite à Versailles assurer la permanence de mes privilèges, ce que je fis en compagnie d'Anna, ravie de retrouver les amies qu'elle comptait parmi les dames de la Cour, pour qui sa surdité ne présentait que des avantages.

Nous reprîmes nos quartiers dans notre petit appartement de l'aile du Midi, et le Roi, manifestement heureux de me compter de nouveau au nombre de ses intimes, veilla à ce que je tinsse, aux bains, la charge de Grand étuviste dont il m'avait investi.

L'affaire du moment était l'abdication du roi d'Espagne, dégoûté du pouvoir, au profit de son fils Louis, mais *notre* Louis XV n'en avait cure : outre sa passion de la chasse, il en concevait désormais une naissante pour le joli duc de la Trémoille, Premier gentilhomme de sa chambre et son aîné de deux ans. Il le voyait souvent et s'émerveillait des menus travaux de broderie et de tapisserie que le petit duc, orphelin comme lui, aimait à faire en dévorant des pâtisseries.

Bien qu'il m'en coûtât — le prince de Conti, mon protecteur, s'en était d'ailleurs assez offusqué pour me tenir à distance — je dus remplir mon office et œuvrer à l'éloignement de ce jouvenceau dont les loisirs par trop féminins risquaient de dévoyer le souverain adolescent. À l'imitation de ce que le maréchal de Villars avait fait naguère pour son rejeton, Monsieur le Duc, sur mes conseils, fit enrôler La Trémoille au régiment de Champagne ; il y eut bien quelques pleurs mais les choses en restèrent là et le Roi ne m'en tint nulle rigueur :

— Si l'on craint à ce point nos inclinations, remarqua-t-il néanmoins, il n'est que de nous donner femme !

Cette observation amena de plus en plus de courtisans à porter un regard peu amène sur la malheureuse Infante-Reine qui, du haut de ses six ans, tenait bien davantage de la poupée que de la future épouse.

Le dieu des Bardaches se vengea-t-il ? Quoi qu'il en fût, j'éprouvai, quelques semaines plus tard, les premières attaques d'un mal que, l'ayant maintes fois observé chez d'autres, je reconnus aussitôt comme étant la vérole[1]. Il me fut impossible de me rappeler entre les cuisses de qui je l'avais contractée et je dus, non sans honte, précipiter mon départ et prendre congé de Versailles pour m'enfermer à Mondétour. Ce qu'apprenant, le prince de Conti, revenu à des sentiments plus amicaux, m'envoya aussitôt son médecin personnel.

Seul dans mon lit, la peau couverte de taches allant de l'incarnadin au pourpre foncé, je dus subir saignées, purges, sangsues, cautères, frictions, fumigations de cinabre et autres décoctions. À l'instar d'un pestiféré, mon linge, changé tous les jours, était longuement bouilli dans du vinaigre blanc ; je portais en permanence de fins gants de lin et, tel un grand personnage, ne recevait mes proches et rares visiteurs que derrière une balustrade.

1. Ou *grande vérole* : syphilis. La *petite vérole* était la variole.

Je pensais endurer cette détestable expérience durant un mois ou deux ; elle en dura cinq !

Averti de mon infortune, notre bien-aimé monarque m'écrivit souvent. Ma vieille amie et correspondante, la czarine Catherine, me fit, quant à elle, remettre plusieurs pots d'une mystérieuse herbe grisâtre que je consommai hachée et cuite dans de la crème ; la saveur n'en était guère appétissante mais elle semblait un délice comparée au puissant ecphractique que m'envoya depuis Londres le baron de Neuhoff, redevable après que je l'eusse sauvé de la misère.

Enfin, sans que ni moi ni les médecins ne sussions pourquoi — certains prétendirent que l'éclipse du 22 mai y avait été pour beaucoup — mon état finit par s'améliorer et les pustules disparaître. Mais j'avais terriblement maigri et mon teint n'avait rien à envier à celui de la vieille Arcadia. On m'enjoignit donc de reprendre des forces avant de me présenter de nouveau à la Cour.

Cet été-là, notre jeune roi s'installa chez Monsieur le Duc à Chantilly. Mademoiselle de Charolais, déesse de la débauche, y fut chargée par la marquise de Prie, sa complice, de détourner l'adolescent de la chasse, qu'il pratiquait avec fougue, pour le jeter dans la galanterie — c'est-à-dire le stupre. Elle avait, à cette fin, choisi parmi les plus jolies catins de Paris auxquelles, pour ne les point trop impressionner, elle avait présenté leur *client* comme un parent de son hôte, ce qui n'était ni tout à fait exact ni tout à fait faux[2]. Mais, ainsi qu'il me le rapporta lui-même, le Roi perça vite la manœuvre, s'en scandalisa, et renvoya *la Charolaise* avec son cheptel.

---

2. La maison de Condé (comme celle, cadette, de Conti) est une branche de la maison de Bourbon.

L'événement fit autant rire que murmurer. Monsieur le Duc, de plus en plus inquiet, m'écrivit une lettre angoissée dans laquelle il ne faisait point mystère de ses alarmes concernant les préférences de son illustre pupille :

« Nous serons de retour à Versailles au début d'août, concluait-il, de grâce soyez-y aussi. »

J'obéis et retrouvai un Louis plus beau encore que je ne l'avais quitté, auquel la musculature finement sculptée donnait, dans les vapeurs du bain, l'apparence d'un dieu antique. Lisant dans mes yeux, il s'esclaffa :

— Si Monsieur le Duc vous voyait, il vous chasserait aussitôt !

— Sire, répondis-je en me sentant rougir, Son Altesse Sérénissime porte sans doute sur Votre Majesté le même regard que moi.

— Il craint que nous soyons bardache ! Le croyez-vous aussi ?

— Je l'ignore, Sire.

— Ne sommes-nous pas homme ?

— Assurément, Sire ; mais Votre Majesté est bien plus que cela...

— On nous le chante sans cesse ! On nous voudrait à la fois vertueux et galant. On nous voit faible. On imagine que, n'aimant point encore une femme, *notre* femme, on devrait nécessairement préférer les garçons : on nous importune ! Nous sommes majeur et roi mais on nous considère toujours comme un enfant, à l'instar de cette pauvre poupée espagnole, Marie-Anne... Que l'on nous donne une épouse, parbleu, et que l'on cesse de nous tourmenter !

Je rapportai la tirade à Monsieur le Duc ; il haussa les sourcils :

— Nous devons faire diligence à établir une liste de postulantes, grogna-t-il. Il faudra être discret : je crains fort que l'Espagnol n'en prenne ombrage…

Lorsque je lui demandai s'il comptait soumettre ledit inventaire au souverain, mon interlocuteur eut un rire narquois :

— Où avez-vous vu, lâcha-t-il, qu'un enfant, fût-il roi, choisît son parti ? Fait-on comme cela, chez vous ?

Le ton me déplut mais je ne trouvai rien à répondre.

Peu de temps après, mon cher comte d'Ystirac vint d'ailleurs, comme en écho, m'entretenir de nos enfants en des termes similaires ; les noces de mes jumeaux, à peine âgés de onze ans, semblaient un projet lointain mais Henry d'Ystirac tint à évoquer Françoise-Aymone, sa fille : à seize ans, aussi bigote que sa mère, elle voulait devenir chanoinesse, ce à quoi le comte ne pouvait consentir :

— Je prétends, souffla-t-il, accomplir ce que la Nature nous a refusé…

Devant mon incrédulité, il expliqua souhaiter que notre progéniture convolât, de sorte que notre sang se mêlât et que le destin de notre *clan* s'en trouvât renforcé.

Je trouvai l'intention émouvante mais objectai que ma naissance, et surtout celle d'Anna — fille de métayers — risquaient de susciter des objections dans la très noble et très ancienne famille d'Ystirac, à commencer par Blanche.

— Elle aimerait surtout que sa fille prît le voile, assura Henry ; je ne sache pas qu'elle soit autrement opposée à mon projet. Quant à mes parents, si ta fortune et ton rang ne suffisent pas, qu'ils aillent au diable !

J'anticipai bien des orages mais, les épousailles ne devant pas advenir avant plusieurs années, assurai Henry de mon soutien. Il fut décidé que Françoise-Aymone s'en irait à Fontevraud[3] éprouver sa foi en attendant que l'on statuât sur son sort.

Celui du roi d'Espagne alimenta de nouveau les conversations dès le mois de septembre, lorsque l'on apprit que le décès prématuré de son fils l'avait forcé à remonter sur un trône dont il ne voulait plus. Les mauvaises relations entre Élisabeth Farnèse, la reine consort, et Louise-Élisabeth d'Orléans, la reine douairière, ayant franchi les frontières, chacun s'attendait à ce que cette dernière, fille indolente du feu Régent, en profitât pour regagner Paris. Songeant à ce qui, en retour, attendait l'Infante-Reine, je trouvai bien cruels ceux qui rirent de la chose.

Ce même mois, le financier Simon Panchaud, notre ami exilé à Lyon, annonça son retour en bords de Seine, motivé par une alliance fructueuse avec le banquier Joseph Paris et la récente ouverture, en l'hôtel de Nevers, d'une Bourse des valeurs.

Je demeurai quant à moi à Versailles avec Anna, où nous tînmes notre rang en parfaits courtisans mais où les motifs de débauche, conformément à ce qu'en avaient dit Richelieu et La Fare, étaient devenus désespérément rares. Ne me pouvant risquer dans les bosquets et ne souhaitant pas davantage paraître aux Petites Tuileries, je dus me contenter de mon poing et des soins de mes domestiques lorsque mon épouse était absente.

Pour distraire ma lubricité et acquérir quelques talents propres à servir mes attributions secrètes, j'appris par cœur les listes léguées par feu le marquis d'Argenson et obtins de Ravot

3. Abbaye royale près de Saumur, en Anjou (actuel Maine-et-Loire).

d'Ombreval — remplaçant honorable, quoique très impliqué dans les affaires, du comte d'Argenson au poste de lieutenant général de police — qu'il m'autorisât à emprunter les antiques ouvrages de chiffre qu'il tenait enfermés. Ne sachant pas assez bien le latin, je me familiarisai surtout avec la méthode de Vigenère[4], vieille de près de cent cinquante ans mais toujours utilisée par nos diplomates et militaires. Je la trouvai à la fois si simple et si efficace que je suggérai au ministre d'y initier mes coreligionnaires.

Ayant expliqué ce principe à Théodore de Neuhoff, j'en reçus, vers la fin de l'année, une missive codée dans laquelle il révélait être entré au service du Premier ministre, le tout-puissant baron Walpole, comme simple secrétaire de cabinet, emploi qui lui permettait de surveiller discrètement les intentions de l'Angleterre. Profitant de la confidentialité de notre échange, mon interlocuteur revenait sur la récente exécution, aux portes de Londres, d'un malandrin nommé Sheppard, dont il avait été l'amant :

« Un élégant pendard, assurait-il, en tout point similaire au défunt Cartouche : petit, brun et pâle, mais vigoureux à l'extrême, endurant à l'excès, entre les bras de qui j'ai passé des heures fort ardentes. Lui et son complice — un ribaud velu à la peau mate surnommé *Blueskin*, dont tu aurais su quoi faire et que l'on a pendu en même temps — avaient idée, le soir où je les ai rencontrés, de dérober mes maigres avoirs. La nuit, la rue déserte et les poignards ont fait que je n'ai rien tenté qui pût

4. Le chiffrement de Blaise de Vigenère (1523-1596) utilise une clé variable (mot, phrase) dont chaque lettre indique le décalage à appliquer sur le texte original. On reporte les lettres sur une grille, le texte chiffré s'obtenant par l'intersection de la lettre à coder avec la colonne de la clé. À la fin du mot ou de la phrase choisie comme clé, on recommence à la première lettre. Pour décoder, on procède à l'inverse.

mettre ma vie en péril. En culotte, grelottant moins de froid que de crainte, ma position les a fait ricaner. À l'un qui demandait ce que je pouvais encore offrir que l'on ne m'eût ôté, j'eus la fortune de répondre que c'était ladite culotte et son contenu. Ils se sont aussitôt écriés qu'ils prendraient l'un et l'autre, puis m'ont conduit dans une arrière-cour parachever leur forfait. Le cher Priape, alors, voulut bien que je bandasse assez pour que ces drôles oubliassent temporairement leurs funestes intentions et leur amour des femmes. J'ai sucé leur vit, flatté leur fondement, absorbé leur foutre, et les ai remerciés. Leur surprise et leur jouissance ont été telles qu'ils m'ont tout restitué fors la semence ! Je les ai revus, surtout Sheppard, à de nombreuses reprises. S'ils n'avaient eu la bêtise de se faire prendre, sachant ton goût pour la canaille, je te les eusse volontiers présentés. »

Cette dernière phrase fit resurgir le douloureux souvenir de mes amours avec François-Louis Gruthus, beau et tendre lieutenant de Cartouche que la fatalité m'avait ravi en d'horribles circonstances[5]. La mélancolie m'assaillit et je dus recourir aux perles de Bomelius — puissant somnifère inventé jadis par notre cuisinier — pour trouver le sommeil.

Je ne pus néanmoins longtemps travestir mon état aux yeux pénétrants du Roi :

— De quoi qu'il s'agisse, murmura-t-il un jour après le bain, nous vous enjoignons à nous le confier comme à un ami.

Touché par ses accents sincères, je ne lui cachai pas même la présence en mes caves d'une partie du trésor de Cartouche. Il s'en émerveilla et voulu bien compatir à ma souffrance :

— Il n'est point bon, ajouta-t-il gravement, que cette amour tragique erre en vous tel un fantôme et en empêche de nouvelles. Vous qui disposez de la liberté, bien inestimable qui nous

---

5. Cf. tome II — *L'Élixir d'oubli.*

sera à jamais refusé, pourquoi n'en usez-vous point ? Vous voyagiez, jadis : que ne le faites-vous encore ? Loin de nous déplaire, votre éloignement nous serait un divertissement s'il vous agréait de nous mander le détail de vos périples. Nous prendrions, dans l'attente, grand soin de votre famille et ne doutons pas que Monsieur le Duc lui-même verrait cela d'un bon œil : vous êtes, après tout, au service de nos intérêts !

Il paraissait à ce point convaincu que je n'osai argumenter. Devinant mon embarras, il posa une main sur mon épaule :

— Nous ne pouvons croire, gronda-t-il tendrement, que vous soyez semblable aux gens ordinaires au point de redouter déchoir en vous éloignant de nous. Partez sans crainte, Henry, et revenez heureux : nous veillerons personnellement à votre triomphe.

Il me rappela ensuite cette exhortation toutes les fois où je parus devant lui.

Ravot d'Ombreval vint, peu après Noël, porter le coup décisif et vaincre mes dernières réticences en annonçant, en présence de Monsieur le Duc, la disparition de Valère :

— Le dernier message que nous ayons reçu de lui, murmura le ministre avec inquiétude, faisait état d'événements fâcheux survenus en Russie, qui nous ont été confirmés par l'ambassadeur Kourakine ; lequel a laissé entendre que votre collègue servait d'agent de liaison entre le Czar et l'Empereur pour les affaires turques, ce que nous ignorions. Il semble, par ailleurs, que le Romanov ait perdu la raison. J'en veux pour preuve l'exemple suivant, que rapportait le message : soupçonnant son épouse d'infidélité, Pierre Ier a récemment prétexté que Monsieur Mons, son chambellan, était corrompu — un comble, n'est-ce pas, dans une telle Cour — pour le faire décapiter ! Puis il a, dit-on, forcé Catherine à conserver la tête du malheureux dans de l'alcool à côté de son lit… On rapporte également que Sa Majesté Impériale erre seule en cheveux dans Saint-Pétersbourg et qu'elle n'adresse plus la parole à quiconque. Votre collègue devait se rendre à Vienne, puis à Constantinople : il n'a, selon nos sources, paru ni à l'une ni à l'autre et le maréchal Menchikov, que nous avons interrogé, jure que notre homme l'a quitté vers la fin de novembre. Nous redoutons le pire mais persistons à espérer qu'il soit toujours vivant, malade ou retenu prisonnier en quelque endroit. Nous devons savoir ce qui se passe en Russie et ce qu'il est advenu de notre agent.

Je répondis être disposé à partir pour Saint-Pétersbourg aussitôt que l'on m'en donnerait l'ordre.

— Attendons la débâcle des glaces, dit sobrement Monsieur le Duc.

La Czarine m'apprit elle-même, dans une lettre datée de février 1725 et reçue un mois plus tard, le décès de son époux, des suites d'une gangrène, ainsi que sa propre accession au trône sous le nom de Catherine 1ère :

« Mon cher Pyotr Alexeievitch, ajoutait-elle, a autant souffert qu'il m'a fait souffrir ; nous voilà délivrés tous deux. »

Sans autres nouvelles de Valère, j'avertis mon illustre correspondante de ma prochaine arrivée et du périple qui devait ensuite me conduire à Constantinople *via* Vienne. Je fis parvenir un message similaire à Eugenio de Savoie et à Claudio de Bonneval, qui résidaient respectivement dans ces deux villes.

La *Daria* enfin prête à reprendre les flots — gréée, calfatée et décorée de neuf avec un capitaine et un équipage entièrement dévoués à mes ordres —, je pris ensuite congé de la France et des miens, n'acceptant à mon bord, outre les domestiques ordinaires, que mes fidèles Colas et Vassili.

Le clan pleura beaucoup ; le prince de Conti, le duc de Richelieu et le comte d'Ystirac voulurent même, en vain, se joindre à moi au prétexte que la mer me rendait malade et que j'aurais besoin d'eux. Mais j'avais spécialement fait aménager dans ma cabine un dispositif similaire à certaines lampes de marine, où mon lit, enchâssé dans de grands cercles de métal concentriques, compenserait ainsi les effets néfastes du roulis et du tangage. Le Roi, à qui j'avais décrit l'appareil, demanda à le voir et me fit l'immense honneur de présider au départ. Il me confia trois horloges à automates à remettre à la Czarine, à l'Empereur et au Sultan, ainsi que des petites boîtes d'or incrustées de diamants ornées de son portrait en miniature.

— Écrivez-nous, murmura-t-il, les yeux brillants. Quand vous nous reviendrez, peut-être serons-nous enfin marié !

Je songeai furtivement à l'infortunée Infante-Reine que l'on allait congédier, à l'inconnue qui prendrait sa place — Monsieur le Duc n'avait encore rien décidé mais la marquise de Prie ne cessait d'évoquer, au grand dam des autres princes, le nom imprononçable de la fille d'un roi de Pologne déchu dont il ne faisait aucun doute qu'elle espérait la manipuler à sa guise une fois l'affaire conclue — et je fis hisser les voiles. La petite foule qui se tenait sur le quai autour de notre souverain, nous faisant signe de la main et poussant des vivats, me tira de vraies larmes.

II

Passée la séparation, une ivresse véritable saisit mon âme sitôt quitté Paris, et mes sombres humeurs s'évanouirent comme par enchantement : le temps était clair, le navire confortable et l'équipage accort. Tous n'étaient pas des bardaches mais aucun ne refusa mes avances. Il apparut assez vite que je ne pourrais guère forniquer dans ma propre couche — l'enchevêtrement du dispositif rendait la chose périlleuse — aussi en fis-je installer une autre, spécialement dédiée à cette activité, dans une cabine contiguë.

Nous fîmes escale à Amsterdam, port depuis lequel j'envoyai une première lettre au Roi et où je complétai la bibliothèque du bord avec quelques éditions fort libres que je n'eusse point trouvées en France. Puis Copenhague, Dantzig, Königsberg, Riga — capitale de cette Livonie où se trouvait la seigneurie de Wolmar dont le Czar avait paré mes armes —, Reval[6] et enfin Saint-Pétersbourg, qui fut en vue peu après Pâques.

J'avais ordonné que l'on amarrât au quai du palais Menchikov mais, à ma grande surprise, une escorte conduite par le prince Vladislav nous invita à naviguer directement jusqu'au Peterhof.

---

6. Actuelle Tallinn, capitale de l'Estonie.

Je n'avais pas revu le bel et blond amant d'Honoré de Villars depuis son départ de Versailles, deux ans auparavant ; son expression rembrunie donnait à ses yeux infiniment bleus un éclat à la fois viril et angélique qui refit immédiatement ma conquête. Il n'avait oublié ni notre bref égarement lors des fêtes données en l'honneur du couronnement de Louis XV, ni le dépit amoureux d'Honoré qui s'en était suivi.

— Le feu czar, glissa-t-il, m'a nommé chambellan en lieu et place de mon malheureux prédécesseur, à la condition expresse que je ne recrute que des bardaches. La jalousie maladive de notre regretté souverain a favorisé mes intérêts au point que, contrairement à vous, je n'ai pas eu obligation de me marier. La fortune a voulu que l'impératrice s'accommodât assez de mes services pour me maintenir dans ma charge. On glose injustement sur les mœurs de notre souveraine : je suis bien placé pour témoigner de ce que le maréchal Menchikov soit le seul qui ait conservé son amour ; elle n'a, cela étant, jamais trahi ses engagements matrimoniaux du vivant de son époux. Ses écarts, depuis son accession au trône, se comptent sur les doigts d'une main.

Le Maréchal, qui avait à peine vieilli depuis notre ultime rencontre de 1717, vint en personne nous accueillir aux marches du Peterhof. Nous tombâmes dans les bras l'un de l'autre et il y eut même quelques larmes lorsqu'il aperçut Vassili et la *Daria*, qu'il m'avait offerts :

— Il fallait revenir plus tôt ! ne cessait-il de répéter.

Il me prit sous son épaule et nous guida jusqu'au palais. La Czarine nous y attendait, visiblement émue elle aussi, dans un salon du rez-de-chaussée. Je me jetai à ses pieds :

— Madame, bredouillai-je, Votre Majesté Impériale…

— Henry, coupa-t-elle tendrement en s'agenouillant pour m'embrasser, nous en savons, vous et moi, assez l'un sur l'autre pour nous passer de ces simagrées. J'ai toujours signé mes lettres *Catherine*; de grâce, appelez-moi ainsi !

Elle saisit ma main pour nous conduire devant un rafraîchissement :

— S'il n'y avait eu notre cher Maréchal, chuchota-t-elle, jamais ma tête n'eût supporté la couronne. Personne céans n'a oublié ma roture : pour beaucoup, je suis simplement, et pour toujours, Marthe Skavronska, paysanne. Je dépends entièrement du Conseil privé suprême, où je ne compte pas que des amis...

Mon illustre hôtesse me donna de splendides appartements dans sa résidence et logea généreusement ma suite. Puis il y eut ensuite une petite cérémonie d'introduction et de remise de cadeaux, au cours de laquelle on me présenta au résident français Campredon, aimable vieillard qui paraissait complètement dépassé par sa tâche et ne put communiquer la moindre information au sujet de Valère.

Le maréchal Menchikov, en revanche, me donna à lire un compte rendu d'enquête extrêmement précis : il en ressortait que notre compagnon avait embarqué pour Dantzig, d'où il devait naviguer sur la Vistule jusqu'à Bromberg, puis gagner Breslau[7], Ostrau, Brünn[8] et enfin Vienne par voie de terre. Les agents russes perdaient sa trace à Breslau ; plusieurs mois s'étaient écoulés.

Le devoir exigeait que je reprisse aussitôt la route mais je succombai aux charmes de mon séjour. Vladislav, en outre, ne fit pas que céder à mes avances, il glissa dans mon lit parmi les plus beaux éléments de sa maison, blanches, grandes et fortes constitutions dont le poil allait du cendré au mordoré et les

7. Actuelles Bydgoszcz et Wroclaw, en Pologne.
8. Actuelles Brno et Ostrava, en République Tchèque.

yeux du smaragdin au céruléen. Eux semblaient trouver à leur convenance ma carrure râblée, mes yeux sombres et ma peau couverte de boucles brunes. Nous pratiquions souvent en groupe, Vassili et Colas rejoignant parfois nos orgies.

Je passai, par ailleurs, de longues heures avec l'Impératrice — en conversation et longues promenades — et partageai la vie de la Cour, moins guindée qu'à Versailles mais tout aussi brillante ; Menchikov, qui tenait effectivement les rênes de l'État, ne parut que rarement.

En mai, alors que j'avais écrit de nombreuses lettres au Roi sans en obtenir de réponse, Campredon vint cérémonieusement me remettre, avec le courrier ordinaire, un pli aux armes de France ; le style direct et amical qu'y employait mon royal correspondant me confondit :

« Me voilà enfin sur le point de me marier ! écrivait-il. Elle s'appelle Marie, est mon aînée de six ans et Polonaise : assez pour que l'on s'en offusque et hurle à la mésalliance ; on a même répandu qu'elle était scrofuleuse ! Pour moi, je ne l'ai vue qu'en portrait mais elle me plaît déjà avec son front haut et sa petite bouche. Qu'importe si son père n'a guère été roi longtemps ou si sa dot se résume à quelques bijoux mis en gage, pourvu qu'elle m'aime et que je l'aime ! J'ai donné mon accord à Monsieur le Duc. À Dieu ne plaise, Henry, tout sera bientôt réglé ! »

Lorsque je fis part de cette annonce à l'Impératrice, elle eut un sourire désolé :

— Mésalliance pour mésalliance, soupira-t-elle, combien eussé-je préféré que votre roi choisît *mon* Élisabeth à la place !

Je lui présentai, par plaisanterie, les excuses de la France. Elle éclata de rire et, en guise de pardon, me pria d'assister aux noces d'Anna, sa fille aînée, avec le jeune et musculeux duc d'Holstein, commandant de la garde impériale que j'aurais bien volontiers invité à nos joutes, ne serait-ce que pour vérifier jusqu'où se poursuivait la rigidité de sa mise.

Cette célébration, qui se tint en la cathédrale de la Trinité où les reliques de Saint Alexandre Nevski avaient été récemment transférées, fut l'occasion pour l'Impératrice de proclamer la création d'un nouvel ordre honorifique portant le nom de ce saint. J'en fus parmi les premiers récipiendaires et arborai fièrement le grand cordon ponceau, la croix incrustée de rubis et la plaque à huit pointes sertie de diamants.

Ce nouveau statut, ajouté à ma patrie de naissance et à ce que l'on savait de ma proximité avec les plus hauts personnages de la Cour tant en France qu'en Russie, me valut, comme toujours en pareil cas, autant d'admirateurs que d'ennemis. Le maréchal Menchikov, vers la fin de l'été, m'en voulut avertir en personne :

— Tout à vos plaisirs, soupira-t-il, vous ne pouvez sentir combien l'ambiance céans est délétère. On me déteste, on déteste l'Impératrice, la sédition est partout, la confiance nulle part. J'ignore si cela est lié, mais je viens d'apprendre que le vieux prince Kropotkine avait disparu. Plus vous demeurerez, plus vous vous compromettrez et mettrez votre vie en danger. Aurions-nous réussi à vous faire oublier les motifs de votre venue ? Votre collègue était chargé d'importants documents concernant notre alliance avec l'Autriche contre les Ottomans : ces pièces ont, depuis, été remplacées mais il est à craindre que leur porteur ne soit tombé aux mains de l'ennemi. Nous savons votre amitié pour ce comte de Bonneval devenu Ahmed Pacha : si elle a pu, un temps, nous paraître suspecte, nous nous en réjouissons aujourd'hui. Loin de vous vouloir chasser — vous savez notre tendresse — il semblerait néanmoins sage que la *Daria* reprît la mer avant les frimas. J'en ai parlé à Catherine, qui éprouve le même sentiment. Nous vous donnerons une escorte et veillerons à ce que l'on vous protège au moins jusqu'à Breslau. Après quoi, s'il vous agrée, les troupes de l'empereur Charles prendront le relais.

Était-ce l'intuition que je ne reverrais jamais mes hôtes ? Je ressentis une vive douleur à l'énoncé de cette résolution qui ne souffrait aucune réplique, et je fis donc, à regret, mes adieux à Saint-Pétersbourg peu de temps après.

Je reçus, juste avant le départ, une lettre d'Henry d'Ystirac ; il y narrait par le détail une grande chasse en forêt de Chantilly à laquelle nos deux garçons avaient été invités par le Roi, dont le mariage par procuration avec sa Polonaise venait d'être célébré à Strasbourg.

« Ton fils, écrivait le comte, s'est trouvé plusieurs fois aux côtés de Sa Majesté, laquelle lui a daigné enseigner quelques rudiments dans cet art qui nous indiffère. Je crains qu'il n'en ait tiré le plus vif plaisir et ne manifeste le désir de recommencer. Le mien, en revanche, est trop doux de tempérament : nous ressemblerait-il ? »

Le comte revenait ensuite sur les pluies abondantes qui avaient gâté une grande partie des récoltes, entraînant un important enchérissement du blé de réserve qui nous rapporterait probablement beaucoup d'argent mais faisait également craindre une famine :

« Des processions sont organisées partout dans le royaume, poursuivait-il. On ne souffre guère à Paris mais il paraît que les campagnes sont aux abois. Nos intendants n'ont cependant rien témoigné de tel dans nos fermes : qui croire ? »

Repensant aux scènes terribles que j'avais entrevues depuis mon carrosse lors du Grand Hiver de 1709, j'espérai, sans trop d'illusions, que l'État, cette fois, vînt plus efficacement en aide au peuple. En temps de paix, songeai-je, il n'est point naturel que l'on meure de faim.

La *Daria* accosta à Dantzig le jour de l'automne. Mes bienfaiteurs avaient pourvu notre caravane d'un petit escadron de gardes impériaux remarquablement armés et entraînés mais surtout fort agréables à l'œil. Avec leurs chevaux, ils me suivirent, ainsi que Colas, Vassili et trois autres domestiques, à bord d'un navire affrété pour l'occasion, dont le faible tirant d'eau permettait de naviguer plus aisément sur la Vistule.

Je laissai, le cœur affligé, ma *Daria* et son équipage entreprendre un voyage périlleux jusqu'à Vienne, *via* plusieurs mers, le Bosphore — en eaux turques : j'avais sollicité l'appui du pacha Bonneval, comptant, malgré son silence, qu'il me l'accorderait — et le Danube.

Nous jurâmes de célébrer Noël ensemble.

Si la remontée de la Vistule se déroula sans encombre, les premières neiges nous surprirent à Bromberg, où nous eûmes les dernières difficultés à nous procurer des berlines assez vastes pour nous contenir tous, et nous dûmes patienter une morne semaine avant de former un convoi.

Les conditions de voyage jusqu'à Breslau s'avérèrent particulièrement pénibles, aggravées par un climat qui semblait nous avoir déclaré la guerre. Contrairement à ce qu'avait annoncé le maréchal Menchikov, personne ne nous y attendait. Jugeant plus opportun de mener seul l'enquête sur la disparition de Valère, je congédiai mon escorte et, sur les conseils d'un officier, me présentai avec ma suite chez le riche baron Spätgen.

Pour notre fortune, cet affable sexagénaire, qui s'exprimait parfaitement en français, nous ouvrit largement les portes de son palais. À ma grande surprise, il révéla que notre collègue avait résidé chez lui avant de disparaître, en début d'année, sur la route d'Ostrau, l'Oder gelé ne permettant pas qu'il y naviguât.

— C'est nous-même, ajouta-t-il, qui avons appris la chose aux Russes, lesquels paraissaient moins préoccupés par le destin de votre homme que par celui des documents en sa possession. Je ne peux hélas que vous répéter ce que nous leur avons dit, à savoir que nos agents ont vainement arpenté les chemins et interrogé les aubergistes et patrons de relais de toute la province. Votre ami a, semble-t-il, emprunté un coche aux portes de Breslau, après quoi personne ne l'a revu, ni son véhicule.

J'embarquai pour Ostrau peu de temps après, avec mon hôte, dans un confortable chaland qui lui appartenait — ainsi, peut-être, entendait-il s'excuser de ce que l'Empereur n'eût pas envoyé l'escorte promise.

La neige tombait sans discontinuer. Lisant l'anxiété dans mon regard, le baron assura que nous ne risquions rien et que le gel ne prendrait pas le fleuve avant plusieurs semaines.

— Si cela était, ajouta-t-il, nous pourrions encore utiliser un traîneau.

Je songeai confusément à Valère et me le représentai glissant sur l'Oder en méchante compagnie, image désagréable à laquelle se superposaient les visages de Bonneval et de Kropotkine. Bien que ne pouvant établir de réel lien entre ces derniers, ni envisager, eu égard à ce que j'en croyais savoir, qu'ils fussent directement impliqués dans sa disparition, je fis néanmoins en sorte que cette idée prît le pas sur un éventuel décès de notre compagnon, dont il m'était insupportable d'imaginer le cadavre disparaissant sous la neige.

Après quelques jours de navigation, nous fûmes reçus au château d'Ostrau, grosse maison sans attrait dominant le fleuve mais où le baron Spätgen veilla à notre confort :

— J'ai mandé un courrier sur la route de Vienne, dit-il en prenant congé. Une escorte devrait venir à votre rencontre. Quelques gardes d'ici suivront, entre-temps, votre carrosse jusqu'à Brünn.

Cet hôte exquis me fit donner des chevaux, sa plus belle voiture, et s'assura de ce que ma suite serait correctement pourvue : la médiocrité des relais et la quasi-absence de demeures nous pouvant accueillir en chemin allaient en effet nous forcer à dormir et nous restaurer par nous-mêmes.

Vers la mi-novembre, notre caravane s'ébranla en direction du midi et, le climat ayant décidé de nous épargner, franchit les portes de la forteresse de Spielberg, à Brünn, une dizaine de jours plus tard.

L'endroit avait, dans ses parties nobles, conservé un peu de la splendeur du temps des margraves moraves ; mais il servait également de caserne et, surtout, de prison. Écrasées par une énorme tour et dominant elles-mêmes la ville de leur ombre menaçante, les murailles blanchies à la chaux étaient intimidantes sous le ciel plombé.

Le commandant de la place, beau garçon dans mes âges qui parlait fort correctement notre langue, nous réserva un accueil assez chaleureux pour compenser cette première impression. Résidant à une trentaine de lieues seulement de la capitale, il était parfaitement informé des motifs de notre passage :

— L'escorte impériale vous attend déjà céans, annonça-t-il. Il vous amusera peut-être d'apprendre que le comte de Bonneval, notre commun ennemi, a fait escale en ces murs il y a quelques années, avant de s'enfuir à Venise…

Et il me remit, de la part du chef d'escorte, un paquet de lettres arrivées pour moi à Vienne. Outre de réconfortantes nouvelles de Paris, il y en avait de Marly ; le Roi m'apprenait son mariage effectif, à Fontainebleau, avec la Polonaise :

« Je suis, écrivait-il, le plus heureux des hommes : elle est aussi douce, belle et aimante que je l'espérais. Quant à ses humbles parents, je les ai faits miens malgré la modestie de leur état. Je vous ai déjà dit ce que la Cour en pensait ; il m'a paru sage qu'ils résidassent à Chambord plutôt qu'à Versailles. Versailles qui vous attend, Henry, avec Madame votre épouse et Monsieur votre fils, lequel vous ressemble en tout, sauf en ce que vous et moi savons… Je dois, à cet égard, vous avertir de ce que le seigneur d'Ombreval a quitté son poste de lieutenant général de police, remplacé par un nommé Hérault avec qui, je le crains, vous ne vous entendrez guère : il déteste les libertins et vomit les bardaches. »

En marge, mon royal correspondant avait ajouté cette phrase codée :

« J'ai perdu mon pucelage ; c'était délicieux ; je ne m'en lasse ni ne comprends que vous puissiez préférer autre chose. »

Nous fûmes à Vienne dès la fin du mois, escortés telle une ambassade jusqu'au palais de la Hofburg. Tout y était splendide et colossal, comme bâti pour des géants, mais sans la richesse de Dresde ni la majesté de Versailles. Il régnait dans les lieux — qui abritaient, répartis en innombrables ailes, tout à la fois les appartements impériaux, ceux des nobles, les salles d'apparat, la garde, le gouvernement et les ambassadeurs — une ambiance studieuse où chacun allait rapidement son chemin sans prêter attention aux autres, fussent-ils d'un rang supérieur.

Un huissier en grande tenue nous attendait : il nous précéda sans un mot à travers d'infinis couloirs et escaliers pour nous ouvrir *in fine* la porte d'une chambre d'assez modestes dimensions, dont l'unique apparat consistait, outre la décoration surchargée d'or, en une antichambre à peine meublée dans laquelle Vassili, Colas et mes trois autres domestiques durent s'entasser au milieu des malles.

À mon grand courroux, l'huissier ignora mes protestations et tourna les talons sans répondre. Ne sachant rien des usages de la Cour, je m'apprêtais à sonner furieusement lorsqu'un autre laquais fit son entrée :

— Mon maître vous attend chez lui, dit-il dans un français parfait.

Il devait avoir dans les vingt ans, un blond visage d'ange et un corps athlétique. L'empereur Charles, songeai-je en le suivant, n'aurait pas un goût si sûr dans le choix de ses gens…

Je m'attendais à retrouver le prince *Eugenio* de Savoie, que je n'avais revu depuis l'année 1713, et fus stupéfait d'apercevoir à la place, planté tel un monarque sous les immenses lambris de ses appartements, mon cher Louis-François de Richelieu, visiblement ravi de son effet :

— Quelle surprise, n'est-ce pas ? s'exclama-t-il en me prenant dans ses bras.

Il expliqua avoir récemment été nommé ambassadeur près la Cour impériale, promotion qu'il devait à la marquise de Prie :

— Monsieur le Duc ne demandait pas mieux que de me savoir loin de sa maîtresse, sourit-il. Peut-être, en outre, considérait-on que je donnais au Roi un trop mauvais exemple. Mais je ne me plains pas : Vienne a beau être un nid d'intrigants, il me plaît d'y voir se presser l'Europe entière et participer à des tractations byzantines entre futurs amis et ennemis.

Ne t'étonne d'ailleurs point de la froideur que l'on te témoignera : il y a de l'Espagnol chez l'Empereur, lequel nous tient autant rigueur des conflits passés que du renvoi de l'Infante-Reine. Sais-tu, puisque nous parlons du passé, que notre ami Polignac à récemment quitté son exil pour mener grand train à Rome ? On murmure qu'il s'y avère un bardache moins discret qu'à Paris... Pour moi, ne pouvant encore me réchauffer parmi les beautés du cru, je le fais avec mes servantes et mes valets...

Comme pour illustrer son propos, il claqua des doigts et fit se placer le joli laquais blond entre nos sièges avant d'ouvrir la culotte de celui-ci sous notre nez :

— Je t'en prie, me dit-il en clignant de l'œil.

J'extirpai le membre déjà gros du domestique et le humai tel un clair bois de pin avant d'en faire jouer le prépuce. Louis-François posa ses lèvres de l'autre côté et rejoignit les miennes en un long baiser mobile qui s'attarda sur le gland tumescent du jeune homme. Nous le suçâmes ensuite longuement, paisiblement, à tour de rôle, jusqu'à ce que les lèvres de notre victime laissassent échapper un soupir et son méat trois longs jets de foutre dont le premier seulement se déroba à notre avidité.

Le domestique congédié, nous achevâmes seuls de nous satisfaire ; je pus constater à cette occasion que mon partenaire avait fait maints progrès dans l'art d'amener un mâle à la fruition. Nous remîmes ensuite de l'ordre dans nos habits et prîmes une collation, au cours de laquelle je revins sur mes médiocres conditions de séjour. Mon compagnon s'excusa de ne me pouvoir recevoir dans la résidence qu'on lui avait attribuée à Vienne et dont il n'avait point encore pris possession :

— Aurais-tu oublié, ajouta-t-il, que tu comptes céans un amant prestigieux ? Si ce que tu m'en as dit est exact — ce dont je ne saurais douter —, le prince de Savoie-Carignan sera très heureux de t'accueillir sous ses lambris : depuis qu'il ne guerroie plus, le vieux lieutenant-général s'ennuie atrocement !

Je me présentai le soir même au palais d'hiver d'Eugenio. À peine un laquais m'avait-il annoncé que son maître se précipitait à ma rencontre. Les traits du prince s'étaient beaucoup creusés en douze ans mais son visage avait conservé cette expression à la fois vive et noble qui m'avait jadis tant impressionné :

— Rastatt[9] ! s'écria-t-il en pressant mes mains entre les siennes.

— C'était il y a longtemps, Monseigneur, répondis-je la tête baissée ; votre...

— Pas *votre,* pas *longtemps* et surtout pas *Monseigneur* ! gronda-t-il.

— Pardon Eugenio, murmurai-je ; j'ignorais que *tu*...

— On n'oublie jamais ses amis, Henry.

Une élégante quinquagénaire descendit l'escalier. Le prince me présenta :

— Je joue presque tous les soirs aux cartes avec la comtesse Batthyány, indiqua-t-il. Monsieur son époux est également quelqu'un que j'affectionne...

La manière dont il appuya sur ce dernier terme me fit inférer que les deux hommes ne parlaient pas, en privé, que d'affaires militaires.

Je passai le reste de la soirée au *Stadtpalais*, et la finis tout naturellement dans la chambre de mon hôte. Lequel, conformément à ce qu'assurait Richelieu, me fit d'un cœur léger, avec ma suite, les honneurs de sa demeure.

---

9. Cité du Bade-Wurtemberg où a été signé le traité mettant fin à la guerre de succession d'Espagne. Cf. Tome I — *Le sceau de Kropotkine.*

Comme je m'inquiétais de mon éventuelle présentation à Charles VI, et en l'absence du cadeau officiel que le Roi m'avait confié — resté sur la *Daria* —, on me conseilla d'attendre.

Je ne reçus aucune nouvelle de mon navire avant la mi-janvier 1726, lorsqu'une sorte de janissaire vêtu d'écarlate et nanti de splendides moustaches vint cérémonieusement déposer à mes pieds le coffret contenant l'horloge à automates destinée à l'Empereur ainsi qu'une missive sur le cachet de laquelle je reconnus les armes du pacha Bonneval :

« Ton vaisseau, écrivait-il, a été arraisonné au large d'Istamboul. Il est heureux que tu m'aies averti de son passage — pardonne-moi de ne t'avoir point répondu ; j'ai néanmoins pu éviter que ton équipage fût mis aux fers pour être vendu en esclavage, et que la *Daria* changeât de pavillon. Rassure-toi, nous n'avons conservé avec nous que ton capitaine — homme charmant — et le présent que ton sultan destinait au nôtre. C'est d'ailleurs cette dernière attention qui l'a convaincu de laisser ton bateau poursuivre sa mission avec un nautonier issu de nos rangs. Le tien semble s'en accommoder d'autant mieux que nous l'avons accueilli en hôte et non en prisonnier. Il ignorait par ailleurs, n'y ayant jamais navigué, que le tirant d'eau de la *Daria* ne lui permettrait pas de remonter le Danube. Aussi ton bâtiment t'attendra-t-il à l'embouchure de ce fleuve, dans notre port de Constanza[10]. La personne qui te remettra ce billet a reçu l'ordre de se tenir à ton entière disposition ; outre ce que nous savons, elle te fera office de laissez-passer autant que de lettres patentes : je la recommande donc à tes bons soins. »

10. Actuelle Constanta, en Roumanie.

Bonneval, pour marquer qu'on ne lui pouvait rien cacher, concluait ses lignes par une phrase utilisant le même chiffre que nos espions :

« Embrasse Eugenio pour moi, je sais que nous nous manquons autant l'un à l'autre. Je me réjouis de ta venue, dont je connais la raison. Tu trouveras céans bien des réponses et aussi, je l'espère, bien des plaisirs… »

Je fus, peu de jours plus tard, officiellement introduit auprès de Charles VI par mon cher Louis-François, qui menait désormais grand train dans son propre palais et entretenait, en partie grâce à moi, d'excellentes relations avec Eugenio.

L'empereur était mon aîné de cinq ans mais en paraissait quinze de plus, avec sa perruque à l'ancienne mode, son embonpoint, et l'expression sévère de son visage qu'accentuait l'affreux prognathisme propre à sa lignée. Il me regarda à peine — chose dont je n'avais cure — et adressa ses remerciements à Richelieu avant que l'extraordinaire horloge qui avait tant voyagé disparût sans autre cérémonie au fond de ses collections.

La vie à la Cour ne me passionnant guère, j'occupai tout mon temps en galanteries avec Eugenio et Louis-François, dormant alternativement chez l'un et chez l'autre, forniquant avec les deux ainsi que nombre d'entre leurs domestiques. J'eus en outre le plaisir de faire la connaissance du comte Batthyány, rude militaire aux yeux pers dont je subis maintes fois l'estoc cependant que la comtesse son épouse, peu regardante, jouait à l'hombre avec mes hôtes.

Et je suivis le conseil de Bonneval à l'égard de son janissaire : il s'appelait Yunus, était poilu comme un diable, doté comme un étalon, ne savait d'autre langue que la sienne mais parlait fort correctement celle, universelle, des bardaches. Il s'entendit à merveille avec Colas et Vassili, nous offrant si généreusement la démonstration de ses talents qu'Eugenio en parut presque jaloux, dont le sérail ne comptait aucun Turc.

Rassuré sur le destin de mon navire et assez peu pressé d'affronter la froidure, j'attendis, avant de me mettre en route, que le printemps eût chassé neige et grisaille.

Eugenio, qui s'était habitué à ma présence et avait pris goût à nos aimables orgies, versa de grosses larmes au moment du départ, me faisant jurer de lui revenir avant que la vieillesse n'altérât trop ses sens. Je promis et embarquai, porteur de présents et de lettres à destination du Sultan, sur un magnifique zille[11] spécialement affrété par Richelieu. Lequel, venu m'embrasser une dernière fois, me fit part d'événements fâcheux survenus en France pendant l'hiver :

— Je n'ai point souhaité t'importuner avec cela, s'excusa-t-il, mais il faut que tu saches que l'austère Fleury a été rappelé par notre souverain, qui éprouve pour lui une sotte affection héritée de l'enfance. Monsieur le Duc et la marquise de Prie se sont crus en mesure de jouer au plus fort en s'appuyant sur la Reine : mal leur en a pris. La disgrâce de nos deux compères est encore secrète mais elle est bien réelle : Monsieur le Duc me l'a révélée lui-même. Quant à la Polonaise, il est à craindre qu'elle n'ait, pour longtemps, perdu la confiance de son royal époux. La Régence se meurt une seconde fois, Henry : le lieutenant général Hérault m'a demandé de lui communiquer la liste des libertins dont je suis dépositaire ; j'ai refusé mais ne serais guère étonné qu'il tentât de même auprès de toi. Si le *ratichon* et lui en appellent à Sa Majesté, nous serons forcés d'obtempérer ; j'ai d'ores et déjà détruit ces

11. Longue barque à fond plat.

papiers et je t'enjoins d'en faire autant : ces espèces de vertueux sont plus dangereuses qu'un nœud d'aspics.

Balançant sur l'opportunité d'écrire directement au Roi, et ayant laissé ces documents dans la chambre forte de mon hôtel parisien, je résolus de les brûler sitôt rentré.

Dans l'attente de cette éventualité encore lointaine, je me laissai mollement emporter par le Danube, regardant défiler les clochers de Presbourg[12], puis les îles de Buda et de Pest, Belgrade, reconquise aux Turcs moins de dix ans auparavant par mon cher Eugenio, et encore l'effrayant défilé des Portes de Fer[13] que la *Daria* n'eût, en effet, jamais pu franchir. Passé le fort d'Ada Kaleh[14], un mois après notre départ, nous pénétrâmes aux marches de l'Empire Ottoman.

Yunus, jusqu'alors discret, afficha un sourire conquérant qui ne devait pas le quitter jusqu'à Constantinople.

---

12. Actuelle Bratislava, capitale de la Slovaquie.

13. Gorges du Djerdap, séparant les Balkans (Serbie) des Alpes de Transylvanie (Roumanie).

14. Petite île du Danube, longtemps disputée par les Turcs et les Autrichiens. Aujourd'hui submergée.

III

Nous débarquâmes à Constanza comme convenu, pour rembarquer aussitôt à bord de la *Daria*. L'équipage manifesta bruyamment son allégresse sous le regard impavide du nautonier turc qui en avait pris le commandement, sorte d'ours malodorant vêtu de bleu, sans âge ni grâce, tout juste capable d'aboyer ses ordres dans un sabir où se mêlaient toutes les langues de la Méditerranée.

Les vingt jours de navigation qui suivirent ne furent pas de trop pour que chacun narrât sa version des multiples aventures qui avaient ponctué la route depuis Dantzig, et les circonstances au cours desquelles le navire avait été arraisonné ; il se confirma que l'intervention de Bonneval s'était avérée cruciale.

Nous abordâmes le Bosphore vers le 15 mai : le temps était splendide et l'air chargé de parfums. Yunus avait réussi à communiquer sa bonne humeur à tout le monde fors le capitaine, mais quand les premiers bâtiments de l'antique cité furent en vue dans le soleil couchant, même notre ours ne put s'empêcher de pousser des vivats.

Il me sembla n'avoir jamais encore contemplé de paysage aussi beau : la ville luisait telle une chasse dont chaque gemme prenait plus d'éclat à mesure que l'on s'en approchait. La mer était constellée de voiles, le ciel de minarets ; il régnait à terre une agitation frénétique mêlant hommes et animaux qui renvoyait Paris, Vienne ou Londres au rang de provinciales. Au sommet d'un promontoire, comme flottant sur les dômes et la fumée de la basse-ville, on distinguait le palais du sultan.

La *Daria* mit cap vers l'est pour apponter, la nuit tombée, sur la rive orientale, devant la demeure richement éclairée du pacha Bonneval. Quelques gardes aidèrent à la manœuvre cependant que d'autres allaient prévenir leur maître. Lequel survint bientôt, en cheveux et vêtu d'un fastueux cafetan :

— Henry, murmura-t-il très ému en me pressant contre sa poitrine, j'espérais cet instant depuis si longtemps... Sois le bienvenu à Scutari[15] et veuille considérer cette maison comme la tienne.

Nous gagnâmes, bras dessus bras dessous, le grand salon qui occupait la partie centrale du bâtiment : une pièce dont les boiseries, ottomanes, étaient plus luxueusement ornées qu'un décor d'opéra mais où le mobilier, tableaux et sculptures provenaient de France.

— Quel mélange, n'est-ce pas ? commenta mon hôte les yeux brillants.

Contrairement à Eugenio, il paraissait n'avoir guère subi l'outrage des années : je lui en fis le compliment. Rougissant comme un adolescent, il prétendit que la fatigue obscurcissait mon jugement et nous fit servir une collation.

Les domestiques installés dans leurs quartiers, Claudio me complimenta à son tour sur ma mise, ma santé, ma fortune et le courage mêlé d'inconscience qui m'avait jeté à la poursuite de Valère. L'évocation de ce nom me fit sursauter : j'étais à ce point envoûté par les lieux que mon collègue et le capitaine

15. Actuel quartier d'Üsküdar.

de la *Daria* m'étaient tout simplement sortis de l'esprit ! Mon compagnon éclata de rire :

— Je ne leur dirai rien, assura-t-il en clignant de l'œil. Tous deux sont en sûreté dans un endroit où nous nous rendrons demain si tu le souhaites — il redevint sérieux. Je sais qu'il est force questions que tu me veux poser mais je te propose d'attendre qu'un nouveau jour soit levé : tu dois être épuisé.

Il n'avait pas tort. Je le laissai donc me conduire au premier étage, dans la chambre qu'il m'avait réservée et lui sus gré, *in petto,* de se contenter d'embrasser chastement mon front avant de se retirer.

Le soleil était déjà haut lorsque Colas et Yunus me réveillèrent, le lendemain matin, par leurs baisers et leurs jeux — Vassili, à son habitude, avait passé la nuit à mes côtés.

Un laquais de Bonneval parfaitement formé aux us de notre langue m'avertit de ce que son maître avait dû se rendre chez le grand vizir et qu'on ne le reverrait pas avant le soir. J'en ressentis une minuscule contrariété que la simple contemplation des beautés, tant humaines qu'architecturales, qui s'étalaient à mes regards suffit à faire disparaître.

Car mon hôte n'avait point perdu en Asie l'inclination du bardache : outre son logis — qui valait bien par son opulence, malgré le bois qui le constituait, nombre de nos châteaux de pierre — ses gens, uniquement des mâles, étaient des plus élégants et des mieux bâtis. L'aile traditionnellement réservée au harem était d'ailleurs en partie occupée par ces domestiques, l'autre abritant une immense bibliothèque derrière les rayonnages de laquelle, avait ricané l'un de mes guides, notre pacha cachait quelques bouteilles d'excellent vin.

La journée s'écoula avec la suavité d'un bain tiède ; je la terminai sur la terrasse, un verre de thé aux lèvres, à contempler

Constantinople, la *Daria* flottant doucement au bout de son quai et le calme va-et-vient de mes marins au torse nu.

Vers les sept heures, une barque couverte accosta, d'où descendirent Claudio, puis le capitaine français de mon navire et un homme en qui, dans la précipitation qui me fit accourir à leur rencontre, je crus reconnaître Valère. C'était le vieux prince Kropotkine !

Je restai interdit : j'avais à peine vu *Minos* lors de son passage en France à l'occasion du couronnement de Louis XV, et ce qu'alors m'en avait dit Valère était resté gravé dans ma mémoire, à savoir que le prince était un tigre dont je me pouvais targuer d'être le plus cher ennemi, et qui ne m'avait point pardonné la mort du chevalier De Prez, son amant.

Le capitaine, un peu surpris par ma froideur, me présenta rapidement ses hommages avant de rejoindre l'équipage cependant que Bonneval et Kropotkine se tenaient en retrait :

— Menchikov a dû évoquer ma défection, commença ce dernier sur un ton faussement badin. Me laisserez-vous assurer ma défense ?

— C'est moi qui la vais assurer, grogna Claudio, que ma réaction contrariait visiblement.

— Qui est accusé, lâchai-je, et où se trouve Valère ?

Bonneval nous fit entrer dans un salon dont il referma soigneusement la porte :

— Laisse-moi parler sans m'interrompre, commença-t-il en s'asseyant face à moi.

Puis il expliqua avoir reçu, deux ans auparavant, du grand vizir Ibrahim Pacha, l'ordre de tenter un rapprochement avec la France, lequel nécessitait au préalable que fussent connus les rapports entre notre royaume, la Russie et l'Autriche. Ayant appris que Valère faisait fonction d'agent de liaison, Claudio avait souhaité le convaincre de servir l'objectif d'Ibrahim Pacha mais, ne pouvant lui-même mener à bien cette manœuvre, il avait dû faire appel à Kropotkine :

— Valère, ajouta-t-il, était avec toi notre unique point commun ; le prince et moi ne nous appréciions guère. La mort du Czar et l'avènement de sa veuve ont opportunément contribué à nous rapprocher. Le prince est à mon instar — au tien peut-être, malgré ton amitié pour la Czarine — un tenant de l'ordre ancien : il ne souffre point que ses maîtres trahissent leur charge. Je lui ai proposé d'attendre céans le retour des vrais Romanov en échange de son intercession auprès de Valère, dont il avait l'estime. Il a accepté et s'est rendu à Breslau au début de l'année dernière, avec quelques hommes, y rencontrer ton collègue. Lequel, hélas, n'a guère voulu entendre ses arguments ni lui permettre de prendre connaissance des documents dont il était porteur. Et comme il menaçait de tout dénoncer à Menchikov, nous avons été forcés de l'enlever. Le prince s'en est retourné à Saint-Pétersbourg cependant que Valère m'était amené. Je jure qu'il a été traité en invité et que j'ai tout fait pour qu'il collaborât. Mais il a si obstinément refusé et si souvent tenté de s'échapper que j'ai finalement dû l'emprisonner. Le prince, entre-temps, a préparé son départ de Saint-Pétersbourg, qu'il a quittée alors même que tu t'y trouvais. Il a débarqué à Istamboul fin septembre. Sachant que tu t'apprêtais à y venir aussi, nous avons décidé de t'attendre avant de libérer notre détenu. Nous espérons que tu comprendras assez nos motivations pour, sinon les partager, du moins les présenter à ton roi.

J'étais abasourdi. Un silence pesant s'établit, les deux complices attendant anxieusement ma réponse. Je me levai et sortis sans un mot sur le ponton : Valère était vivant mais enfermé quelque part, mon hôte complotait au nom des intérêts supposés de plusieurs royaumes et l'on attendait de moi que je devinsse l'ambassadeur d'une cause pour le moins obscure…

Je montai à bord de la *Daria* et m'allongeai sur mon lit. Colas vint, quelques minutes plus tard, demander où je dînerais ; il ajouta que Kropotkine et Bonneval n'étaient pas sortis du salon : je le chargeai de répondre que je dormirais chez moi et ne souhaitais point les revoir avant le lendemain. Et je fis lever l'ancre.

L'approche de la nuit nous empêcha de naviguer plus loin que la tour de la Fille, étrange bâtiment circulaire construit sur un îlot à quelques encablures de Scutari, au large duquel le capitaine ordonna d'affaler les voiles ; puis, Colas et Vassili restés à terre, il vint lui-même s'enquérir de mes volontés. N'ayant personne d'autre avec qui m'entretenir, je l'autorisai à partager mon repas sur le pont et ne lui masquai rien du dilemme dans lequel je me trouvais.

Après quelques verres de vin, il s'enhardit à me rapporter les conditions de son séjour en mon absence : Bonneval lui avait donné une chambre, l'avait laissé libre de ses mouvements mais lui interdisait de s'éloigner du palais :

— Quand il a su l'imminente arrivée de Votre Seigneurie, murmura mon commensal, Monsieur le Pacha nous a fait conduire, avec Son Altesse, dans ce phare — il désigna la tour — qui est aussi bien gardé qu'une geôle. À moi il n'a rien dit, évidemment, mais comme Votre Seigneurie mettait du temps à venir, Son Altesse a fini par s'impatienter. Un soir de la semaine dernière où elle dînait avec Monsieur le Pacha, je l'ai entendu protester qu'elle était trop âgée pour croupir céans et qu'on ne la devait point confondre avec *le prisonnier.* Monsieur le Pacha lui a aussitôt soufflé de se taire. J'étais terrifié car j'avais pris cela pour moi ; aussi m'en suis-je enquis auprès de Son Altesse, qui a bien voulu assurer qu'il n'était point question de moi. Et comme je m'ennuyais autant qu'elle, j'ai pris la liberté d'épier le mouvement des gardes et des domestiques. J'ai vu que l'on apportait des repas au guichet d'une porte située côté couchant mais je n'ai guère eu l'opportunité d'aller vérifier car Votre Seigneurie a finalement accosté et Monsieur le Pacha est venu nous chercher.

Mon cœur fit un bond : nous étions en train de dîner à quelques dizaines de toises seulement de Valère ! J'eus un bref instant la tentation de l'aller délivrer mais il me parut plus raisonnable d'attendre que Bonneval le fît. Il fallait, cependant, que je collaborasse à ses visées, chose dont je n'avais nulle envie. Le capitaine me tira d'embarras :

— Vos nobles interlocuteurs sont bien vieux, glissa-t-il, et j'ai cru comprendre que le prisonnier lui-même était sexagénaire : ce coup d'éclat est très probablement leur dernier. Pourquoi Votre Seigneurie ne promet-elle pas tout ce que l'on veut ? Ces chimères de vieillards amuseront peut-être notre bien-aimé roi si Votre Seigneurie daigne aborder le sujet avec lui. Et puis, les promesses n'engagent-elles pas surtout ceux à qui elles sont faites ?

Je ne pus qu'acquiescer.

Le lendemain matin, nous étions de nouveau appontés devant le palais de Claudio. Colas et Vassili, qui m'attendaient depuis l'aube, se précipitèrent à ma rencontre. Bonneval les suivit de peu, la mine sombre :

— Je n'ai point dormi de la nuit, grogna-t-il.

— On assure pourtant à raison qu'elle est bonne conseillère, répondis-je. Tiendras-tu ta parole si je tiens la mienne ?

Le visage de Claudio s'éclaira :

— Avertissons le prince ! s'exclama-t-il. Nous irons ensuite délivrer ton collègue…

Je le suivis jusque dans le grand salon, au centre duquel Kropotkine faisait les cent pas.

Le capitaine de la *Daria* avait dessillé mes yeux : le lustre de ce vieil ennemi était bien décati. Quant à notre Pacha, son exil trop ancien lui avait fait perdre tout sens commun : croyait-il vraiment que Sa Majesté Très-Chrétienne[16] et ses ministres ajouteraient foi aux propositions d'un mahométan converti ? Je promis néanmoins d'écrire une lettre à Louis XV et lui en remettre une autre en main propre dès mon retour.

Puis nous empruntâmes la barque de notre hôte pour accoster, moins d'une heure plus tard, devant la tour de la Fille. Bonneval donna quelques ordres et les gardes revinrent presque aussitôt avec Valère. Lequel se mit à pousser, dès qu'il me vit, des imprécations contre ses geôliers, puis contre moi lorsque j'annonçai avoir accédé aux vœux de ces derniers :

— Continuez, lançai-je agacé, et vous terminerez votre vie sur cet îlot !

Il se tut, me dévisagea avec sévérité mais ne tenta plus ni d'argumenter ni de s'enfuir. De retour à Scutari, je suggérai toutefois à Claudio de verrouiller sa chambre. Valère, scandalisé, ne devait plus m'adresser la parole avant longtemps.

Nous demeurâmes plusieurs semaines à Constantinople. Je ne fus pas admis sur la colline du sérail mais le Sultan fit livrer, pour notre souverain, un immense et très précieux vase en porcelaine de Chine figurant des dragons, des perles et des phénix. Claudio, devinant ma déception de n'avoir rien reçu, me fit cadeau d'une très jolie *veduta* du Bosphore par Van Mour, et surtout d'une collection de miniatures ottomanes incroyablement obscènes. Le vicomte d'Andrezel, notre

16. Nom protocolaire des rois de France.

ambassadeur près la Sublime Porte, vint par ailleurs en personne me remettre un paquet de lettres dont l'une provenait de Versailles.

Mon bien-aimé Louis XV, ivre d'amour entre les bras de sa Polonaise — qui semblait lui rendre dévotement cette affection — n'avait pas de mots assez tendres pour décrire sa passion, quand bien je crus déceler une pointe de déception du fait que la Reine, novice en ce domaine, se fût intempestivement mêlée de politique. Il me remerciait pour les missives que je lui faisais parvenir et qui, assurait-il, lui permettaient de voyager sans bouger de son lit. Notre souverain me faisait, enfin, l'honneur indicible de m'appeler *son ami,* mots à la lecture desquels mon âme s'emplit de fierté.

Il me fut également agréable de lire des nouvelles de nos enfants sous la plume du comte d'Ystirac, qui s'étonnait de la précocité de Louis-Henry mon fils, adolescent plus furieusement épris de chasse et de combat que d'études, dont il suggérait que je l'intégrasse avant peu au régiment de cavalerie de notre ami Villars :

« Mon Alban a beau être son aîné d'un an, indiquait-il, il reste un enfant sage et studieux quand le tien est déjà homme. Ta fille, à qui je le destine, paraît heureusement de plus paisible inclination ; la mienne, fort aise en son couvent, risque d'éprouver quelques difficultés lorsque nous la marierons à ton guerrier ! »

Dans un dernier pli, le duc de Richelieu revenait sur une affaire qui avait secoué Paris et dont on continuait de rire à Vienne : l'arrogant Arouet, *alias Voltaire,* ayant disputé les faveurs d'une actrice avec le comte de Rohan-Chabot, s'était fait remettre en place à coups de bâtons par les valets du gentilhomme. L'affaire s'était poursuivie à la Bastille par ordre du cardinal de Rohan, parent du comte, d'où notre philosophe mortifié avait ensuite obtenu qu'on le jetât dans le premier bateau en partance pour l'Angleterre.

« Je crois malgré mon amitié, concluait Richelieu, qu'il a bien mérité la leçon mais il me déplaît que l'on exile ainsi un penseur : Athènes est morte d'avoir empoisonné Socrate… »

Je montrai la lettre à Claudio. Il sourit :

— Athènes, dit-il, est surtout morte d'avoir subi l'assaut des Vénitiens peu de temps avant ta naissance. Elle est devenue un village crasseux qui se rappelle à peine sa grandeur mais où l'on peut aisément forniquer avec les plus jolis bougres de l'empire. Je t'engage à y faire escale : Cabir Pacha, qui gouverne la place, est un ami à notre mode…

Muni de tous les documents nécessaires, je pris congé de mes hôtes au début de l'été. Bonneval, qui m'avait confié Yunus, jura que nous nous reverrions, chose que se garda de faire Kropotkine. Quant à Valère, embarqué presque contre son gré, il finit par sortir de son mutisme mais ne me témoigna guère d'aménité.

La chaleur aidant, je me débarrassai bien vite de mes nobles hardes pour adopter, à leur stupéfaction ravie, la tenue de mes marins, soit le plus souvent torse nu et en culotte. Seuls Valère et le capitaine conservèrent la vêture propre à leur rang.

Ne pouvant, du fait de la touffeur, dormir correctement dans l'appareil de ma chambre, je fis installer un lit sur la dunette et tins, pour ainsi dire, table ouverte à quiconque éprouvait l'envie d'épancher sa lubricité en ma compagnie. Le mal de mer guettant toujours mes faiblesses, je voulus apprendre la manœuvre plutôt que recourir à l'alcool ou aux drogues comme par le passé. Le capitaine cria au fol mais fit de moi un matelot honorable.

IV

Lorsque nous accostâmes, deux semaines plus tard, au petit Port du Lion[17], ma peau était aussi brûlée par le soleil que celle d'un Levantin et j'arborais une barbe digne d'Hannibal.

Par facétie, je laissai Colas et Yunus se présenter en mon nom à la douane, misérable cabane adossée à un monastère miraculeusement épargné par les destructions. Le contenu de nos lettres patentes fit qu'on les reçut comme des princes et que l'on mit aussitôt une escorte et des chevaux à leur disposition.

La mine exaspérée de Valère, alors que je m'amusais à leur faire des révérences, m'incita à troquer avec lui mon identité : il refusa d'abord tout net mais, sous la menace qu'on l'abandonnât dans ce désert, finit par accepter. Ainsi devint-il le marquis de Mondétour et moi son domestique.

Si nos âges différaient, nos corpulences étaient assez similaires pour que l'on pût faire endosser à ma victime, sans la trop faire souffrir sinon de la chaleur, mes brocards, dentelles, perruque et couvre-chef, ainsi que la plaque d'or émaillé d'incarnat qui masquait la blessure occasionnée quelques années auparavant par le chevalier De Prez à mon oreille gauche.

17. Actuel Pirée.

Écrasé par la charge, Valère tint toutefois sa vengeance lorsque je me vis contraint de marcher à ses côtés cependant qu'on lui offrait dais et monture.

Au bout de quelques pénibles lieues, ce qui restait d'Athènes se découvrit enfin. Bonneval n'avait rien exagéré : réfugiée sur sa montagne telle une vieille édentée sur un grabat, l'antique cité ne se résumait plus guère qu'à quelques monuments délabrés entourés de remparts, lesquels paraissaient davantage servir à l'empêcher de s'affaisser définitivement qu'à la protéger d'éventuels assaillants. Quelques baraques — reliées entre elles par de méchantes bâches et adossées à des blocs calcinés d'où émergeaient parfois fûts de colonnes et bas-reliefs — tenaient lieu de bourg.

Les habitants, la plupart déguenillés, eussent fait honte à leurs ancêtres ; certains, espérant sans doute quelque aumône, se précipitèrent à notre rencontre. Les gardes les repoussèrent comme on éloigne des mouches mais je pus me rendre compte de ce que Claudio n'avait point menti sur leur barbare beauté. Je croisai quelques regards de défi, certains garçons effleurant même leur entrejambe à notre passage…

Parvenus au sommet, on nous fit entrer dans le palais du gouverneur, sorte de forteresse édifiée entre deux temples — dont l'un transformé en mosquée — au moyen de pierres récupérées de l'un comme de l'autre ; les pièces en étaient néanmoins richement parées, comme pour faire oublier la misère extérieure.

Cependant que Valère était introduit auprès de notre hôte, nous autres domestiques fûmes conduits dans la partie réservée aux invités. On nous y désigna un réduit sans fenêtre, contigu aux appartements fort élégants de notre maître, puis on nous apporta de quoi manger et nous rafraîchir en attendant les ordres.

La maison servant de havre à plusieurs autres voyageurs, des laquais vinrent nous saluer dans toutes les langues de l'Europe. Parmi les noms que l'on nous annonça, je reconnus celui d'Alexandre Pope, poète anglais mal fait de sa personne mais extrêmement cultivé que j'avais jadis rencontré chez le prince de Conti, dont il était un intime.

La nuit venue, lorsque Valère regagna sa chambre — dans laquelle je m'imposai — il se plaignit d'avoir eu à soutenir devant Pope, avec qui il avait dîné de même que d'autres illustres visiteurs, être bien le marquis de Mondétour :

— L'Anglais, malgré la plaque, gémit-il, refusait de vous reconnaître, et à raison ! Je lui ai répondu que sa vue était obscurcie et j'ai brodé ce mensonge de quelques anecdotes que vous avez bien voulu me rapporter de vos séjours chez le prince de Conti. Vos stupides enfantillages nous perdront !

Il ajouta que le Cabir Pacha, accort quadragénaire qui s'exprimait bien dans notre langue — l'ayant apprise avec le comte de Bonneval —, hébergeait également un jeune et bel explorateur français nommé La Condamine, lequel avait entendu parler de moi à la Cour, était aux femmes mais avait séduit toute la table, uniquement composée d'hommes, par ses récits et sa prestance. Valère cita enfin deux bardaches en voyage qui ne se quittaient pas d'un pouce : un certain Mattheson, compositeur hambourgeois fort comme un bœuf mais quasi-sourd, et Nicolas Porpora, Italien trop raffiné dont j'avais ouï la musique à Vienne et qui s'enorgueillissait d'avoir découvert et formé les castrats les plus célèbres du temps.

— Vous regretterez bientôt avoir voulu travestir votre identité ! prophétisa mon interlocuteur avant de moucher la chandelle.

Alexandre Pope vint, dès le petit matin, jouer les limiers à notre porte. Ne pouvant l'éviter — il s'était planté dans l'antichambre —, je tentai vainement de fuir son regard : il me reconnut malgré la barbe, le teint halé et la livrée. Craignant sa réaction, je l'attirai aussitôt dans la chambre et le suppliai de garder le secret. Il éclata de rire mais promit.

— On pourrait penser, ajouta-t-il avec son fin accent britannique, que chacun céans a quelque chose à cacher. Les seuls à être francs sont nos amis musiciens : eux sont tout simplement là pour la bagatelle ! Le gentilhomme français prétend être seulement intéressé par l'histoire locale et moi j'achève ma traduction de l'Odyssée d'Homère dans le pays où il est né. Aucun de nous pourtant, fors peut-être Monsieur de La Condamine, n'a refusé les présents du pacha ni ceux que nous font spontanément certains habitants à notre vue, ou plutôt celle de notre argent…

Il expliqua que les Athéniens se vendaient pour quelques sols à qui voulait durant la journée mais que notre hôte mettait, la nuit, à la disposition de ses invités, une sélection de garçons de tous âges et conformations :

— L'Érechthéion, glissa-t-il, est rempli de tribades qui forment un commode harem pour un bardache. Si cela se savait, notre cher gouverneur, dont personne ne peut deviner les goûts, finirait sous un yatagan[18] ; c'est pourquoi il fait taire la plus petite rumeur par d'horribles moyens. Je me permets de vous recommander la prudence, surtout sous ce déguisement : on pardonne plus facilement au maître qu'à l'esclave…

Je tins compte du conseil mais n'en succombai pas moins à la tentation d'éprouver à mon tour la vénalité des beaux rustauds du cru. Ma vêture modeste ne me protégea nullement

18. Sabre à lame incurvée.

de leurs sollicitations mais ils ne comprirent pas spontanément ce que j'attendais d'eux, tentant de me vendre des poignées d'olives, du vin, de menues antiquités ou même des femmes. Il fallut que j'amenasse leurs yeux à suivre les miens sur nos braguettes respectives : je reçus, en réponse, quelques expressions surprises mais jamais de refus.

Le premier était un portefaix, à côté de qui je m'assis cependant qu'il s'arrêtait pour reprendre son souffle. Son corps puissamment musclé luisait comme un bronze, exhalant une espèce de vapeur poivrée qui m'enivra. Son visage n'était pas celui d'un dieu, loin s'en fallait, mais il m'adressa un sourire complice qui brilla davantage encore lorsqu'il vit mes deniers. Je le suivis, avec ses sacs, jusque dans une masure bien entretenue dont il chassa les occupants — peut-être sa famille.

Là, debout au milieu de cette digne misère, il délaça ses braies pour libérer dans la pénombre un membre magnifique, déjà dressé, que ses cuisses très épaisses et ses bourses charnues semblaient porter tel un ostensoir. Son odeur était si capiteuse que j'eus l'impression de savourer un plat exotique. Il ne me toucha point mais glissa son membre dans mon fondement aussitôt que je me relevai, culotte sur les chevilles. Nous opérâmes debout, en silence, ses bras enserrant ma poitrine, son haleine tout près de la mienne, ses reins battant calmement mes fesses jusqu'à la délivrance. Il étouffa un cri et je sentis sa semence emplir mon ventre : j'expulsai aussitôt un long jet de foutre qui produisit un bruit mat en s'écrasant sur la terre battue.

Le soir même, m'en retournant au palais du gouverneur, je fus arrêté par Mattheson et Porpora, qui m'avaient vu opérer et s'étonnaient de mes succès :

— Ces pendards d'Athéniens, grogna le Hambourgeois, réclament toujours davantage et se moquent de nous !

Je leur conseillai de chasser en solitaire, sans perruque, dentelles ni velours :

— Voilà bien une idée de laquais ! persifla l'Italien.

Son compagnon, dont les regards sur ma camisole ouverte étaient sans équivoque, affirma qu'il tenterait l'expérience mais redoutait que son visage ne fût irrémédiablement connu des villageois :

— Nous sommes dans Athènes depuis de trop nombreux jours, soupira-t-il. Peut-être serait-il temps de changer de terrain ?

Je leur offris d'embarquer, le moment venu, sur la *Daria* :

— Il faudrait d'abord que votre maître acceptât, lâcha Porpora. Quel valet êtes-vous, pour lancer des invitations ? Commencez donc par en parler à Monsieur le marquis de Mondétour et cessez de vous prendre pour ce que vous n'êtes point.

Trouvant instructive l'expérience, je me retins de répliquer, attendant mon heure, et me retirai après une révérence.

— Il a beaucoup été question de vous et des domestiques en général, grinça Valère au moment du coucher. Lesquels oublient d'autant mieux leur état qu'ils sont proches de leur seigneur. Votre comédie m'a forcé à inviter à notre — pardon, *votre* bord, non seulement ces Mattheson et Porpora mais également Monsieur Pope. Il est heureux que Monsieur de La Condamine n'ait point ajouté sa voix à ces naufragés, que je n'eusse, pour ma part, jamais conviés. Sachez enfin que Mattheson m'a chuchoté qu'il lui plairait de vous recruter à son service…

J'autorisai, les jours suivants, le taureau hambourgeois à quitter son détestable complice pour se mieux joindre à mes maraudes dans une tenue proche de la mienne.

Du poil blond pâle émergeait par touffes de sa chemise, son sein était ferme et rond, ses bras puissants et ses mains agréablement proportionnées. Il était certes un peu ventru et très dur d'oreille mais nous finîmes par nous entendre assez pour partager, non seulement quelques ribauds, mais aussi la même couche, au grand dam de Porpora. Je ne révélai cependant pas ma véritable identité à cet amant inattendu — que j'appelai *mon gros Jean* — tant il semblait prendre plaisir à me dévorer tel quel.

Son sexe était assez court mais il en usait à la perfection et faisait plus généralement montre d'une grande tendresse, berçant par le timbre harmonieux de sa voix mon sommeil contre sa poitrine, la bouche collée à son tétin. Il me chantonna quelques-unes de ses compositions, me parla de son épouse anglaise, restée au bord de l'Elbe, et du célèbre Handel, dont il était le confident et qui, assura-t-il, souffrait beaucoup de ses penchants inassouvis pour les garçons.

Et il fit de moi un tel éloge à la table seigneuriale que je fus convoqué par le gouverneur.

Un matin, mon gros Jean me conduisit lui-même jusqu'à notre hôte, aux pieds duquel je me jetai. Valère avait-il à escient amoindri les charmes du pacha ? Celui-ci, glissant d'un immense siège d'or envahi de coussins, vint darder un regard d'émeraude dans le mien : son teint était d'ambre et sa bouche, entourée d'une fine barbe, aussi pourpre que le gland d'un Nubien, avec des dents d'une insolente santé. Tout en lui rayonnait de majesté et il me parut inconcevable qu'on lui pût préférer le pâle La Condamine.

Visiblement satisfait, notre illustre interlocuteur me fit une œillade avant de s'adresser à Mattheson :

— Vous ne m'aviez point dit, murmura-t-il avec une profonde inflexion, que votre homme était si bien bâti : c'est un vrai *Pehlivan*[19] ; le vouliez-vous conserver pour vous seul ?

Mon gros Jean rougit fortement et bredouilla un embryon d'explication qui fit éclater de rire le bel Ottoman :

— Sais-tu la lutte ? me demanda-t-il sans cesser de sourire.

Je répondis l'avoir autrefois pratiquée. L'éclat à la fois lascif et cruel qui brilla alors dans ses yeux me fit frissonner.

Valère, quand je lui rendis compte de l'entrevue, protesta que j'avais perdu la raison en acceptant de combattre à mains nues un champion du gouverneur :

— Depuis combien de temps, gémit-il, ne vous êtes-vous point entraîné ? Vous n'avez plus vingt ans : si votre adversaire gagne, vous risquez d'y laisser la santé sinon la vie ; et si c'est vous qui l'emportez, qui sait comment réagiront les Ottomans ?

Ses craintes n'étaient pas sans fondement mais l'envie était trop forte. Le tournoi étant arrêté à la lune suivante, je disposais d'un répit que j'espérais suffisant. Et comme Valère était bon lutteur, nous nous affrontâmes en secret dans la chambre.

Le pacha, de son côté, ne fit aucun mystère de l'événement et, s'il se refusa à évoquer l'identité de son champion, autorisa les habitants du palais à parier sur l'issue du combat. Je ne fus guère surpris d'apprendre que l'on me donnait perdant.

Lorsque arriva le jour attendu, on me fit endosser pour tout vêtement une espèce de culotte de cuir serrée aux hanches par une lanière du même, puis on me poussa dans une arène aménagée à l'arrière du Parthénon. La petite Cour du gouverneur y était réunie, au premier rang de laquelle mes

19. Terme persan désignant un sportif solide et brave.

compatriotes, uniques soutiens dans un public entièrement dévoué à la cause adverse.

Un serviteur frictionna ma peau, entrejambe compris, avec le contenu d'une jarre d'huile et j'attendis, sans réelle appréhension, l'entrée de mon adversaire. Il s'avéra que Cabir Pacha savait être juste car son champion était aussi bien dans mes âges que dans ma corpulence, avec presque autant de poils sur le corps.

On annonça que le combat durerait aussi longtemps que l'un d'entre nous n'abandonnerait la partie ou perdrait connaissance, mais qu'à la différence du pugilat, seuls les *tombés* — les épaules du compétiteur renversé touchant le sable — compteraient dans la proclamation du vainqueur.

Nous nous saluâmes brièvement de la tête et nous donnâmes la main. Moins de cinq minutes plus tard, j'étais au sol et la foule vociférait, couvrant sans peine les encouragements de mes partisans. Huit à dix accrochages me furent nécessaires à comprendre les failles du champion, notamment la relative faiblesse de ses chevilles et la trop grande confiance que lui inspiraient mes échecs. Tombant une première fois, il crut au hasard ; la seconde l'agaça, la troisième le rendit furieux. Il se rua sur moi, et comme je m'esquivais, se précipita lui-même à terre. On consulta le pacha, qui dit que le point comptait.

Les assauts suivants furent plus équilibrés et nous tînmes longtemps l'égalité. Puis nos moyens commencèrent à décliner et je lus, dans le regard de mon adversaire, une lueur de détresse que le souvenir de celle, souverainement cruelle, que j'avais surprise dans les yeux du gouverneur me rendit insupportable.

« S'il perd, songeai-je furtivement, quel sera son sort ? »

Et je décidai, pour sauver l'honneur, de lui laisser l'avance nécessaire à ce qu'il gagnât aux points après que je l'aurais assommé. Ainsi lui décochai-je en plein ventre, le moment venu, un coup aussi violent que décisif qui l'envoya face contre terre cependant que je quittais l'arène, vaincu mais sur mes deux jambes.

Cabir Pacha, qui avait visiblement compris le calcul, me considéra d'un air narquois avant de demander d'une voix forte à Valère s'il acceptait que j'affrontasse de nouveaux concurrents au cours des jours suivants. Mon faux marquis se fit un traître plaisir d'accepter.

— Pas à la lutte, au pugilat, ajouta le gouverneur — et, à mon oreille : C'est toi, *Pehlivan,* qui as gagné. Que dirais-tu d'un combat à mort ?

Je ne répondis rien et me hâtai de rejoindre mes compagnons. À peine avais-je repris quelques forces et lavé mes blessures que notre hôte m'envoyait quérir.

Je suivis un domestique à travers les couloirs jusqu'aux appartements privés du gouverneur. Il m'y attendait seul, vêtu seulement d'une longue tunique à l'échancrure brodée d'or, qui ne masquait ni ses appas ni ses intentions. Il prit un abricot dans une coupelle d'onyx, en mangea la moitié et me tendit l'autre :

— Je sais qui tu es, sourit-il. Claudio Pacha, à qui j'ai écrit peu de temps après ton arrivée, a répondu par une description qui te correspondait trait pour trait, cicatrice comprise… Moi aussi, vois-tu, je suis joueur…

Il écarta une tenture : je reconnus mon adversaire du jour, entravé et suspendu par les pieds ; son corps nu portait encore les stigmates du combat.

— Il est résigné, poursuivit paisiblement mon interlocuteur. C'est pourquoi il ne se débat point. Il écoute, aussi anxieux qu'un gibier acculé qui ne comprend pas ce que dit le chasseur mais sait intimement que cela le concerne…

Il caressa les génitoires du prisonnier — masse frisée comme de l'astrakan, qui balançait à hauteur de nos visages — et prit doucement ma main afin que je l'imitasse. Je sentis malgré moi mon sexe gonfler.

— Je t'estime trop, reprit mon hôte en écartant les pans de ma camisole, pour te faire l'injure d'une démonstration de mon pouvoir. Tu ne saurais, nonobstant, refuser le cadeau que je vais te faire... Je t'offre sa vie : tu la lui peux ôter, tout de suite, par quelque moyen qu'il te plaira, ou plus tard dans l'arène, par tes seuls poings. Réfléchis vite, car il serait cruel de le trop faire espérer... À moins que ton plaisir trouve sa source dans la cruauté même...

Mes oreilles se mirent à bourdonner. Cabir Pacha avait délacé mon vêtement ; son membre pointait sous la tunique, marquant le tissu d'une auréole.

— Je ne veux point qu'il meure, soufflai-je les yeux clos.

— Il le faudra pourtant, répondit mon compagnon en passant le bout de sa langue sur mon cou. Ce sera lui... Ou toi...

Nous roulâmes sur le tapis, à quelques pouces de notre témoin forcé dont les yeux apeurés suivirent, bien malgré lui, nos ébats. Nous nous aimâmes longuement, reculant maintes fois l'instant libérateur, puisant sur nos bouches autant que dans la coupe de fruits, offrant à notre spectateur terrifié, bouche et fruits.

Le corps mat de Cabir était discrètement ponctué de duvets soyeux, dont je voulus connaître chaque détail. Lui s'attacha à mes muscles, peignant mes toisons de ses lèvres, mordillant mes tétins, jouant avec l'arcature de ma verge. Nous nous entre-dévorâmes, puis entre-pénétrâmes aussi lentement que dans un songe, avant de savourer tête-bêche la luxuriance de notre extase.

Lorsque, terrassés par la jouissance, nous revînmes à nous-mêmes et que nos respirations reprirent une course plus calme, mon amant rapprocha son front du mien :

— Tu devrais l'achever, chuchota-t-il en désignant le prisonnier, je vois qu'il souffre.

— Je ne puis tuer de sang-froid, répondis-je en refermant les paupières.

— Je sais que tu peux bien pire ! Si tu le tues dans l'arène, ce sera plus long, et il te faudra occire également tous les autres…

— Je te l'ai dit, je ne veux point qu'il meure. Délivre-le toi-même.

— C'est moi, *Pehlivan*, qui fixe les règles…

— Tu m'as offert sa vie : et si je la lui voulais conserver ?

— Tu devrais défendre la tienne au risque de la perdre.

— Tu me tortures.

— J'adore ça, *Pehlivan*… Et toi aussi.

Je rampai jusqu'au prisonnier et me plaçai dans son dos afin que Cabir ne perdît rien de ce qui devait suivre. Me remémorant les leçons de Valère, je pinçai fortement certains vaisseaux du cou de ma victime ; elle perdit aussitôt connaissance. Puis j'écrasai sa gorge entre mes doigts jusqu'à ce que son pouls se tût. Le gouverneur contemplait intensément la scène.

Je relâchai mon étreinte, l'esprit vide, me levai, ramassai mes hardes et sortis sans un mot ni un regard.

Un page de notre hôte vint, le lendemain, annoncer que mon adversaire de la veille avait été trouvé pendu dans sa cellule et que d'autres détenus s'étaient vu offrir la liberté contre une victoire sur moi. Il me remit un message de Cabir :

« Bel assassin, écrivait celui-ci, j'ai modifié les règles mais conservé notre secret. J'espère que tu ne t'enfuiras point. Au moment du départ — je ne suis pas ton geôlier —, ton navire sera autant chargé de trésors que tes poings de sang et nos gorges de foutre. »

J'exposai, dans une réponse griffonnée à la hâte, ne pas souhaiter demeurer en ses murs au-delà de l'été, et repris aussitôt l'entraînement avec Valère. Le naturel avec lequel j'étais devenu un assassin, sans que qui que ce fût ne s'en rendît compte, me confondit.

Au grand dam de Mattheson, je passai pratiquement toutes les nuits suivantes chez le gouverneur, que ma froide brutalité fascinait autant que moi-même, et nombre d'après-midi à assommer quiconque me voulait défier.

Je gagnai tous les tournois, non point tant grâce à ma vigueur ou à mon endurance — que surpassaient souvent des adversaires plus jeunes — mais parce que moi seul connaissais vraiment l'art du pugilat. Ceci n'échappa d'ailleurs à personne, et surtout pas aux invités. Lesquels, lassés du spectacle comme de l'attente, finirent par présenter une requête à notre hôte afin qu'il nous autorisât à quitter la Grèce.

Il tergiversa jusqu'à la fin du mois de septembre puis, un soir, après que nous nous fûmes une fois de plus livrés l'un à l'autre, murmura sans émotion apparente que c'était la dernière. Je m'étais préparé à cette annonce mais, accoutumé au quotidien de la forteresse, aux joutes et à ces heures d'ivresse raffinée au cours desquelles nous explorions les limites de notre débauche, je la reçus avec déplaisir.

Car outre son amant, j'étais devenu le bourreau du gouverneur : tous les condamnés à mort — soit au moins trois par semaine — passaient par ses appartements. Nous ne les torturions pas, n'y trouvant aucun plaisir, mais les incluions à nos jeux avant que je les étranglasse, pour ainsi dire naturellement et sans souffrance. Nous mangions du haschisch, des dattes et du café, faisions l'amour puis dormions côte à côte sans vraiment parler. Vassili, parfois, était invité, dont la blonde vigueur complétait bien, selon mon amant, le tableau de nos étreintes.

N'ayant reçu aucune missive, rien ne m'était venu tirer de cette étrange léthargie, sinon les protestations de mes compagnons de voyage, qui ne comprenaient pas pourquoi, persistant à le croire mon maître, Valère ne m'avait pas tout bonnement abandonné au pacha.

Cabir donna l'ordre à ses hommes d'aider les nôtres à charger un grand nombre de caisses dans la *Daria*, où il fallut ménager de la place pour nos invités et leurs domestiques. À ces caisses, dont certaines contenaient de splendides antiques acquis par ses hôtes, le gouverneur ajouta, pour mon roi, une délicate Aphrodite de marbre, et pour moi une collection de vases et statuettes érotiques.

Il nous accompagna jusqu'au port et, au moment de lever l'ancre, me tendit un paquet de lettres, arrivées durant mon séjour, qu'il m'avait cachées :

— Je désirais te retenir céans, *Pehlivan*, s'excusa-t-il ; j'espère que tu me pardonneras…

Incapable de contenir mes larmes, je lui fis un ultime signe de la main avant de me réfugier dans ma cabine.

L'épître de Louis XV, quoique rédigée sur un ton toujours aussi amical, était principalement consacrée au renvoi officiel de Monsieur le Duc et au retour concomitant de Fleury, à qui mon royal correspondant vouait la confiance et l'admiration d'un petit-fils pour son grand-père. Daté de juillet, le pli annonçait que le *vieux ratichon* — pour reprendre les termes de Richelieu — serait fait cardinal en septembre. Notre bien-aimé monarque ne faisait aucune référence à la supplique de Bonneval mais assurait se sentir *chaque jour à la fois plus souverain et plus homme.*

Parmi les autres missives, celle d'Henry d'Ystirac m'émut particulièrement car il y faisait état du décès de son père, survenu au printemps :

« Hélas donc, écrivait-il, me voilà marquis. Blanche, les enfants et moi-même nous sommes rendus à la cérémonie qui s'est déroulée dans le château familial : triste voyage, infiniment différent du tien, je l'espère. Notre mère m'a silencieusement fait le reproche de vivre loin d'elle mais Aymery, mon cadet, a annoncé qu'il demeurerait désormais à ses côtés. Il serait grand temps, en effet, qu'il abandonnât les armes et songeât à se marier : exactement le contraire de ce à quoi rêve ton cher fils… »

Un dernier billet, embaumant le néroli, revenait, sous la plume de la vicomtesse Raffaella d'Arcadia, sur une funeste affaire qui avait vu, en mai, condamner au bûcher le fameux Deschauffours, riche bardache autant que proxénète avisé ; il fournissait en catins mâles et femelles les meilleures maisons de Paris mais on lui avait surtout reproché de puiser dans les caisses de la couronne, auxquelles il était censé abonder.

« Hérault, cette vipère déguisée en lieutenant de police, fulminait la vicomtesse, aura souhaité faire un exemple. Il ne se serait point attaqué à une demeure aussi noble que celle où vous avez bien voulu m'accueillir mais il est de fait que l'on se presse de moins en moins, depuis lors, aux Petites Tuileries : Deschauffours a dû parler, ou la liste de ses clients… La sodomie, voyez-vous, lorsque l'on n'a pas l'heur d'être protégé par son nom ou de puissants amis, est un péché pour lequel, même en un siècle aussi prétendument éclairé que le nôtre, l'on est déporté aux Amériques ou cuit en place de Grève… »

Ma correspondante se demandait, en conclusion, ce que notre défunt ami Coprophile en aurait pensé, dont elle jurait avoir plusieurs fois aperçu l'ombre au détour d'un salon ou dans les jardins de sa thébaïde.

Valère ne croyait pas plus que moi aux fantômes mais il trouva l'histoire édifiante :

— À présent que nous voilà sur le chemin de rentrer, ajouta-t-il, peut-être serait-il opportun que vous redevinssiez marquis de Mondétour ?

Comme au théâtre, nous troquâmes nos vêtures et Colas rasa ma barbe. Ainsi métamorphosé, mon apparition sur le pont du navire souleva des exclamations, sauf chez Popora, qui fit rire de lui en demandant à Valère pourquoi il m'avait ainsi attifé. Détrompé, il devint à ce point cramoisi malgré le fard que je n'eus point à cœur de lui faire autrement payer son arrogante stupidité.

Souhaitant éviter les pirates, le capitaine navigua le plus loin possible de la Côte des Barbaresques[20] et le trait de côte ne quitta jamais notre tribord. Contournant les îles Ioniennes, nous remontâmes l'Adriatique jusqu'à Venise, où nous parvînmes un mois plus tard.

Le seul événement notable de la traversée, hormis l'installation de Mattheson dans ma chambre et la nouvelle crise jalouse de Porpora qui s'ensuivit, fut l'apparition au septentrion, le soir du 19 octobre, d'une mystérieuse lueur verdâtre qui terrorisa l'équipage mais dont Pope jura qu'elle était naturelle. On s'étonna cependant de ce qu'une *aurore boréale* fût visible dans notre ciel, et l'on fit mille conjectures.

---

20. Dénomination ancienne du littoral maghrébin.

Le sujet était encore sur toutes les lèvres lorsque les dômes de Venise se découpèrent à l'horizon ; il occupa d'ailleurs, après les salutations d'usage, la majeure partie de la conversation que nous eûmes avec le représentant de la Sérénissime venu à notre bord. Nous le suivîmes à terre découvrir la célèbre cité — qui était assurément conforme aux tableaux que l'on en faisait, les odeurs nauséabondes en sus — et fûmes brièvement reçus par le doge Mocenigo, bouillant sexagénaire à qui la seule évocation des Ottomans faisait perdre patience et qui nous dit pis que pendre de Cabir Pacha.

Yunus interdit de débarquer, nous demeurâmes moins d'une semaine à Venise, dormant et festoyant à bord de la *Daria*. Nos deux musiciens, enfin réconciliés, firent débarquer leurs caisses et les suivirent bientôt, non sans m'avoir chaleureusement remercié :

— Je sais bien, glissa mon gros Jean avec des larmes aux yeux, que tu ne me viendras point visiter dans Hambourg et qu'il me faudra, pour te revoir, faire le voyage de Paris. Mais si tu vas à Londres, ne manque point d'y saluer Handel : on l'a statufié de son vivant, cela n'est guère enviable…

Pope, resté avec nous, me supplia de l'accompagner à Rome au prétexte que nous y compléterions ainsi un périple auquel nombre de jeunes gentilshommes rêvaient souvent en vain.

Six jours de navigation furent nécessaires avant d'atteindre le port de Pescara, d'où nous louâmes une confortable diligence pour traverser les Abruzzes. Nous ne conservâmes qu'un domestique ; Valère demeura avec les autres sur la *Daria*, qui devait contourner la Péninsule pour rejoindre l'embouchure du Tibre.

Une semaine plus tard, notre voiture s'immobilisait dans l'élégante cour à arcades du palais Altemps, résidence du cardinal-ambassadeur de Polignac. Le capitaine des gardes, à la vue de mes lettres patentes, s'empressa de faire présenter les armes à ses hommes cependant que nous pénétrions dans un étourdissant vestibule peint à fresque jusqu'au plafond.

Quelques instants plus tard, Polignac en grande pourpre venait à notre rencontre. Pope mit un genou à terre — geste qui me sembla quelque peu emphatique de la part d'un anglican — cependant que je m'inclinai pour baiser l'anneau cardinalice.

— Cher Mondétour, murmura notre hôte en retirant sa main, je sais bien que vous ne prisez guère ces sortes de cérémonies et qu'il est de mode, en France, pour les ecclésiastiques, d'arborer à la ville des tenues moins ostentatoires. Notre commun ami Richelieu m'a averti de votre possible visite et je vous prie de m'en croire sincèrement heureux…

Je n'avais point revu le Cardinal depuis la conspiration de Cellamare, une dizaine d'années auparavant : il me sembla que son pâle visage s'était empâté et que son poil avait beaucoup blanchi. Je lui présentai Pope, ajoutant que c'était l'un des plus fameux poètes britanniques.

— J'ai ouï parler de vous, lui glissa poliment Polignac. Je me pique également de poésie latine ; l'Antiquité me passionne.

Pope évoqua alors sa traduction de l'Iliade ; l'heure suivante s'écoula en une interminable autant qu'érudite conversation entre les deux hommes à laquelle je ne pris aucune part. Puis le Cardinal, s'étant enfin rendu compte de mon silence, nous fit conduire dans l'aile réservée aux invités où l'on m'ouvrit de somptueux appartements.

Ayant appris que la *Daria* était chargée d'antiquités, notre hôte, très impatient de les découvrir, ne cessa d'évoquer le sujet durant les jours qui précédèrent l'accostage. Il tint, entre-temps, à nous faire lui-même découvrir les merveilles de Rome, au premier rang desquels ces vieux murs et ces marbres qui tant lui tenaient à cœur.

Ayant lu Suétone, l'expérience me plut d'en faire déclamer quelques extraits par un joli laquais dans les ruines du mont Palatin. Les regards que Polignac — à l'idée de qui ce caprice n'était jamais venu — me lança à la dérobée me firent inférer qu'il était un bardache secret et que, contrairement à ce qu'affirmait Richelieu, il ne vivait guère plus ouvertement ses passions sur les rives du Tibre qu'aux bords de la Seine.

Le Cardinal se piquait d'archéologie, composait des vers sur l'amitié, son palais était empli de viriles sculptures, dont deux bustes délicats d'Antinoüs : autant de signes qui, ajoutés à une domesticité judicieusement sélectionnée, n'abusaient personne sachant les déchiffrer. Notre hôte appartenait, en outre, à une société poétique baptisée *Académie d'Arcadie* — l'homonymie eût fait sourire ma chère vicomtesse Raffaella — dont les membres, censés imiter dans leurs œuvres le goût simple des Anciens, se réunissaient régulièrement dans une élégante villa accrochée aux pentes du mont Janicule.

Ces grands esprits, qui s'affublaient pour l'occasion de pseudonymes évocateurs, n'étaient certes pas tous ménades ou bardaches mais on en comptait un grand nombre. Polignac, qui s'y faisait appeler *Syrasius Acrotophoricus* souhaita que Pope y fût intronisé sous le nom de *Tirsi Leucasio*. J'en fus d'autant moins jaloux que je trouvai, *in petto,* la chose assez ridicule et que ma présence à la cérémonie me valut maintes œillades d'*Arcades* apparemment plus intéressés par ma rustique constitution que par celle des mètres latins.

Ainsi fis-je la connaissance de Pietro. De son nom Pietro Trapassi, il avait fait fortune sous le double pseudonyme de *Metastasio* et d'*Artino Corasio* : le premier à l'opéra, le second à l'académie. Il allait sur ses trente ans, un beau visage rayonnant d'intelligence, un corps d'athlète et une agréable compagnie. Adulé autant qu'on peut l'être quand on réunit semblables qualités, il était environné d'admirateurs des deux sexes qui déploraient sans doute, malgré leur élévation spirituelle, son appartenance aux ordres mineurs, synonyme de chasteté — un simple paravent ainsi que je l'allais découvrir.

Ma fortune fut de ne savoir assez ni de grec ni de latin pour en faire étalage, ne prétendre à aucun Parnasse et, surtout, pouvoir compter sur un ambassadeur inattendu en la personne de Nicolas Porpora : l'ingrat compositeur avait en effet écrit à Metastasio, dont il avait été le professeur, une lettre dans laquelle il évoquait son séjour à Athènes et ma modeste personne en des termes aussi peu flatteurs que possible.

Aussi l'énoncé de mon nom, dans les salons de l'académie, me valut-il l'intérêt de Pietro, que mon apparence physique avait déjà séduit, comme il me l'avoua plus tard. Son français était sommaire mais il suffit à ce que nous avions à nous dire. Le soir même, ne pouvant m'inviter chez sa protectrice, riche cantatrice possessive à l'extrême, il partageait mon lit dans le palais Altemps.

Nos amours furent épisodiques et animales, à la mesure de ce que chacun d'entre nous pouvait offrir ; elles n'en générèrent pas moins, chez certains Arcades, une jalousie qui n'avait d'égale que la frustration et qui s'exprima par des sarcasmes à mon encontre tout le temps que je demeurai dans Rome. Polignac n'en fut pas, qui soupirait probablement *in pectore* mais paraissait se contenter de ses rêves antiques et, sans doute aussi, de ses poings.

La *Daria* mouilla dans le port de Ripa au début de décembre. Aussitôt que nous l'apprîmes, nous nous engouffrâmes,

Polignac, Pope, Pietro et moi-même dans l'énorme carrosse du Cardinal pour rendre visite au navire, créant, à notre arrivée, un petit attroupement parmi les curieux venus admirer le bâtiment.

Équipage et cargaison avaient fait bon voyage, Valère n'ayant à se plaindre que d'un flux de ventre et Vassili d'une rage de dents dont Polignac assura que son médecin en viendrait aisément à bout.

Nous descendîmes dans les cales, détailler aux yeux émerveillés de nos visiteurs les trésors qu'elles recelaient. Fallait-il s'en étonner, les présents destinés au Roi et les statues acquises par Pope les intéressèrent moins que les fines obscénités offertes par Cabir Pacha en rétribution de mes crimes — qui ne troublaient guère ma conscience mais sur lesquels je gardai le silence. Le cardinal voulut incontinent acquérir plusieurs coupes figurant des satyres ithyphalliques, ainsi qu'un bas-relief sur lequel de vigoureux guerriers se livraient à la sodomie entre deux combats. Comme je rechignais à m'en séparer, il proposa un échange :

— Je conserve en un coffre, chuchota-t-il, certaines pièces exhumées par mes soins non loin de Rome, qu'oncques ne saurais montrer au profane. Celles qui vous plairont seront vôtres. Je puis en outre vous proposer d'acquérir à moindre coût la copie d'un très beau marbre antique que j'ai imprudemment commandée à un jeune pensionnaire de l'Académie Royale et que, pour des raisons similaires, il m'est impossible d'exposer…

Piqué par la curiosité, je donnai un accord de principe.

Polignac nous dévoila donc sa collection secrète : lampes à huile décorées de phallus, génitoires de bronze faisant office de contrepoids, Silènes urinant, satyres au sexe effilé, Priapes, fragments de mosaïques obscènes, la pièce maîtresse de cette époustouflante théorie était une vaisselle d'argent ciselé représentant des scènes pédérastiques, dont la richesse, selon notre hôte, trahissait un prestigieux commanditaire, peut-être un empereur.

Autant Pope que moi-même fûmes envoûtés par ces objets, et de longues tractations s'engagèrent avant qu'un accord satisfît toutes les parties. Je dus, pour emporter quelques éléments d'argenterie, me séparer de plusieurs céramiques grecques ainsi que du bas-relief aux guerriers ; Pope obtint d'autres articles contre un *kouros* en marbre et une importante lettre de change. Le cardinal, en conclusion, nous invita à descendre en ses caves prendre un rafraîchissement devant une caisse gigantesque :

— Voilà, annonça-t-il, la sculpture dont je me prétends défaire...

Un laquais ouvrit un côté de la boîte, révélant un Faune musculeux endormi sur un rocher, cuisses largement ouvertes, avec un naturel dans la posture et dans les formes qui nous laissa muets d'admiration.

— L'original, soupira Polignac, se trouve au palais Barberini. Sa Sainteté Urbain VIII l'a découvert, il y a un siècle, au château Saint-Ange — on se rappellera, glissa-t-il avec un clin d'œil, que cette forteresse servit jadis de mausolée à l'empereur Hadrien — avant de lui faire rejoindre les trésors de sa famille. Ce chef-d'œuvre a, depuis, été remarquablement restauré par le Bernin et j'ai obtenu de Son Éminence le cardinal Barberini, avec qui je partage certain goût pour l'Antique, qu'il laissât le jeune Bouchardon en réaliser la copie que voici, dont le marbre m'a coûté infiniment plus cher que le ciseau, et que je verrai partir avec d'autant moins de peine que je le saurai entre de bonnes mains...

Pope soupira qu'il eût volontiers ajouté la statue à celles qui ornaient sa propriété de Twickenham si la crainte de se voir poursuivre pour des inclinations trop manifestes ne l'en empêchait. Quant à moi, imaginant déjà le Faune dans les jardins de Mondétour, je me préoccupai seulement de son poids, qui semblait considérable.

— Il vous faudra sans doute aménager vos cales, sourit Polignac — il me tira à part : Nous étions ennemis naguère, chuchota-t-il, mais je dois reconnaître que vous êtes celui qui d'entre nous a alors le mieux servi l'État. Souffrez que je vous offre cette œuvre en gage d'amitié et de réconciliation.

Nous demeurâmes tout l'hiver à Rome, suivant notre hôte dans ses fêtes et visitant maintes demeures illustres où l'Antiquité semblait n'avoir jamais cessé de déployer ses fastes. On nous présenta aux Barberini, aux Colonne, aux Farnèse, au vénérable Benoît XIII, même, qui daigna m'interroger sur la bulle *Unigenitus*[21] et qui, n'entendant rien de ma bouche, s'exclama que mon silence valait approbation.

Mes compagnons réussirent enfin, au début de l'année 1727, à m'attirer à l'opéra pour une représentation du Cid, du grand Corneille, traduit en italien et mis en musique par un certain Leonardo Leo.

La salle bruyante du théâtre Capranica, ce soir-là, vibrait surtout pour un jeune castrat, élève de Porpora et ami intime de Metastasio — qu'il appelait *son cher jumeau* — dont le nom de scène, scandé par le public à chaque fin d'*aria,* était *Farinelli.* Je n'aurais guère imaginé pareil Rodrigue mais force me fut de reconnaître que sa voix accomplissait des prodiges.

---

21. Bulle du pape Clément XI (1713) condamnant le jansénisme, âprement discutée en France.

Pietro insista pour nous faire achever la soirée dans sa loge. Débarrassé de son costume et de son fard, le virtuose, étonnamment affable eu égard au succès, présentait un visage très noble dont je m'étonnai de ce que sa bouche menue pût émettre des sons si puissants. Il ne parlait pas français. N'osant lui faire traduire l'unique question qui me taraudait — à laquelle Pietro avait précédemment répondu par un laconique « ce qu'il a suffit » —, je me contentai de lui rendre ses sourires et partager son vin.

Assez curieusement, les lettres que je reçus de France furent moins à l'origine de notre départ qu'un songe que je fis la nuit du 22 mars : sous les riches plafonds de sa chambre de Marly, le feu roi Louis XIV — avec qui je m'entretenais en rêve depuis la fameuse nuit de 1719 au cours de laquelle j'avais, pour ainsi dire, profané sa maison[22] — me pressait de rentrer : « Il y aura beaucoup de pertes », gémissait-il.

D'autant plus troublé par ces mots que je ne les pouvais partager avec personne, je donnai, dès le lendemain, la consigne d'apprêter nos malles ; la copie du Faune Barberini occupait déjà les cales de la *Daria*.

Nous fîmes, avec Pope, de douloureux adieux à Rome, où je laissai désemparé un Polignac devenu mon confident, et surtout en larmes un Metastasio dont le sourire lumineux et le corps souple m'avaient presque rendu à l'amour. L'Académie d'Arcadie organisa en notre honneur — du moins celui de *Tirsi Leucasio* — une ultime cérémonie de congé au cours de laquelle chacun débita son compliment en versant de nombreux pleurs.

22. Cf. tome II — *L'Élixir d'oubli.*

Ne souhaitant pas naviguer trop longtemps et éviter l'Atlantique, je fis mettre le cap sur Marseille, où nous parvînmes peu avant Pâques, laissant à la *Daria* le soin de contourner la péninsule ibérique et faire escale à Londres y débarquer Pope et sa cargaison.

Alternant diligence et coche d'eau, Valère, Yunus, Colas, Vassili et moi-même arrivâmes en bords de Seine à la fin du mois d'avril, soit plus de deux ans après les avoir quittés.

V

La liesse qui accueillit le retour en l'hôtel d'Ystirac fut malheureusement ternie par la funeste nouvelle de ce que notre ami le prince de Conti se mourrait d'une fluxion de poitrine en son palais du quai de Nesle.

Je me rendis à son chevet dès le lendemain : il était veillé par son épouse — qui s'était finalement résolue à regagner le domicile conjugal après avoir, l'année précédente, donné naissance à une fille — et paraissait, entre d'épouvantables quintes de toux, sereinement attendre la libération.

Je demeurai jusqu'à l'ultime instant, adoucissant ses souffrances autant qu'il se pouvait par le récit de mes pérégrinations, préparant ses potions, lisant à voix haute le courrier de ses amis, écartant les importuns, dormant dans un fauteuil à portée de son lit. Son regard s'éteignit, au matin du 4 mai, sur les premiers rayons de soleil filtrant par l'entrebâillement des tentures ; il n'avait pas trente-deux ans.

En dépit du serment que je lui avais fait de ne point me lamenter outre mesure, je ne pus m'empêcher de mêler mes sanglots à ceux de son entourage et écrivis à Pope, qu'il avait aimé, une longue missive désespérée.

La princesse douairière n'ignorait pas que je devais au défunt bien plus que la plupart de ses protégés ; elle ne réclama pourtant rien pour son fils, précisant même, quand je lui présentai mes hommages au moment de me retirer, que feu son époux avait souhaité me léguer ses *curiosa* et qu'elle veillerait à ce que ce vœu fût respecté.

Craignant d'imposer au Roi un visage affligé, j'attendis en mon hôtel de Buridan que la douleur passât et que la *Daria* revînt. Mon cher comte — devenu marquis — d'Ystirac m'y rejoignit en compagnie du banquier Simon Panchaud, tous deux aussi affectés que moi par la disparition d'*Iphise*. Le seul bénéfice avait été de conduire dans ma maison le beau Samory, son ancien valet, dont la princesse douairière ne voulait plus.

Comme pour ajouter une misère à une autre, mes visiteurs m'apprirent la disgrâce des frères Paris avec qui nous étions en affaires : Joseph, notre associé, avait même connu la Bastille peu après le départ de Monsieur le Duc, d'où il n'était sorti, au bout de sept longs mois, que pour espérer des jours meilleurs en son château de Plaisance.

— Je crains fort, grogna Panchaud, que le cardinal de Fleury ne fasse un redoutable Principal ministre. Ses affidés gèrent l'État telle une épicerie, Monsieur Hérault tel un moutier : point de répit, en ce royaume, pour les libertins, du moins ceux qui n'ont votre fortune…

Il ajouta que nos biens, créances et domaines, dont il avait la surintendance, restaient florissants et que nos gens avaient peu le sujet de s'en plaindre.

Le vieil intendant de Champigny ayant quitté ce monde durant l'hiver, je suggérai qu'on le remplaçât par Valère, qui ne voulait plus exercer de fonctions auprès du lieutenant général de police.

Henry d'Ystirac, enfin, évoqua nos garçons : il attendait profiter de ce que le mien fût intégré, à sa demande, au régiment de Villars-Cavalerie pour y forcer le jeune comte d'Ystirac, selon lui trop amolli à l'étude. J'objectai que le procédé risquait de lui valoir l'inimitié des siens mais il ne voulut rien entendre. Quant à Louise-Blanche, ma fille, elle devait retrouver Françoise-Aymone d'Ystirac à Fontevraud dès l'automne, y attendre qu'on les mariât ainsi qu'il avait été décidé.

Je n'avais guère eu l'opportunité de voir grandir notre progéniture, confiée à l'attention de nos épouses et du précepteur Jean Buvat : je n'en concevais aucun regret mais éprouvais désormais le désir de mieux connaître ces inconnus qui seraient nos héritiers ; Louis-Henry, surtout, dont on disait qu'il me ressemblait. Je me promis de l'inviter, avant son départ, en ces murs de l'hôtel de Buridan desquels il était exclu à l'instar de sa mère et, plus généralement, de toute personne étrangère à notre cercle de roués.

La *Daria*, démâtée pour franchir les ponts, accosta quai des Balcons au lendemain de la Saint-Jean. Le déchargement de ses cales attira nombre de curieux. Ces merveilles secrètes ramenées de voyage enrichirent, outre celles que je détenais déjà, les *curiosa* héritées du feu prince de Conti — statuettes et gravures obscènes, éditions infernales et divers truchements d'ivoire — dans plusieurs salons de l'hôtel de Buridan qui leur furent entièrement consacrés. La caisse contenant la copie du Faune Barberini partit pour Mondétour, où j'avais prévu de m'installer à la fin du mois d'août, au moment où notre bien-aimé Louis XV s'en irait courre le gibier à Fontainebleau. Je fis charger le vase du Sultan et l'Aphrodite de Cabir Pacha dans deux voitures capitonnées, puis m'en fus à Versailles.

Anna s'y trouvait déjà avec Louis-Henry, dans notre petit appartement de l'aile du Midi. Les amitiés de mon épouse à la Cour — où Blanche d'Ystirac la rejoignait souvent — l'avaient aisément fait admettre dans l'entourage de la Reine, qui semblait apprécier sa dévotion et la réserve naturelle que lui imposait sa surdité.

Elle me montra fièrement les billets écrits par la Polonaise et confirma que notre fils avait beaucoup plu au souverain, qu'il avait accompagné dans de nombreuses chasses et qui l'appelait plaisamment *son petit étuviste* en mon hommage.

Le Roi, néanmoins, tarda à me témoigner de nouveau son affection et sa confiance : ainsi était-il fait. Il nous fallut nous présenter ensemble, mon fils et moi-même, à la porte de ses bains pour y être admis.

Mon jeune Mondétour, très impressionné, devint écarlate en découvrant Sa Majesté, aussi nue qu'à la naissance, se faisant masser sans paraître le moins du monde incommodée par notre présence.

À dix-sept ans, le royal adolescent rayonnait de grâce virile : sa mâchoire s'était affermie, ses muscles avaient pris en rondeur et ses génitoires alourdies avaient procréé — la Reine était enceinte. Il me daigna remercier pour les présents que je lui avais fait remettre et pour les lettres écrites au cours de mon périple mais ne fit aucun commentaire sur la proposition d'alliance du pacha Bonneval :

— Je suis, sourit-il, le plus heureux des rois et le serai, s'il se peut, bientôt davantage. Je vous veux dédommager avec éclat, non seulement des attentions désintéressées que vous m'avez témoignées, mais également d'avoir offert à la Cour un fils en qui j'eusse aimé voir un frère…

Mon Louis-Henry rougit derechef et je baissai les yeux cependant que notre illustre interlocuteur annonçait qu'il me remettrait le cordon de l'Ordre de Saint-Michel afin de m'obtenir plus tard celui du Saint-Esprit :

— Je vous eusse volontiers fait duc, compléta-t-il, mais Monsieur de Fleury n'a point trouvé cela opportun. Je me flatte de le pouvoir convaincre avant peu et de vous savoir, dans l'intervalle, assez peu préoccupé par ces amusoires pour leur préférer mon amitié...

Je demeurai à Versailles jusqu'à la fin du mois d'août. La Reine, le 14, donna le jour à des jumelles, Mesdames Élisabeth et Henriette, événement qui suscita mille fêtes mais n'empêcha nullement le Roi, déçu de n'avoir un dauphin, de rejoindre Fontainebleau. Ayant appris que mon rejeton ne l'y suivrait pas, il en parut fâché :

— Veillez, prévint-il sèchement, à n'en point faire ce que nous savons. J'écrirai en ce sens à Monsieur de Villars.

Un peu confus, je regagnai néanmoins Paris avec mon fils afin de lui faire connaître, comme promis, l'antre du quai des Balcons.

On n'avait jamais plaidé à Louis-Henry le procès de son père — chacun, quoi qu'il pensât de mes actes, louait ma carrière et ses bienfaits sur notre maison —, mais la peinture qu'on lui avait brossée de l'hôtel de Buridan était à ce point effrayante, à l'instar de celle des Petites Tuileries, qu'il rêvait depuis longtemps de connaître et l'un et l'autre.

Nous étions certes encore trop étrangers pour nous autoriser la franchise mais il me sembla que nous nous comprenions : du haut de ses quatorze ans, Louis-Henry, malgré une langueur de regard et une rareté de discours hérités de sa mère, était incontestablement apte à soutenir la présence d'aînés. S'il lui manquait encore de l'assurance — ainsi que les pouces en taille et en chair que la vie militaire ne manquerait pas de lui apporter — il était assez joli garçon pour susciter l'attention des jeunes filles et des vieux barbons. Son arrivée quai des Balcons produisit presque autant d'émoi que si le Roi en personne s'était présenté à la grille.

Je ne masquai rien de l'histoire des lieux ni des trésors qu'ils recelaient ; la chambre forte, vidée de son contenu, ne servait plus d'entrepôt que pour quelques vieux secrets — j'avais détruit mes listes de suspects mais conservé le coffre à poisons remis par feu le cardinal Dubois — et fûts de vin rares sans grand intérêt pour un jeune homme.

Je sus en revanche, à la blancheur de sa voix, que la visite de mon obscène musée l'échauffait autant que je l'avais pu être, plusieurs années auparavant, devant semblables objets. Afin de favoriser discrètement l'éclosion de son plaisir, j'inventai une urgence domestique pour m'esquiver et le laisser seul dans un salon dont je repoussai la porte. J'attendis ensuite qu'il descendît me rejoindre, feignis d'ignorer la rougeur qui empourprait ses oreilles et nous fit servir du rhum :

— Êtes-vous fécond ? lui demandai-je après un premier verre.

— Dame oui, père ! répondit-il moins embarrassé que je ne l'escomptais.

— Avez-vous consommé ?

— Non point, père, cela est interdit.

— Pas même avec vos condisciples ?

— Non, père.

— Polluez-vous votre couche ?

— Oh non, père, j'ai recours à...

Il s'interrompit et j'éclatai de rire ; il détourna le regard mais je vis qu'il souriait également.

— Savez-vous vos inclinations ? repris-je.

— Elles sont aux femmes, père, cela est sûr.

— Vous a-t-on appris ce qu'il résultait de leur commerce ?

— Oui, père ; Monsieur Buvat a bien voulu nous montrer quelques planches, mais rien de semblable à...

Il s'interrompit de nouveau pour vider opportunément son verre ; je souris derechef.

— Savez-vous bien, lançai-je, à quoi vous exposera la vie militaire ?

— Oui père, Sa Majesté m'en a daigné avertir.

— Ne préféreriez-vous point demeurer auprès d'elle ?

— Je reviendrai pour les chasses, père, je le lui ai promis.

— Et à moi, promettez-vous d'épouser Mademoiselle d'Ystirac ?

— Oui, père, puisque tel est votre vœu.

— Aimeriez-vous ailleurs ?

— Non, père.

Je compris qu'il mentait mais je n'insistai pas : pourquoi torturer ses passions adolescentes ? Anna m'avait expliqué que nos enfants s'étaient plaints à quelques reprises de remarques désobligeantes faites par certains de leurs camarades au sujet de sa roture ou de la modeste noblesse de mes origines. Buvat m'avait même révélé que Louis-Henry s'était plusieurs fois battu pour de simples allusions à mes mœurs. S'il ne le savait déjà, mon cher fils découvrirait assez tôt qu'il est plus aisé d'aimer en dehors du mariage, et que ces affections volatiles n'ont rien de commun avec l'institution sacramentelle qui unit, sans égard pour les cœurs, familles, titres et biens.

Je déviai la conversation sur le sujet de la future installation des mariés, qui nécessiterait l'acquisition ou la construction d'un hôtel en ville, le domaine de Mondétour continuant à servir de résidence de campagne pour tout le clan. Louis-Henry évoqua alors les Petites Tuileries.

— C'est un bordel, coupai-je, où je n'entends point que vous paraissiez avant longtemps. On a dû vous dire que ce sujet me blessait, et pourquoi.

Il baissa la tête. Je me sentis coupable et passai un bras sur ses épaules : quoi qu'il m'en coûtât, je détaillai l'histoire de la thébaïde et ce qu'il en était advenu après que la bande de Cartouche en eût massacré les occupants, au premier rang desquels mon ami Coprophile. Quelques verres plus tard, je ne masquai rien des sentiments que j'avais éprouvés pour mes amants ni des crimes commis à leurs côtés.

Louis-Henry écoutait en silence, sans tressaillir, le regard clair, presque un sourire aux lèvres.

— Suis-je encore votre père ? conclus-je d'une voix hésitante.

— Plus que jamais, murmura mon rejeton en posant sa tête contre la mienne.

Avec les premières feuilles mortes, un carrosse aux armes de Villars emporta nos garçons comme convenu ; le malheureux Alban d'Ystirac était du voyage. Je m'en fus à Mondétour en compagnie de son père, voir où le Faune Barberini avait trouvé sa place.

La caisse, toujours fermée, attendait ma décision ; attendaient également que je les ouvrisse plusieurs plis que l'on avait omis de me faire porter à Paris.

Depuis sa résidence de Twickenham, Alexandre Pope mêlait reconnaissance et amitié à la douleur d'avoir, par ma plume, été instruit du décès du prince de Conti :

« Quelle funeste année ! écrivait-il. Je ne suis revenu que pour apprendre la disparition de Newton, savant immense dont l'âme a précédé de peu celle, infiniment moins élevée, de notre souverain. Puisse son fils George qui, lui, parle notre langue, nous mieux gouverner. Il sera couronné cet octobre ;

c'est notre Handel qui composera la musique. Il me plairait beaucoup de vous revoir dans Londres à cette occasion mais j'imagine combien votre esprit est ailleurs intéressé : votre douleur a dû être augmentée par le décès de la Czarine que, je crois, vous aimiez beaucoup… »

Alarmé par ces lignes, je décachetai aussitôt la missive de Menchikov ; datée de mai, elle commençait par ces mots :

« Le terrible devoir m'échoit de vous annoncer la mort de Catherine. Elle nous a quittés durant son sommeil… »

Le souvenir encore vivace des bonheurs vécus à Saint-Pétersbourg fit jaillir un flot de larmes, et ma vue se brouilla au point que je dus demander à Henry de déchiffrer la suite. Ainsi entendis-je que la regrettée souveraine, faute d'un héritier de son sang, avait par testament porté au pouvoir le jeune Pierre II, petit-fils du feu Czar ; un enfant efféminé sur lequel mon correspondant assurait avoir l'ascendant d'un *pater familias*.

Henry, dans le but louable mais inefficace de sécher mes pleurs, insista ensuite pour me communiquer un placet de la vicomtesse d'Arcadia qui se plaignait, outre ses rhumatismes, de ce que les Petites Tuileries, après que l'affaire Deschauffours eût dispersé les bardaches parisiens plus sûrement qu'une explosion, étaient désormais presque exclusivement peuplées de catins femelles.

« Ma santé déclinante, ajoutait-elle, m'empêche de me déplacer et je n'ai d'autre joie que recevoir céans notre commun ami Panchaud et quelques membres éminents de la Cour au nombre desquels, hélas, vous persistez à ne vouloir compter : vous faudra-t-il supplier ? »

Ne me sentant pas encore prêt à affronter un passé douloureux, je laissai Henry, dont l'âme semblait guérie, aller s'assurer de la santé de notre Arcadia.

Il en revint plein de tristesse : les lieux avaient certes changé — feu le Régent y avait fait maints aménagements — mais ils n'étaient plus qu'un tripot luxueux doublé d'un lupanar sur lesquels régnait une maquerelle aux membres pourris par la goutte.

— Sa mise est toujours soignée, précisa Henry, mais elle ressemble de plus en plus à un cadavre fardé. Elle est incapable de marcher, passe ses journées au fond d'un fauteuil et n'a guère d'autre conversation que sur sa santé ou celle de son cheptel ; lequel, l'habit et le parfum mis à part, est aussi répugnant que les catins des rues. L'ami Coprophile en serait horrifié, qui ne voulait céans que des mâles ! Raffaella m'a parlé de Mademoiselle de Charolais, avec qui elle est en affaires et qui, semble-t-il, espère toujours que tu la retournes visiter en son château de Vallery. Elle m'a également annoncé la récente disparition de Madame de Prie : il paraît que la marquise n'a pas supporté la disgrâce de Monsieur le Duc et l'indifférence avec laquelle celui-ci l'a laissée exiler pour la Normandie…

Mon interlocuteur, inquiet pour le devenir des Petites Tuileries et plus soucieux que moi de respecter les volontés de celui qui me les avait léguées, suggéra que l'on y mandât Samory, selon lui excellent taulier, afin qu'il en prît l'intendance, soutînt notre vieille amie et veillât à améliorer la qualité des putains en leur ajoutant des garçons. J'approuvai l'idée mais ne me pus résoudre à retourner dans ces lieux qui, pour moi, sentaient la mort plus que jamais.

J'occupai la fin de l'année à organiser mon domaine : ayant acquis quelques terres alentour, je souhaitais transformer en parc un bois attenant au château, de manière à y faire construire par l'architecte Gabriel une espèce d'ermitage où fuir le tumulte que ne manqueraient pas d'occasionner à Mondétour nos enfants lorsqu'ils viendraient avec leur famille; le Faune Barberini marquerait, pour ainsi dire, la frontière.

Cheminant un jour aux côtés de l'intendant, nous fumes suivis à peu de distance par deux bambins assez proprement vêtus dont la peau couleur de miel me fit inférer qu'ils appartenaient à Moussa-Saül, bel Africain que j'avais jadis sauvé des galères mais dont l'affection pour moi demeurait désespérément chaste.

— Le mariage du pupille de Monsieur le marquis, sourit l'intendant, a été maintes fois béni car, outre la petite Henriette que Votre Seigneurie peut apercevoir donnant la main à Jean, son aîné, la maison compte une Annette, qui a trois ans, et un Pierre né ce printemps; un petit Matthieu est hélas décédé l'année dernière avant d'avoir fêté son premier anniversaire mais la mère attend un nouvel événement pour bientôt...

Une telle prolixité du chef de lignée magnifique que Moussa-Saül était devenu sous mon patronyme réveilla la blessure, jamais cicatrisée, de n'avoir réussi à m'en faire aimer autrement que tel un bienfaiteur.

Un souvenir en appelant un autre, n'ayant eu aucune nouvelle récente de Pau, où Abdul-Abel — Minotaure transformé en aubergiste — était également marié et père de famille, je résolus de lui écrire.

Je m'apprêtais, le cœur apaisé, à quitter Mondétour pour passer Noël à Versailles en compagnie de mon épouse lorsque arriva le courrier de Russie. Sans doute fallait-il que 1727 s'achevât dans la douleur: Vladislav m'y apprenait l'exil en Sibérie du maréchal Menchikov, déchu de tous ses titres et biens à la suite d'une révolution de palais à laquelle mon correspondant avait échappé de justesse:

« Ces faits, ajoutait-il, se sont déroulés en septembre; trop occupé à sauver ma maison, je n'ai guère eu le loisir d'en avertir quiconque. Le Maréchal, moi-même et quelques autres avons été victimes du clan Dolgorouki, très influent auprès du jeune Czar, mais c'est surtout la morgue de Menchikov qui a causé sa perte: il ne s'est point rendu compte combien la haine que lui vouait notre souverain favorisait ses ennemis. Aussi difficile à croire que cela puisse paraître, je n'ai dû mon salut qu'au vieux prince Kropotkine, revenu prêter allégeance aux nouveaux maîtres, qui a bien voulu plaider ma cause. Me voilà désormais redevable. Il y a plus désolant: non seulement le Czar s'est fiancé à une fille Dolgorouki mais il prétend se faire couronner avec elle à Moscou: adieu Saint-Pétersbourg! »

Vladislav, en conclusion, avait glissé ces lignes codées: « J'ai été l'amant du prince Ivan Dolgorouki et le suis resté pour sauver ma tête. Je n'en puis écrire davantage. »

Ce sujet fut le premier que j'abordai à Versailles, avant même celui de mon fils, avec Honoré de Villars. Celui-ci soupira que le prince Vladislav lui était une constante source de déplaisir, mais qu'il chérissait plus qu'aucune autre:

— Il ne me semble point, observa-t-il, que je puisse ainsi aimer de nouveau. La vie militaire m'a altéré.

Il évoqua Alban d'Ystirac, cadet dans son régiment aux côtés de Louis-Henry, dont les mœurs lui semblaient proches des siennes par l'esprit:

— Je ne sache pas, sourit-il, qu'il soit vraiment attiré par les garçons mais je puis affirmer qu'il fera un aussi piètre soldat que moi-même. Monsieur votre fils, en revanche, paraît priser aussi furieusement la guerre que la vénerie. Peut-être devriez-vous songer à lui acheter une meute et un commandement…

Il m'apprit par ailleurs le retour en grâce de Monsieur le Duc et d'un certain nombre d'anciens roués que leur débauche avait conduits loin de la Cour :

— Pour ceux-ci, glousse-t-il, leurs épouses ont travaillé ; pour celui-là, chacun murmure que le Roi souffrait de ne pouvoir se rendre à Chantilly et que c'est davantage le gibier qu'il a voulu revoir, que son propriétaire…

Peu de temps après, je fus apostrophé, au sortir d'un salon, par les marquis de Meuse et d'Alincourt, en compagnie de qui j'avais jadis forniqué à Bélesbat chez la défunte marquise de Prie, puis à Vallery chez Mademoiselle de Charolais. Richelieu et La Fare leur ayant ouvert grand les portes des Petites Tuileries, ils m'en félicitèrent et ne tarirent pas d'éloges au sujet de la vicomtesse d'Arcadia :

— Le Versailles de Fleury, grinça d'Alincourt, est un bien triste théâtre ; nous lui préférons celui que le feu Régent a fait aménager chez vous, dont les obscénités vous enchanteraient si seulement vous y vouliez paraître !

Sachant que le sujet ne m'agréait pas, ils me convièrent à les suivre jusqu'à Paris, dans la loge que le duc de Boufflers, leur complice, possédait au théâtre de la rue des Fossés Saint-Germain où, assurèrent-ils, l'on s'amusait entre gens de bonne compagnie. Monsieur de Marivaux donnait, ce soir-là, sa *Seconde Surprise de l'amour*. Ne connaissant point la première, je ne m'y attachai guère, sinon lorsque le marquis de Meuse expliqua que Mademoiselle Lecouvreur, qui tenait l'un des rôles principaux, avait été à l'origine de la dispute, deux ans auparavant, entre Voltaire et le comte de Rohan-Chabot :

— Nos duellistes, ricana-t-il, ont un insigne rival en la personne du comte de Saxe, bâtard du roi de Pologne et ci-devant duc de Courlande[23] : toutes les femmes sont à ses pieds ; on le serait à moins…

Il désigna du menton, dans une loge voisine, un beau et fort trentenaire au visage carré dont l'oreille s'ornait d'un anneau d'or du meilleur effet. Je passai furtivement ma langue sur mes lèvres.

— N'y songez pas ! souffla le marquis. J'en connais plus d'une qui ne vous le pardonnerait point. Et puis les mauvaises langues prétendent qu'il embrasse mieux qu'il n'étreint…

J'éclatai de rire avec mes compagnons — ce qui nous valut, de l'objet de nos observations, un bref regard interrogatif —, mais ne m'en fis pas moins la promesse de tenter une approche. Puis d'Alincourt referma les grilles et nous dégrafâmes nos chausses pour quelques savantes agaceries cependant que commençait la représentation.

Temporairement rassasiés, nous suivîmes le second acte grilles ouvertes. Je remarquai que le comte de Saxe avait clos les siennes. Un laquais, au début du troisième, vint me remettre un billet par lequel on m'invitait à rejoindre une loge qui s'avéra celle de mon Courlandais ! Je craignis un instant que nos ris ne l'eussent irrité au point qu'il m'en demandât raison mais il me reçut avec civilité et me présenta à une jeune dame au port altier :

— Madame la duchesse de Bouillon et moi-même, dit-il gravement, avons été chargés de vous rencontrer. Nous pensions le faire à Versailles mais votre présence céans facilite les choses.

Il sortit alors de sa poche une clef pyramidale en argent niellé similaire à celle que le cardinal Dubois avait jadis remise à ses agents et qui marquait l'appartenance au cabinet secret

23. Duché indépendant (1561-1795) dans l'actuelle Lettonie.

du Roi. Voyant que, n'y ayant jamais été confronté, la procédure me surprenait, la duchesse se hâta d'expliquer qu'elle seule possédait cette clef mais qu'elle avait jugé utile d'en appeler au comte de Saxe :

— Je suis une amie de Madame votre épouse, ajouta-t-elle. Monsieur Hérault ayant échoué auprès d'elle, m'a recruté aux fins de vous rappeler à vos engagements. Il craint votre défiance et a pensé, j'espère à raison, que vous ne me sauriez dire non. Son Éminence le cardinal de Fleury a assuré qu'il approuvait la démarche et vous récompenserait à la juste mesure des résultats que vous obtiendrez.

— L'affaire est dangereuse, reprit le comte. Vous rappelez-vous la bande de Cartouche ? Eh bien, elle s'est reformée sous la houlette d'un pendard que l'on ne connaît que par le pseudonyme de *Fanfaron.* On n'en cause guère chez nous car ces assassins visent principalement le peuple et les bourgeois, mais leurs crimes affreux soulèvent de plus en plus l'indignation ; les curés l'évoquent en chaire, on proclame que la police agit moins pour les roturiers que pour les nobles, et des libelles ont commencé à circuler. Monsieur Hérault s'est souvenu du rôle que vous avez tenu dans l'arrestation de Cartouche : il est persuadé que vous pourrez mettre un terme à ces horreurs ; aucun de ses exempts[24] n'y est parvenu.

— Le lieutenant général, glissa la duchesse, a dit que si vous ne le faisiez pour lui ou pour l'État, vous le feriez pour Sa Majesté. Avait-il raison ?

Je hochai la tête en soupirant. Mon unique consolation, outre la satisfaction dans les yeux de mes interlocuteurs, fut de recevoir du charmant Courlandais l'offre de son aide, que j'acceptai bien davantage par plaisir de le côtoyer — et lancer

24. Ancien nom des officiers de police.

ma campagne — que pour l'efficacité attendue de ses services. Nous convînmes de nous revoir un mois plus tard quai des Balcons.

VI

Je convoquai Colas, Martin le chef de ma garde personnelle, et Brise-reins mon cocher, dès l'aube de 1728 : si les deux premiers avaient peu conservé de commerce avec la Cour des miracles, le troisième y entretenait toujours quelques relations. Ils raillèrent mon ton de conspirateur et s'exclamèrent qu'il fallait bien habiter Versailles ou la Lune pour ignorer les méfaits de Fanfaron :

— Les grands, tempêta Martin, ont tort de se désintéresser des infortunes des petits. En les protégeant mieux, ce seraient eux-mêmes qu'ils garantiraient…

Puis il se lança dans une diatribe contre le gouvernement du cardinal de Fleury, l'incurie du Parlement et toutes sortes de billevesées auxquelles je dus mettre un terme en ramenant le propos sur le sujet qui nous intéressait.

Brise-reins confirma que de nombreux bandits trouvaient refuge au milieu des mendiants mais qu'il serait moins risqué de les aller surprendre au petit cimetière de l'église de Saint-Médard, où la foule était nombreuse et les larcins faciles :

— Monsieur le marquis, ricana-t-il, ne doit point être informé des miracles qu'on y voit depuis la mort du diacre Pâris survenue en mai dernier…

Je haussai les épaules. Colas, alors, expliqua comment la tombe de ce prétendu saint homme — simple homonyme de mes banquiers et janséniste fervent — était devenue le repaire d'hystériques baptisés *convulsionnaires,* qui avaient recours à de vigoureux larrons que l'on appelait *secouristes* pour atteindre une espèce d'extase mystique propre à les guérir de leurs maux fors la déraison. Il s'agissait principalement de femmes, toutes conditions confondues, qui par excès de dévotion allaient jusqu'à dévorer la terre du cimetière quand elles ne se soumettaient pas aux supplices des secouristes.

— Certains, sourit Colas, plairaient assurément à Monsieur le marquis, qui pourrait trouver piquant de s'en rendre compte par lui-même, ainsi que des vexations que ces ribauds, sous couvert de foi, font subir à leurs victimes…

Nous y fûmes quelques jours plus tard ; j'avais, pour l'occasion, emprunté des vêtements bourgeois. L'endroit était aussi peuplé qu'un champ de foire et nous dûmes jouer des coudes pour parvenir au premier rang : une malheureuse, vêtue de fins voiles la dissimulant à peine, sourire béat aux lèvres, s'y faisait battre les flancs à grands plats de sabre par une brute crasseuse au torse nu que j'aurais volontiers convié en ma couche. À en juger par l'importance du paquet viril jouant contre le tissu de sa culotte à chaque mouvement, l'exercice plaisait autant au bourreau qu'à la victime. La foule recueillie ne voyait rien, comptant les coups, poussant des soupirs, louant la grandeur de Dieu et n'ayant d'attention que pour ce qui se passait au-dessus du tombeau.

Les coupe-bourses aussi étaient de la partie, aussi efficaces qu'invisibles ; Brise-reins m'en désigna un ou deux et se proposa, avec Colas et Martin, de devenir un fidèle des lieux afin de m'en pouvoir rendre compte.

Lorsque la duchesse de Bouillon et le comte de Saxe vinrent, comme convenu, en mes murs à la fin du mois de janvier, je pus, grâce à mes compagnons, leur livrer les noms d'un certain Pierre Baremont, dit *Nazareth,* et d'un Jean Mancion, alias *l'Assemblée,* deux importants lieutenants de Fanfaron. Le patronyme de ce dernier restait inconnu mais plusieurs autres malandrins en avaient fait mention à Brise-reins — il avait assez gagné leur confiance pour leur parler comme entre marauds — sous le sobriquet de *Le Roux,* ce qui, selon toute vraisemblance, décrivait notre gibier. Restait à entamer la traque.

Trop absorbé par la beauté du Courlandais, je n'entendis que ses compliments et son vœu de joindre ses efforts aux miens, sans m'apercevoir de ce que sa compagne lui était éperdument dévolue et qu'elle s'intéressait outre mesure à mon métier de tueur. Fût-ce évasivement, je répondis à toutes ses questions, y compris celles touchant à l'usage des poisons ; sans doute, à cette occasion, révélai-je en posséder. Mon esprit simple, alors, entrevit d'autant moins le danger que mon épouse m'avait entre-temps écrit grand bien de la duchesse et que le cardinal de Fleury s'était de la même façon — lui qui ne m'avait jamais auparavant adressé la parole — réjoui de nous savoir collaborer.

Le comte, malgré ma carrière et mes inclinations, me témoigna une amitié sincère. À ma grande satisfaction, forcé de se retirer en même temps que la duchesse, il revint seul un soir de la semaine suivante.

Je lui fis, à l'instar de mon fils, visiter mon musée infernal mais, malgré une proéminence prometteuse à l'entrejambe, il ne laissa paraître aucun trouble et réorienta progressivement la conversation sur la matière qui l'avait conduit chez moi.

Ne pouvant espionner tous les rouquins de Paris, nous convînmes d'attendre que mes hommes revinssent de Saint-Médard avec de nouveaux indices.

Je nous fis servir à boire devant la cheminée du grand salon et écoutai avec délice mon visiteur passer, la liqueur aidant, des faits d'armes aux faits de jupons, dont il tirait à juste titre le plus de fierté :

— La Nature, sourit-il, un peu gris, m'a été généreuse…

— Un *Dom Juan* en somme, commentai-je en lui versant un nouveau verre. On prétend néanmoins que vos congrès sont furtifs : des jaloux, sans doute…

— On ment ! Je le pourrais prouver sur l'heure !

— Sur l'heure, dites-vous ? Malgré l'alcool ? Devant témoin ?

— Si fait ! — il me dévisagea avec un large sourire. N'espérez point, poursuivit-il, que je me puisse passer de vulve. S'il me chaut peu que vous soyez spectateur, je ne puis rien défendre hors d'un con affamé…

Je sonnai aussitôt le majordome afin qu'il envoyât quérir une fille — deux ! corrigea mon invité. Nous vidâmes la bouteille en attendant.

Une vingtaine de minutes plus tard, les catins commandées faisaient leur entrée : elles étaient jeunes, proprement mises et de gracieuse figure. Je repoussai doucement celle qui me voulait sucer afin de mieux jouir du spectacle qu'offrait sa commère agenouillée entre les jambes du comte dans un fauteuil proche du mien. Le membre du Courlandais était brun et lisse, surmonté d'un large gland que j'aperçus furtivement avant qu'il ne disparût dans la bouche de la putain.

Mon compagnon ferma les yeux et poussa un immense soupir : je crus qu'il allait jouir mais il se contenta de délacer les *barricades mystérieuses* de ces dames afin d'en mieux prendre possession, pinçant et pourléchant tout ce qui passait à sa portée. Il se dévêtit lui-même sans cesser d'enfouir la tête entre chairs et dentelles, révélant un torse puissant couvert de boucles fauves, des bras d'Hercule et, lorsqu'il se releva pour empaler debout l'une de ses fortunées partenaires, des fesses et des cuisses aussi musclées que velues qui me jetèrent à ses genoux.

L'autre courtisane avait entrepris de darder sa langue au milieu de cet appareil ; je pris sa place et la laissai flatter mes génitoires cependant que je faisais de même avec celles du comte. Il ne s'aperçut pas immédiatement de la substitution :

— Arrête, maraud ! s'esclaffa-t-il alors sans cesser de limer. Tu n'es pas autorisé… Cela n'est point juste… Rends-moi ma catin !

Il dégagea sa pine luisante et toujours roide pour la mieux replonger dans la seconde fille ; la première s'étant crue autorisée à m'exiler loin de l'objet de mes délices, je l'envoyai vivement au fond d'un fauteuil, ce qui fit hurler de rire mon Courlandais :

— Il a de l'appétit, le chien ! tonna-t-il — puis suppliant : Allons, rends-moi ma catin… La nouveauté m'échauffe… Tu vas me faire perdre mon pari…

Je détachai à regret mes lèvres du Graal mais demeurai en place, cependant que l'exilée revenait se faire pardonner. Puis le comte changea de position, baisant les filles tour à tour sur un canapé. Je me postai au pied du meuble et me permis quelques incursions à la jointure brûlante des corps sans que l'on s'en offusquât.

Il me sembla qu'un temps assez long s'était écoulé lorsque jouît mon invité, ses saccades et ses rugissements entraînant les miens. Comme je le félicitais sur son endurance, encore fort pris de boisson, il me donna la main pour me faire installer à ses côtés :

— Motus ! bredouilla-t-il en faisant signe aux courtisanes de nous trouver de quoi manger. Tu sais à présent ma vaillance et la pourras publier. Pour le reste, je regrette n'avoir plus tôt laissé un bardache me sucer le vit : si tous ont tes talents…

Il passa un bras sur mes épaules. Ce geste, la proximité de son souffle ainsi que la vue de son sexe encore gros de semence firent que je me remis à bander. Il me dévisagea en hochant la tête et m'aurait peut-être embrassé si les catins n'avaient choisi cet instant pour revenir des cuisines les bras chargés de pâtisseries.

Je ne parvins pas à extorquer à Maurice — puisqu'ainsi désormais je le pouvais nommer — le serment d'une nouvelle joute mais il promit, les yeux brillants, que nous nous reverrions. J'éprouvai alors, sentant mon cœur s'envoler, avec quelle facilité l'on pouvait succomber à ses charmes, et je compris ses maîtresses. À deux ans de mon quarantenaire, je savais ne plus risquer beaucoup de Cupidon mais j'ignorais encore à quels excès la passion pouvait conduire…

Mon hiver de courtisan s'écoula à Versailles, sans autres nouvelles que d'Abdul-Abel m'apprenant son veuvage : quatre enfants avaient survécu, dont deux garçons qui seraient bientôt en âge de lui succéder et qui, déjà, l'aidaient à tenir sa maison.

Vers la mi-mars, après des mois d'une enquête aussi discrète qu'efficace, Colas, Martin et Brise-reins furent enfin en mesure de révéler l'identité de *Fanfaron-Le Roux* : il s'agissait d'un certain Nivet, brute matoise d'environ trente ans, receleur de son état, qui tenait parfois boutique chez un boucher de la rue Saint-Sauveur et levait principalement ses troupes en dehors de Paris. C'était, plus encore que Cartouche, un assassin sans conscience, sujet à de soudaines colères au cours desquelles, assurait-on, il pouvait occire ses propres hommes. Les récits de ses brutalités et celles de ses sicaires — dont certains faisaient partie des secouristes de Saint-Médard — avaient pour beaucoup contribué à la terreur silencieuse qui s'était abattue sur le peuple. À Brise-reins qui prétendait rejoindre la bande, Baremont, alias *Nazareth*, avait osé répondre que les effectifs étaient complets et qu'il lui faudrait fonder sa propre compagnie !

— Le meilleur moyen de supprimer cette horde, grogna Martin, serait encore de le faire au sens propre…

J'objectai qu'il serait, en ce cas, impossible de débusquer tout le monde et, certain que Maurice de Saxe en serait, sonnai l'appel à la chasse.

Mon cher comte, que je n'avais jusque-là revu que fort épisodiquement et toujours en compagnie, fut à ce point enchanté par l'idée de la traque qu'il ne fit aucune objection à installer chez moi ses quartiers, ceci lui permettant en outre d'y recevoir discrètement ses maîtresses. Il arriva peu après Pâques, accompagné seulement d'un domestique — joli Polonais clair de poil comme de regard, qui lui semblait aussi dévoué qu'un épagneul. Sentant Henry d'Ystirac un peu jaloux, je le mis dans la confidence.

En comptant Vassili et Yunus, notre troupe atteignait la dizaine, ce qui ne serait pas de trop pour confondre nos proies et les appréhender. Car si leurs noms nous étaient connus, nous ignorions toujours en quelles caves ils se terraient, ni dans quels lits ils sommeillaient, et comme je ne voulais pour rien au monde recourir aux exempts de Monsieur Hérault, nous devions décapiter l'Hydre au premier assaut.

Plus curieux les uns que les autres de découvrir le visage du monstre, nous nous amusâmes fort, au cours des semaines qui suivirent, à endosser divers costumes — j'abandonnai temporairement la plaque émaillée qui dissimulait le lobe disparu de mon oreille — afin de nous mêler plus aisément à la foule du cimetière de Saint-Médard ou de la rue Saint-Sauveur. Baremont, Mancion et leurs semblables y croisaient souvent mais Nivet se fit attendre, discrétion aisément compréhensible.

Un soir, enfin, Brise-reins et moi-même le vîmes furtivement se glisser chez son boucher : il était large d'épaules, portait des vêtements sombres, un tricorne d'où s'échappaient des mèches couleur de feu, et jeta dans notre direction un regard acéré. J'éprouvai le frisson délicieux du chasseur observé par le sanglier ignorant son destin et, malgré l'effroi de mon cocher, pénétrai avec lui dans l'échoppe. Le nommé Nazareth s'y trouvait déjà, qui reconnut mon compagnon :

— Holà, ricana-t-il, notre apprenti secouriste est venu avec un compère !

Nivet se retourna : son visage était épais, grêlé par la petite vérole et partiellement couvert de barbe ; il en émanait une espèce de rage brutale que ses poings refermés — énormes, ponctués d'éphélides et ceints d'anneaux d'or — paraissaient à peine contenir.

De l'autre côté de l'étal, un artisan obèse et qui sentait le sang caillé s'affairait à laver son billot. Un silence menaçant s'établit. Brise-reins bredouilla que, cherchant du travail, nous pensions en trouver céans et ne demandions pas mieux que de prouver nos capacités.

Je redoutais que son hésitation nous fût fatale mais elle plut probablement au *sanglier* car, alors que Nazareth s'apprêtait à nous jeter dehors, il l'arrêta de la main, évalua rapidement nos muscles, effleura ma cicatrice puis dévoila ses dents gâtées :

— C'est d'accord, grimaça-t-il. Je vous donne une chance ; une seule. Un dixième sur les récoltes. On cause, on crève. On triche, on crève aussi. On est bon, on gagne de plus. Vous avez où crécher ? — Je fis non de la tête — *Le Marchand* vous montrera…

Il siffla dans ses doigts : de l'arrière-boutique surgit un vieil échalas aux cheveux filasse qui nous fit signe de le suivre. Nous sortîmes par la cour, traversâmes plusieurs écuries et parvînmes, dans une venelle perpendiculaire à la rue Saint-Sauveur, devant un immeuble de rapport. Le Marchand frappa deux coups rapides suivis de trois plus espacés :

— Rappelez-vous ! souffla-t-il sentencieusement.

Un homme jeune, à la forte carrure — sans doute un secouriste — vint ouvrir. Avant de nous abandonner, l'échalas désigna la poignée rouillée, dont la section carrée permettait de distinguer la maison de ses voisines :

— Rappelez-vous !

Le secouriste referma la porte sans un mot avant de nous précéder jusqu'au premier étage. L'endroit, humide et faiblement éclairé, dégageait un mélange de graillon, de sueur et de tabac froid ; une odeur mâle qui fit battre mon pouls mais que Brise-reins ne trouva manifestement pas à son goût :

— Qu'avez-vous fait ? chuchota-t-il, affolé. Si on découvre…

Notre hôte s'arrêta devant une salle commune : quelques bandits buvaient et jouaient aux cartes ; ils se retournèrent brièvement avant de replonger dans leur jeu.

— Manger, grogna notre guide d'une voix rauque.

Et devant la double porte opposée :

— Patron. Interdit.

Nous grimpâmes jusqu'au quatrième et dernier étage, sous les toits, occupé par un vaste dortoir. Aux deux paliers précédents, le secouriste avait simplement dit :

— Dormir. Nous autres.

Arrivé là :

— Dormir. Vous autres.

Aucun lit, juste de la paille épandue sur le sol ; je commençai à regretter mon confort du quai des Balcons.

— Attendre ici, lâcha notre huissier avant de disparaître.

Brise-reins, aussitôt, se remit à gémir :

— Maintenant qu'on connaît leur cachette, souffla-t-il, pourquoi ne pas partir ? Le risque est trop grand ! Et puis, que penseront Monsieur le comte de Saxe et tous les autres ?

Excité à l'idée de terrasser moi-même notre gibier en sa tanière, je répliquai que rien ne nous empêcherait d'avertir nos compagnons dans le cadre même de ce nouveau métier et que notre éventuelle disparition entraînerait immanquablement l'intervention du lieutenant général de police. Voyant Brise-reins peu rassuré, je l'autorisai par avance à prendre la fuite et, songeant au laconisme de notre secouriste, suggérai qu'on l'imitât : moins nous en dirions, moins en effet nous risquions d'être percés à jour.

Nous patientâmes quelques minutes avant que la puissante figure de Fanfaron ne se découpât dans l'encadrement de la porte :

— Y'a de la place dessous, prévint-il, mais faudra la gagner ; rien n'est gratis céans…

Il se planta face à nous, lampe en main, palpa nos épaules, nos bras, puis décida que seul Brise-reins deviendrait secouriste :

— Toi t'es trop vieux, grogna-t-il en approchant sa lanterne de mon lobe amputé. Qui t'a fait ça ?

— Un *blanc-poudré,* répondis-je en me remémorant le vocabulaire utilisé par les sbires de Cartouche.

— Tu l'as tué ?

— Oui.

— Y t'ont pas pris, alors, sinon tu serais pas là... Écoute, je te demanderai pas ce que t'as fait avant — je le demande jamais, de toute façon — mais y'a au moins une chose que tu dois comprendre si tu veux durer : jamais t'attaquer aux blanc-poudrés. Jamais, t'entends ?... T'as connu Cartouche ? — Je hochai positivement la tête — Un grand, un très grand bonhomme. J'étais à Caen à l'époque : dommage... T'as travaillé pour lui ?

— C'était *avant,* objectai-je en souriant...

— T'as raison... Tu sais, alors, comment il est tombé. Mais les blancs-poudrés étaient derrière, c'est eux qui ont retourné ses lieutenants avant d'envoyer tout le monde à la roue ! — Il cracha devant mes pieds — J'espère pour toi que t'es pas une donneuse...

Je lui décochai aussitôt un magistral coup de poing qui l'envoya à terre, et le laissai me rendre la pareille lorsqu'il se releva. Brise-reins roulait des yeux affolés.

— Bonne réponse ! tonna Le Roux en m'aidant à me remettre debout.

Et il me prit par l'épaule pour nous conduire jusqu'à la salle du premier où il nous fit servir à boire. Il apostropha les malandrins afin de nous présenter : Brise-reins donna son surnom et j'annonçai *Thésée.* Aux moues interrogatives, je répondis par un « C'est un tueur de taureaux » qui parut satisfaire.

Nivet expliqua ensuite à mon cocher comment jouer les secouristes, labeur d'autant plus aisé que les victimes se laissaient non seulement rosser, mais encore dépouiller de leurs biens *ad maiorem Dei gloriam*[25]. Il l'abandonna aux bons soins du jeune homme robuste qui nous avait accueillis et me pria de l'accompagner, en face, dans la partie qui lui était réservée.

---

25. « À la plus grande gloire de Dieu » : devise des Jésuites.

Ses appartements n'étaient pas vastes, à peine un salon et une chambre, mais la richesse ostentatoire de leur décoration avait de quoi surprendre. Je pris soin de paraître intimidé et laissai mon hôte, très fier, détailler chaque meuble et bibelot comme s'il en voulait faire l'article :

— Je les ai pas volés, insista-t-il, je les ai achetés !

Il précisa que ses hommes avaient ordre de procéder semblablement et que si certains se contentaient de la petite chambre qu'il mettait à leur disposition dans l'immeuble, d'autres habitaient ailleurs en ville sous d'assez confortables lambris :

— Pas de femme céans, martela-t-il ; c'est la règle. Ceux qui veulent s'en encombrer doivent crécher ailleurs, comme L'Assemblée et Nazareth, ou aller au bordel. T'as entendu ?

Devant tant de principes, je commençais à craindre que la sinistre réputation de Fanfaron ne fût usurpée et ce sobriquet trop légitime, mais je fus vite détrompé : ayant tiré une flasque de vieux marc d'un riche cabinet, il nous en servit dans des timbales d'or puis darda ses yeux dans les miens :

— Contrairement à ton petit collègue, murmura-t-il, tes mains sont pas celles d'un homme de peine… Pourtant t'es bâti comme un lutteur. Si t'es pas un blanc-poudré ou un fou, je dirais que t'es un tueur à gages. Je me trompe ?

Je sirotai mon alcool sans répondre et lui rendis son regard. Un duel silencieux commença, dont il perdit la première manche :

— Si t'es venu pour moi, grinça-t-il…

— Tu serais déjà mort, complétai-je en esquissant un sourire.

— Les larrons comme toi, ça travaille jamais longtemps pour le même patron. Qu'est-ce que tu veux ?

Le silence retomba. Je sentis que Le Roux étudiait chacune de mes expressions, que ses pupilles tentaient de s'immiscer dans mes pensées, que ses tympans surveillaient la moindre irrégularité de mon souffle.

— J'ai besoin d'argent, dis-je.

— On dirait pas.

— Je suis prévoyant, mais il arrive un moment…

Je désignai, sur le pavillon de mon oreille infirme, le trou qui servait à y accrocher la plaque d'émail. Nivet fronça les sourcils ; je compris, malgré la furtivité de son sourire, que j'avais remporté la partie :

— Si t'as tout vendu, reprit-il, c'est peut-être parce que t'es plus aussi bon qu'avant…

— Peut-être.

— C'est quoi ton arme ?

Je montrai mes mains. Bien qu'il tentât de le dissimuler, je perçus chez lui une obscène satisfaction ; il nous resservit à boire, un minuscule tremblement dans le poignet, et laissa une fois encore s'imposer le silence.

— Jusqu'où tu peux aller ? chuchota-t-il avec un étrange éclair dans les yeux.

— Jusqu'où tu peux payer ?

— Écoute, ça fait longtemps que je cherche un second ; un vrai. Donne-moi une preuve, une seule, et je jure qu'on partagera les gains. Mais essaye pas de me doubler, hein : moi j'ai cent gars et toi t'es tout seul…

Il se leva.

— J'ai prouvé ma loyauté, lança-t-il ; prouve la tienne !

Il sortit quelques instants et vint se rasseoir face à moi sans un mot. Moins de cinq minutes plus tard, des cris raisonnèrent derrière la porte :

— C'est le moment, dit Fanfaron.

Nous retraversâmes le palier; le réfectoire était rempli de brutes grimaçantes agglutinées autour d'un loqueteux qui gémissait sur le sol :

— Tue-le.

Je savais, depuis Athènes, que j'en étais capable mais dus fermer mentalement yeux et oreilles pour ne point surprendre les expressions d'effroi ou de scélératesse, ni ouïr les hurlements des soudards et ceux de ma victime.

Elle se débattit, n'étant pas entravée, et me fit l'effet d'un chevreau un peu sale qu'il me suffit de tenir à distance par le col pour lui faire rendre gorge. Un peu de sa salive s'écoula le long de mon poignet, puis sa tête retomba et je laissai le cadavre glisser doucement à terre. Les cris se turent.

— T'es un bon ! clama Nivet d'une voix blanche. — Et à la cantonade : Vous avez bien vu ? C'était peut-être trop rapide...

— Je peux recommencer sur un autre, grondai-je en essuyant mes phalanges.

L'attroupement, agité de murmures, s'ouvrit pour me laisser sortir. Je croisai Brise-reins, qui détourna le regard, et m'apprêtais à regagner notre sous-pente quand Le Roux me rattrapa :

— Pas question que tu retournes là-haut ! souffla-t-il en m'ouvrant de nouveau les portes de ses appartements.

Quand nous fûmes seuls, il posa une main sur mon épaule :

— Ce que t'as fait, bredouilla-t-il, aucun l'aurait fait ; aucun. La terreur... C'est comme ça qu'on les tient... Moi aussi je peux tuer, mais il faut que j'aie la rage... Toi t'es au-delà : t'as pas besoin de ça. T'es pas juste un assassin, t'es...

Il s'effondra dans mes bras ; je perçus qu'il pleurait et bandait à la fois, ce qui me décontenança quoique le sentiment ne me fût point étranger. Je lui rendis son étreinte et attendis vainement qu'il se calmât.

Une espèce de tristesse mêlée de dégoût, non pour lui mais pour moi, me rendit spectateur de l'amour térébrant que je venais de faire naître chez ce monstre du fait même de ma propre abomination. Comme il était agité de tremblements, je le soulevai et le portai jusqu'à son lit, où je le laissai se blottir contre ma poitrine :

— Regarde pas ! sanglota-t-il. Tu peux pas comprendre...

J'effleurai ses mèches enflammées et repoussai ses larmes du bout des doigts. Il embrassa ma main, chercha à lire dans mes yeux et sanglota derechef :

— Pourquoi t'es venu ?

Je pris sa paume et la plaçai sur ma braguette ; il la retira vivement :

— Suis pas un bougre ! beugla-t-il.

— Je sais, murmurai-je.

Je posai un baiser sur ses lèvres. Il aspira avidement ma langue et maintint longuement nos bouches accolées cependant que je libérais son sexe déjà tout englué de miel. Sa respiration envahit la mienne. J'ouvris mes braies et m'allongeai sur lui, faisant doucement jouer nos épieux.

D'abord timides, ses poings agrippèrent mes fesses pour leur imprimer un mouvement de plus en plus rapide. Enfin, il détacha mon visage du sien afin de nous offrir l'un à l'autre le spectacle de la fruition. La sienne fut intense, qui lui arracha un long râle, macula nos vêtements et s'acheva en pleurs :

— Tue-moi ! hoqueta-t-il.

J'aurais dû obéir mais je me contentai de le faire taire par un nouveau baiser ; il finit par s'endormir. La nuit était tombée. Je remis de l'ordre dans mes hardes, masquant tant bien que mal l'auréole que nos amours y avaient occasionnée, et m'en fus quérir de quoi dîner.

Aucun des pendards présents dans la salle n'osa me regarder. Un cuisinier me tendit respectueusement un plateau rempli de victuailles ; je repartis comme j'étais venu et déposai le tout à côté du lit de Fanfaron. Mon sanglier sommeillait toujours, les traits contrariés.

Je mangeai seul, nostalgique — mais sans réelle sincérité — d'une innocence dont je n'avais plus la mémoire, insatisfait par mes mensonges comme après un mauvais coït, désenchanté par ce que je savais nécessairement advenir des bandits amoureux.

Ainsi que je m'y attendais, Brise-reins s'évada dès le lendemain. Ne pouvant anticiper la réaction de mes amis — auxquels il ne faisait aucun doute qu'il raconterait tout — je me préparai à voir débarquer les troupes de Monsieur Hérault.

Elles mirent onze semaines. Près de quatre-vingts longs jours au cours desquels Thésée — je donnai plus tard le nom d'Henry Wolmar — seconda Le Roux dans ses basses œuvres. De mornes heures passées à terroriser, sous le vil prétexte de les protéger, boutiquiers, petites gens et même voleurs pour les mieux dépouiller.

La seule vue de Nivet ou de ses lieutenants suffisait, la plupart du temps, à faire jaillir ces écus de misère de leur cachette mais il fallait parfois insister : malheur, alors, à qui osait pointer une arme ! Celle de Fanfaron — le pistolet — faisait mouche d'entrée ; les autres avaient affaire à mes poings. La règle, toujours respectée malgré le nombre, l'âge ou la qualité des témoins, était de laisser derrière nous au moins un cadavre.

Les dix à quinze maîtres-pendards qui conduisaient la meute se réunissaient une fois par semaine pour la répartition du butin : c'était à eux que revenait la tâche fastidieuse de transformer en espèces les larcins commis en nature, notamment par les secouristes. Le Roux administrait ce terrible gouvernement tel un Léviathan prompt à punir de mort la moindre rébellion ; ainsi fis-je passer de vie à trépas plus de brigands que de *civils*.

Mon sanglier m'ouvrit tous les soirs sa luxueuse bauge et, s'il n'eut point le temps d'accepter assez son inclination pour nous autoriser la sodomie, n'en fut pas moins un amant passionné. Prétendant que l'or me seyait, il fit réaliser à mon intention un lourd torque incrusté de rubis, des bracelets de force et, en hommage à mon sobriquet, une nouvelle plaque d'oreille figurant un Minotaure. Mais il ne parvint pas pour autant à se faire aimer de moi, prenant, avec la sottise de l'amoureux, nos étreintes pour des aveux.

J'eus cent fois la tentation de m'enfuir mais, en janséniste involontaire, choisis d'expier mes crimes par le supplice même de leur perpétration, aussi longtemps que l'attente — et le ministre de la police — l'exigeraient.

L'indifférence avec laquelle j'immolais mes semblables m'intriguait autant qu'elle subjuguait Fanfaron et ses sbires : je n'éprouvais ni plaisir, ni colère, ni culpabilité ; juste une tristesse diffuse. Quant à la morale, si l'idée d'occire femmes et vieillards suscitait encore en moi quelque débat, il me suffisait de me savoir irréfragablement incapable de porter la main sur un enfant, forfait épouvantable que l'on ne m'amena d'ailleurs jamais à commettre.

Vers la fin du mois de juillet, en pleine nuit, les portes de l'immeuble furent enfin enfoncées et la bande appréhendée sans vraie résistance. Quelques malandrins se blessèrent en tentant de s'échapper par les fenêtres — certains parvinrent toutefois à s'enfuir — et ceux qui montaient la garde succombèrent vaillamment à l'assaut.

On nous jeta, avec Le Roux et les autres, dans plusieurs charrettes dont la destination ne faisait aucun doute, et les quelques Parisiens que ce tumulte avait postés à leurs fenêtres nous couvrirent d'ordure, tant au propre qu'au figuré.

L'aube nous trouva entassés au fond d'une cellule de la Conciergerie. Nivet, hébété, ne cessait de répéter « C'est pas possible ! » comme pour s'éveiller d'un cauchemar ; quant à moi, je continuais à attendre. Un gardien hargneux, qui comptait peut-être de nos victimes parmi ses proches, passa une grande partie de la matinée à lancer de violents coups de bâton sur les grilles en nous promettant les plus longues souffrances. On ne nous donna pas à manger, ni de quoi évacuer ce que nos ventres ne pouvaient retenir.

En début d'après-midi, deux officiers vinrent saisir Fanfaron afin, nous expliqua-t-on, de le soumettre à la question.

— On se reverra, glissa-t-il à mon oreille ; puis il me lança un ultime sourire, certain sans doute que nous partagerions le même destin.

Mes compagnons de cellule imaginèrent probablement une chose semblable et me serrèrent contre leur cœur lorsque, en fin de journée, les officiers revinrent pour moi. Je ressentis de la compassion doublée d'une furtive angoisse à l'idée que mes geôliers ignorassent encore qui j'étais. Mais on me conduisit dans le bureau du prévôt où attendait un petit homme vêtu de noir, aux épaules tombantes et aux traits porcins, qui fit une révérence :

— René Hérault, lieutenant général de police, pour servir Monsieur le marquis.

Je lui rendis sobrement son salut et demandai la raison de ma si longue pénitence :

— C'est, bredouilla-t-il, que nous n'avons été informés de la cachette de Monsieur le marquis — je veux dire, celle de

Nivet — que fort récemment… Son Éminence le cardinal de Fleury, ainsi que les propres amis de Votre Seigneurie ont, semble-t-il, retardé notre intervention… Mais tout est terminé : grâce à Monsieur le marquis, nous aurons bientôt éradiqué la bande…

Aussi agacé par ces termes qu'épuisé par les heures qui venaient de s'écouler, je mis fin à l'entretien et obtins aussitôt un carrosse pour regagner le quai des Balcons.

Je m'apprêtais à laisser éclater mon ressentiment dès la grille franchie lorsque je reconnus dans la cour, sur la portière d'une calèche, le blason de mon cher duc de Richelieu. Passant outre les effusions de mes gens, je me précipitai à l'étage ; Louis-François y était en grande conversation avec Maurice de Saxe. Aussitôt qu'ils me virent, les deux compères se jetèrent dans mes bras :

— Pardonne-moi ! supplia Richelieu. Je ne suis revenu de Vienne que pour être cause de la prolongation de tes *classes*…

Il expliqua qu'ayant eu vent de l'existence, à la Cour de l'Empereur, d'un corps secret d'assassins composé de membres de la haute noblesse indépendants de la police, il avait évoqué le sujet avec le cardinal de Fleury ; lequel, se rappelant ma mission auprès de Nivet, avait fait pression sur mes compagnons afin qu'ils s'abstinssent d'avertir Hérault trop vite.

— Ton cocher, ajouta le comte de Saxe, a décrit comment tu avais occis l'un de ces gueux. Son Éminence voulait connaître l'étendue de ton métier : nous l'avons renseignée. Il s'en est plusieurs fois failli de peu que l'on ne nous découvrît malgré le déguisement ; j'ai même cru, un jour, que tu m'avais reconnu ! Comme ta santé paraissait bonne et tes relations excellentes avec ce Fanfaron, nous ne nous en sommes point inquiétés. L'étude aurait perduré si ton épouse et les Ystirac ne s'en étaient mêlés.

— Et qu'a-t-elle conclu, cette étude? soupirai-je.

— Son Éminence, reprit Richelieu, a été favorablement impressionnée. Valère a confirmé que tu avais jadis appris à tuer mais personne n'a su dire où ni comment tu t'étais perfectionné…

— Je n'ai nulle intention de développer ce sujet, grognai-je.

Mes hôtes s'entre-regardèrent avec un sourire entendu et dévièrent la conversation sur le passage quai des Balcons d'un certain nombre de créatures du beau sexe, convoquées en mon absence par Maurice, et qui avaient été à l'origine d'une courte dispute suivie d'une amitié apparemment indéfectible entre les deux hommes.

— J'ai, s'exclama Louis-François, demandé réparation en ton nom pour la transformation de ta maison en lupanar! Maurice, alors, m'a lancé entre les bras l'une de ces charmantes demoiselles…

— Qui ne sont point des catins, compléta le comte. Tu te rappelles ma Lecouvreur? Eh bien sache que ses rivales, qui sont aussi mes maîtresses — et, pour certaines, celles de notre commun ami —, ont daigné enchanter ton hôtel par leurs talents, qui sont nombreux…

— La Pélissier, la Cartou, récita Richelieu…

— La Cartou est mienne! minauda Maurice. La Tulou, l'Antier…

— La Camargo, la Sallé, et même cette vieille ménade de Duclos!

— Et *la* Bouillon? demandai-je, un peu dépassé.

— Ma duchesse est jalouse, sourit le comte; si elle avait tes talents, elle tuerait tout le monde pour me conserver à soi!

Je haussai les épaules et me renfrognai au fond d'un fauteuil. Ni l'évocation du retour en grâce de notre banquier Joseph Paris, ni le récit, haut en couleurs, du remariage de Monsieur le Duc avec une hideuse princesse allemande ne me rendirent le sourire. Le majordome ayant fait une timide apparition le temps de servir une collation, j'en profitai pour lui commander un bain et me retirer seul en mes quartiers.

Parmi les lettres que me remit Colas, cependant que Vassili détendait tendrement mes muscles, je trouvai un pli de Vladislav, daté du mois de mars. Il y relatait le couronnement à Moscou du czar Pierre II, le triomphe concomitant du clan Dolgorouki dont la tyrannie lui était un calvaire, et la mort à Kiel, peu de temps après ses couches, de la princesse Anna Petrovna, fille aînée du plus que jamais regretté Pierre le Grand :

« Elle avait vingt ans à peine, écrivait Vladislav ; puisse son rejeton[26] ressusciter ses vertus et celles de son auguste grand-père... »

Mon correspondant s'inquiétait par ailleurs de la mauvaise santé du prince Kropotkine — *son unique allié chez l'ennemi,* pour reprendre ses mots — dont la disparition prématurée risquait de le contraindre à l'exil :

« Qui sait si je ne me ferai pas Français ? concluait-il en phrases codées. Ivan Dolgorouki est fort épris de moi ; cela est terrifiant. »

Je retournai à Versailles le jour même où naissait Madame Troisième[27]. Le Roi, philosophe, sembla moins déçu que pour la venue au monde de ses aînées mais Anna, qui n'avait pas

26. Pierre Fiodorovitch, futur Pierre III de Russie (1728-1762).
27. Marie-Louise de France (1728-1733).

quitté la Reine, assura que celle-ci en avait pleuré. Autant encombrée par ses couches que par ses prières, notre souveraine ne suivit pas son royal époux à Fontainebleau.

Mon Louis-Henry, en revanche, quitta tout exprès son régiment : je le vis à peine lorsqu'il passa saluer sa mère mais il me parut parfaitement heureux de son sort, contrairement à Alban d'Ystirac, qui avait également pris le prétexte des chasses royales pour échapper temporairement à l'armée. Sachant qu'il n'aimait pas davantage l'une que les autres, je lui proposai de me raccompagner à Paris afin de plaider sa cause auprès de son père : il accepta avec empressement.

N'ayant jamais réellement conversé, je mis à profit le trajet pour l'interroger ainsi que je l'avais naguère fait avec mon fils. Mais contrairement à son frère de lait, le jeune Ystirac était réservé, rougissant aisément, et je dus interrompre mes questions sur ses préférences. Il se détendit, en revanche, lorsque nous abordâmes le sujet des études, qu'il voulait poursuivre auprès des banquiers Panchaud et Paris car les affaires le passionnaient. Il connaissait déjà les miennes, celles de sa famille, et les compagnies des Indes et de Guinée semblaient n'avoir aucun secret :

— Regardez-moi ! s'anima-t-il. Je n'ai ni les capacités physiques de Louis-Henry ni ses dispositions aux armes mais, morbleu, j'ai d'autres talents ! Pourquoi Monsieur mon père ne le veut-il point entendre ? Craint-il que je suive son exemple, qui est, si vous me permettez, aussi le vôtre ? Feu mon aïeul a toujours tenu le commerce en détestation : cela dérogeait à notre antique noblesse ! Sommes-nous toujours à l'époque gothique ? Et les Anglais, qui vivent dans ce siècle, sont-ils moins nobles que nous ?

Il tempêta longuement contre l'ancienne génération et révéla que sa grand-mère, en gardienne de l'orthodoxie nobiliaire, voyait avec défiance le double mariage annoncé de ses petits-enfants. Lorsque, parvenus en l'hôtel d'Ystirac, nous abordâmes ces sujets avec Henry, il s'en moqua :

— Je crois savoir, grinça-t-il, qu'Aymery mon frère s'apprête lui-même à épouser une roturière. Certains l'ignorent encore, qui devront s'en accommoder...

Il promit, par ailleurs, de réexaminer l'engagement d'Alban avant la fin de l'été et s'invita quai des Balcons avant notre migration annuelle à Mondétour.

Le beau Maurice de Saxe résidait encore en l'hôtel de Buridan ; il nous annonça la condamnation à mort de Fanfaron et d'une centaine de ses affidés, mais sans être en mesure de dire quand la sentence serait exécutée :

— Je sais par ma chère Bouillon, sourit-il, que Fleury te place, dans son estime, bien au-dessus du lieutenant général de police. Je me demande quels fruits tu en retireras...

Comme nous parlions plaisamment récoltes, la conversation glissa sur les maisons de campagne : il connaissait les Petites Tuileries, dont il était client, mais pas le domaine auquel je devais mon titre ; je n'eus guère besoin d'insister pour que cette lacune fût comblée.

Au moment de partir, le comte expliqua en riant que *sa* duchesse l'avait supplié de la débarrasser d'un loup qui ravageait ses prés et terrorisait ses paysans :

— Plusieurs chasseurs s'y sont essayés, dit-il ; sans succès. J'ai moi-même organisé une battue qui ne m'a rien apporté d'autre que d'atroces douleurs dans les reins. Il me souvient que tu caches céans quelques poisons : m'en pourrais-tu conseiller qui fassent notre affaire ?

Aussi peu malicieux qu'il l'était lui-même sans doute à ce moment, je tirai aussitôt de la chambre forte la boîte poussiéreuse que m'avait jadis remise le cardinal Dubois et la lui confiai. Puis nous montâmes en carrosse et j'oubliai la chose ; elle devait se rappeler à moi exactement un an plus tard.

Maurice, à l'instar de quiconque le découvrait en été, adora Mondétour et voulut y convier son amante du moment, la cantatrice Cartou, beauté plantureuse dont nous dûmes souffrir le timbre aigrelet et, surtout, les caprices.

Le duc de Richelieu, heureusement, nous rejoignit bientôt avec Mademoiselle de Charolais, que je suivis de bon cœur jusqu'à Vallery pour de nouveaux *bains de Conti*[28]. Yunus plut à ce point à la princesse qu'elle le voulut conserver à ses côtés. En échange, elle me donna un ânier à peine plus âgé que mon fils mais pourvu d'un engin qui le disputait à ses bêtes.

28. Bains de mâles inspirés par le prince de Conti. Cf. tome I — *Le sceau de Kropotkine.*

VII

Quand, avec l'automne, je revins à Mondétour, Maurice avait troqué la Cartou, partie enterrer la Rochois sa collègue, contre la Lecouvreur. Laquelle nous raconta par le menu, avec de belles expressions dans le regard, le pèlerinage que la Reine venait d'effectuer à Notre-Dame et en l'église de Sainte-Geneviève dans l'espoir que le Ciel accordât enfin un Dauphin à la France.

Nous n'eûmes guère le loisir d'en ricaner car, de Fontainebleau, parvinrent bientôt de fort alarmantes nouvelles sur la santé du Roi qui me précipitèrent à son chevet.

Le château était en émoi, envahi de courtisans éplorés et de religieux de tous ordres. Villars l'ancien, qui veillait sur notre bien-aimé Louis comme sur un petit-fils, ne cessait de prendre Dieu à témoin en des termes qui l'eussent, en d'autres temps, conduit devant le Saint-Office mais qui, en l'espèce, parlaient pour nombre d'entre nous.

Comme les médecins avaient diagnostiqué la petite vérole, chacun présentait au malade des hommages distants. Passant outre les préventions de mon entourage, je me rendis dans la ruelle du souverain. Seuls y étaient admis, par un Fleury aussi sombre qu'un ciel d'orage, les proches de Sa Majesté ayant déjà contracté la maladie. Je prétendis que tel était mon cas et, fendant un petit cordon de fidèles, approchai doucement du lit.

Le visage du Roi était couvert de pustules, mais moins nombreuses ni infectées que celles que j'avais eu le triste privilège de voir suppurer sur la peau du défunt prince de Conti. M'apercevant, l'illustre malade se redressa :

— Vous êtes, sourit-il, plus entêté encore que votre digne fils, que j'ai dû renvoyer dans son régiment pour le soustraire au danger. Je sais bien que vous n'avez point eu la petite vérole mais la grande. Ne mettez pas votre vie en péril, mon ami, elle nous est précieuse...

— Sire, je vous supplie de guérir ! bredouillai-je en embrassant ses mains.

— Cela, répondit-il d'une voix lasse, ne dépend point de moi...

Il ferma les yeux pour se rendormir. Fleury me fit signe de le suivre dans un salon attenant :

— Sa Majesté guérira, assura-t-il ; Dieu le veut. Et quand nous aurons célébré son rétablissement, nous prierons ensemble pour la venue d'un héritier.

— Votre Éminence est optimiste, raillai-je imprudemment.

— Le Roi vous aime, répliqua-t-il sèchement. J'ignore donc votre impiété et la scandaleuse licence de vos mœurs. Il me suffit de savoir que vous servez loyalement l'État. Mais je ne vous cèlerai point qu'en idéal des gens comme vous ne devraient pas exister et qu'il m'est douloureux d'en souffrir la présence.

— Souffrez alors que je me retire ! lançai-je, furieux, en me tournant vers la porte.

Il m'arrêta du bras :

— Votre naturelle obtusion, grimaça-t-il, vous empêche d'entrevoir certains arcanes. Je vous ai commandé, par le truchement de Monsieur le duc de Richelieu, une mission dont vous vous êtes acquitté avec éclat. Je déteste autant que je l'admire la froide brutalité à laquelle nous devons ce succès. À un point tel, croyez-le, que je vous eusse volontiers fait lieutenant général de police à la place de Monsieur Hérault si nous n'avions pour vous d'autre ambition. Sa Majesté vous fera bientôt duc, *Thésée*; moi, je vous fais bourreau. Les Sanson[29] n'ont certes rien à craindre pour leur charge mais ceux qui croyaient, par la fortune d'un titre, échapper à notre glaive connaîtront bientôt leur erreur... — Il m'ouvrit la porte: Nous en reparlerons, glissa-t-il avec un fin sourire, après que Dieu aura sauvé Sa Majesté...

Je restai interdit, n'osant partager avec quiconque ce que je venais d'entendre, ni la triste fierté qui soulevait mon âme.

Je demeurai à Fontainebleau nonobstant les vœux du Roi jusqu'à ce que sa maladie cessât. La Cour, alors, regagna Versailles au milieu de la liesse et des *Te Deum*.

Fleury, triomphant, parvint même le 8 décembre, jour de l'Immaculée Conception, à imposer au royaume une prière commune pour la naissance d'un Dauphin; je me vis contraint d'y participer, en la chapelle royale, aux côtés de mon épouse. Notre cher souverain, dont la ferveur semblait sincère, tint ensuite à nous entretenir longuement de religion. Je n'étais point le seul que ce discours ennuyait, ni dont la vie était tout sauf dévote, mais il me sembla que ce fut vers moi que ses regards portèrent le plus souvent. J'eus toutefois ma récompense au Petit coucher:

— Son Éminence, chuchota-t-il, a dû vous dire nos intentions. Elle m'a représenté qu'il serait mieux indiqué que l'on vous créât simple duc à brevet, si vous me pardonnez, afin

29. Célèbre dynastie de bourreaux qui a exercé à Paris de 1688 à 1847.

qu'il reste à Monsieur votre fils la gloire d'élever un jour Mondétour en duché-pairie. Quant au Cordon bleu[30], c'est comme si vous l'aviez…

Que m'importait que ce titre ducal ne fût pas héréditaire : les carrosses et chaises portant mon blason seraient désormais admis dans l'enceinte des maisons royales et, surtout, avec la bénédiction de son ministre, Sa Majesté m'appellerait son *cousin* !

S'il en fût un que la chose amusa, ce fut bien mon cher Richelieu, promu chevalier de l'Ordre du Saint-Esprit le même jour que moi, 1er janvier 1729. On nous remit le collier et la croix au cours d'une cérémonie aussi fastueuse qu'intimidante, en présence des plus hauts dignitaires, et le Roi nous offrit une somptueuse épée de parade en or.

J'étais trop appliqué à contenir mon émotion pour songer à autre chose mais je laissai, durant le festin qui suivit, les plus folles pensées envahir mon esprit. Des larmes perlèrent à mes paupières, que virent mes voisins de table et qu'ils attribuèrent à une juste fierté sans en connaître tous les ressorts.

Fleury, le soir même, me fit appeler dans son cabinet :

— Cher *duc exterminateur*, s'exclama-t-il, vous voyez que j'avais raison !

Lisant la perplexité dans mon regard, il me fit asseoir à côté de lui :

— Vous n'ignorez point, poursuivit-il à voix basse, que certaines affaires ne sauraient, sans danger pour l'État, être traitées au grand jour. Leur instruction relève du Conseil secret, lequel ne comporte, comme vous le savez, que deux membres permanents : le souverain et son Principal ministre. Nous ne pouvions, faute d'un puissant instrument de coercition, veiller à l'exécution de certaines ordonnances ; voilà qui est résolu…

---

30. Autre façon d'appeler l'ordre du Saint-Esprit.

Devançant mes questions, il précisa que le Conseil ne ferait appel à mes services qu'en ultime recours mais qu'il veillerait à répandre la rumeur de l'existence d'un exterminateur, dont l'identité, inconnue jusqu'à la première exécution, ne serait ensuite jamais confirmée :

— Rien ne dit, ajouta-t-il en plantant ses pupilles dans les miennes, que vous aurez à porter la main sur qui que ce soit ; je ne le souhaite d'ailleurs point. Il me plairait en revanche que votre seule présence suffît, que la terreur s'incarnât assez en vous pour que l'on s'inclinât devant elle faute de l'avoir fait devant l'État. Mais nous connaissons les hommes...

— Que se passerait-il, murmurai-je en soutenant son regard, si Sa Majesté ordonnait de supprimer un ministre ?

— Cela est fort improbable, mais vous le feriez, comme vous tuerez quiconque l'on vous désignera, sans égard pour le rang, le sexe ou l'âge.

— Oncques ne tuerai d'enfant.

— Nous ne sommes point des monstres, *Thésée* : vous parlez à un cardinal français, non à Richard III d'Angleterre ou à Fanfaron !

Il s'était levé. Je mis un genou à terre et baisai son anneau cardinalice.

— Surtout, prévint-il en me raccompagnant, ne croyez jamais acquise l'affection d'un monarque. Je me flatte de pouvoir affirmer, y ayant personnellement veillé, que le nôtre a bien appris de son illustre bisaïeul...

Notre bien-aimé Louis XV ne revint pas sur le sujet de mes nouvelles compétences jusqu'à la veille de son départ pour Marly. Ayant été appelé par Samory au chevet de la vicomtesse d'Arcadia — que le terrible hiver et la gangrène avaient conduite aux portes de la mort —, j'informai le Roi de ce que je me rendrais préférablement aux Petites Tuileries. Cette excuse me permettait en outre de me soustraire une nouvelle fois à un honneur que j'avais toujours fui depuis ma profanation de la chambre de Louis XIV.

— Voilà qui est étrange, répliqua le jeune souverain. Certains tueraient père et mère pour connaître Marly ; qui faudra-t-il vous commander d'occire afin de vous y voir ? — Je baissai la tête — *Mon cousin,* sourit-il mystérieusement, vous avez de la chance d'avoir un fils qui aime *aussi* la chasse…

Je ressentais une telle appréhension à l'idée de retourner aux Petites Tuileries — où je ne me serais jamais rendu sans l'insistance de Samory — que je suppliai Henry d'Ystirac de m'y accompagner avec Simon Panchaud. La neige était si épaisse que nous dûmes emprunter des traîneaux.

Je n'avais oublié ni les orgies que nous avions célébrées dans la thébaïde, ni la tuerie de cet horrible automne 1721, ni le cadavre mutilé de Coprophile balançant au bout d'une corde dans les écuries.

Feu le Régent, à qui je l'avais prêté, avait certes fait ceindre le domaine de hauts murs et agrémenté ses jardins de nombreuses sculptures — qui émergeaient à peine de l'épais couvert blanc — je ressentis un immense frisson en franchissant les grilles, où le froid ne tenait qu'une part marginale. Emmitouflés dans nos fourrures, les mâchoires et les sens engourdis, nous gardions le silence. Aussi sursautai-je lorsqu'une voix chuchota :

— Enfin…

Je tentai de me retourner mais n'aperçus que le visage soucieux d'Henry.

Le perron du château fut vite à portée et nous nous précipitâmes à l'intérieur. Rien ne paraissait avoir changé dans le décor de marbre, d'amarante et d'argent, sinon les reflets, sur les miroirs vénitiens, de filles fort peu vêtues eu égard à la saison — laquelle, comme l'heure, faisait que les clients ne se pressaient guère cet après-midi-là. Samory nous accueillit avec des larmes.

— Elle n'est point encore morte, pourtant… susurra derechef la voix à mon oreille.

Nous gagnâmes aussitôt la chambre où notre vieille amie, le visage émacié, somnolait entre coussins et potions dans des vapeurs opiacées qui masquaient mal l'odeur de pourriture. Notre entrée l'éveilla :

— Ouvrez les fenêtres, murmura-t-elle.

— Cela ne se peut, dis-je en me penchant pour l'embrasser ; l'hiver…

— L'hiver sera mon tombeau, Henry. Il faut que vous m'aidiez… — elle fit signe à chacun d'approcher. Je sais que ça pue, grimaça-t-elle : cette mort-là ne se cache pas… Samory, donne-leur du parfum ; sers aussi à boire, je veux une belle sortie !

Panchaud éclata en sanglots, imité par tout le monde.

— Assez, gémit la mourante, vous allez tout gâcher !

Nous enfouîmes nos visages dans des mouchoirs embaumant le néroli et bûmes plusieurs verres d'eau-de-vie. Rassérénés et un peu gris, nous prîmes place sur le lit. Raffaella s'enquit des absents, fit ajouter une bûche dans la cheminée, commanda une collation puis ordonna à Samory de convoquer tous les garçons de la maison.

La pièce, quelques minutes plus tard, était emplie de bardaches et l'on festoyait comme un jour ordinaire, les musiciens du bordel étant de la partie.

— Je suis heureuse ! soupira la vicomtesse — et à un interlocuteur invisible : Tu vois bien qu'ils sont venus !

L'alcool et la chaleur aidant, nous nous retrouvâmes hilares, dépoitraillés et, pour certains, en culotte.

— Je suis heureuse ! répétait Raffaella, les yeux brillants.

Puis elle me tendit un oreiller :

— Allez, souffla-t-elle intensément, il est temps…

Comme je faisais mine de ne pas comprendre, elle insista :

— Je vous ai choisi parce que ni vous ni moi ne croyons en ces fadaises religieuses et que je sais que vous ne vous déroberez point. Ne me décevez pas, Henry ; offrez-moi cette fin !

En larmes, dans le joyeux tumulte de la fête, je remontai la couverture, posai le coussin sur son visage et m'y allongeai comme sur un amant. Vassili m'y vint rejoindre, ignorant ce qui se passait, puis Colas, Yunus, avec qui nous jouâmes, puis un quatrième ribaud… Je dédiai mentalement ma jouissance à la défunte et veillai à ce que personne ne se rendît compte de son trépas.

La nuit était bien avancée lorsque je fis signe à Samory de chasser les invités afin que seuls demeurassent dans la chambre ceux qui s'y trouvaient au début. Le visage de notre amie portait une expression de surprise ; celui de mes compagnons, d'effroi.

La vicomtesse rejoignit, dans une clairière, les victimes du massacre de 1721 que leurs familles n'avaient pas réclamées. Je chargeai Samory de régler, autant qu'il se pouvait, les affaires de la disparue — ayant vendu ses autres prostibules, il s'agissait principalement d'argent — et de lui ériger un petit monument. Pour le reste, je lui confiai la succession des lieux et promis d'y revenir une fois le deuil accompli.

Le printemps me trouva quai des Balcons, parmi les maîtresses que se partageaient le duc de Richelieu — sur le point d'acquérir un hôtel non loin du mien — et le comte de Saxe. La Cartou était toujours favorite, même si, ainsi que l'avoua Maurice, la Lecouvreur, qui lui avait tant donné et semblait l'aimer si éperdument, conservait sa tendresse.

J'éprouvai de la compassion pour cet amour-là, dont la victime refusait d'entrevoir l'issue, et qui acceptait toutes les humiliations malgré une carrière aussi brillante que sa santé était mauvaise. Ses rivales, en revanche, paraissaient avoir compris la partie et, s'il était légitime qu'elles se détestassent, elles n'en formaient pas moins, vu de l'extérieur, une troupe harmonieuse. Déesse de ce temple, la duchesse de Bouillon portait dans son regard la calme assurance des grands, sauf devant la Cartou et la Lecouvreur, où elle redevenait simplement jalouse — le comte, en privé, l'appelait *ma Junon.*

Ce fut à cette époque que le trop brillant Voltaire revint d'Angleterre. Son retour en grâce n'étant point assuré, il se présenta chez moi, porteur d'une lettre d'Alexandre Pope dont il s'était fait un ami :

« Je vous rends votre Arouet, écrivait le poète, prenez-en grand soin. Je l'ai chargé de vous offrir une sorte de satire intitulée *Dunciade,* dont le propos devrait vous plaire : Voltaire a promis de vous en donner lecture en français. Accueillerez-vous les deux en mémoire de notre regretté Conti ? »

Je soupirai et priai le maître d'hôtel d'apprêter une chambre mais, me sentant étranger en mes propres lambris, regagnai Versailles juste après Pâques.

La Reine, de nouveau, attendait un enfant ; chacun, à commencer par son mari, se voulait persuader que ce serait un fils.

Pénétrant un matin dans notre petit appartement, je trouvai la marquise d'Ystirac en compagnie de mon épouse et crus d'abord que tel était le sujet de leur entretien. Mais je vis des larmes sur le visage d'Anna. Blanche me tendit alors un libelle intitulé *Le mauvais Paris* ; l'auteur, évidemment anonyme, y étrillait sans les nommer un certain nombre de courtisans parmi lesquels je figurais ainsi :

Si vous passez quai des Balcons,
Filles, veillez à votre…
Gare au vacher, c'est un Janus :
Mignons, protégez votre…

Le quatrain me fit rire ; Blanche explosa :

— Tu es bien le seul que cela amuse ! Anna ne veut plus paraître chez la Reine ! Sais-tu ce que l'on dit ? Que tu tiens *le bordel des duchesses,* que tu es un lubrique, un assassin, que tu insultes ton titre et salis ceux qui le portent !

Elle en pleurait de rage. Comme elle était incapable de révéler l'origine de l'attaque, je conservai le pamphlet et me rendis chez le cardinal de Fleury.

— J'ignore, soupira-t-il, qui a fait imprimer ces ordures — Monsieur Hérault travaille à le découvrir —, mais je sais en revanche qui tente de les répandre à la Cour. Je m'en vais vous donner le nom, qui est prestigieux, mais, si je vous autorise à vous faire vous-même justice, je vous demande de retenir vos poings : il s'agit rien moins que de Monsieur le duc de Bouillon !

Sans égard pour le rang considérable de celui-ci, je volai immédiatement chez lui, bousculai les laquais qui en interdisaient l'accès et trouvai le fâcheux attablé avec un jeune seigneur de son âge. Les deux hommes se levèrent vivement et tirèrent leur épée.

J'arrachai celle du visiteur, le précipitant à terre, et pointai la mienne sur la poitrine du second, qui se rassit, effaré. Son compagnon voulut appeler à l'aide ; je le rattrapai, le soulevai par le col et le forçai à reprendre place devant la table. Puis je me tournai vers le duc, produisis le libelle et le déchirai dans son assiette :

— Mangez ! ordonnai-je.

— Si le prince refuse, siffla-t-il avec mépris, que fera le vacher ?

— Il piquera le veau, répondis-je en appliquant mon épée sur sa gorge.

— Vous n'oseriez…

J'appuyai sur la garde. Bouillon poussa un cri ; son voisin tenta de se relever mais je lui décochai, du revers gauche, un soufflet qui lui ôta toute velléité. D'une main fébrile, le duc saisit alors un morceau de papier pour le porter à sa bouche. Je dégageai mon fer, qui laissa une fine marque rouge à la surface du jabot. Toute la maison était accourue, qui contemplait la scène depuis l'encadrement des portes restées ouvertes.

Bouillon déglutit avec effroi ; j'ordonnai qu'on lui servît à boire. Au quatrième morceau, il fit mine de tout recracher.

— Gardez-vous-en, menaçai-je, car je ne repartirai point avant que vous n'ayez avalé jusqu'au dernier vers.

— Je vous tuerai ! hoqueta-t-il.

— Finissez d'abord votre littérature.

Quelques rires fusèrent, que le jeune homme éteignit par un regard haineux.

— Monsieur, lançai-je quand il eut terminé, je ne vous provoquerai point en duel car cela est interdit, particulièrement aux vachers. Mais je jure que je vous tiendrai redevable de la moindre offense faite à mon nom. Pour moi la querelle est vidée ; ne gâchez pas votre existence et la gloire de vos ancêtres en pensant le contraire.

Le cardinal de Fleury, lorsque je lui contai la scène, inféra que le duc, lassé d'être cocufié par une épouse plus âgée mais plus vive, avait sans doute cru atteindre celle-ci à travers moi :

— Le malheureux, soupira-t-il, ne peut comprendre que sa femme le trompe davantage avec Son Altesse Sérénissime le comte de Clermont qu'avec Monsieur le comte de Saxe. Son dépit est celui d'un enfant ; quant à vos débuts... — Il sortit d'un tiroir le portrait d'un prélat : voici, annonça-t-il, Son Éminence le cardinal de Noailles qui nous a causé bien du souci en protégeant le jansénisme. Les deux n'en finissent pas de mourir ; il conviendrait de les y aider... — Il me tendit un pli : vous lui remettrez ceci en main propre, murmura-t-il, et le détruirez après ; il ne contient rien. Attendez toutefois, avant d'agir, que Sa Majesté ait rejoint Compiègne : je ne voudrais point qu'elle s'en offusquât...

Dans la nuit du 3 au 4 mai suivant, je me présentai en grand équipage à la grille du palais archiépiscopal, sur l'Île de la Cité.

Vêtu de noir, le visage en partie dissimulé par un large tricorne, j'ordonnai au factionnaire de me conduire auprès du cardinal :

— Au nom du Roi, ajoutai-je.

Le prélat était déjà couché et seul un laquais veillait à sa porte ; si ma mise intrigua, le cachet de la missive dont j'étais porteur fut plus efficace qu'un bélier. On m'ouvrit aussitôt la chambre :

— Laisse donc, chuchotai-je en empêchant le domestique de me précéder, cette affaire n'a point besoin de toi...

Je pris une chandelle, pénétrai dans la pièce, verrouillai délicatement la serrure et entrouvris l'immense dais sous lequel sommeillait le vieillard. Il ne se réveilla pas. Je lui appliquai le même traitement qu'à l'Arcadia, remis de l'ordre dans sa tenue et ressortis immédiatement :

— Il dormait si bien, glissai-je au valet, que je ne l'ai point osé déranger…

Le laquais hocha la tête et reprit sa place devant le seuil. Je quittai le palais moins de vingt minutes après y avoir pénétré.

Le décès du Cardinal fut annoncé dès le lendemain sans la moindre mention d'un visiteur. Ses funérailles furent étonnamment discrètes pour un prélat de son rang et l'on glosa bien davantage sur l'installation de Monseigneur de Vintimille son successeur, fervent partisan de la bulle *Unigenitus*.

— Le jansénisme est ingrat pour ses sectateurs, commenta Fleury ; le Conseil ne le sera point envers vous…

Le vieil homme me tendit un parchemin qui m'attribuait une rente annuelle de cent vingt mille livres : plus qu'un courtisan de haut rang. Il m'apprit, par ailleurs, que les arrestations s'étaient multipliées autour du cimetière de Saint-Médard et que Nivet serait, comme la plupart de ses complices, bientôt roué vif en place de Grève :

— Monsieur Hérault, précisa-t-il, a pris l'intelligente initiative de faire biffer toute mention de votre nom dans les comptes rendus d'interrogatoire. Il vous amusera peut-être de savoir que Fanfaron a prétendu que Cartouche et vous-même, qu'il croit mort, lui étiez apparus en songe…

Je n'assistai pas davantage à cette exécution qu'à celle, en son temps, de Cartouche, et, m'étant assuré de ce que le duc de Bouillon avait cessé de nuire — du moins cela semblait-il —, je m'installai à Mondétour pour la belle saison.

Anna m'y suivit, mais pas les Ystirac qui s'en allèrent en Béarn pour le mariage d'Aymery avec sa riche roturière ; Alban était du voyage : son père avait accepté de le rendre définitivement à la vie civile.

Je profitai des bonnes dispositions de mon épouse pour la faire poser à mes côtés devant Monsieur Nattier, qui représenta aussi la croix de l'Ordre du Saint-Esprit que je n'avais point encore fait broder sur mes habits de Cour.

Mais alors que je voyais s'égrener paisiblement les jours, arpentant mes jardins et mes bois, surveillant les travaux de mon ermitage, emplissant mes yeux des mâles beautés qui y œuvraient, le cher Maurice et sa Lecouvreur, plus pâle qu'une morte, débarquèrent un matin la bouche pleine de conspirations, guet-apens et assassinats : Un petit abbé bossu nommé Bouret, de son état peintre en miniatures, s'était présenté chez la tragédienne pour lui révéler qu'une certaine dame dont il faisait le portrait l'avait chargé, moyennant finance, de proposer ses services à sa rivale afin de l'empoisonner sous le prétexte de lui donner un philtre d'amour. L'abbé, horrifié selon ses dires, avait fait mine d'accepter, mais pour mieux avertir la victime, à qui il prétendait fournir des preuves.

— Il a parlé de pastilles mortelles, frémit la Lecouvreur. Mon Dieu, si vous aviez vu son regard !

— A-t-il dévoilé le nom de son commanditaire ? demandai-je, incrédule.

— Non, mais il a dit travailler en l'hôtel de Bouillon.

— Ma Junon est jalouse, intervint le comte un peu gêné, mais je ne la puis imaginer en Brinvilliers[31] !

— D'autant moins, ajoutai-je tout aussi confus, qu'ayant pris pour amant le comte de Clermont, elle n'est plus vraiment la rivale de Mademoiselle Lecouvreur…

---

31. Marie-Madeleine Dreux d'Aubray, marquise de Brinvilliers (1630-1676), célèbre empoisonneuse.

— En ce moment, soupira la tragédienne, c'est plutôt mon ami Tribou qui a sa préférence.

Il y eut un silence embarrassé, au cours duquel chacun put mesurer la volatilité des sentiments mais surtout où me revint en mémoire l'épisode du loup et de la boîte à poisons que j'avais confiée à Maurice un an auparavant :

— Ma duchesse, murmura-t-il d'une voix blanche, n'a reparlé ni de l'un ni de l'autre...

— Cela ne veut rien dire, gémit la tragédienne. Monsieur de Mondétour a raison : pourquoi me voudrait-elle reprendre ce qui déjà ne l'intéresse plus ? — Elle regarda tendrement son amant : Je sais, glissa-t-elle avec tristesse, la place que Mademoiselle Cartou occupe désormais...

Le comte la fit taire d'un baiser. Je proposai, en diversion, que l'on interrogeât l'abbé, qui n'était peut-être qu'un imposteur, et que l'on fît analyser les fameuses pastilles.

Bouret ayant accepté de revoir Lecouvreur dans les jardins du Luxembourg, y trouva à la place des exempts de Monsieur Hérault, qui se saisirent de lui et confièrent le contenu de ses poches à l'Académie des Sciences, laquelle n'y décela rien de décisif. On décida que l'abbé était un exalté et, comme il persistait à désigner nommément la duchesse de Bouillon, on le conserva sous clef.

Lecouvreur, dont la santé n'avait jamais été bonne, évita un temps les potions et fit mine d'oublier la péripétie ; quant à Maurice, il obtint de *sa Junon* qu'elle lui rendît la boîte — à moitié vide — en protestant furieusement de son innocence.

— La belle, confia-t-il, a tant touché mon cœur que je vois désormais un rival en Monsieur Tribou ! Selon elle, sa pire ennemie, et celle de mon Adrienne, c'est la Cartou ; à moins que la Pélissier...

Les choses en restèrent d'autant plus aisément là que nous fûmes appelés à rejoindre Versailles au début du mois de septembre pour la naissance, si longtemps espérée, d'un Dauphin.

Le royaume tout entier fut pris d'ivresse. Les festivités durèrent jusqu'en octobre, prenant symboliquement fin avec une aurore boréale qui illumina mystérieusement le septentrion et généra de nombreuses prophéties.

Les Ystirac, de retour du Béarn, y trouvèrent quelque consolation : les noces d'Aymery s'étaient en effet déroulées en l'absence de la marquise douairière, scandalisée par la mésalliance en dépit — voire à cause — du montant très élevé de la dot.

— Madame ma mère, tonna Henry, n'a pratiquement pas quitté ses appartements ; c'est tout juste si elle a accepté que les nouveaux époux l'y vinssent saluer ! J'admire la bonté dont ma belle-sœur — qui n'est point si rustaude — a fait montre. Je me suis gardé d'évoquer ouvertement l'union de nos enfants mais Aymery m'a assuré que lui et sa femme seraient des nôtres. Le père d'icelle est un riche négociant palois pour qui ce mariage constitue une consécration ; l'attitude de notre douairière l'aura sans doute déçu mais il n'en a rien laissé paraître. Il a simplement glissé qu'il compatissait, sans la pouvoir comprendre, à la hantise de déroger : chacun ses chimères !

Celles de la Lecouvreur se muèrent progressivement en démons : Maurice de Saxe vint un matin, des larmes plein les yeux, gémir que son Adrienne l'avait publiquement insulté, ainsi que la duchesse de Bouillon, au cours d'une représentation de *Phèdre* :

— Nous étions au parterre, gémit-il ; ce ne sont pas seulement les vers de Racine qu'elle nous a jetés devant le monde, mais aussi la propre épée d'Hippolyte ! Quelle humiliation… C'est son âme, Henry, qui est empoisonnée !

L'abbé Bouret libéré peu de temps auparavant, le comte était persuadé que c'était lui qui avait instillé ce venin dans l'esprit tourmenté de notre tragédienne. Comme celle-ci ne voulait plus recevoir quiconque, et surtout pas Maurice et ses proches, j'écrivis au lieutenant général de police afin qu'il remît la main sur Bouret, de sorte qu'on l'empêchât de nuire.

Cela prit quelques semaines. Maurice, repoussé autant par son Adrienne que par sa Junon, était au désespoir.

L'année s'acheva tristement : Louis-François de Richelieu, à peine devenu mon nouveau voisin quai des Balcons, vint annoncer son départ pour Dresde, où il venait d'être nommé ambassadeur ; mon fidèle Martin, que je n'avais point vu vieillir, rendit l'âme pendant son sommeil et j'appris le décès de Jean Buvat, ancien précepteur de nos enfants à qui je devais, grâce à son travail sur nos bibliothèques, la découverte du trésor de Buridan[32].

Paris me semblant bien gris, je me hâtai de le quitter pour Versailles.

---

32. Cf. tome II — *L'Élixir d'oubli.*

VIII

Une nouvelle aurore boréale, au soir du 9 janvier 1730, fit dire à beaucoup que le Ciel s'obstinait à nous parler et que nous devions déchiffrer ses avertissements. On ressortit évidemment la bulle *Unigenitus,* chaque parti voyant Dieu de son côté. Pour moi, il suffit que Monsieur Hérault publiât que Bouret dormait de nouveau en cellule : heureux présage ! La Cour était encore trop occupée à se presser autour du berceau du Dauphin pour s'intéresser à *l'esclandre aux poisons* mais Fleury me convoqua dans son cabinet :

— Le bossu doit se taire, claqua-t-il, et la catin se calmer ! Le nom de Bouillon est l'un des plus vénérables du royaume ; on ne peut tolérer qu'il soit flétri ! Passe encore que vous ayez fait rire du mari — lequel ne l'a point oublié et vous en tient, croyez-m'en, une haine infrangible —, l'épouse ne saurait suivre. Vous vous rendrez chez cette Lecouvreur lui faire entendre raison ; quant à l'abbé…

Je dus, bien malgré moi, regagner Paris, qui n'en finissait plus de fêter le Dauphin, afin de me présenter chez la tragédienne, rue des Marais-Saint-Germain.

Il fallut menacer pour que l'on me laissât pénétrer dans son antichambre. L'endroit, envahi de portraits de leur propriétaire semblait à l'abandon : des bouquets de fleurs achevaient de sécher près des fenêtres, d'innombrables messages d'admirateurs jonchaient meubles et tapis comme autant de papillons morts ; la lumière matinale pénétrait difficilement par les croisées dont les volets intérieurs étaient à peine entrouverts.

La Lecouvreur apparut tel un spectre, les traits tirés et le regard sévère, dans une robe flottante de moire grise qui n'eût point déparé Œnone[33].

— Savez-vous, grinça-t-elle sans me saluer, que l'on donne en ce moment au théâtre un opéra intitulé *Le malade par complaisance*[34] ? Il s'en trouve pour insinuer que j'aurais dû prendre le rôle…

Je tentai de lui faire entendre le danger qu'il y avait, pour elle et son Maurice, à s'attaquer à la maison de Bouillon mais elle refusa de m'écouter :

— Toutes me voudraient voir morte ! s'écria-t-elle. Quel mal y a-t-il à aimer ? Elles ont autant d'amants qu'elles le souhaitent ; moi je n'en veux qu'un seul !

— Vous voyez bien, Mademoiselle, glissai-je, que Madame la duchesse…

— Une Érinye ! Leur inspiratrice !

— Mais Maurice…

— Leur motif, leur complice et mon assassin !

Elle s'effondra en larmes dans un fauteuil. Une servante se précipita et du regard me désigna la porte. Ignorant l'injonction, je me penchai sur la tragédienne :

— Comment, insistai-je, pouvez-vous ajouter foi aux dires d'un exalté ?

— Entre autres raisons, hoqueta-t-elle, parce qu'il paye cher les vérités qu'il m'a dites !

33. Personnage de nourrice confidente dans la *Phèdre* de Racine (1677).
34. Opéra comique de Jean-Claude Gillier (1667-1737).

— C'est pour vous protéger, Mademoiselle, ainsi que Madame la duchesse de Bouillon et peut-être d'autres victimes, qu'il a été enfermé.

— Et le poison, d'où vient-il ?

— Il n'y en a point.

— Je le sais, moi, qu'il y en a, et ma constitution, et ce pauvre abbé…

— Votre santé n'a jamais été excellente, Mademoiselle ; regardez autour de vous : votre demeure aurait grand besoin d'air…

— Laissez ma demeure, Monsieur, et laissez-moi.

Je me retirai, incertain d'avoir rempli ma tâche, et me rendis à la Conciergerie, où Bouret était à l'isolement. Je n'y étais pas retourné depuis ma propre détention, deux ans auparavant, mais les gardes me reconnurent et ouvrirent la cellule du prisonnier avec un sourire narquois. Le petit abbé, en effet bossu et fort hâve, ne comprit pas immédiatement qui j'étais, ni l'objet de ma visite :

— Je maintiens tout ce que j'ai dit ! clama-t-il.

— Nous savons que tu mens, répondis-je en ôtant tricorne et manteau ; mais cela n'a plus guère d'importance… — Je le saisis par le col.

— Attendez ! feula-t-il avec des yeux exorbités, c'est le duc… — je relâchai mon étreinte. Ne me faites pas mal, reprit-il, j'ai seulement répété ce que…

Il se dégagea vivement et hurla au meurtre par le guichet de sa cellule. Je bondis et le fis taire pour l'éternité avant l'arrivée des sentinelles ; lesquelles, prévenues sans doute de ma mission, se gardèrent d'intervenir avant mon départ, ni poser de question.

De retour à Versailles, je formulai en revanche au cardinal de Fleury celle concernant le duc mentionné par Bouret, qui ne pouvait être, selon moi, que celui de Bouillon. Mon interlocuteur observa un long silence, puis murmura :

— Monsieur le duc de Bouillon m'a en effet avoué que le projet, aussi puéril que dangereux, de punir Madame son épouse lui était venu après qu'il eût surpris icelle à plaisanter sur le sujet des poisons que vous aviez confiés à Monsieur le comte de Saxe : elle parlait haut et fort d'en user comme d'un *venin d'amour* sur toutes les *louves* ses rivales, à commencer par Mademoiselle Lecouvreur. L'abbé Bouret, qui était présent dans l'exercice de son métier de miniaturiste, a paru épouvanté par ces propos. Monsieur le duc de Bouillon, s'en apercevant, a donc secrètement instillé dans cet esprit un peu faible l'idée de prévenir Mademoiselle Lecouvreur du danger supposé, puis il lui a fait remettre quelques pastilles purgatives en faisant accroire qu'il s'agissait de poison. Vous connaissez la suite et comment l'affaire a échappé à son instigateur au point de mettre en péril un grand nom…

— Mais alors, bredouillai-je, qu'est devenue la boîte que j'ai confiée au comte de Saxe ?

— Sans doute aura-t-elle contribué à supprimer quelque loup : les campagnes en regorgent, surtout en hiver…

— Saviez-vous tout cela lorsque vous m'avez mandé ?

— Certes : imaginez-vous le scandale si Bouret avait parlé à la question ?

— Et Mademoiselle Lecouvreur ?

— Espérons que vos mots auront suffi.

Je me sentis moins contrarié à l'idée d'avoir étranglé un innocent que par celle qu'un mari jaloux, dont je croyais rabaisser la superbe, m'eût utilisé comme un vulgaire spadassin avec la complicité du Principal ministre.

Je pris congé sans masquer mon ressentiment et demandai audience à la duchesse de Bouillon.

— Oh, gloussa-t-elle en me recevant, voici venir notre exterminateur !

— Moins que Monsieur votre époux ! lançai-je.

Je lui demandai de congédier ses gens, puis révélai tout ce que Fleury venait d'exposer — y compris le résultat de mes visites à la tragédienne et à l'abbé — avant de m'enquérir de l'usage qu'elle avait fait des poisons. Son visage prit une expression d'effroi.

— J'étais certaine, marmonna-t-elle, que Maurice vous avait expliqué comment nous étions venus à bout de cet horrible animal...

Elle baissa le front.

— Ah, gémit-elle, je sais bien ce que vous pensez !

— Détrompez-moi, Madame ; on m'a rendu un coffret presque vide.

Elle me dévisagea intensément, mordit ses lèvres, fit de nombreux pas dans la pièce, regarda quelques instants par la fenêtre puis revint s'asseoir.

— J'en ai donné, lâcha-t-elle.

— Mais à qui, Madame, et pourquoi ?

— Je ne puis répondre.

— Madame, la réputation...

— N'insistez pas, Monsieur ; et sortez.

Un mois et demi plus tard, la malheureuse Lecouvreur rendait l'âme dans d'épouvantables souffrances, entourée de ses seuls domestiques et du comte de Saxe appelé en urgence au milieu de la nuit.

Ignominieusement ensevelie dans un chantier du faubourg Saint-Germain — l'Église lui ayant refusé, comme aux comédiens ses semblables, la terre consacrée —, sa dépouille fit jaillir *post mortem* plus d'encre et de salive contre la duchesse de Bouillon que le fâcheux duc ne l'espérait.

Maurice, accablé de chagrin, rompit toute relation avec *sa Junon* — en l'innocence de laquelle il persistait néanmoins à croire — mais certifia que Bouret, dont on avait annoncé la mort sans préciser la manière, avait au moins eu raison sur le fait de l'empoisonnement.

— Je saurai un jour, menaça-t-il, laquelle de ces louves expiera cette horreur !

Quelques semaines entre les bras de sa Cartou suffirent à embaumer la résolution ; quant à moi, je me consolai en préparant les noces de ma progéniture pour mieux oublier, et la noirceur des âmes et mes bientôt quarante ans.

On annonça peu après Pâques la mise en vente des biens de la défunte tragédienne, et notamment de sa demeure dont personne semblait ne vouloir, craignant sans doute que ses mânes ne revinssent hanter les nouveaux occupants.

Peu impressionné par les fantômes, et me remémorant qu'il nous faudrait donner un toit aux jeunes Mondétour — les Ystirac demeureraient dans une aile de l'hôtel familial —, je m'en portai discrètement acquéreur, ainsi que de deux portraits : l'un par Troy, que j'envoyai quai des Balcons, l'autre par Coypel, que j'offris au comte de Saxe.

La publication des bans de mariage éveilla la curiosité de nombreux courtisans — il se murmurait que Sa Majesté y assisterait en personne — mais également de Monsieur Fuzelier, du *Mercure,* qui arracha, à force de minauderies, l'autorisation de relater ce double événement.

Le Roi partit pour Fontainebleau, où mon fils, désormais brigadier, devait le rejoindre ; nous préférâmes, le marquis d'Ystirac et moi-même, nous installer à Mondétour en laissant à nos épouses le soin de tout régler, notamment le retour de nos filles, qu'il fallait sortir de leur couvent et réhabituer à la société.

À Honoré de Villars qui s'en inquiétait, je pus bientôt donner des nouvelles de Vladislav, dont je reçus en juin une lettre codée datée du mois d'avril.

Outre le décès du maréchal Menchikov survenu au cours de l'hiver précédent, mon correspondant racontait que le jeune czar avait expié ses vilenies quelques semaines à peine après son mariage avec la princesse Dolgorouki :

« Le chien a été emporté par la petite vérole, précisait Vladislav ; quant aux Dolgorouki, ils sont allés visiter la Sibérie, mon odieux prince Ivan compris… »

La nouvelle souveraine, nièce de Pierre le Grand, avait jadis été l'amante courlandaise de Maurice de Saxe. Elle régnait sous le nom d'Anne Ière, paraissait infiniment plus maligne que son prédécesseur, ayant réussi à se débarrasser en quelques semaines des factions prétendant contraindre son pouvoir.

« L'essentiel, concluait Vladislav, est que j'aie survécu à toutes les tempêtes, de même que notre vieux prince Kropotkine, qui m'a accueilli à Saint-Pétersbourg et sur la santé de qui je veille plus soigneusement qu'un changeur sur ses deniers… »

Je ressentis un pincement au cœur en songeant que ces étranges compères ne pourraient assister aux noces tant attendues de ma progéniture mais je répondis à la missive par une invitation à séjourner en France.

Mes enfants, enfin, épousèrent ceux d'Ystirac !

Nos filles, que leur exil à Fontevraud avait tenues cachées — six ans pour Françoise-Aymone et trois pour Louise-Blanche — avaient considérablement changé : la première, qui tenait indiscutablement de sa mère, avait pris des formes opulentes ; la seconde, toujours fluette, ressemblait également de plus en plus à la sienne au même âge. Chacune avait reçu la meilleure éducation, sachant désormais la littérature, la conversation, la musique, la danse et tous les usages du monde. Françoise-Aymone, plus longue pensionnaire, conservait néanmoins de sottes pudeurs devant le sexe mâle et une dévotion envahissante qui me firent craindre pour son ménage avec mon si vivant rejeton.

La cérémonie se déroula en la chapelle des Minimes, en présence de notre bien-aimé Louis XV, de sa royale épouse de nouveau enceinte et d'une foule nombreuse de courtisans et curieux parmi lesquels Monsieur Fuzelier, du *Mercure*.

Comme attendu, Aymery d'Ystirac vint avec sa femme — une rousse de vingt ans sa cadette qui passait son temps à faire des révérences — mais sans la marquise douairière, dont Henry rapporta qu'elle lui avait fait, pour motiver son refus, la réponse, méchante mais légitime eu égard à l'humilité de nos origines : « Fussent-ils ducs, on n'épouse pas les enfants de ses domestiques. »

Abdul-Abel Durelais aussi, était du voyage, que je n'avais pas revu depuis l'été 1722 : il me sembla vieilli, pris d'un embonpoint excessif qui l'essoufflait au moindre effort, mais le regard du Minotaure était intact... Il me présenta son aîné, joli taurillon de quinze ans, aussi noir de poil que son père, lequel lui avait donné mon prénom. L'étiquette les cantonna en fond de nef mais notre souverain tint à saluer tout le monde et je ne fus pas peu fier de présenter le Maure à Sa Majesté.

Témoin du mariage de mon fils — la Reine l'était pour ma fille —, le Roi offrit à Louis-Henry le grade de maître de camp dans un régiment à notre nom, ainsi qu'une pension confortable dont l'annonce suscita quelques murmures. Enfin, il invita les mariés à le suivre à Marly et je conviai le reste de la noce, qui comptait également Honoré de Villars, Maurice de Saxe et Simon Panchaud, à emprunter d'autres carrosses pour banqueter à Mondétour.

L'ermitage était tout juste achevé, les jardiniers s'affairaient encore aux bosquets. J'avais veillé à ce que l'endroit ne fût pas accessible en voiture ; c'était un bâtiment sans étage pour lequel l'architecte Gabriel s'était inspiré du Trianon de marbre[35], avec toit plat à balustrade, fenêtres arrondies et pilastres veinés de rose, mais en beaucoup plus modeste — à peine une suite d'appartements et un office. Le peintre Oudry, devant qui j'avais jadis posé nu pour complaire à Honoré et Vladislav, avait réalisé la décoration en prenant pour modèle certaines gravures érotiques de ma bibliothèque.

Cependant que les dames investissaient le château principal, peu curieuses de découvrir ce que Blanche d'Ystirac nommait *mon obscène réduit,* j'invitai les messieurs, domestiques compris, à y festoyer. Même ceux qui se prétendaient aux femmes durent reconnaître que l'endroit leur inspirait les pensées les plus licencieuses.

Abdul-Abel y parvint le dernier, trempé de sueur, bien après son rejeton, que la contemplation de mes trumeaux mit en un si manifeste état d'excitation que chacun put deviner ce que lui avait légué son père. Lequel ne manqua pas d'en rire :

— Mon cher petit, s'exclama-t-il, n'a rien hérité dont il faille rougir !

Et il lui fit ouvrir ses braies : le taurillon s'exécuta sans barguigner, produisant un joli membre brun dont les proportions firent naître des commentaires laudatifs.

35. Ou Grand Trianon, construit près de Versailles en 1688 par Jules Hardouin-Mansart (1646-1708).

— Je te l'alloue, glissa le Maure à mon oreille ; il n'est point si bardache que nous mais se donne aux mâles comme aux femelles. Je ne puis en revanche t'offrir sa virginité : un autre, déjà, l'a prise…

La simple idée de goûter à cette jeune chair me fit bander mais, partagé entre ce désir et la nécessité de ne point abandonner mes hôtes, j'inventai une célébration idoine : les jardiniers œuvraient, derrière l'ermitage, à élever une charmille ; ils avaient creusé des tranchées au fond desquelles ils s'apprêtaient à disposer les arbustes. J'invitai mes visiteurs à se placer l'un à côté de l'autre devant ces trous afin d'y dégorger leur semence ; je veillai pour ma part à ce que le jeune Durelais se trouvât à main droite, et je le branlai cependant qu'il opérait de même sur ma pine. Son vit n'était pas très rigide mais de belles longueur et épaisseur, terminé par un gland prune foncé qui expulsa vite un premier jet de foutre pour se mieux raidir de nouveau.

Je volai à la terre quelques gouttes tièdes afin d'en apprécier la saveur et constatai avec délice que mes compagnons prenaient autant de plaisir que moi à cette sorte d'horticulture. Quand tout le monde eut déchargé, les jardiniers en titre, auxquels j'avais ordonné de se joindre à nous, terminèrent de planter leurs charmes et nous retournâmes à nos agapes.

La *saison de ponte royale,* ainsi que l'avait irrévérencieusement baptisée Honoré, nous dispersa hélas au début du mois de septembre pour la naissance du frêle duc d'Anjou. Paris et le royaume, heureux de savoir la succession au trône assurée, rallumèrent leurs feux d'artifice et il fallut composer de nouveaux *Te deum.*

L'événement, relaté par le *Mercure,* éclipsa aisément celui, minuscule, des noces de nos enfants mais la manière dont celles-ci furent présentées par Monsieur Fuzelier nous valut un courrier assez nombreux. Si l'invention de *cœurs épris dès l'enfance* et de *témoins attendris de si charmantes amours* nous fit sourire, si nous nous sentîmes honorés que l'on justifiât la présence du Roi par les seules qualités de nos familles, la phrase « Monsieur le duc de Mondétour porte à l'oreille le relief de sa bravoure au service de l'État » devait, quelques semaines plus tard, avoir de fâcheuses répercutions.

La diffusion de cette nouvelle dans toute l'Europe me permit néanmoins de recevoir les félicitations d'amis dont, pour certains, je n'avais rien lu depuis longtemps. À commencer par Claudio de Bonneval, dont la missive renfermait, outre la nouvelle de sa disgrâce — qui avait logiquement suivi celle de son maître, déposé par les janissaires au profit d'un nouveau sultan —, quelques grains de sable arrachés au désert d'Arabie au fond duquel on l'avait exilé.

« Je ne me plains pas, soulignait-il, car le Grand vizir ne m'a dépouillé ni de mes titres ni de mes biens et parce qu'en me mandant si loin d'Istamboul il m'a ouvert les portes d'un univers inédit où je me sens renaître. Je serai bientôt à La Mecque, Henry, je verrai Jérusalem, et notre commun ami Cabir Pacha — qui m'en a conté de belles à ton sujet — me rejoindra ! »

Le tendre Metastasio aussi, m'écrivit, qui avait quitté Rome pour Vienne, où l'Empereur lui avait offert la charge de poète de Cour. Il vivait avec l'élu de son cœur — un Espagnol de Naples nommé Martinez, majordome du nonce apostolique, qui semblait ne lui rendre que partiellement ses tendresses, en ayant conservé pour les femmes — au troisième étage d'un palais appartenant à la puissante famille Esterházy :

« Mon cher jumeau Farinelli, ajoutait-il, nous viendra visiter l'an prochain si son maître Porpora l'y autorise, car c'est plutôt dans Londres qu'il faut être de nos jours quand on veut réussir en nos matières... ou fuir ses ennemis. De méchantes rumeurs nous sont en effet parvenues d'Italie après la mort mystérieuse du pauvre Vinci[36] : ce nom ne te dira sans doute rien mais notre Porpora, qui n'a jamais caché le considérer comme un concurrent, lui vouait une haine à ce point manifeste que l'on murmure de plus en plus haut qu'il l'a empoisonné ! »

La nostalgie aidant, je commençai à songer de nouveau au voyage : nombre de mes amis étaient disséminés dans toute l'Europe et la *Daria* attendait tristement sur son quai, sans mats ni équipage, que je lui rendisse la liberté.

Telles étaient les pensées qui occupaient mon âme lorsque, un soir d'automne, je pris la route de Versailles avec Colas, Brise-reins et un laquais ; un chemin que nous avions maintes fois parcouru et que je croyais sûr. Aussi, trop occupé à rêver lorsque le carrosse s'immobilisa, ne pris-je point la peine de regarder par la portière.

Le premier coup de feu me fit sursauter : j'aperçus, horrifié, le corps de Brise-reins gisant à terre. Une quinzaine d'hommes masqués, en armes, entouraient la voiture. Colas, qui se trouvait déjà à l'extérieur, s'enfuit à travers bois ; les bandits ne tentèrent pas de le suivre. Quant au laquais placé à l'arrière, une seconde détonation le précipita sous l'essieu. L'un des assassins se rua alors à l'intérieur ; je le dégageai du poing mais la bande, aussitôt, se pressa contre les ouvertures, pistolets braqués.

— Ôte ta perruque ! aboya une voix.

J'obéis, révélant dans la pénombre la plaque émaillée qui ornait mon oreille.

---

36. Leonardo Vinci (1690-1730), compositeur, simple homonyme du célèbre génie de la Renaissance.

— C'est bien lui, reprit la voix. Qu'il descende !

Je compris que l'intention de mes agresseurs n'était point de m'occire sur-le-champ et, espérant que Brise-reins et le laquais ne fussent que blessés, n'offris aucune résistance lorsque l'on me conduisit, par une voie de traverse, jusque dans une clairière où attendaient des chevaux. Un brigand fit faire demi-tour à mon carrosse, dernière chose que j'aperçus avant que l'on bandât mes yeux. Puis on me fit monter en croupe, les mains entravées, et l'on chevaucha longtemps.

On me força à descendre dans ce qui semblait la cour d'une ferme — odeur de lisier mêlée de suif, caquetages — et l'on me poussa, les yeux toujours bandés, dans une pièce où crépitait un feu de cheminée. On délia mes poignets ; je tentai d'ôter le tissu qui obscurcissait ma vue et reçus incontinent sur le crâne un coup qui me fit perdre connaissance.

Lorsque je revins à moi, le feu pétillait toujours, unique source lumineuse de la pièce ; une vingtaine de personnes se tenait à quelque distance, agitée de murmures. On m'avait lié nu à une croix de Saint-André.

Un petit groupe se détacha dans ma direction : je reconnus Pierre Baremont, alias *Nazareth,* et Jean Mancion, dit *l'Assemblée*, complices survivants de Fanfaron — Monsieur Hérault, songeai-je, a mal fait son travail —, ainsi qu'une grosse créature vulgaire habillée comme une dame mais dont le visage de harengère ne m'était pas inconnu. Elle se campa à quelques pouces afin de me laisser le temps de lui donner un nom :

— Marie-Antoinette Bourguignon, ricanai-je ; veuve Cartouche, partie il y a presque dix ans, embarquant autant d'or que ses jupons en pouvaient contenir, et qui doit fort en manquer à cette heure pour se risquer ainsi à brigander de nouveau !

Elle me gifla, ce à quoi je m'attendais, mais mon rire éclata surtout lorsque je me rendis compte de ce que Baremont avait endossé mes habits de Cour, perruque, chapeau et souliers compris, lesquels, trop larges pour sa carrure, donnaient l'impression d'un tas de plumes, dentelles et brocarts, juché sur talons rouges :

— Oh, lançai-je, le joli mât de cocagne que voilà !

Les rires fusèrent et Nazareth, furieux, imposa le silence :

— Imbéciles, tonna-t-il en jetant à mes pieds ses ridicules trophées, avez-vous oublié qui il est, et qui nous sommes ?

Les gloussements se turent progressivement. On approcha des bancs de l'échafaud et l'on fit mon procès, évidemment à charge et sans avocat, la dispute portant principalement sur la nature de la sentence : les plus hargneux voulaient que l'on me pendît — faute sans doute de l'appareil nécessaire à me rouer —, les plus sanguinaires parlaient de me trancher la gorge, voire les génitoires pour les plus raffinés.

Cette troupe piteuse ne parvint guère à m'effrayer, quand même l'issue de l'audience risquait d'être fatale, et je concentrai mes pensées sur le bilan de ma carrière et l'héritage que je laisserais, le cas échéant, à ma famille.

Après environ une heure d'arguments et d'insultes, aucun accord n'ayant émergé, mes ravisseurs décidèrent, par la bouche de Marie-Antoinette, que l'on me mettrait d'abord à l'amende : la harengère et Mancion m'accompagneraient à l'hôtel de Buridan afin que j'ouvrisse la chambre forte — son existence était connue de Cartouche et de ses sbires —, après quoi l'on procéderait à l'exécution du verdict. Comptant mettre à profit ce répit, je me gardai d'objecter que l'endroit ne contenait plus grand-chose et fis mine de collaborer. La Bourguignon, alors, me considéra avec un éclat mauvais dans le regard :

— Ne crois point t'en tirer à si bon compte, grinça-t-elle...

S'approchant de la cheminée, elle enveloppa de tissu le manche d'un tisonnier dont elle plongea la pointe dans les flammes. Chacun retint son souffle; je sentis une sueur abondante dévaler mes flancs cependant que le métal rougissait, puis blanchissait. La question n'était plus de savoir si elle oserait, mais *où* elle appliquerait la morsure:

— Y rigole moins, le petit marquis! triompha-t-elle.

— Sa Majesté m'a fait duc, trouvai-je la force de rectifier.

Le temps qu'elle prit pour parcourir avec son arme les quelques pas qui nous séparaient me parut une éternité. Mon cœur battait à se rompre; j'étais au bord des larmes, tentant désespérément de chasser ce moment de mon esprit.

Le fer incandescent passa devant mon visage, descendit le long de ma poitrine, de mon ventre, puis menaça mon sexe pour choisir finalement l'aine, qu'il flétrit par deux fois, y traçant une croix semblable à celle de mon supplice. La douleur, térébrante, vida mes poumons en un cri gigantesque.

Cela sentait la chair et le poil rôtis, fumet écœurant dont le souvenir s'imprima en mon âme à l'instant où il me semblait qu'elle rejoignait le néant.

Quand j'émergeai, nauséeux, le ventre plus endolori que par une diarrhée, on m'avait rhabillé; les cahots étaient ceux de mon carrosse, que conduisait à train d'enfer un invisible cocher. Face à moi sur la banquette, à peine éclairés par le petit matin, Mancion et la harengère, pistolets pointés — Baremont ne s'était apparemment pas joint à l'expédition. La souffrance était encore trop forte pour qu'il me fût loisible d'entamer une conversation à laquelle, d'ailleurs, mes bourreaux ne semblaient guère enclins.

Nous roulâmes sans un mot jusqu'au quai des Balcons, où notre entrée, eu égard à l'heure, passa pratiquement inaperçue, le factionnaire, tout embrumé de sommeil, se contentant benoîtement d'ouvrir les portes et de présenter les armes.

Inquiet malgré moi à l'idée que mes bourreaux réagissent avec violence au vu de la chambre forte, je tâchai de gagner du temps en faisant mine de ne pouvoir soutenir mes jambes, ce qui n'était pas très éloigné de la vérité. Le cocher me dut venir en aide et abandonner la voiture, ce qui, reconnut-il lui-même, était fort imprudent.

L'ouverture de la chambre nécessitant d'actionner au préalable une clenche placée au sommet des rayonnages de la bibliothèque, ce fut Marie-Antoinette qui grimpa à l'escabeau : l'accès dérobé se découvrit dans le salon attenant, dont l'Assemblée verrouilla la serrure et conserva la clef avant de nous accompagner. Le cocher soutenait toujours mon bras. La Bourguignon, souveraine dépositaire des secrets de son défunt époux, retrouva vite la bouteille à manœuvrer pour ouvrir la cachette.

La déception qui s'en suivit m'eût pu coûter la vie si la cupidité de ces pendards n'en avait décidé autrement : Après avoir épuisé leurs insultes et leurs poings sur ma personne, et ne pouvant admettre que les lieux ne continssent rien d'autre qu'une boîte à poisons à moitié vide et quelques barriques de vin, ils m'abandonnèrent recroquevillé à terre près de l'entrée pour explorer le plus infime recoin.

Peut-être un écu d'or s'était-il caché dans la poussière, ou quelque pierre précieuse : Marie-Antoinette poussa une exclamation qui fit aussitôt bondir auprès d'elle ses complices. Je rampai quant à moi en dehors de la pièce dont je refermai vivement la porte. Les vociférations, atténuées par les épaisseurs de brique et de métal, s'estompèrent au sommet des marches, inaudibles à quiconque ignorait leur existence.

Je tambourinai contre le bois jusqu'à ce que le maître d'hôtel vînt me délivrer. Sans autre explication que celle d'avoir fui mes tortionnaires par mes propres moyens, j'ordonnai aussitôt que l'on condamnât les lieux.

Il me sembla, plus tard, ouïr des détonations mais personne n'y parut prêter garde.

Mes blessures, quoique fort laides, m'inspirant moins de crainte que le destin de Colas et, surtout, de Brise-reins et du laquais, je chargeai Maurice de Saxe, qui avait toujours chez moi ses quartiers — Henry d'Ystirac résidait alors en son hôtel, Arouet avait quitté Paris pour Ussé — d'alerter Monsieur Hérault.

Lequel se présenta en fin de matinée, la mine désolée, prendre des nouvelles de ma santé et expliquer que ses exempts avaient, sur la route de Versailles, arrêté un homme dont le signalement correspondait à Colas :

— On l'a surpris, ajouta-t-il, occupé à détrousser des cadavres...

Hurlant qu'en fait de délit le malheureux veillait sur les corps de ses compagnons, je maudis la cruauté du sort, la bêtise de la police et l'incurie des services qui avaient permis aux pendards de Fanfaron de s'échapper. Mon interlocuteur laissa passer l'orage avant de m'assurer de la libération immédiate du prisonnier. Puis il m'interrogea sur les circonstances de l'agression.

Je n'en masquai rien fors son récent dénouement et forgeai ce mensonge partiel que l'on m'avait mis en demeure de verser une rançon contre la vie sauve des membres de ma famille. Hérault promit de mettre de nouveaux Suisses à ma disposition et d'en poster à la grille de nos maisons :

— Nous débusquerons ces rats où qu'ils se terrent, martela-t-il, et leur ferons expier leurs crimes !

Moi seul savais que tel était déjà le cas pour trois d'entre eux mais qu'il en restait au moins quinze, dont Nazareth, qui viendraient tôt ou tard réclamer vengeance.

Colas me fut donc rendu, on étouffa l'événement, l'hiver pansa mes plaies et, une fois murée la paroi extérieure de la chambre forte, je ne conservai du drame qu'une cicatrice rougeâtre en forme de croix de Saint-André, le souvenir attristé de Brise-reins — remplacé par Yunus pour conduire mes chevaux — et une fière escorte de gardes en grand uniforme. Des sbires de Nazareth je ne vis nulle trace.

IX

Commencée dans les grands froids, l'année 1731 tint chacun calfeutré chez soi pratiquement jusqu'en mars. Je demeurai quai des Balcons parmi le *gynécée* de Maurice, n'ignorant rien des intrigues et de la détestation polie dans laquelle ces femmes se tenaient mutuellement. Le nom de Lecouvreur ne fut jamais prononcé sans qu'on lui accolât, tel un poignard à deux pointes, celui de la duchesse de Bouillon.

Mon bel invité renouvela quelques fois la fête galante au cours de laquelle il m'avait autorisé à rendre hommage à ses appas et me laissa même lui sucer le vit, seul à seul, un soir où la neige empêchait toute visite. Mais il me refusa et ses lèvres et sa couche, attitude qui eut l'heur de chasser de mon cœur toute velléité de m'en rendre esclave.

Vers Pâques, Henry d'Ystirac quitta sa maison, où il veillait sur la santé chancelante de son épouse — Blanche avait trop souvent bravé le froid en se rendant chez sa bigote de fille, rue des Marais Saint-Germain — pour venir annoncer la naissance d'un mâle dans le foyer d'Aymery :

— Le sang d'Ystirac, sourit-il, n'est pas près de tarir ; ta Louise et mon Alban, l'été prochain...

Nous tombâmes dans les bras l'un de l'autre et célébrâmes avec Maurice, un peu moqueur, un peu jaloux, le bonheur ambigu d'être grand-père. Henry, au moment de repartir, prit un ton embarrassé :

— Je ne sais point trop comment aborder le sujet, glissa-t-il, mais il serait opportun que tu retournasses à Versailles. Anna a écrit à Blanche au sujet de ses parents ; elle craint de t'importuner...

Je méprisais en effet ces métayers vils d'esprit qui me tenaient lieu de belle-famille et feignais de méconnaître les sommes qu'Anna leur faisait régulièrement parvenir. J'ignorais, en revanche, que mon beau-père était décédé quatre ans auparavant, que sa femme venait de le suivre, et fus plus stupéfait encore d'apprendre par la bouche d'Henry que mon épouse, qui avait jadis hérité du père de Blanche, dont elle avait l'estime, la métairie occupée par sa famille, prétendait la céder à l'aîné de ses frères !

Je fis atteler mon carrosse dès le lendemain. Anna, qui me connaissait bien, ne tenta point d'argumenter :

« La terre, écrivit-elle sur l'un de ses innombrables billets, devrait appartenir à ceux qui la cultivent. »

Et elle laissa d'irrésistibles larmes couler le long de ses joues. J'eus beau tempêter qu'une telle philosophie mènerait notre maison à l'abîme, je dus accepter le compromis auquel il ne faisait nul doute que mon épouse — aidée probablement des Ystirac — voulait me conduire : la terre resta en notre possession mais l'aîné de mes beaux-frères en devînt métayer avec l'engagement de ce que ses enfants lui pourraient succéder, ou ceux de ses trois autres frères, race nombreuse et détestable.

Nous évoquâmes ensuite la prochaine venue au monde d'un petit d'Ystirac et les apparentes difficultés que rencontrait mon rejeton avec sa femme, dont la conséquence la plus visible était de ne l'avoir point engrossée. Françoise-Aymone était certes fort prude et réservée, se dérobant peut-être à son époux, mais celui-ci, trop épris de chasses et leur consacrant tout le temps qu'il n'occupait pas en campagne avec son régiment, tenait une part incontestable au problème. Nous résolûmes que je lui parlerais.

Le Roi étant affairé à coure le sanglier à Compiègne, je pensais attendre son retour — et donc celui de Louis-Henry — dans notre petit appartement mais le cardinal de Fleury, ayant appris ma présence, me convoqua pour me confier une mission des plus délicates : Prince du sang, le comte de Charolais, frère cadet de Monsieur le Duc et de Mademoiselle sa sœur, ressemblait fort à cette dernière par la débauche. Fréquentant peu la maison de Condé, je n'avais guère eu le privilège d'approcher le comte et sa réputation en faisait une espèce d'épouvantail d'autant plus efficace qu'il frayait loin de la Cour, dont il était exclu. Mais ce qui choquait le plus était la barbare cruauté qu'il n'avait cessé de déployer depuis l'adolescence, tant envers les femmes que les hommes, qu'il tuait par vice comme on tire un corbeau ou un chat ; on racontait que feu le Régent, à qui il demandait l'impunité pour ses premiers crimes, avait répondu qu'il la lui accordait, de même qu'à quiconque mettrait un terme à ses forfaits !

— Que Son Altesse Sérénissime le comte de Charolais soit, par la grâce de sa naissance, un monstre intouchable, soupira Fleury, Dieu seul peut en juger. Mais nous ne pouvons souffrir qu'il suborne le prince de Conti, à peine âgé de quatorze ans, sur lequel il a depuis peu jeté un fâcheux dévolu. Vous nous devez aider à le circonvenir. Il ne saurait être question, nonobstant les mots que l'on prête au feu duc d'Orléans, d'attenter impunément à la vie de ce gentilhomme. Votre titre et la renommée que vous vous êtes forgée devront suffire : rossez si nécessaire mais ne tuez point ; je redoute les représailles.

À ma grande honte, Fleury précisa que Charolais avait entrepris, en probable ouverture à de plus rudes débauches, de dévoyer le jeune Conti au bordel des Petites Tuileries.

Je m'y présentai donc, deux hivers après avoir promis à Samory d'y revenir. Le parc était envahi, non de neige mais de fleurs, quelques couples de circonstance, arpentaient paisiblement les allées ; devant les communs, une dizaine de voitures attendait que ses prestigieux propriétaires eussent consommé leur foutre et leur argent — la défunte Arcadia avait fait de l'endroit l'un des tripots les plus huppés du royaume en dehors des maisons royales. Je reconnus, entre autres, le blason au lion d'or sur fond de gueules du comte de Charolais.

Au moment de gravir le perron, le mystérieux chuchotement que j'avais perçu lors de mon dernier passage me souhaita la bienvenue.

— J'ignore comment vous réussissez ce tour, répondis-je à voix haute, mais il est fort habile quoique impertinent.

L'huissier me dévisagea étrangement :

— Mais je n'ai rien dit, Monseigneur ! bredouilla-t-il.

Samory vint aussitôt à ma rencontre :

— Vous aussi, murmura-t-il, vous l'avez entendu ? La vieille Raffaella en parlait et *lui* parlait souvent mais nous croyions qu'elle délirait. Depuis son décès, il n'est pas de semaine sans que quelqu'un relate plus ou moins sérieusement la chose. Mais il y a plus ennuyeux…

Je m'attendais à ce qu'il développât le sujet ou abordât la matière qui m'avait amené mais ce fut de mon rejeton dont il fut question : outrepassant mes préventions, Louis-Henry comptait désormais parmi les clients du lupanar !

— J'ai été aussi surpris qu'on peut l'être, s'excusa l'Africain en refermant sur nous les portes d'un salon, mais le jeune marquis de Mondétour a semblé si sûr de lui, même la première fois…

Je me laissai choir au fond d'un fauteuil.

— Seules les filles lui importent, s'empressa d'ajouter mon interlocuteur ; les garçons et le jeu ne l'intéressent pas…

Partagé entre colère et résignation, je m'efforçai de les mettre de côté pour revenir à la mission que m'avait confiée Fleury. Samory, qui avait servi les Orléans puis les Conti, confirma que le *cousin* Charolais — *Charles le Terrible* comme le surnommaient les Bourbons en méchant hommage au gothique duc de Bourgogne[37] — avait accumulé contre lui la haine et le mépris de sa parentèle mais qu'il n'en avait cure, n'ayant d'autre loi que sa lubricité ni d'autre égide que son titre. La rumeur en faisait un Gilles de Rais[38] revenu d'entre les damnés.

— Pour moi, objecta Samory, c'est avant tout un grand seigneur. Depuis qu'il nous honore de sa clientèle, personne n'a eu à s'en plaindre, bien au contraire : il est extrêmement généreux et peut perdre sans sourciller des sommes colossales. Son Altesse Sérénissime le prince de Conti est certes adolescent mais je n'ai point l'impression qu'on le contraigne ; il me rappelle d'ailleurs le jeune Honoré de Villars. Si subornation il y a, elle doit être fort agréable…

Un peu ébranlé par ce plaidoyer mais obligé d'accomplir ma tâche, je demandai à Samory de me présenter au plus tôt. Il me conseilla de patienter jusqu'au dîner et m'ouvrit, dans l'attente, ses belles cuisses de jais dont je n'avais joui depuis longtemps.

---

37. Charles de Valois-Bourgogne, comte de Charolais, dit aussi *Charles le Téméraire* (1433-1477).
38. Gilles de Montmorency-Laval (1404-1440), condamné à mort pour meurtre et sorcellerie.

La nuit venue, mon compagnon détacha ses reins des miens pour s'enquérir auprès d'un domestique de l'endroit où le comte et son élève avaient ordonné que leur repas fût servi : c'était au petit théâtre aménagé par le Régent dans une l'aile du château où le regretté Coprophile vendait ses esclaves.

Une scène minuscule y faisait face à quelques loges surmontant un parterre : la décoration, où dominaient le bleu et l'or, se résumait à quelques naïades peu farouches sur lesquelles veillaient d'indulgentes muses ; au fronton, seul maître à l'instar de son commanditaire, un puissant Apollon qui en portait les traits protégeait mon écu — attention exquise — avec un déhanché équivoque.

Sur les planches, deux satyres en chair et en poils lutinaient une bacchante cependant que, dans un angle, jouaient trois musiciens : il n'y en aurait guère tenu davantage. Une longue table était dressée devant la scène, où festoyait une dizaine de débauchés des deux sexes.

À notre entrée, et avant même que Samory m'eût introduit, l'un d'entre eux se leva, verre en main, pour célébrer « l'hôte véritable de la nouvelle Sybaris[39] » : c'était Charles de Charolais. Le ribaud conservait, en dépit de l'ivresse, la fière élégance de sa race. Son regard voluptueux me fit presque bander :

— Monseigneur, bredouillai-je, il faut que nous parlions.

— Foin des cérémonies, s'exclama-t-il en désignant la table, joins-toi à nous !

— Monseigneur, repris-je à voix plus basse, Son Éminence…

Le comte, sans cesser de sourire, darda son regard clair dans le mien :

---

39. Cité de la Grèce antique réputée pour le luxe et la volupté de ses mœurs.

— Si ce n'est l'hôte, murmura-t-il, je prétends fêter l'exterminateur. Ma chère famille s'est trop appliquée à nous tenir éloignés, bel Henry, et je connais presque toute ta carrière quand tu sais si peu de la mienne…

Je complus à son geste et pris une chaise. Charolais, d'un mouvement de l'index, congédia alors tout le monde fors les artistes ainsi qu'un adolescent au teint pâle et aux grands yeux noirs dont je déduisis que c'était le prince de Conti : bien que ne lui ressemblant pas — adultère oblige — sa mise précieuse malgré le débraillé évoquait les débuts d'Iphise.

— Je dois tout à feue Son Altesse Sérénissime Monsieur le père de Votre Altesse Sérénissime, annonçai-je en m'inclinant…

— On m'a dit en effet que vous étiez fort proches, répondit le jeune homme en me rendant ma révérence. Votre bouche est-elle toujours aussi encombrée ou vous arrive-t-il de vous exprimer simplement ?

— Il nous tutoiera *après,* intervint le comte avec un clin d'œil.

J'exposai brièvement les motifs de ma visite. Charolais afficha un détachement goguenard ; Conti, en revanche, se redressa avec colère, prêt à souffleter Fleury à travers moi :

— Le chien ! explosa-t-il ; comment ose-t-il ?

— Le *vieux* chien, corrigea Charles. Henry te le dira, cette espèce-là ne démord jamais.

— Certes, Monseigneur, approuvai-je, et j'en suis également.

— Mais, s'agaça l'adolescent, nous n'allons tout de même point…

— Si fait, bel amour, coupa doucement Charolais ; *nous allons.* Il faut parfois courber l'échine…

— Jamais !

— Pour la mieux relever, mon Adonis. L'ami Mondétour ne repartira d'ici qu'après que nos chemins se seront séparés. Il n'a rien en particulier contre nous — n'est-ce pas, Henry ? — mais, et c'est entre autres pour cela qu'on l'admire, il préférerait nous serrer le col au risque du sien plutôt que d'échouer à nous convaincre. Non qu'il trouve la chose répréhensible — chacun céans connaît ses mœurs — mais parce que Son Éminence le veut, et que Son Éminence, c'est Sa Majesté.

— Fleury n'est rien ! hurla le prince avec, déjà, l'accent de la défaite.

Charles se glissa derrière lui pour l'embrasser :

— Henry passera cette nuit avec nous, murmura-t-il en ne me quittant pas du regard. Et demain matin, mon aimé, tu monteras dans son carrosse afin qu'il te rende à Son Éminence, à Madame ta mère et aux jésuites. Quant à moi…

— Je ne veux point que tu me quittes ! gémit l'adolescent.

— Sois prince, souffla Charolais, et tu nous reviendras.

Le jeune homme ferma les yeux ; une larme perla à sa paupière cependant que son complice lui mordillait l'oreille puis arrachait un morceau de poularde afin d'en nourrir son amant. De longues minutes s'écoulèrent, seulement habitées par la musique et les grognements obscènes des comédiens. Le comte, extrêmement attentionné, semblait l'inverse du portrait que l'on en brossait : Satan lui-même, songeai-je, était un ange avant que de déchoir…

Quand nous eûmes achevé de nous restaurer, ce monstre si doux prit son protégé dans ses bras et, toujours sans un mot, me fit signe de le suivre. Le théâtre était désert mais les salons débordaient de monde.

Nous nous frayâmes un passage au milieu de la foule pour gagner l'aile où étaient les bains ; quelques convives, qui s'y alanguissaient en bord de bassin sur les banquettes d'albâtre au milieu des vapeurs parfumées, rassemblèrent vite leurs effets pour nous laisser tranquilles.

Charles déposa précautionneusement son fardeau, qui fit mine de s'endormir, et se tourna vers moi pour me déshabiller. Ses mains, aux ongles soigneusement entretenus, étaient courtes et musclées, aussi glabres que sa poitrine. Ayant délacé la mienne, il en peigna la toison avec ses doigts, attardant un index sur la cicatrice qu'avait jadis dessinée sur mon épaule le poignard du chevalier De Prez, glissant le long du cou jusqu'à la plaque d'or qui masquait mon oreille. Repoussant ma perruque de sa main restée libre, il la fit jouer entre nos deux braguettes, que je libérai. Il sourit. Son membre, dont les proportions étaient comparables au mien, le défia aussitôt au combat ; d'abord paisible, puis furieux au point que je finis par débander :

— Perdu ! chuchota le comte.

Nous achevâmes d'ôter nos vêtements et plongeâmes dans l'eau tiède ; le prince de Conti, soudain réveillé, nous imita et vint s'interposer. Charolais l'empala d'autorité sur mon vit et, immisçant le sien sous mes bourses, agrippa fortement mes hanches pour mieux enchâsser le jeune intrus. Je fis de même avec les fesses de mon compère bourreau et dardai ma langue dans sa bouche, alternativement à celle de l'adolescent. Il les aspira avec appétit, comme s'il les branlait, nous les rendant endolories mais gonflées tel un sexe.

Le torse de notre victime, écrasé par l'étreinte, exhalait une intense fruition. Charles força son gland contre le mien dans l'intimité de Conti, puis mordit celui-ci à la naissance du cou ; à pleines dents, jusqu'au sang. Je l'imitai. Le prince poussa un très long râle, jouit, et perdit connaissance.

Nous le maintînmes en place jusqu'à ce que nos verges — le comte avait inséré complètement la sienne — eussent concomitamment déchargé. L'adolescent, quant à lui, ne respirait plus: nous le tirâmes hors de l'eau et attendîmes qu'il revînt à lui.

— Ne sois pas inquiet, murmura Charolais; il adore souffrir.

— Es-tu vraiment le monstre que l'on dit? chuchotai-je.

— Pis encore...

— Je ne le puis croire.

— J'entends cela comme une requête, que je t'accorde. Tu me viendras visiter en mon hôtel du Marais dans quinze jours.

— Et si j'avais mieux à faire?

— Cela ne se peut. Et puis il y aura une surprise.

— Je n'aime point les surprises.

— Tu aimeras celle-là.

Nous passâmes le reste de la nuit dans une grande chambre tendue de lampas écarlate, dormant, mangeant et forniquant au gré de nos humeurs. Charolais, l'extrême raffinement en plus, ressemblait à n'importe quel autre ribaud: aucun rictus cruel, pas d'autre violence que celles admises entre amants, et le constant souci de donner à jouir avant que de prendre: Lucifer, décidément, était bien travesti.

Le prince de Conti, au petit matin, tenta en vain de fléchir la sentence; Charles le tira du lit et, dévalant l'escalier dans le plus simple appareil, jeta l'adolescent dans mon carrosse:

— Revenez-moi vite! glissa-t-il en nous donnant un baiser.

Yunus fouetta les chevaux et nous quittâmes les Petites Tuileries pour Versailles sans que j'eusse le temps de déposer, dans le petit bois attenant au château, fût-ce une brassée de fleurs sauvages au pied du petit monument que Monsieur Bouchardon avait sculpté pour l'Arcadia et ses compagnons d'infortune.

Fleury, extrêmement satisfait par le succès fulgurant de ma mission, annonça que le jeune Conti, avec l'assentiment de son auguste mère, rejoindrait au plus vite le collège de Louis-le-Grand. Le regard d'incompréhension scandalisée que me jeta le prince en quittant le bureau atténua toutefois mon assurance.

Ce sentiment désagréable me saisit de nouveau quelques jours plus tard lorsque je descendis dans les bosquets de Versailles avec mon beau rejeton revenu de chasse.

— Je sais déjà, père, assura-t-il, ce que vous m'allez reprocher.

— Voilà qui me sied, répondis-je, car vous m'ôtez ainsi le déplaisir d'avoir à vous l'exprimer.

— Permettez-moi, cela étant, de marquer mon étonnement : je ne vous croyais point tant piqué de bonnes mœurs.

— Vous vous méprenez, Louis : il me chaut peu que vous fréquentiez des catins, surtout de bonne maison, aussi longtemps que vous resterez discret et n'en ramènerez rien de fâcheux. J'aime d'ailleurs mieux cela qu'une maîtresse : des bâtards nous avons soupé.

— Mais alors, père ?

— Vous souvient-il avoir épousé Françoise-Aymone d'Ystirac ?

Louis-Henry détourna le regard.

— Elle n'est point ardente, finit-il par lâcher.

— Où avez-vous pris qu'elle devait l'être ? grondai-je. C'est votre épouse, Louis, pas...

— Certes, père, mais vous savez bien que nous autres mâles...

— Devons engendrer ! Ne l'ai-je point fait moi-même ? Votre frère de lait, lui, l'a bien compris.

— Ni vous, père, ni Alban n'avez mon tempérament !

— Je m'en flatte ! Mais point ne voudrais que notre lignée finît avec vous.

— Vous oubliez notre famille de province.

— Vous vous moquez, Louis : cette humble parentèle ne porte ni notre nom ni notre titre, et vous oubliez vous-même que si Sa Majesté élève Mondétour en duché-pairie ainsi qu'elle a daigné en émettre le vœu, nos biens, faute d'héritier mâle, reviendront de plein droit à la Couronne.

— Je l'ignorais.

Nous cheminâmes sans un mot jusqu'au bosquet de la Girandole, où nous nous assîmes sur un banc, à côté d'un musculeux moissonneur de marbre blanc. Louis-Henry, voyant mes regards sur la sculpture, objecta n'être point fait de cette matière.

— Eh bien, m'exclamai-je, prouvez-le-nous et nous donnez un héritier !

— Et si c'était une fille ?

— Vous recommenceriez, Louis, à l'instar de Sa Majesté !

Mon rejeton soupira, laissa de nouveau s'installer le silence, puis tenta de me faire comprendre à demi-mot que son épouse, après consommation du mariage, avait maintes fois repoussé ses assauts, préférant se consacrer à la prière et aux lectures pieuses, souffrant même difficilement qu'il lui baisât les mains.

Un groupe de jeunes femmes en robe de Cour traversa alors le bosquet, nous considérant avec une curiosité amusée ; les œillades furtives qu'elles lancèrent à mon joli soldat me firent intérieurement enrager :

— C'est votre femme, m'impatientai-je ; si elle se refuse, forcez-la !

— Un viol ? Père, auriez-vous perdu l'esprit ?

— Ne soyez pas insolent ! Vous connaît-elle en nudité ?

— Je vous demande pardon ?
— Avez-vous forniqué en habit de naissance ?
— Voyons, père : Françoise-Aymone !
— Savez-vous au moins comment l'un l'autre êtes faits ?
— Par... détails, père.
— Nous y voilà.
— Mais, père, jamais elle n'acceptera...
— Êtes-vous un homme, Louis ?

Mon fils se dressa, plus outré que Rodrigue face à Don Diègue, mais, au lieu de m'en demander raison, disparut aussitôt par une allée en m'abandonnant à mes doutes.

Anna, à qui je rapportai l'entrevue — mais sans lui révéler les fréquentations interlopes de notre petit marquis —, assura d'une écriture rougissante que mes conseils seraient suivis d'effet et qu'elle en griffonnerait quelques mots à Blanche afin que celle-ci en parlât à sa fille.

Louis-Henry rallia son régiment et je me rendis finalement à l'invitation parisienne du comte de Charolais.

Ce fut le cœur battant que je me présentai, accompagné de Vassili, aux portes de l'hôtel de Bourbon-Charolais, vaste domaine situé non loin de l'hôtel d'Ystirac et dont j'avais parfois longé les murs en me demandant ce que l'on pouvait cultiver derrière.

Nous pénétrâmes dans une cour pavée, sur les trois côtés de laquelle s'élevaient d'élégants bâtiments dans le style des rois Henry. Un majordome en livrée rouge et or attendait sur le perron :

— Monseigneur mon maître, annonça-t-il, a émis le souhait que Monsieur le duc congédiât sa suite.

Un peu inquiet, je fis signe à Yunus et à l'escorte d'obéir mais conservai Vassili à mes côtés. Le domestique impassible nous conduisit, par un vestibule où débouchait un escalier monumental, jusque dans un luxueux salon de compagnie décoré de lambris érotiques. Un laquais servit un rafraîchissement.

Nous patientâmes quelques minutes, puis le majordome revint disposer sur les fauteuils deux sortes de cafetans de fine peau noire brodée d'argent, ainsi que des mules du même :

— Monseigneur mon maître, commença-t-il...

— A émis le souhait que nous troquassions nos hardes contre celles-ci, plaisantai-je.

Le valet, impavide, se retira sans sourire en refermant les portes du salon. Plus excité que Vassili, je me hâtai, le sexe en émoi, d'abandonner mes habits et perruque pour nouer autour de mes reins l'étrange vêtement dont la fragrance discrètement musquée soulignait mon propre parfum et dont la froidure s'estompa vite au profit d'une chaude sensation de caresse.

Nous finîmes nos verres et attendîmes de nouveau. Personne ne revint, même quand je sonnai. Nous nous autorisâmes donc à sortir du salon. Les autres portes étant verrouillées, nous gagnâmes l'étage, où nous n'en pûmes ouvrir qu'une, débouchant dans une galerie faiblement éclairée dont les fenêtres avaient été occultées, à la manière orientale, par des volets ajourés en bois de santal. Au-delà des ouvertures s'étendait comme une forêt entourée de hauts murs ; une loggia, similaire à l'endroit où nous nous tenions, courait à mi-hauteur.

— Je l'appelle *Éden* ! proclama derrière nous une voix à l'autre bout de la pièce.

Le comte de Charolais, qui portait le même cafetan noir et argent, avança en souriant. À quelques pas se tenait un géant asiatique dont le seul vêtement consistait en une longue cagoule vermillon descendant, de part et d'autre du corps, en deux pans serrés par une corde :

— Voici Wang, précisa notre hôte ; c'est mon *tourmenteur.* Ses parents sont venus de Chine à l'époque du feu Roi, parmi les présents de l'empereur Kangxi. Il écrit et parle fort bien notre langue mais ce n'est point à ce talent-là que j'ai recours…

Charles s'approcha de Vassili et, glissant par l'entrebâillement du cuir une main sur sa poitrine tel un maquignon estimant une bête, me remercia d'avoir désobéi à sa consigne :

— Il n'est point utile, ajouta-t-il, que tu me le présentes ; pas plus qu'il n'est indispensable que tu saches le nom de quiconque céans fors celui de ma *surprise,* que tu connais déjà…

Il fit un signe à l'Asiatique, qui disparut aussitôt. Puis il me prit par l'épaule et entrouvrit l'un des volets :

— Observe attentivement, chuchota-t-il.

Une odeur sauvage saisit mes narines mais je ne vis d'abord que les murs, la coursive et des arbres de diverses essences. Le parc en contrebas, envahi de buissons et de ronces, paraissait n'avoir pas été entretenu depuis des lustres. Au centre, ce qui était jadis un bassin circulaire ressemblait désormais à une mare envahie de végétation. Là j'aperçus une forme simiesque penchée au ras des eaux glauques :

— Oh, murmurai-je, une ménagerie !

— En quelque sorte, répondit Charles. Mais regarde encore…

La créature fut rejointe par une autre, surgie du rez-de-chaussée. Je me rendis alors compte de ce qu'il s'agissait, non d'une guenon mais d'une femme, entièrement nue, sale à l'extrême, les cheveux ébouriffés, un bébé collé au sein. J'eus un mouvement de recul.

— Ne crains rien, souffla le comte, on ne nous peut surprendre.

D'autres individus, principalement femelles, apparurent sous les frondaisons ; tous semblaient obéir craintivement au premier, de sexe mâle et âgé de vingt à trente ans, pour autant que l'on en pût juger eu égard aux toisons et à la fange dont il était couvert.

— Sont-ce là tes locataires, m'étonnai-je, ou ce qu'il en advient ?

— Mes hôtes passent rarement au jardin, du moins pas sous cette forme…

Avant que je pusse davantage interroger Charles, son tourmenteur revint, portant un fardeau emmailloté de drap qu'il jeta à terre. À l'invitation du comte, je dégageai la tête de cette momie et découvris, stupéfait, le visage blafard de Pierre Baremont, alias Nazareth, yeux exorbités et lèvres entrouvertes en une expression de terreur telle que j'en frissonnai.

— Il est des nôtres depuis une semaine, expliqua paisiblement mon hôte. Ses semblables sont en préparation. Je regrette néanmoins que nous ayons échoué à capturer son complice ; celui qui se faisait appeler…

— L'Assemblée, complétai-je. Je l'ai tué, de même que la veuve Bourguignon.

Charles me dévisagea avec étonnement :

— Peut-on savoir comment ?

— Emmurés.

— Quel gâchis !

— Et lui ? protestai-je en désignant Baremont. Et ces gens, dehors ?

— Commençons par lui, trancha le comte. Tu dois d'abord savoir que si la Cour me dédaigne, je m'entends en revanche avec Monsieur Hérault, qui me méprise probablement aussi mais apprécie assez les services que je lui rends pour m'en payer de retour. À toi les grands seigneurs, à moi la canaille :

les tribunaux sont si encombrés, et la police tellement affairée à traquer les jansénistes…

— Bourreau ?

— En moins pressé mais, comme toi, en toute impunité.

— On prétend que feu le Régent…

— Tout ce que l'on raconte à mon sujet est exact, Henry, et l'on manque d'imagination pour deviner le reste ; laisse-moi terminer. En accord avec le lieutenant général, on me livre régulièrement les plus beaux spécimens, l'écume de l'ordure si je puis dire ; celle que l'on espère voir pendre mais dont, pour une raison ou pour une autre, on craint qu'elle échappe au gibet. Je ne parle pas des vieilles maquerelles, voleuses affamées, faiseuses d'anges ou autres assassins en fin de carrière, mais bien de gibier de choix, agréable au regard, endurant au supplice…

— Comme Nazareth ?

— Fi ! Celui-là t'est destiné. Oncques n'aurais fait semblable acquisition !

— J'ignorais que Monsieur Hérault vendait ses…

— Monsieur Hérault n'y est pour rien : c'est un comparse de ton pendard, capturé et soumis par nos soins, qui a échangé la bande et son chef contre cent écus et le serment que je lui laisserais la vie sauve. J'ai récupéré la mise complète.

— Veux-tu dire…

— Ne me remercie pas : que n'aurais-je fait pour t'attirer céans !

— Mais lui, bredouillai-je en me penchant sur Baremont, pourquoi…

— Viens.

Nous redescendîmes l'escalier, suivis par Vassili et Wang, qui avait repris Nazareth dans ses bras sans que celui-ci ne réagît.

— Que lui as-tu fait ? soufflai-je au comte.

— Connais-tu les Aztèques, ce peuple disparu ? Les maudits avaient inventé parmi les rites les plus affreux que l'âme humaine ait engendrés ; collectionnant les ouvrages sur le sujet, j'en ai quelque science. Un jésuite espagnol m'a vendu un *codex* dont je me suis inspiré…

Un laquais ouvrit, derrière les marches, une issue accédant aux cuisines, désertes à cette heure de la journée. Nous les traversâmes pour gagner un couloir dissimulé derrière une porte de fer enchâssée dans les murs très épais du garde-manger.

— Tu as certainement participé à des séances de question, poursuivit mon hôte. On prétend qu'elles sont plus efficaces sur qui y assiste — contre son gré, s'entend — que sur qui les subit…

Nous atteignîmes la prison, vaste espace d'apparence confortable malgré l'absence de fenêtre, en comparaison des geôles que j'avais visitées : le sol et les parois étaient propres, l'odeur tout à fait supportable, la lumière correcte, quoique fournie par de sinistres lustres composés d'os.

Les prisonniers, nus et en grand nombre — des femmes, surtout, assez résignées ou terrifiées pour ne point manifester —, disposaient d'alvéoles individuelles étroites mais pourvues d'un vrai lit, donnant sur le centre de la salle. Au fond, un énorme chariot servait manifestement d'échafaud.

Alors que nous cheminions dans sa direction, je constatai que les détenus portaient sur le visage une épouvante peu ou prou identique à celle de Baremont : les plus vifs tendaient vers nous leurs mains, les plus faibles restaient prostrés sur leur couche. Tous néanmoins demeuraient aussi plaisants à contempler que si l'on avait embastillé l'Olympe. J'en fis la remarque à Charles.

— Qui croirait en effet, sourit-il, que ce cheptel-là n'est fait que de mauvaises bêtes ? Mieux nourries et plus propres qu'elles ne le seront jamais !

— Mais alors, objectai-je, d'où leur vient cette horreur ?

Wang déposa Nazareth dans une alvéole située presque en face du chariot.

— De là… répondit le comte en désignant la machine.

Maculé d'inquiétantes traces brunâtres, le dispositif consistait en une estrade de bois où étaient disposés à la suite, un poteau, un billot avec ses terribles ustensiles et une espèce de piédestal auquel on accédait par une petite échelle.

— Les Aztèques, précisa mon hôte, avaient un dieu nommé *Xipe Totec* à qui ils rendaient un culte barbare consistant à arracher le cœur puis la peau de suppliciés dont certains étaient volontaires. La foule poussait des vivats et le cycle naturel des germinations pouvait continuer. J'ai ressuscité cette tradition.

Il guetta, sur mon visage et celui de Vassili, des témoignages d'effroi qu'il ne découvrit point. Manifestement satisfait par notre impassibilité, il détailla ensuite comment une victime était tirée au sort parmi les reclus puis livrée au tourmenteur qui, aidé du propre cuisinier et de certains domestiques de son maître, incisait la chair afin de la détacher aussi proprement que possible d'avec le corps saignant et hurlant. L'échafaud, tiré par d'autres captifs, passait et repassait lentement devant les cellules afin que nul n'échappât au spectacle. Si les tortionnaires avaient bien travaillé, Charles, ou l'un de ses invités qu'il souhaitait distinguer, revêtait la dépouille encore tiède afin d'en jouir et recevoir, sur le piédestal, l'hommage de ses pairs cependant que Wang abrégeait les souffrances du supplicié en lui extirpant rituellement le cœur.

— Je sens bien, regretta le comte, que tu n'es point prêt encore à vivre le sublime…

— Mes extases sont moins sanglantes, rétorquai-je ; moins douloureuses et moins bruyantes.

— Moins savoureuses aussi. Car, au risque d'aggraver ta nausée, je me dois d'ajouter que nous mangeons ces hosties.

— Et de leurs os, ricanai-je, vous faites des lanternes !

— Tu te trompes, Henry : nous les réduisons en poudre, c'est un excellent engrais.

Je ne pus réprimer un fou rire, hoquetant nerveusement durant de longues secondes.

— Sortons d'ici ! décida le comte en me prenant par le bras.

Revenus dans le vestibule — Wang et Vassili étaient restés en bas —, il nous dirigea vers un salon qui faisait face à celui où j'avais troqué mes vêtements civilisés contre ceux de l'infamie. Un valet servit à boire.

— Je ne saurais t'imposer un séjour qui te répugne, s'excusa Charolais, et je puis, si tu le souhaites, te faire incontinent raccompagner chez toi.

Je secouai négativement la tête : quelque chose en moi — l'animal, sans doute — en voulait savoir davantage. Après deux ou trois gorgées de marc, je m'enquis de l'étrange ménagerie aperçue peu avant.

— Ce sont des humains en état de nature, indiqua mon hôte. Les capturer sauvages tient du miracle, c'est pourquoi j'en élève. Je possède quelques défends[40] en Bourgogne où je fais lâcher des enfants que j'achète. Ceux qui survivent retournent immanquablement aux temps d'avant le péché originel.

---

40. Parc ou bois enclos de murs afin d'en *défendre* l'accès, tant aux hommes qu'aux animaux.

Lorsqu'ils ont atteint l'âge adulte, nous organisons des battues afin de les pouvoir saisir et conduire céans. J'en vends parfois à certains grands seigneurs de ma connaissance qui en agrémentent leurs parcs ou s'amusent à les forcer dans le monde. Je ne me lasse jamais d'observer ces créatures, j'en pourrais discourir pendant des heures : quelle qu'en soit la patrie ou la couleur de peau, ces spécimens évoluent tous de la même manière ; n'est-ce pas fascinant ? Ils dorment lorsqu'ils ont sommeil, mangent quand ils en ont l'opportunité, copulent aussi souvent que possible et se battent pour l'un comme pour l'autre. À l'instar des singes de la collection royale — et, oserai-je dire, de ceux qui les visitent —, *la raison du plus fort est toujours la meilleure*. Une raison naturelle : un seul reproducteur suffit à plusieurs femelles, qui doit chaque jour asseoir son autorité et combattre les prétendants. Nous avons plusieurs fois retrouvé des cadavres, raison pour laquelle nous préférons désormais restreindre le nombre des mâles. Quant aux fruits de ces saillies, il en vient de nombreux que nous laissons à leurs génitrices jusqu'à la portée suivante, après quoi nous abandonnons secrètement les garçons aux sœurs hospitalières de Saint-Athanase : leur couvent jouxte ces murs de si près que j'ai dû montrer mes bonnes manières par la fenêtre durant toute une année pour qu'elles élevassent un rempart et me permissent ainsi d'inaugurer en toute discrétion ce jardin d'acclimatation ! Sans doute s'imaginent-elles que l'odeur et les grognements proviennent de mes invités…

— Ces créatures, m'inquiétai-je, ont-elles un rapport avec l'atroce…

— Aucun. Elles dédaignent les reliefs de nos célébrations. Je leur ai naguère donné un prisonnier vivant que le mâle dominant a occis en moins d'un quart d'heure ; quant aux prisonnières, ce sont les femelles qui les tailleraient en pièces.

— Et tu n'as point tenté toi-même de…

— À une seule reprise pour chaque sexe : le mâle, entravé comme il se devait et lavé de l'ordure aux parties viriles, m'a souillé de son foutre au bout de trois minutes à peine ; la femelle était si réticente et si sèche que j'ai dû la prendre par l'autre orifice…

Le majordome réapparut ; il glissa quelques mots à l'oreille de son maître.

— Mes invités arrivent, annonça Charolais : te joindras-tu à nous ?

— Tout dépend pour quoi, répondis-je.

— Mon cheptel d'en prison ne sert pas uniquement à ce que tu sais…

Il se leva et je l'imitai ; tirant deux loups de cuir d'un tiroir, il m'en tendit un :

— Chacun, sourit-il, apporte ordinairement le sien. Ainsi que je te l'ai dit, il n'est point coutume, céans, de faire les présentations…

Chaque visiteur ayant été introduit dans un salon différent pour s'y pouvoir apprêter en toute discrétion, Charles m'engagea à l'accompagner dans ce qu'il appelait *sa petite suite du premier,* enfilade de pièces de l'aile septentrionale.

À la barbarie du sous-sol répondait une autre, luxueuse, faite d'échafaudages de métal niellé, poulies et cabestans à cordes de soie, chaînes étincelantes, armes gothiques, cabinets d'ébène incrustée d'argent aux motifs infernaux, longues banquettes recouvertes de chagrin écarlate ; le sol était de portor, les murs de basane dorée, où étaient appendues des scènes d'incendie, naufrage, tremblement de terre et autres catastrophes. La lumière filtrant par les vitraux explosait en milliers d'éclats dans de grands miroirs que l'on avait volontairement brisés, afin sans doute d'éclairer la débauche sans en soumettre les participants au spectacle de leurs turpitudes. Au-dessus des cheminées et sur le plateau de chaque encoignure était posé un flambeau de cristal à côté duquel veillait un laquais en livrée portant fruits, pâtisseries et liqueurs.

Wang et Vassili, manifestement heureux d'avoir lié connaissance, arrivèrent sur ces entrefaites par un accès de service, poussant devant eux une dizaine de captifs bâillonnés, garçons et filles parmi lesquels, annonça mon hôte, se trouvaient quelques éléments de la bande de Nazareth. Des domestiques aidèrent à les enchaîner sur plusieurs appareils cependant que les premiers invités faisaient leur entrée, masqués et vêtus comme nous de cafetans fuligineux :

— Cette peau est vraiment extraordinaire ! s'exclama une voix féminine.

— C'est la nôtre, Madame, indiqua aimablement le comte...

Un intense frisson de luxure parcourut l'assistance, composée — pour autant que l'on en pût juger à l'atticisme de leurs manières — de gentilshommes et de dames de la Cour. Je ne tentai pas de découvrir quiconque mais, ne pouvant dissimuler ma carrure ni la plaque de mon oreille, inférai que je serais reconnu par certains. Un groupe de musiciens aveugles préluda dans le premier salon. Charolais frappa dans ses mains : la terrible fête pouvait commencer.

À mon grand effarement, les visiteurs fondirent aussitôt sur les machines et leurs malheureux occupants avec une férocité extravagante, leurs glapissements couvrant les cris étouffés des victimes. Chairs écrasées, lacérées, mutilées remplacèrent bientôt les corps jeunes et frais en une infâme curée à laquelle je ne pris d'abord aucune part, sinon pour abréger les souffrances d'un ou deux infortunés, recevant au passage mon lot d'excoriations et de morsures. Je vis des seins, des fesses, des sexes dévorés, des entrailles piétinées, des membres sectionnés utilisés comme instruments de torture, des globes oculaires jonchant le sol… Près de défaillir, j'aurais pris la fuite si le comte ne m'en avait empêché :

— Souviens-toi ! tonna-t-il, le regard ardent et le corps maculé. À toi les grands seigneurs, à moi la canaille ! M'as-tu bien compris ? Morbleu, sers-toi donc !

Son rire abominable fut repris par l'assemblée cependant que je frappais au hasard dans le tourbillon des cafetans, détachant les vautours ithyphalliques de leur charogne, qui retournaient opiniâtrement en disputer les restes à leur voisin. Dès qu'un cadavre — ou ce qu'il en restait — glissait à terre, les valets accouraient pour l'évacuer dans de grosses bâches brunes ; d'autres faisaient entrer de nouvelles hosties terrifiées, dont les contorsions désespérées excitaient davantage, s'il se pouvait, la rapacité des tortionnaires.

Me rappelant en un éclair les recommandations du cardinal de Fleury, je rossai mais ne tuai point. Charles, ivre de stupre, la verge tout engluée, me tendit un nerf de bœuf : baroque frénésie qui, loin d'éteindre l'ardeur de ces damnés, l'augmenta au point qu'ils s'offrirent les uns les autres à la brûlure du fouet, prêts au martyre avec la même exaltation que les convulsionnaires de Saint-Médard.

Quand ils eurent assez déchargé — et rechargé sur les banquettes en dégustant civilement des sucreries —, ces monstres soudain silencieux, fatigués, écœurés de débauche et de crime, chair empourprée, prunelles éteintes, quittèrent progressivement le carnage, nous laissant seuls, le comte et moi-même, avec les domestiques. La nuit était tombée. J'achevai les survivants. Ce fut alors seulement que je me rendis compte de la puanteur et que je vomis. Charolais, qui bandait encore, me donna un baiser au goût écœurant :

— Mon exterminateur, murmura-t-il, voudra-t-il enfin comprendre que je préfère un million de fois cette saveur-là à celle, misérable, des étreintes licites ?

Je ne répondis pas : couvert de sang et d'immondice, les membres endoloris, l'estomac en détresse, je désirais pardessus tout me laver. Peut-être mon compagnon le devina-t-il, qui ouvrit pour nous la porte de ses bains, unique endroit où ma semence et mes larmes pouvaient s'épancher.

Nous dînâmes en tête-à-tête dans ses appartements — de savoureux pâtés, terrines et rôts dont je m'interdis de demander l'origine. Charles parla beaucoup et longtemps ; j'en retins surtout la diversité des excuses auxquelles recourait l'âme humaine pour justifier sa scélératesse, et l'intérêt qu'il y avait à bien naître. Je ne parvins toutefois pas à le haïr autant que je méprisais ses invités : il y avait une manière de bravoure à endosser aussi ouvertement l'abjection, sans le fard de la justice, de la religion ou de la chose militaire. Mais si je pouvais entendre que l'on disposât d'une victime afin d'en mieux jouir, la souffrance, en revanche, me demeurait d'autant moins tolérable chez un garçon qu'elle n'en favorisait guère l'érection. Le comte prétendit que je manquais de raffinement en m'attachant à la forme plutôt qu'à la substance.

— Pour autant, objectai-je, tu affirmes chercher l'écume de l'ordure…

— Certes, répondit-il, car je considère avec le vieux Socrate que la beauté des corps conduit au sublime par celle des actions qu'elle engendre.

— La détruire comme tu le fais serait donc un geste… gracieux ?

— Je la consomme, Henry, comme un dévot son pain azyme. Les noces mystiques de la jouissance et de la douleur sont tout entières contenues dans cet acte de foi.

— Mais pourquoi seulement la canaille ?

— Les gens du peuple sont parfois séduisants mais les prétendues vertus dont on les bourrelle en affadissent l'attrait. Je hais les bourgeois, qui ne valent plus rien après le mariage. Quant à la noblesse, j'ai fait mienne cette devise que l'on prête à Fanfaron en ne m'attaquant jamais aux blanc-poudrés, raison pour laquelle j'ai naguère si promptement obéi à Son Éminence…

— Craindrais-tu pour ton impunité ?

— *Cave ne cadas*[41] ! Tu es là, cher exterminateur, pour me le rappeler : ne m'ôterais-tu rondement la vie, de tes belles et puissantes mains, si l'ordre t'en était donné ?

— Peut-être, mais tu te défendrais !

— Peut-être…

Je passai chastement la nuit entre ses bras et pris congé dès le matin suivant. Vassili, qui aurait manifestement aimé s'attarder quelques jours supplémentaires, se sépara de Wang à regret. Charolais avait mis un carrosse à notre disposition ; le tourmenteur, au moment de partir, y glissa une momie que je connaissais trop :

— Nazareth est à toi, insista le comte. Accepte-le en témoignage de reconnaissance et en promesse de retour. J'ai hâte d'apprendre de ta bouche ce que tu en auras fait…

Je demandai au cocher de nous conduire à Mondétour et décidai, durant le trajet, aussi intrigué que touché par l'expression terrifiée du prisonnier, de l'installer dans l'ermitage en attendant qu'il recouvrât la parole.

41. *Attention à la chute !* Exhortation rituellement faite aux empereurs romains lors de leur triomphe.

X

L'été arriva sans que Baremont ne proférât le moindre mot. Ses yeux s'apaisèrent mais ses nuits agitées, hantées sans doute de songes affreux, nous forcèrent à lui administrer de ces perles de Bomelius auxquelles l'insomnie ne résistait guère. Notre invité pleurait souvent, pour les motifs les plus anodins, et nous dûmes plusieurs fois le rattraper, errant dans le parc, nu et hagard.

Il fut un sujet de curiosité pour toute la maison — qui ignorait évidemment l'origine de son mal et à qui j'avais raconté que Monsieur Hérault, l'ayant ainsi découvert vaguant par les rues, me l'avait confié — jusqu'à ce que ma fille, le jour de la Saint-Jean, attirât sur elle toute l'attention en accouchant d'une petite Élisabeth-Henriette.

La nouvelle me procura, ainsi qu'au marquis d'Ystirac, une demi-satisfaction : cette enfant-là — qui verrait peut-être le dix-neuvième siècle ! — était certes aussi adorable qu'un ange mais, outre qu'elle ne remplaçait pas un héritier et nous donnait la sensation de glisser irrésistiblement vers le tombeau, elle nous rappelait que mon propre rejeton n'avait point encore enfanté.

Le baptême aux Minimes, quelques semaines plus tard, donna lieu à un nouveau déplaisir : si le Roi manda depuis Fontainebleau un joli page porteur d'un hochet d'or tiré du trésor royal, la marquise douairière d'Ystirac écrivit quant à elle que sa santé ne lui permettrait point de faire le voyage de Paris. Aymery, qui seul avait fait le déplacement, assura que cela était vrai, même s'il était également exact que sa mère n'avait toujours pas accepté ce qu'elle persistait à appeler *l'outrageante mésalliance* de ses petits-enfants.

Blanche et Anna demeurèrent en l'hôtel d'Ystirac aux côtés de l'accouchée cependant qu'Henry, son frère et moi-même retournions à Mondétour. Honoré de Villars nous y rejoignit — à l'affût du moindre prétexte pour quitter son régiment — ainsi que Maurice de Saxe avec son actrice du moment.

Baremont, toujours à l'ermitage, concentra de nouveau l'intérêt par son mutisme persistant, son regard vide et un attrait incongru pour la lecture : Colas avait pris l'initiative de lui mettre entre les mains quelques volumes en langue latine, que Nazareth, en dépit d'une évidente pauvreté ès lettres, dévorait avec une rapidité extraordinaire. Nous ne pûmes déterminer s'il comprenait vraiment ce qu'il compulsait mais réussîmes, après maintes tentatives infructueuses, à lui faire prendre la plume.

Ses premiers mots, laborieusement tracés en lettres capitales, furent : *In girum imus nocte et consumimur igni,* palindrome qu'Honoré, qui avait lu Virgile, traduisit ainsi d'une voix tremblante : « Consumés par le feu, nous errons dans la nuit », trouvant prodigieux sinon effrayant qu'une telle citation apparût sous un tel calame. Nous pressâmes vainement Baremont de questions jusqu'à ce que, habitué à procéder ainsi avec Anna, j'eusse l'idée de les noter sur un feuillet.

À la première, en français, il répondit par une simple interrogation latine. Ma connaissance de cette langue étant notoirement insuffisante, Villars prit le relais, presque aussi épouvanté que s'il s'entretenait avec un fantôme.

S'ensuivit une étrange conversation émaillée de nouveaux extraits de *l'Énéide,* mais également des *Géorgiques* et d'autres ouvrages dont je ne connaissais au mieux que la reliure, où perçaient les stigmates — évidents pour moi seul — des heures terribles que Nazareth avait endurées en l'hôtel de Bourbon-Charolais.

— Peut-être, suggéra Maurice, notre prodige devrait-il changer de lecture: les Classiques ne lui paraissent guère inspirer d'heureuses pensées...

— En effet, soupira Honoré en nous tendant une page dont la dernière phrase était *Libera me ex infernis*[42]. Et les bibliothèques de notre hôte sont réputées pour la diversité de leur contenu!

— Je n'aurais point osé, risqua Colas...

— Eh, quoi? m'écriai-je; offre-lui Boccace: ainsi l'aiderons-nous à se *libérer des enfers* latins!

— Des *enfers français* vaudraient peut-être mieux, observa Henry d'Ystirac, surtout s'ils permettent à notre homme de recouvrer enfin l'usage de sa langue: les récents *Mémoires et aventures* de l'abbé Prévost[43], par exemple...

Baremont fut incontinent invité à changer de décor, passant une partie de la saison parmi les rayonnages de la bibliothèque principale de Mondétour, le reste à Paris dans leur équivalent

42. « *Sauve-moi de l'enfer* ».

43. Les *Mémoires et Aventures d'un homme de qualité qui s'est retiré du monde* (1728-1731) par l'abbé Antoine François Prévost (1697-1763) contiennent notamment l'*Histoire du chevalier Des Grieux et de Manon Lescaut.*

en l'hôtel de Buridan. Il n'en parla pas mieux mais fut assez rapidement capable d'écrire en français ses réponses énigmatiques aux questions qu'on lui posait, à l'exception notable des miennes — moi seul savais pourquoi.

Maurice et ses visiteuses, incapables de passer sous silence la bizarrerie du personnage, ajoutèrent leur publicité à celle que mes familiers n'avaient pu s'empêcher de faire, et des curieux apparurent. On vint de tout Paris, puis de Versailles, et enfin de bien plus loin, consulter Nazareth telle une sibylle, s'extasiant sur ses apophtegmes, les commentant à l'infini et y trouvant presque toujours ce que l'on espérait.

Je me fusse aisément enrichi en faisant profession d'intermédiaire si l'agacement ne m'avait saisi. Et quand Monsieur Fuzelier, du *Mercure*, me fit parvenir un placet dans lequel il évoquait la possibilité d'écrire sur le phénomène, je décidai que mon pensionnaire ne recevrait plus qu'une seule après-midi par semaine, uniquement des membres de la haute noblesse, et qu'il consacrerait le reste de son temps à répondre au courrier, qui était pléthorique.

La chose parvint naturellement aux oreilles du comte de Charolais ; lequel, invoquant mon silence depuis notre ultime rencontre, se fit annoncer chez moi. Il était accompagné de Wang, ce qui eut l'heur de grandement réjouir Vassili. Je laissai, non sans regret, ces deux-là s'éloigner ensemble et, après lui avoir fait visiter mon musée infernal, introduisit Charles dans la bibliothèque où se tenait Baremont.

J'espérais secrètement une réaction, quelle qu'elle fût, mais elle ne vint point : notre Pythie leva à peine les yeux de son ouvrage et ne daigna répondre, pas même sous la menace, à aucune de nos interrogations.

Le comte exigea alors que nos valets revinssent, ce qu'ils firent après quelques minutes ; trop long pour cet impatient, qui s'apprêtait à souffleter son domestique lorsque Nazareth l'interrompit par ses cris, premiers sons qu'il émettait depuis plusieurs mois, sorte de miaulement modulé qui fit accourir à notre seuil la plupart des gens de la maison. Vassili, à mon ordre, chassa tout le monde et verrouilla la serrure.

Quand Wang — dont il ne faisait aucun doute qu'on lui devait cet événement — s'avança vers lui, Baremont bondit jusqu'à l'échelle, escalada les barreaux comme un chat affolé et se réfugia au sommet en nous dardant des regards d'orfraie.

— Je pense, sourit Charolais, que ta pythonisse va réapprendre à discourir...

Et il somma notre victime de nous adresser la parole sous peine que Wang gravît à son tour l'escabeau.

— Je suis sûr, ajouta-t-il, que tu m'entends fort bien !

Nazareth, pour preuve, se mit aussitôt à sangloter :

— Je parlerai, Messeigneurs ! brama-t-il. Ne me tuez point !

Charles ricana :

— Si l'efficacité de la question m'importait, glissa-t-il, je vendrais Wang à Monsieur Hérault...

Il fit signe au tourmenteur de quitter la pièce ; Vassili lui emboîta le pas. Baremont, demeuré dans ses hauteurs, nous supplia de jurer que nous l'épargnerions.

— Tu n'as point davantage à demander qu'à obtenir ! claqua le comte.

Notre fuyard redescendit alors se jeter à mes pieds :

— Ma vie vous appartient ! hoqueta-t-il. Vénérés seigneurs...

— Voilà qui est mieux, lâcha mon voisin.

Nous abandonnâmes sans autre façon Baremont à ses prières et gagnâmes l'étage, où nous surprîmes Wang et Vassili tendrement affairés dans une antichambre : ils n'avaient point encore eu le temps de se dévêtir mais leurs épieux jouaient l'un contre l'autre avec une fièvre qui nous échauffa assez pour que tout le monde se retrouvât nu à nu sur un lit attenant.

Le tourmenteur, au corps glabre et mat, s'y allongea cuisses écartées, que son ami slave pénétra aussitôt. Charolais vint superposer ses reins à cet appareil, offrant à ma concupiscence le spectacle et les saveurs d'un enchevêtrement de sexes et d'anus où je dardai la langue avant de me placer à la tête de ces ribauds pour leur offrir mon membre. Nous changeâmes ensuite de place afin que personne ne fût lésé et que chacun éprouvât l'intense jouissance de couvrir en étant soi-même sailli. Aucune goutte de semence ne se perdît, dont nous cueillîmes les reliefs aussi bien à leur source qu'aux lèvres bistrées de l'anus asiatique, partageant la récolte en savoureux baisers.

Les œillades explicites de Vassili à Wang et la muette prière qu'ils m'adressèrent m'inclinèrent, non sans un pincement au cœur, à ne les point séparer. Le comte accepta d'héberger temporairement mon cher Russe et repartit avec le serment, aisé à obtenir, que je lui rendrais visite. Quant à Nazareth, désormais plus fidèle qu'un épagneul, il retourna à sa mutité — sauf pour moi, en secret — et à ses oracles. Je lui donnai la livrée de mes domestiques, l'autorisant à la troquer, lorsqu'il recevait ses nobles consultants, contre une plus idoine d'un bleu de nuit discrètement rehaussé d'or.

Ainsi qu'il m'en fit la confidence, ses pauvres pensées, balayées pendant son épreuve en l'hôtel de Bourbon-Charolais, avaient été remplacées par celles des auteurs dont il lisait l'ouvrage. Ne les pouvant mettre en ordre, il les laissait s'exprimer au hasard comme autant d'orateurs qui se seraient disputé une tribune, à charge pour le récipiendaire d'y trouver sa réponse.

Je permis à notre mage de conserver une partie de l'argent ainsi récolté, consacrant le reste aux aumônes, ce qui en fit presque un saint aux yeux de ses clients, et même de Monsieur Hérault lorsqu'il l'apprit.

Je me doutais que la chose finirait tôt ou tard par atteindre le cercle royal mais je fus grandement étonné — et très honoré — que notre bien-aimé Louis XV, au cours de l'automne, fît une escale impromptue en l'hôtel de Buridan. Il avait conservé de l'enfance un goût prononcé pour l'inattendu et n'adorait rien tant que surprendre ses compagnons en brisant leurs habitudes. Ainsi, par exemple, les invitait-il parfois au théâtre sans la moindre escorte ni apparat, ou à des parties de chasse, fêtes galantes ou dîners improvisés chez tel ou tel autre de ses amis. Fleury s'en désolait, qui craignait toujours que survînt un malheur, mais chaque courtisan rêvait d'être un jour ainsi distingué.

N'ayant pas été prévenu, je reçus mon illustre visiteur en tenue de ville et n'eus guère qu'un verre de vin et quelques fruits à lui offrir. Loin de s'en offusquer, il loua l'économie de mon ordinaire avant de demander à consulter notre devin. Je le laissai seul avec Baremont, auquel on l'avait présenté comme un parent de Sa Majesté et je fis, pendant ce temps, à ses nobles intimes les honneurs de mes salons.

Lorsqu'il ressortit de son entretien — sur la teneur duquel il ne revint point —, le Roi voulut visiter mes collections.

Ne pouvant transiger, je dus, un peu confus, jouer les guides pour toute sa suite et répondre à maintes questions embarrassantes. Comme il y avait beaucoup à découvrir et que notre Louis souhaitait converser en privé, nous abandonnâmes temporairement ces roués à leurs découvertes pour nous enfermer dans mon bureau.

— Henry, commença-t-il sur un ton embarrassé, je vous dois avouer une chose fâcheuse... Vous n'êtes point le premier à qui je m'en ouvre, mais vos inclinations... Enfin, voilà : je suis las de la Reine, qui n'est point aussi enflammée que naguère, bien que tout autant enamourée, et m'en inspire moins de transports. Je me sens coupable, et si mes reins me pressent de suivre les voies de l'infidélité, mon âme s'en offense et m'ôte le sommeil. Chacun se moque de ces préventions ; Mademoiselle de Charolais tient depuis longtemps à ma disposition un contingent de putains dont certaines hautement titrées. Son Éminence même, qui condamne par ailleurs si fermement l'adultère, se plaît à évoquer devant moi, avec le vieux Villars, l'histoire friponne de mes ancêtres ! J'ai déjà succombé, hélas, et plusieurs fois, mais je désespère de me pouvoir libérer de cette odieuse tristesse qui me saisit sitôt la semence épandue...

Songeant à mon rejeton, je n'osai conseiller à mon royal interlocuteur, quand bien cette idée me semblait la meilleure, d'oublier mariage et religion pour se jeter sans vergogne dans la débauche, et je tentai donc d'argumenter sur les différences entre roi et homme, et plus encore sur celles qui séparent ce dernier de la femme.

— Nous autres bardaches, ajoutai-je, détachons les choses du sexe de celles de l'amour. Ce privilège, consubstantiel ce me semble à tous les mâles, nous seuls en usons sans souffrance ni mensonge.

— Vous mentez pourtant à vos épouses, objecta le souverain, sinon à vos amants.

— Le plus souvent par omission, Sire. Et sans doute, dans l'insondable de leur cœur, nos femmes se sentent-elles moins trahies lorsqu'elles découvrent la vérité que s'il s'agissait d'une rivale. Le foyer, pour elles, importe par-dessus tout. Quant à nos amants, ils sont faits comme nous.

— Vous ne me sauriez faire accroire qu'il n'est point de jalousie entre bardaches.

— Son essence est différente, Sire. Votre Majesté, ne pouvant l'éprouver, me doit faire confiance.

— *Amen,* cher cousin, mais votre réponse me délivre d'autant moins que, rivale il y a nécessairement chez nous autres *reproducteurs,* si vous m'autorisez…

— Sire ! Sait-on seulement ce qu'en pense Sa Majesté la Reine ?

— Dieu nous en préserve, Henry, cela n'est point une matière ! Je ne sache aucunement qu'elle perçoive ma tiédeur ni qu'on l'ait informée de l'inéluctable. J'imagine qu'à l'instar de ses devancières, elle subira dignement l'affront ; c'est cela qui me mine…

— Et qui a miné et minera encore des générations de maris honnêtes, Sire. Votre Majesté ne parviendra jamais à chasser cette douleur ; tout au plus réussira-t-elle à l'amoindrir, à s'en accommoder. Il faut bien vivre, Sire, et à moins de désirer souffrir…

— Et si j'aimais de nouveau, ailleurs ?

— Le roi, l'époux et l'amant coexisteront, Sire. Les ancêtres de Votre Majesté ne sont point les seuls qui aient réussi en semblable exercice, dont l'élément le moins sûr, le plus tempétueux, est presque toujours la maîtresse, la favorite, et non la femme légitime.

— Je crains que la Reine ne pâtisse de ma nature.

— Que n'endurerait-elle, Sire, à l'instar du moindre de ses sujets, pour le bonheur de Votre Majesté ? Ne la préférerait-elle pas heureuse quoique inconstante, plutôt que fidèle mais triste ? Votre Majesté peut être aussi bon conjoint que soupirant, et si elle ne peut empêcher les larmes, du moins lui sera-t-on reconnaissant de préserver les ris. Un souverain, ce me paraît, n'a point à rendre compte de ses actes ni les publier, fût-ce à sa royale épouse... Laquelle, si Votre Majesté m'en daigne accroire, lui saura assurément gré de sa discrétion en l'espèce.

— On dissimule difficilement une favorite !

— Je ne doute nullement, Sire, qu'il soit d'infinies manières de la présenter au monde. Les ancêtres de Votre Majesté...

— Et vous ne me demandez point de qui il s'agit ?

— Non, Sire, car si Votre Majesté en avait déjà une, elle ne m'eût jamais consulté sur la question.

Mon illustre interlocuteur afficha un large sourire :

— Votre perspicacité me confond ! s'écria-t-il. Je puis donc, cher cousin, proclamer sans rougir être infidèle par les sens mais non par l'esprit. Vos paroles m'ont réconforté, qui s'ajoutent à d'autres de même trempe : je forniquerai désormais avec moins de réserve mais plus de discrétion ; et si de nouvelles amours se présentent, j'éviterai de m'en rendre aussi esclave que feu mon bisaïeul !

Le jeune monarque ajouta que la Reine serait de nouveau mère au printemps, puis daigna m'interroger sur ma parentèle, Louis-Henry, surtout, à qui il faisait toujours la grâce inouïe de le considérer comme un benjamin, mais dont l'humeur taciturne nous inquiétait.

— Monsieur mon fils, soupirai-je, prise moins son épouse que ses amantes, son régiment ou les chasses de Votre Majesté. En outre, contrairement à elle, il ne s'est point encore acquitté de ses devoirs maritaux.

— Rassurez-vous, murmura le souverain. Il a trouvé en moi un confident qui ne le trahira point mais qui s'autorise à vous laisser espérer une bonne nouvelle...

Et de fait, au début du mois de décembre, Françoise-Aymone ma belle-fille annonça enfin sa grossesse par la bouche de Blanche d'Ystirac.

— Es-tu satisfait ? grimaça la marquise. Je n'ai point osé vous contredire, mon cher mari et toi, mais s'il s'avère que nos autres enfants se sont bien accordés — Élisabeth-Henriette en est le plus beau témoignage —, ton petit soldat et ma chère dévote sont tels carpe et lapin. Si Anna n'y avait veillé, Louis-Henry aurait probablement aussi peu songé que mon Alban à présenter sa conjointe à la Cour, et je ne parle point de la désinvolture avec laquelle autant Henry que toi avez éludé le sujet. À quoi sert-il que tu sois duc ?

Bien que la tirade me semblât digne d'une douairière d'Ystirac, je m'enivrai de l'idée de cette naissance et me surpris, pour la première fois depuis longtemps, à prier le Ciel pour que ce fût un mâle.

Ciel, justement, que rejoignit la marquise douairière au début de l'année 1732, obligeant Blanche et Henry à entreprendre un pénible voyage à travers le royaume.

Je fus, quant à moi, convoqué par le cardinal de Fleury en ma qualité d'exterminateur pour ôter la vie au malheureux comte de Morville, ci-devant secrétaire d'État aux Affaires étrangères, à qui le Principal ministre reprochait de détenir des papiers compromettants mais surtout d'avoir été un proche du cardinal Dubois et, en quelque sorte, un héritier de la Régence.

Vieille haine que sa victime expia sans lutter en ses appartements du château de Madrid[44] : Vêtu de sa robe de chambre, le condamné, affirmant d'emblée savoir la raison de ma visite, congédia ses gens, nous servit un verre de vin puis me demanda d'agir diligemment afin qu'il ne souffrît point. Je lui donnai satisfaction.

---

44. Dans le bois de Boulogne (actuel 16e arrondissement de Paris). Démantelé après la Révolution.

Fleury, lorsque je lui rapportai l'exécution, eut un petit rire sec :

— Savez-vous, grinça-t-il, que les Cours étrangères nous envient ? Cette forme expéditive ne présente que des avantages, tant du point de vue des intérêts de l'État que celui de l'honneur des familles. Je ne serais point surpris que l'on nous imitât…

Le Cardinal évoqua ensuite son royal protégé, qui lui avait narré notre entrevue, et les noces récentes du jeune prince de Conti avec Mademoiselle de Chartres, la plus jeune fille du feu Régent :

— Ces unions au sortir de l'enfance, soupira-t-il, produisent rarement de bons ménages. Comment s'étonner, ensuite, de ce que les époux s'ennuient ? Son Altesse Sérénissime ne tardera guère, je le crains, à suivre Sa Majesté sur le chemin du péché. Il n'est point bon que l'épouse d'un grand du royaume soit trop jeune ni trop dévote.

— Votre Éminence, glissai-je, penserait-elle à Sa Majesté la Reine ?

— Je ne songe à personne en particulier, *Thésée*…

— Je me *tais*.

Le visage de Fleury, qui s'était refermé, s'éclaira de nouveau :

— Quoi qu'il en soit, et à Dieu ne plaise, sourit-il, nous serons bientôt débarrassés de ce jansénisme qui tant empoisonne les esprits. J'ai fait interdire l'accès au cimetière de Saint Médard : on commençait à compter des convulsionnaires jusque parmi les rangs de la haute noblesse ! Si seulement le Parlement était de notre côté…

Me représentant les vigoureux secouristes au chômage, je résolus *in petto* d'en recruter quelques-uns. L'idée, lorsque je l'exposai au comte de Charolais — Vassili me manquait trop pour que je l'abandonnasse longtemps — lui plut aussitôt :

— Notre figure et notre renommée risquent de nous trahir, objecta-t-il ; je suggère de tirer avantage du Carnaval.

Ainsi fut-il procédé et nous nous rendîmes, sous le masque, aux abords du cimetière. J'étais travesti en Neptune — une abondante toison verte couvrant ma tête et mon visage — Charles en diable, Wang en mandarin et Vassili en Pluton.

Les lieux, malgré l'interdiction et les gardes, demeuraient fort peuplés, convulsionnaires et secouristes officiant désormais dans l'église ou les maisons adjacentes. Quelques autres masques s'étaient joints à la foule mais les dévots montrèrent vite de l'hostilité.

Nous battîmes en retraite dans une taverne de la rue Saint-Sauveur — théâtre de mes forfaits passés avec Fanfaron — où nous liâmes connaissance avec un étrange abbé, quinquagénaire court sur pattes aux traits grossiers, mais vif de regard comme de paroles. Nous avions conservé nos masques, aussi ne se présenta-t-il point.

— Vos Seigneuries, remarqua-t-il, ne sauraient cacher leur état, à moins d'avoir dérobé les brocards et bijoux dont elles sont parées…

Lorsque nous révélâmes être moins intéressés par la rigueur de la religion que par la robustesse des secouristes, le ton de notre interlocuteur se fit soudain complice :

— Vous arrivez bien tard, murmura-t-il avec un clin d'œil ; il n'est plus guère de coquins parmi ceux qui subsistent céans et Mocenigo, l'ambassadeur de Venise, a *débauché* les meilleurs à son service, si vous me permettez l'expression…

Le bardache reconnaissant toujours son semblable par quelque mystérieux pressentiment, l'abbé proposa incontinent de nous introduire auprès du diplomate, qui résidait en l'hôtel Salé. Nous le suivîmes à pied.

L'homme nous confia en chemin avoir jadis eu maille à partir avec la justice, du fait d'une inclination coupable pour les jeunes garçons dont il n'avait point réussi à se défaire malgré un séjour en Bastille :

— La naissance, grimaça-t-il, la condition et la fortune, ont voulu que l'on se contentât de me flageller — humiliant souvenir car ma lignée n'est point si humble — et que ce fût l'obscur Deschauffours qui brûlât. Mais le pis dans l'histoire est que j'ai été défendu en cette espèce par quelqu'un que je méprise : ce philosophe d'antichambre qui se fait appeler Voltaire…

Je me gardai de commenter mais songeai secrètement que notre guide, pour injuste et sans doute jaloux, ne pouvait être totalement mauvais.

Parvenus dans la cour de l'hôtel Salé, nous la trouvâmes encombrée par un immense char doré en forme de gondole, rempli de musiciens et tiré par six chevaux blancs, qui s'apprêtait à quitter les lieux afin, probablement, d'aller parader Porte Saint-Antoine[45]. Un grand nombre de personnes allaient et venaient autour de l'engin, parmi lesquelles de fort accorts domestiques en livrée d'azur brodé d'argent sur qui semblait régner un héros d'opéra à la mine renfrognée. Lequel, trop affairé pour nous prêter attention, salua à peine notre guide.

— Son Excellence, s'excusa celui-ci en nous faisant signe de lui emboîter le pas, daignerait certainement recevoir Vos Seigneuries si elle savait leur véritable identité… En ce qui me concerne, j'ai pour nom Pierre Desfontaines.

---

45. Dans l'actuel 3e arrondissement de Paris. Aujourd'hui disparue. Lieu emblématique du Carnaval.

Nous nous consultâmes du regard :

— Soit, dis-je en ôtant mon masque ; je suis le duc de Mondétour et voici Son Altesse Sérénissime le comte de Charolais. Ces deux autres sont nos valets.

Mocenigo, qui avait entendu, vint aussitôt se prosterner :

— Messeigneurs, minauda-t-il d'une voix affectée fortement teintée d'accent italien, l'honneur que vous faites à ma maison n'a d'égal que...

— Seuls nous importent tes secouristes, coupa Charles. Nous te les voulons acheter.

— Messeigneurs, reprit l'ambassadeur, je crains...

— Crains plutôt de déplaire à Son Altesse Sérénissime, intervins-je en prenant un air sévère.

— Voyons, gémit-il, Monseigneur...

— Où sont-ils ? reprit le comte.

— Là, répondit notre hôte avec un geste circulaire ; partout ! Point n'ai-je d'autres domestiques, désormais. Même mon cuisinier... Il n'y a que les musiciens... Oh, Messeigneurs, pourquoi les occire : sont-ils si criminels ?

Je demeurai interdit, partagé entre honte et fierté à l'idée que notre seule réputation terrifiât à ce point :

— Nous en voulons jouer tout comme toi, rétorquai-je.

— On sait hélas, brama Mocenigo, comment jouent Vos Seigneuries !

— Eh bien, intervint Charles, loue-les-nous donc : nous te les rendrons...

— Vivants, renchéris-je.

— Votre humble obligé, marmonna l'ambassadeur après un court silence, ne pourrait rien refuser à Vos Seigneuries...

Nous lui rendîmes sa révérence et remîmes nos masques. Notre hôte nous fit alors, ainsi que Desfontaines, pénétrer en ses murs et demanda devant nous à son majordome — belle brute au teint mat et aux poignets carrés — de convoquer ses gens.

Moins d'un quart d'heure plus tard, une quinzaine de marauds musculeux se tenait alignée devant nous dans un salon du rez-de-chaussée, livrée ouverte sur autant de poitrails ponctués de brun et de blond. Je n'en reconnus toutefois aucun qui provînt de la bande de Fanfaron.

— Que Vos Seigneuries daignent se servir, soupira Mocenigo... Pour ma part, je m'en vais accompagner l'appareil que vous vîtes en arrivant et qu'escortent plusieurs autres de mes hommes qui ne sont point céans. Vous saurez où nous trouver...

Il invita l'abbé à le suivre et nous nous enfermâmes avec le majordome, qui tira aussitôt les rideaux avant de dégrafer ses chausses ; le reste de la troupe l'imita.

Seule la verge du majordome bandait en épaisses proportions ; celles de ses subordonnés attendaient qu'on les sollicitât. Je laissai ce soin à mes compagnons pour mieux goûter de la brute au teint mat, laquelle me laissa dévorer ses génitoires — ses couilles glabres emplissaient autant la bouche que son énorme gland — cependant que Vassili prenait soin des miennes tout en branlant un secouriste. Je libérai mes reins et pivotai pour mieux m'empaler sur l'objet de mes attentions, dont le propriétaire parut étonné qu'il disparût si aisément dans mon fondement.

Voulant y voir un défi, je déplaçai notre congrès sur un canapé où j'offris à chacun le loisir d'adjoindre son membre à celui du majordome. On se relaya, tant à mon arrière qu'à mon avant, jusqu'à ce que Wang donnât, en éjaculant le premier, le signal des fruitions.

Incapables de choisir entre tant d'appas — bien que j'eusse d'ores et déjà décidé de débaucher à mon tour la brute au teint mat —, nous convoquâmes tout le monde au faubourg Saint-Antoine. La multitude travestie qui s'y pressait, tous états confondus, ne nous empêcha nullement de repérer la gondole dorée sur laquelle les musiciens de la Sérénissime interprétaient des airs de leur pays. L'ambassadeur, toujours flanqué de Desfontaines, parut rassuré de nous revoir avec son personnel. Il ne cilla point lorsque j'annonçai vouloir de son majordome.

— Bento, dit-il, nous arrive de Portugal. Il a servi plusieurs grandes maisons ; sa carrière de secouriste a été fort courte... Puis-je espérer que Votre Seigneurie me le rendra ?

— Tout dépendra de ses talents, souris-je.

— Si la grandeur de l'outil vous importe par-dessus le reste, glissa-t-il à mon oreille, je ne saurais trop vous conseiller celui de l'abbé...

J'invitai sur-le-champ Desfontaines à me venir prochainement saluer en mon hôtel :

— Mes collections, ajoutai-je, plairont nécessairement à l'esprit curieux qui semble le vôtre...

Mocenigo, ayant entendu, demanda timidement à être du voyage ; j'acceptai. Charolais, que ces politesses semblaient exaspérer, nous abandonna bien vite avec ses nouvelles recrues cependant que Wang et Vassili allaient leur chemin tels deux géants amoureux. Je pris brièvement part au cortège, puis suivis mon propre itinéraire avec le majordome.

Notre attention, au détour d'une rue, fut attirée par un insolite trio de ménestrels dont la taille et l'embonpoint s'étageaient du plus modeste au plus imposant. Tous trois portaient les mêmes capuchons écarlates, loups bleus et pourpoints blasonnés aux armes de Conti.

Je m'approchai du plus petit et, pensant qu'il s'agissait du prince ou de quelque membre éminent de sa famille, lui présentai mes hommages. Il y répondit avec un accent anglais caractéristique.

— Alexandre! m'écriai-je en serrant Pope dans mes bras.

Il se dégagea, un peu confus, et je me démasquai. M'ayant enfin reconnu, il dénoua son loup pour m'étreindre à son tour, incontinent rejoint par le second ménestrel, qui n'était autre que mon gros Jean Mattheson.

— Nous comptions bien vous revoir, souffla Pope très ému. Nous sommes arrivés la semaine dernière avec... — il prit la main du troisième larron, le plus massif, dont le visage poupin s'éclaira d'un sourire embarrassé — ...avec l'ami Handel. Son Altesse Sérénissime le jeune prince de Conti a bien voulu nous ouvrir sa demeure des bords de Seine en souvenir des sentiments dont feu son auguste père et regretté protecteur m'honorait...

Nous nous réfugiâmes dans une taverne. Mattheson prit place en face de moi, des larmes plein les yeux:

— Je suis devenu complètement sourd, bredouilla-t-il d'une voix mal assurée. Je puis parler mais ne m'ouïs point moi-même et il m'est fort difficile de comprendre ce que l'on dit si l'on n'articule pas afin que je lise sur les lèvres. À l'instar de ce que tu m'as jadis conté au sujet de Madame ton épouse, je crains qu'il ne nous faille recourir à l'écrit...

Assis à ses côtés, Handel dardait, quant à lui, des œillades discrètes mais appuyées à Bento; Pope, en bout de table, s'en amusa.

— George Frideric, expliqua-t-il, lit mieux le français qu'il ne le parle mais il attend beaucoup de vos compatriotes. Nous avons réussi à le convaincre de traverser la Manche *incognito* pour s'autoriser à Paris ce qu'il s'interdit dans Londres...

Nous évoquâmes les absents, notamment le baron Théodore de Neuhoff, qui avait quitté l'Angleterre après plusieurs années d'espionnage au service de la France et dont personne, depuis, n'avait de nouvelles :

— On prétend, insinua Pope, qu'il a trouvé refuge en Italie. Peut-être en apprendras-tu davantage du beau Metastasio : lui et son *cher jumeau* Farinelli ont convenu avec George Frideric de célébrer Pâques céans…

Ravi à l'idée de revoir tant d'êtres aimés, je leur ouvris grandes, par avance, les portes de ma maison. Handel, qui semblait suprêmement tenir à l'anonymat de ses fréquentations, applaudit à la proposition. Nous festoyâmes jusqu'à une heure avancée de la soirée et prîmes ensemble un fiacre pour le quai des Balcons, laissant Pope regagner seul l'hôtel de Conti.

Le matin, bien entamé, me trouva entre les bras doux et ronds du gros Jean, aussi tendre que lors de nos ultimes étreintes de l'automne 1726. Nous avions vieilli, mais point notre appétit pour la chair, et j'ordonnai à Vassili, qui avait passé la nuit avec Wang, de se faire pardonner cette désobéissance en convoquant son complice sous nos draps.

Lorsque, après avoir de nouveau mêlé nos humeurs, nous descendîmes au grand salon, nous y trouvâmes Handel en grande conversation, dans la langue de son pays, avec Maurice de Saxe — dont le séjour chez moi semblait ne devoir jamais finir : je m'en plaignais d'autant moins qu'il me payait régulièrement de torrides attentions… Le comte ne connaissait notre illustre visiteur que par ouï-dire, n'ayant jamais eu l'opportunité d'écouter sa musique, mais sa science de l'opéra et de la langue tudesque paraissait l'avoir apprivoisé. L'entretien qui suivit entre mes trois invités se tint donc en allemand ; on m'en traduisit quelques bribes du début puis, mon intérêt faiblissant, on remarqua à peine mon départ.

Bento se tenait silencieusement en retrait, attendant les ordres. Il ne me quitta pas d'un pouce, même lorsque Wang vint expliquer, la mine contrite, qu'il souffrait de devoir regagner l'antre de Bourbon-Charolais sans son Vassili. Je n'étais certes point insensible au spectacle de cette passion mais mon cœur saignait à la perspective d'endurer l'éloignement de mon fidèle Russe. Le tourmenteur — devenu tourmenté — reçut mes arguments avec un déplaisir manifeste mais il ne répliqua point, se contentant de hausser les épaules lorsque j'examinai à voix haute la possibilité de le racheter à son maître.

J'écrivis néanmoins à Charles et, dans l'espérance d'une réponse favorable, autorisai les amants à abriter chez moi leurs amours.

Ainsi que je devais l'apprendre peu après, Handel n'avait pas uniquement débarqué à Paris pour soulager sa prostate : en proie, Outre-Manche, à de fortes oppositions, il espérait, en terrain neutre, rallier mes amis à sa cause et disputer ses célèbres artistes — gages de succès pour une entreprise aussi délicate que l'opéra — au toujours irascible Porpora ; lequel, recruté par les ennemis de notre grand homme, s'apprêtait à envahir la capitale britannique. Mattheson et Pope, qui avaient suivi l'affaire, ne semblaient guère croire en ses chances.

— Je crains, confia Alexandre, que George Frideric ne se trompe en comptant trop aveuglément sur le soutien de Metastasio — qui n'est, après tout, que l'un de ses librettistes — et plus encore sur la rivalité supposée entre Farinelli et son chanteur favori, ce Bernardini que l'on appelle *le Senesino*. Il a, selon moi, plus à perdre qu'à gagner mais ne veut rien entendre ; quel dommage qu'il ne soit aussi génial diplomate que compositeur !

Bento, quoi qu'il en fût, n'eut pas à s'en plaindre, qui demeura plus souvent à ses côtés qu'aux miens et en tira probablement force deniers. À telle enseigne qu'il me supplia, le jour venu de sa visite, de ne le point rendre à son employeur : Mocenigo, arrivé avec Desfontaines, trouva la chose piquante ; ayant entre-temps changé de majordome, il m'offrit le Portugais.

Je fis les présentations et ouvris à mes hôtes la porte du musée secret. Ainsi qu'à l'habitude, le contenu de mes cabinets eut l'effet escompté : la braguette de l'abbé ayant pris d'impudiques proportions, je marquai mon intérêt à son propriétaire et m'enfermai avec lui dans un salon.

Sitôt libéré, l'engin, aussi irrémédiablement horizontal que l'enseigne d'un vendeur de cognées, s'avéra plus imposant à ma mémoire que celui de mon cher Minotaure, bien que les bourses en parussent moins grosses du fait probable de leur proximité avec le monstrueux appendice. Ne sachant trop comment l'entamer, je m'accroupis afin d'en apprécier le poids et la rigidité ; Desfontaines, radieux, balança doucement du bassin afin que le gourdin battît mes joues, son gland, aussi gros qu'une prune de Damas, révélant à peine une humide brillance sous le prépuce.

— Se peut-il, soufflai-je, que tu aies lâché ce monstre contre des garçonnets ?

— En effet, Messire, répondit l'abbé sans cesser son manège, et cette unique fois m'a conduit en Bastille.

— La victime a-t-elle survécu ?

— Je l'ignore.

Il tira sur la peau, permettant au balane de se déployer telle la tête d'un python. Je tentai vainement de le prendre en bouche et me dus contenter d'en pourlécher les contours. Une goutte transparente perla au méat, que je cueillis du bout de la langue :

— Ne mens pas, repris-je le souffle court : as-tu déjà trouvé…

— Gosier à ma taille ? Jamais ; pas plus, d'ailleurs, que con ni cul.

J'invitai mon partenaire à s'asseoir jambes écartées sur une chaise, ôtai prestement ma culotte — non sans en avoir tiré le petit pot de suif que j'y avais glissé dans cette expectative — et me disposai à l'empalement, dos au gibet. L'abbé protesta mollement que la manœuvre échouerait et que j'aurais très mal : c'était compter sans ma lubricité.

Je ressentis certes quelques picotements lorsque le gland traça lentement sa route, mais d'intenses vagues de luxure me saisirent en même temps que se dilatait mon rectum et que s'immisçait le formidable épieu. Desfontaines, incrédule, reprit mes râles, glissant un doigt étonné à la jointure du coït.

« Mon Dieu ! » fut son unique cri, répété au rythme du pilon qui s'enfonçait plus profondément et plus vite à chaque coup. Mon propre membre congestionné battit lourdement la mesure, puis mon bourreau s'en saisît pour le branler. Nous rivalisâmes de grognements et d'encouragements obscènes jusqu'à la fureur terminale : l'objet défonceur palpita en dégorgeant son foutre, mon propre jet maculant mon menton et mon cou. Je me laissai glisser à terre. Le pal encore turgescent produisit, en se dégageant, un bruit de succion qui me fit rebander ; j'en savourai avec délectation les reliefs odorants de foutre mêlé d'ordure. L'abbé eut un sifflement admiratif :

— Je croyais bien, avoua-t-il, rester puceau le reste de mon âge. Ce n'est pourtant point en termes si flatteurs que Son Excellence m'a daigné parlé de Votre Seigneurie…

Sans illusion sur le portrait que l'on brossait de moi depuis que j'étais devenu exterminateur, je me contentai d'assurer Desfontaines de mes meilleures dispositions à l'égard de son pucelage.

— Il se pourrait même, conclus-je en songeant aux Petites Tuileries, que vos ardeurs fussent comblées par d'autres que moi…

Nous rejoignîmes le rez-de-chaussée, où Baremont avait improvisé un oracle collectif : À Pope, Mattheson et Handel, il prédit une gloire éternelle mais pleine d'embûches pour ce dernier ; Mocenigo apprit qu'il serait élu doge de Venise, Maurice de Saxe qu'il deviendrait maréchal, etc. M'apercevant au bras de Desfontaines, Nazareth griffonna :

« *Je sais bien ce que je fuis mais non pas ce que je cherche*[46]… »

46. Montaigne (Essais, III, 9).

XI

Le jour même du printemps, j'appris concomitamment que la Reine avait accouché d'une quatrième princesse, prénommée Marie-Adélaïde, et que notre douce Louise-Blanche d'Ystirac était de nouveau enceinte. Je pris donc seul la route de Versailles, où je résidai jusqu'au départ de Sa Majesté pour Compiègne, soit deux semaines environ après Pâques.

J'y vis moins mon fils — courtisan accompli mais distant rejeton depuis notre dispute des bosquets — qu'Honoré de Villars, lequel fut aussi fier de m'annoncer son accession à la Grandesse[47] que l'arrivée imminente de l'estimé prince Vladislav :

— J'eusse aimé vous en faire la surprise, s'anima-t-il, mais la joie est trop forte et vous m'eussiez demandé la raison de mes sourires irrépressibles !

Je revins en bords de Seine presque en même temps que les Ystirac de leur voyage funéraire, dont Louise-Blanche, par sa maternité annoncée, pansa vite les douleurs. Henry, qui avait tenu son neveu Louis-Aymery sur ses genoux, exprima comme moi le vœu qu'un héritier nous fût offert.

47. Dignité de Grand d'Espagne.

Je fus exaucé le 20 mai par l'arrivée éclatante, rue des Marais Saint-Germain, du petit et déjà brun Henry-Philippe de Mondétour à qui, plus ivre de joie que son propre père, je voulus que le monde entier rendît hommage. Mes proches eurent beaucoup de difficultés à restreindre les visites au cercle intime et réserver les autres pour après le baptême, qui devait se dérouler en juillet.

Le Roi fit porter une lettre dans laquelle, outre les félicitations d'usage, il offrait d'être le parrain de l'enfant et suggérait comme marraine la hideuse duchesse de Bourbon ; ainsi qu'un nécessaire de naissance en or. Mais les plus favorables muses qui se penchèrent sur son berceau eurent pour prénom Honoré, Vladislav, Maurice, Jean, Alexandre, George Frideric, et encore Pietro, Carlo Maria...

Ces deux derniers — Metastasio et Farinelli — avaient élu domicile en l'hôtel de Buridan, devenu un Parnasse pour les rares amateurs de musique dans le secret de leur présence. Les amantes cantatrices du comte de Saxe n'en conçurent aucune jalousie, bien au contraire, mais l'humeur de Handel, malgré Bento dont il était toujours entiché, s'en ressentit. Pope expliqua que, conformément aux prédictions de notre pythonisse, les nouveaux arrivants ne s'étaient guère montrés enclins à soutenir le compositeur, Farinelli lui ayant sèchement rappelé devoir sa carrière à Porpora et lui rester fidèle.

— Le retour à Londres, prophétisa-t-il, risque fort de s'avérer cuisant...

Il était dans le vrai mais nous n'en devions être instruits que beaucoup plus tard. Les pourparlers ayant échoué, nos deux Londoniens regagnèrent leurs pénates en emportant Bento ; leurs compagnons transalpins et d'Outre-Rhin me firent en revanche la grâce de séjourner tout l'été en mes murs.

Pietro, fidèle à son ingrat Espagnol de Naples, ne m'accorda hélas point sa couche mais je partageai mes roués avec Mattheson ; quant à Wang, le comte de Charolais me l'offrit par plaisanterie comme présent pour mon petit-fils, moyennant la poursuite de son office de tourmenteur aux côtés de Vassili les trois derniers jours des mois où Charles serait à Paris.

Je fis, en attendant le baptême et avec l'assentiment d'Honoré de Villars, les honneurs de Mondétour à Vladislav.

— Notre Kropotkine a quitté cette terre, soupira-t-il. Le froid a emporté son âme. Nous avons traversé ensemble les tempêtes de ces dernières années — Dieu sait s'il y en eut ! — et nous nous étonnions, à chaque accalmie, d'y avoir survécu... La Russie que vous avez connue n'est plus, Henry, mais la maison Kropotkine résistera encore quelques années : j'en ai hérité, ainsi que de tous les biens de mon cher père adoptif. Vous avez bien entendu : ma famille n'a point résisté à la tourmente et j'ai été spolié jusqu'à la jouissance de mon patronyme... La czarine Anne était trop occupée à piller le royaume avec son palefrenier — maudit soit ce Bühren qui a dépouillé votre comte de Saxe de son titre de duc de Courlande, et tant de nobles russes de leurs biens ! — pour protéger les intérêts des quelques boyards restés fidèles à son règne. Le vieux Kropotkine m'a empêché de sombrer : j'aurais pu m'exiler ou mettre fin à mes jours — ce qui, pour un Russe, revient peu ou prou à l'identique — s'il n'était intervenu, sans rien exiger en retour qu'un peu de piété filiale. Je suis fier de porter son nom.

Vladislav apprécia visiblement de résider à l'ermitage mais, s'il s'offrit à moi sans barguigner, j'eus l'impression que c'était par politesse : les épreuves paraissaient l'avoir rendu moins ardent que par le passé, plus grave et très soucieux de ne point offenser Honoré, fût-ce en secret. Aussi regagna-t-il Paris en ma compagnie.

Notre Henry-Philippe devint chrétien sous ses yeux attendris, ainsi que ceux du Roi, de la Cour et de nos proches, en l'église de Saint-Germain-des-Prés, puis tout le monde se transporta à Mondétour pour des festivités qui durèrent une semaine.

Le rayonnant Louis-Henry, enfin rendu à de meilleurs sentiments, m'annonça fièrement que Sa Majesté venait de lui offrir la seigneurie de Morienval, vaste domaine jouxtant la forêt de Compiègne dont il s'apprêtait à prendre possession.

— Ainsi, s'exclama-t-il, le nom de nos successeurs s'ornera-t-il d'un nouveau titre ! Peut-être, en dépit de votre indifférence pour la vénerie, m'y ferez-vous l'honneur d'un séjour ? Le pavillon de chasse n'est point grand mais on le dit confortable. Ma chère épouse a d'ores et déjà accepté de m'y attendre lors des battues royales : voilà qui pourrait augurer d'autres grossesses et qui me changera des Petites Tuileries... — Il sourit malicieusement à ma grimace. Allons, père, bien que je souhaite de tout cœur que cela soit le plus tard possible, cette maison-là aussi sera mienne et, quoi que l'on en pense, elle est parmi les mieux fréquentées du royaume ! Samory ne m'a point caché qu'elle rapportait beaucoup, malgré la présence en ses murs d'un fantôme...

— Vous aurait-il parlé ?

— Samory ou le spectre ? Voyons, père, ni vous ni moi n'accordons crédit à semblables sottises !

Je ravalai ma honte et revins sur le sujet de Morienval, que je promis de doter des chevaux, meute et piqueurs propres à en faire une chasse honorable. Mon rejeton se jeta contre mon sein avec une fougue telle que j'en tombai presque à la renverse.

Tous nos gens, jusqu'au plus humble, vinrent ensuite présenter leurs respects — dont Moussa-Saül avec sa nombreuse descendance — et Valère fit le voyage depuis Champigny en dépit de sa mauvaise santé. Après quoi, finies les danseries, chacun rentra chez soi, y compris Vladislav ; mes hôtes du quai des Balcons firent leurs malles et nous nous retrouvâmes un peu étourdis, le marquis d'Ystirac et moi-même, dans la solitude de l'ermitage de Mondétour avec nos laquais.

Henry, qui se piquait depuis peu de chose scientifique, fit la démonstration d'une lentille puissante dont il avait fait l'acquisition en Hollande ; nous ayant diverti par quelques observations minérales et botaniques, il avoua avoir éprouvé l'instrument sur son foutre : les animalcules qui s'y ébattaient, soutint-il, devaient nécessairement ressembler à leur propriétaire, chose qu'il espérait vérifier grâce à nous.

Avec l'aide de Vassili, je m'exécutai le premier, émerveillé de découvrir tant de vie en si peu d'espace, mais nous ne parvînmes guère à reconnaître sur ces bestioles le moindre trait de ressemblance avec moi. Notre savant amateur postulant que les semences africaine et asiatique se distinguaient de la nôtre, le vieux Félix prit ma suite, puis Wang, sans succès unanime : seules différaient saveur, texture et odeur ; Colas jura pourtant y discerner des humains préformés.

Ne pouvant décider de ce que nous devions voir, j'eus l'idée d'en appeler à d'autres : le spectacle, songeai-je, valait autant sinon mieux qu'une lanterne magique ! Les Petites Tuileries étaient l'endroit le plus approprié : nous nous y rendîmes.

Je ressentis, en franchissant les grilles quelques jours plus tard, l'appréhension que la voix mystérieuse ne m'adressât d'emblée la parole ; elle ne le fit point. Samory, qui s'était déplacé peu avant, à l'occasion du baptême, s'étonna de notre survenue mais le motif lui tira un immense éclat de rire :

— Voilà, s'exclama-t-il, une science qui plaira !

Elle plut en effet, et chacun se pressa autour de l'instrument y examiner le produit de ses décharges. Les plus pudiques arrivaient avec leur foutre au creux de la main — ou celle de la catin qui avait procédé à la traite — les autres officiaient sur place sans autre façon : curieux tableau que celui de ces groupes affairés, qui à la lentille, qui à la récolte de spécimens, et poussant autant de cris de surprise que de jouissance !

L'un de ces ribauds, académicien de son état, suggéra que l'on dessinât les animalcules afin qu'il les pût soumettre à son illustre institution. Les discussions furent enflammées : le parti des humains préformés était le plus nombreux, étant entendu que la matrice féminine ne constituait qu'une sorte de berceau au fond duquel mûrissait le fœtus et qu'il fallait bien que la créature s'incarnât ailleurs chez le mâle. Des théories faisaient provenir la liqueur séminale du cerveau, d'où sa couleur ; et lorsque Samory affirma que les nouveau-nés Noirs venaient au monde quasi blancs, chacun comprit pourquoi la semence africaine ne divergeait point de l'européenne.

— Un jour viendra, prophétisa Henry, où de meilleures lentilles permettront d'apercevoir enfin le visage de leur géniteur sur ces cirons que nous abandonnons si souvent à leur sort…

Je laissai à mes compagnons le soin de méditer là-dessus et profitai de notre séjour pour m'en aller enfin recueillir seul devant le tombeau de l'Arcadia.

Le sculpteur Bouchardon l'avait élevé sur un podium circulaire en granite, au centre d'une petite clairière : c'était un simple cénotaphe de marbre blanc au-dessus duquel veillaient deux angelots du même, portant une stèle ainsi gravée en lettres d'or :

Hic Jacet Raffaella Arcadiensis
MDCL-MDCCXXIX Et Alii MDCCXXI
Felix Qui Potuit Rerum Cognoscere Causas[48].

Je n'eus guère l'opportunité de réfléchir à la pertinence de l'inscription car, confondu avec le murmure de la brise dans les arbres, le chuchotement sépulcral resurgit à mes oreilles :

— Joli tombeau...

— Combien de fois encore, tempêtai-je à voix haute, jouerez-vous ce tour-là ?

— Henry, reprit le murmure, est-il possible que tu m'aies oublié ?

— J'ignore qui vous êtes, sinon une espèce de ventriloque dont je hais le tutoiement, mais je sais bien, en revanche, qui vous prétendez contrefaire : pour qui me prenez-vous ?

— Pour mon ami...

— L'amitié se fait au grand jour, Monsieur, face à face.

— Tu n'es guère souvent revenu, Henry, et je ne puis converser...

— Balivernes ! Samory...

— Samory, et Raffaella, et d'autres... Ton fils...

— S'il en est un qui ne croit pas aux fantômes...

— Oh que si : tout comme toi !

— Qu'en savez-vous, insolent ?

— Je lisais dans ton cœur bien avant, *Petit Taureau*...

L'énoncé de cet antique sobriquet me fit frémir et la voix se tut ; le vent était tombé.

« Il est heureux, me dis-je intérieurement, que cette sorte de phénomène ne se produise qu'ici... »

---

48. « Heureux qui put connaître les causes [secrètes] des choses » (Virgile, *Géorgiques*).

Je n'en menais toutefois pas large et revins au château en me demandant avec angoisse ce que le défunt Coprophile, dont j'avais bien reconnu les accents, avait réellement à voir avec cette chimère. L'abbé Desfontaines, que j'avais invité et qui m'attendait sur le perron, s'inquiéta de ma mine troublée.

— Que pensez-vous des esprits revenants ? lançai-je.

— Qu'ils ne hantent que les âmes simples, Messire, répondit-il. Je n'y ajoute pas davantage foi qu'aux succubes et autres harpies mais on peut certes parler de démons pour le remords, la crainte ou le désir. Votre Seigneurie en serait-elle victime ?

— Autant que quiconque, répondis-je en passant mon chemin.

La monstrueuse colonne de l'abbé rencontra le succès escompté mais je quittai discrètement les Petites Tuileries le soir-même, de peur que la voix ne revînt, et demeurai le reste de la saison à Mondétour.

Le Roi fut de retour à Versailles le 20 septembre, veille de la naissance de Louise-Adélaïde, seconde fille de Louise-Blanche et d'Alban. Il fut décidé à cette occasion que les enfants Ystirac et Mondétour deviendraient frère et sœurs de lait à l'instar de leurs parents.

— Mais nous ne les marierons point, ajouta la marquise d'Ystirac sans que l'on sût si elle plaisantait.

Louis-Henry, à Paris pour deux jours, nous persuada, Henry, Alban et moi-même, de l'accompagner en sa nouvelle seigneurie avant que la Cour ne partît pour Fontainebleau.

Le domaine de Morienval était beaucoup plus étendu que nous l'anticipions, principalement couvert de forêts, dont un immense défends où le comte de Charolais eut probablement élevé quelques hommes sauvages.

Un élégant pavillon de chasse en briques se cachait au bout d'une longue allée de chênes rouvres, bordé sur ses deux flancs par des écuries et un chenil. Les jardins conduisaient à une ménagerie où s'ébattaient biches et daims : Louis-Henry, avec mon argent, avait remarquablement œuvré à l'aménagement de son royaume ; il me plut de le voir rougir lorsque je lui en fis le compliment.

L'intérieur du château était orné jusqu'à l'outrance de portraits de chiens, trophées et grands tableaux figurant des scènes de vénerie. L'armurerie, richement dotée, donnait directement sur le grand salon, faute de goût volontaire qui donna à mon fils l'occasion de marquer sa différence :

— Céans, précisa-t-il fièrement, on ne danse, festoie ni converse comme à Versailles. Sa Majesté m'a juré s'y sentir en son vrai élément !

Les lieux, nonobstant, me parurent vides, sinon tristes, en dehors de leur affectation première : aucun invité, peu de domestiques et beaucoup d'humidité.

— Ne craignez-vous point, glissai-je à l'oreille de mon héritier, que Madame votre épouse ne s'ennuie à vous attendre ?

— Je lui ferai aménager des appartements à la dernière mode, s'anima-t-il ; une chapelle, s'il le faut ! Et puis, je ne désespère pas d'en faire une Diane des bords d'Automne[49]...

Je ne pus réprimer un sourire en me représentant la plantureuse Françoise-Aymone, piètre cavalière pour autant qu'il m'en pût souvenir, courrant le cerf aux côtés de son époux. Louis-Henry lut probablement dans mon regard car le sien s'éclaira à son tour :

— En tout cas, sourit-il, vos petits-enfants auront céans matière à apprécier ce que vous abhorrez !

---

49. Affluent de l'Oise.

Nous dormîmes assez mal, cette nuit-là et les suivantes, mais le séjour m'offrit, ainsi qu'au marquis d'Ystirac, l'opportunité de longues conversations avec notre progéniture. Au cours d'une promenade, Louis-Henry avoua devoir Morienval à une proximité extraordinaire avec Sa Majesté ; ne sachant trop quoi imaginer, je le pressai d'expliciter, ce qu'il refusa, au nom de la loyauté. Voyant que sa réponse me chagrinait, il proposa le pacte suivant :

— L'un de mes secrets, père, contre l'un des vôtres.

— Je crains qu'aucun ne vous satisfasse, grognai-je.

— Répondrez-vous à ma question ?

— Posez-la toujours…

— Est-il exact que le feu roi Louis XIV vous visite en songe ?

Je crus tomber de cheval.

— Comment, bredouillai-je…

— Répondez, pressa-t-il, et je vous dirai tout.

— Si fait, maugréai-je, cela est exact. Mais…

— Quelqu'un d'autre le sait-il ?

— Non, je…

— C'est donc bien un spectre, murmura mon rejeton d'une voix blanche.

Bien qu'ayant illico compris à quoi il référait, je le forçai à narrer toute l'histoire :

— J'ai ouï sa voix dès le premier jour, marmonna-t-il ; elle se confondait avec la brise. J'ai d'abord cru à une illusion, puis à un mauvais plaisant : certains visiteurs des Petites Tuileries prétendaient que c'était un tour de Samory, et puis les mots entendus ne portaient guère à conséquence… Tout cela a changé après que l'on a inauguré le tombeau de l'Arcadia ; les phrases se sont faites plus longues, plus lourdes aussi : *ça* parlait d'absence, de trahison, de vengeance… Je n'ai jamais osé rapporter la chose à quiconque : Samory savait, bien sûr, qui m'a confié en avoir discuté avec vous, mais la teneur des propos… Enfin, ces terribles entretiens ne semblant pouvoir s'établir que dans la clairière au sarcophage, je m'en suis tenu éloigné : quelle naïveté ! Le spectre m'a poursuivi, préférablement aux autres visiteurs, dans tout le domaine fors les écuries — j'ai vérifié — au point que je me suis finalement demandé si ce n'était point vous, père, qui me vouliez faire chasser par quelque diablerie ramenée d'Orient ! A-t-il compris mon dessein de déserter l'endroit ? Toujours est-il qu'il m'a un soir glissé ne point tant en avoir après moi qu'après vous, de qui il attendait vainement une chose importante. Comme je persistais à nier sa réalité, il m'a suggéré de vous poser cette question qui tant vous a touché. Il a assuré qu'aussi bien vous que moi le prendrions ensuite au sérieux. Je ne suis point retourné là-bas depuis la naissance d'Henry-Philippe et ne l'aurais probablement pas fait sans…

J'acquiesçai silencieusement, terrifié par avance à l'idée de devoir reparaître aux Petites Tuileries pour complaire à un fantôme ou, pis, à un esprit malfaisant mais bien réel attaché à nous nuire.

La transhumance du Roi à Fontainebleau nous remit sur la route peu après. Nous y accompagnâmes Louis-Henry pour présenter nos respects au jeune monarque dont la santé n'était point bonne. Le cardinal de Fleury bondit presque sur moi sitôt qu'il m'aperçut :

— Je vous cherchais partout ! s'exclama-t-il en refermant sur nous la porte de son cabinet. Vous devez sans tarder faire route pour la Savoie : il est à Moncalieri, en Piémont, un obstacle que l'un de nos alliés souhaite que nous levions…

Avec d'infinies précautions oratoires, mon interlocuteur me fit comprendre que le roi de Sardaigne Charles-Emmanuel attendait rien moins qu'on le débarrassât de son père Victor-Amédée après que ce dernier fût revenu sur son abdication !

— Charles-Emmanuel, gronda Fleury, ne saurait renoncer à sa couronne et à ses alliances, notamment avec la France, au prétexte que son prédécesseur, fût-il son propre géniteur, a changé d'avis.

— Nous parlons d'un roi ! objectai-je. Ne pouvait-on simplement le confiner ?

— On l'a fait, *Thésée*, on l'a fait… Vous savez bien que…

— Et savez-vous vous-même, grinçai-je, comment l'on nomme pareille abomination ?

— Oui, je le sais et ne vous cacherai point avoir beaucoup balancé avant de donner suite à la requête : il s'agit en outre du grand-père maternel de Sa Majesté.

— Et comment escomptez-vous que je mènerai à bien cette œuvre impie ? On me taillera en pièces !

— Personne ne vous nuira, *Thésée,* je vous en fais le serment. Vous serez attendu à Montcalieri, où Victor-Amédée est détenu.

— Mais alors, s'il est prisonnier…

— De grâce, obéissez : cette dispute épuise mes forces.

Le soir même, une énorme berline m'emportait, ainsi que Vassili, deux valets et une escorte, en direction du midi. Une vingtaine de jours plus tard, nous étions à pied d'œuvre.

Personne, au château de Montcalieri, ne m'adressa la parole après que j'eusse présenté au grand chambellan, outre mes lettres patentes, un grand cachet — que nous livrâmes incontinent aux flammes — cosigné par Charles-Emmanuel. Je fus ensuite introduit seul auprès du vieux prisonnier comme un envoyé de son petit-fils et expédiai mon affaire à mains nues en évitant de trop songer à la qualité de la victime. Ses fidèles éplorés me prirent assurément pour un ange de la mort mais ils voulurent bien croire en un trépas naturel, à l'instar de ce qu'écrivit le grand chambellan dans une missive destinée au cardinal de Fleury.

Lorsque, à la fin du mois de novembre, je me présentai de nouveau à Versailles, la Cour, Roi en tête, prit le deuil du défunt, ce qui me sembla d'une odieuse hypocrisie.

Dans la nuit du 1er décembre, en pleine éclipse de lune, Louis XIV me sermonna très sévèrement, hurlant à mes oreilles que l'ignominieux assassinat de Victor-Amédée ne resterait pas impuni. Il ne pouvait évidemment y avoir de rapport immédiat mais lorsque, deux jours après ce cauchemar, Henry d'Ystirac vint en larmes m'annoncer l'agonie de notre cher Félix, je ne pus m'empêcher d'y lire le premier signe d'une série qui devait être longue.

XII

La terrible année 1733 commença par des inondations qui firent, dans Paris, de nombreuses victimes et endommagèrent les caves de l'hôtel de Buridan. D'épaisses nappes de brouillard étendirent ensuite leur inquiétant empire, transformant la ville en antre lugubre et sans lumière.

Nous nous pensions à l'abri à Versailles mais fûmes attaqués par le rhume, épidémie dévastatrice qui, grâce aux médecins, coûta en peu d'espace la vie à la petite Madame Troisième. On portait toujours le deuil du vieux roi de Sardaigne, on le conserva donc pour la malheureuse princesse — bien que son jeune âge ne justifiât aucun protocole — ainsi que pour le roi Frédéric-Auguste de Pologne, dont la nouvelle du décès arriva presque en même temps, sans que l'on pût alors savoir quelles en seraient les implications.

Leurs Majestés traversèrent l'épreuve avec la dignité requise mais chacun vit combien elles étaient affligées ; la Reine, surtout, de nouveau enceinte, qui avait parlé à Anna de *malédiction.* Je m'interdis de céder à la superstition et refusai de me rendre aux Petites Tuileries malgré l'insistance de mon fils.

Le printemps venu, le petit duc d'Anjou décéda à son tour, que notre bien-aimé Louis XV s'en fut, sanglotant, enterrer aux flambeaux à Saint-Denis. Faisant fi du cartésianisme, je me rendis alors sur le tombeau de l'Arcadia avec un bouquet de crocus, et attendis que le spectre se manifestât.

— Holà ! m'agaçai-je après plusieurs minutes de silence, seriez-vous, vous aussi, enrhumé ?

— J'espérais ton appel, susurra la voix. Charmantes fleurs.

— Elles sont pour Raffaella. M'allez-vous enfin dire ce que vous exigez ?

— À l'ami on n'impose rien, *Petit Taureau*...

— Un ami n'en aurait point appelé à mon fils : qui que vous soyez...

— Tu sais fort bien qui je suis.

— Admettons. Comment me puis-je débarrasser de vous ?

— La formule est navrante mais je te pardonne... Te souviens-t-il de mon martyre ?

— Hélas.

— Sais-tu que je l'endure toutes les nuits et qu'il est augmenté, chaque aube naissante, par le spectacle de ce qu'est devenue ma thébaïde ?

— Croyez-m'en sincèrement affligé, grimaçai-je. Suffirait-il d'en chasser les catins ?

— Qu'elles restent, Henry, et que tes prétendues *Tuileries* — quelle appellation ridicule — demeurent un tripot : cela n'importe guère si tu me peux délivrer du reste.

— Je vous écoute.

— Il m'est malheureusement impossible de formuler l'unique requête qui me libérerait ! Rappelle-toi mon martyre, *Petit Taureau*...

La suite se perdit dans le vent. À ma grande surprise, je me rendis compte de ce que mes yeux étaient pleins de larmes :

comment oublier cette atroce nuit de 1721 au cours de laquelle nous avions, avec Henry d'Ystirac, trouvé le corps mutilé de notre ami pendu dans les écuries de sa thébaïde après que les sbires de Cartouche l'avaient attaquée, massacrant ses occupants dont certains, jamais identifiés, reposaient désormais aux côtés de l'Arcadia ?

Mes pensées, en rentrant au château, s'avérèrent plus confuses encore qu'avant l'étrange entrevue. Desfontaines, devenu un familier des lieux — nous le soupçonnions de tirer pécuniairement bénéfice de ses appas — me fit assez boire pour que je lui dévoilasse toute l'affaire. Il se garda d'en rire — je l'eusse rossé — et m'enjoignit de consulter Samory :

— Lui seul, observa-t-il, réside continûment céans. Ce serait bien le diable — que Votre Seigneurie me pardonne — s'il n'avait en l'espèce quelque piste à proposer…

Samory eut beau chercher, rien de probant ne vint à ses lèvres, sinon la confirmation de ce que la voix ne retentissait point dans les communs — ce qui n'avait rien d'étonnant, un seigneur ne se commettant guère en ces espaces.

Le spectre paraissant s'être tu dans l'expectative d'être contenté, je regagnai Paris et convoquai ceux d'entre mes intimes qui avaient côtoyé Coprophile afin de leur exposer les faits. On me trouva ridicule — on osa même s'inquiéter pour ma santé — mais cette séance consacrée au défunt eut l'heur de le ramener à la surface de nos âmes et, faute de réponse à sa prière, nous pleurâmes autant que nous rîmes.

Je revis mon fils à Versailles à l'occasion de la venue au monde d'une nouvelle princesse, Victoire, dont les esprits chagrins ne manquèrent pas de relever qu'elle remplacerait feue Madame Troisième mais point le duc d'Anjou. Louis-

Henry en profita pour annoncer que sa sœur jumelle attendait un nouvel enfant :

— En ce qui me concerne, s'empressa-t-il d'ajouter, il faudra d'abord que je reconquière le cœur de mon épouse, qui persiste à se vouloir attacher au seul rôle de mère…

Nous en vînmes naturellement à évoquer les Petites Tuileries, où ni lui ni moi ne nous sentions en mesure de retourner, et trouvâmes *in fine* la chose bouffonne :

— S'il nous voulait bannir, plaisanta mon interlocuteur, notre fantôme ne s'y serait guère pris autrement !

— Ou celui qui se prétend tel, soupirai-je…

— Pourquoi ne vendez-vous pas le domaine ? Peut-être notre spectre l'achètera-t-il…

— Vous n'êtes point sérieux, Louis ; et puis on n'aliène point un présent à son défunt propriétaire !

— Eh bien, père, incendiez : plus de château, plus de revenant !

L'incongruité de l'idée fit néanmoins son chemin en mon cerveau. Lorsque je l'exposai par écrit à Samory, elle n'était plus aussi radicale — je proposais seulement que l'on vidât le domaine de tout ce qui avait appartenu au défunt —, mais elle me valut une réponse affolée :

« Coprophile, écrivait l'Africain, n'a-t-il point précisé à Votre Seigneurie qu'il lui importait peu que les Petites Tuileries restassent un tripot ? Feu le Régent a bouleversé une grande partie de l'aménagement original et notre regrettée vicomtesse d'Arcadia a poursuivi cette œuvre. Sauf à brûler planchers et solives, détruire les miroirs du grand vestibule et l'albâtre des bains, je ne vois rien au château qui rappelle l'époque de notre fantôme. Enfin, s'il se dit votre ami, comment pourrait-il exiger pareille destruction ? »

La solution vint par la bouche d'Henry d'Ystirac :

— La vie de notre cher Coprophile, dit-il posément, a peut-être pris fin dans les parties nobles, mais ce fut dans les écuries que ses bourreaux pendirent sa dépouille : commençons donc par incendier les communs.

Je ne pus, dans un premier temps, me résoudre à semblable attentat, ayant conservé la pointe d'un soupçon que toute l'affaire ne fût qu'un coup monté pour me ridiculiser.

Un étrange événement survenu en la chapelle de Versailles vint suspendre temporairement nos conciliabules : le 9 juin, au cours d'une messe à laquelle je n'assistais pas davantage qu'aux autres — Anna me rapporta les faits —, une convulsionnaire s'était levée en transe pour exhorter Dieu à sauver le Roi, victime selon elle d'un sort qui lui avait fait épouser la mère d'enfants illégitimes !

Elle avait visiblement perdu l'esprit et fut aussitôt arrêtée mais cet éclat affecta les souverains et consterna la Cour. Fleury, persuadé que cette pauvre fille travestie en grande dame avait bénéficié de complicités, manda partout ses limiers ; je fus, quant à moi, chargé de seconder Monsieur Hérault pour les interrogatoires.

La folle, d'après ses propres déclarations, avait pour nom Marie Luquiet, trente-cinq ans d'âge, couturière de son état, assidue à l'église de Saint-Médard. Elle ne manquait point d'élégance — raison sans doute qui avait poussé ses complices à la choisir plutôt qu'une autre — et ne montra aucune frayeur lorsque nous lui fîmes assister à une séance de question. Mais elle persista à jurer que le prophète Élie en personne lui avait ordonné d'endosser les plus beaux habits de la boutique où elle travaillait, puis de monter dans une diligence en partance pour Versailles afin de se présenter aux grilles, où les gardes l'avaient laissée entrer, signe, selon elle, que sa mission était bénie ; quant aux exhortations qu'elle avait proférées dans son délire, elle n'en conservait nulle mémoire.

Monsieur Hérault eut l'excellente idée de s'enquérir des circonstances au cours desquelles le divin message avait été communiqué : Luquiet assura avec candeur que le prophète s'était incarné en la personne d'un prêtre nommé Vaillant, patronyme que le ministre rapprocha aussitôt d'un certain *Ilion,* janséniste défroqué qui avait jadis quitté Troyes pour rejoindre la bande de Fanfaron après quelques séjours en Bastille.

— Celui-là, grogna-t-il, a maintes fois détalé sans encombre grâce à sa mine d'ange. Peut-être Votre Seigneurie se le rappelle-t-elle : plutôt fin s'il m'en souvient, de grands yeux gris, une chevelure bouclée à la mode italienne et une trompeuse modestie de manières…

Je répondis que mes goûts m'inclinaient rarement à remarquer de tels personnages et que la question demeurait de savoir qui se cachait derrière. Mon visage risquant de me trahir, nous décidâmes d'envoyer un agent consulter le soi-disant prophète et épier ses visites. Et l'on enferma l'exaltée à la Salpêtrière[50].

La Cour partit pour Compiègne sans que l'enquête eût progressé et, faute de me pouvoir résoudre à jouer les incendiaires aux Petites Tuileries, je m'installai à Mondétour avec le clan. Maurice de Saxe, célibataire pour l'été, fit le voyage avec nous.

Ce fut lui qui, le premier, anticipa le déclenchement d'un conflit à la suite de la succession au trône de Pologne, affrontement auquel, en tant que fils adultérin du feu roi — et par conséquent demi-frère de l'un des prétendants —, il trouva amusant d'être impliqué :

50. Hospice situé dans l'actuel 13e arrondissement de Paris.

— Deux rois pour une seule couronne, plaisanta-t-il, cela fait au moins un de trop !

Nous n'envisagions guère de voir la patrie de notre royale *pondeuse* devenir république — le vieux Stanislas, son père, qui s'apprêtait à partir pour Varsovie, défendrait farouchement son titre — mais nous ne nous attendions pas davantage à ce que l'Europe s'embrasât derechef et que sa carte en fût aussi violemment redessinée.

Lorsque notre bien-aimé Louis XV revint à Versailles, vers la mi-août, Louis-Henry, qui ne l'avait pas quitté d'un pouce, fit un court détour chez nous. Il avait la tête et la bouche pleines de fêtes, chasses et galanteries. Sa joie et sa fierté d'appartenir au premier cercle des intimes de Sa Majesté l'enivraient au point qu'il commit l'imprudence d'évoquer devant moi l'une de ses maîtresses — j'ignorais jusqu'alors qu'il en eût d'officielle — épouse du comte de Mailly, qu'il avait presque jetée dans les bras du souverain avec l'assentiment du mari.

— Encore un secret que nous partagerons... souris-je en le voyant rougir.

Et comme j'enchaînais sur le premier de nos secrets — Coprophile —, mon rejeton proposa de se charger lui-même d'allumer le feu :

— Attendons un jour d'orage, suggéra-t-il ; il sera ensuite aisé d'accuser la foudre.

Ainsi fut-il décidé. Moins d'une semaine plus tard, à la faveur d'une tempête, il ne restait plus rien des communs de la thébaïde, dont une aile avait également été touchée. Nous nous rendîmes sur place pour constater l'affreuse blessure que l'incendie avait occasionné au domaine, et les sommes qu'il faudrait engloutir dans sa restauration.

La voix mystérieuse avait disparu mais le même soir, comme pour nous punir de notre forfait, nous apprîmes le décès d'Abdul-Abel Durelais, mon Minotaure, qu'une crise d'apoplexie avait, selon la missive de son fils aîné, emporté au cours d'un repas. L'esprit submergé de souvenirs et de douleur, je me sentis soudain très vieux et très fatigué.

À ces catastrophes ne manquait que la guerre : elle surgit dès le mois d'octobre, au lendemain de la naissance de Marie-Anne d'Ystirac, dont il sembla fatal que ce fût une fille.

Je fus tenté d'enfermer mon chagrin en l'hôtel de Buridan mais Louis-Henry et Maurice me convainquirent de tenir plutôt mon rang à Fontainebleau, où le Conseil était réuni et où, rare moment de joie, je revis mon cher duc de Richelieu rentré précipitamment de Dresde.

Il flottait sur le château de cette fièvre malsaine en prélude aux combats que j'avais jadis connue du temps de la guerre de succession d'Espagne. Les conversations entamées devant le monarque se poursuivaient dans les couloirs et jusqu'à l'intérieur des chambres. Stanislas, pourtant élu roi de Pologne par la Diète de Varsovie, avait dû fuir cette ville devant les Russes pour se réfugier à Dantzig, la Czarine s'étant ralliée à l'Empereur pour soutenir les prétentions d'Auguste III. Vladislav et Eugenio étaient de nouveau mes ennemis. Nous étaient favorables la Suède, la Bavière, la Savoie, l'Espagne et la Sardaigne ; à force de palabres, Fleury s'était assuré des neutralités anglaise et batave.

Le vieux cardinal, qui n'aimait pas davantage la guerre que moi-même, avait affaire, en la matière, à deux antiques maréchaux survivants des gloires du Roi Soleil : Berwick et Villars, respectivement âgés de soixante-trois et quatre-vingts ans, dont les postures martiales hésitaient entre sublime et grotesque. Inquiet pour la santé de Villars, Fleury me demanda de l'accompagner en Italie ; non comme haut gradé — ce à quoi je pouvais pourtant prétendre, étant officier de la maison militaire du Roi —, mais en tant que simple aide de camp afin de mieux veiller sur lui.

— Nous vous eussions volontiers mandé à Vienne espionner le prince Eugène, soupira-t-il, mais Sa Majesté et Monsieur le maréchal de Villars étaient réticents à l'idée de vous forcer à trahir vos amis…

Quant à Villars le jeune, il devait suivre Berwick en Allemagne, de même que mon fils, le comte de Saxe, le duc de Richelieu, le comte de Charolais et le jeune prince de Conti. Henry d'Ystirac, demeuré à Paris avec le clan, fut probablement le seul à comprendre les vraies raisons de mon engagement.

Villars l'ancien, qui disait à qui voulait l'entendre que cette campagne était sa dernière, semblait rajeunir chaque jour davantage. Il ne discuta point les motifs de ma présence à ses côtés et se plut à évoquer, lors du voyage, nos communs souvenirs de la guerre de Succession d'Espagne. Nous fîmes escale par Lyon et parvînmes à Turin pour la Toussaint, où nous attendait Charles-Emmanuel III, roi de Sardaigne parricide par mon truchement.

Sa mine chafouine, lorsqu'il nous reçut en son palais, me déplut autant que ses sous-entendus sur mes fonctions, dont il n'avait point été informé. Mon illustre compagnon ne sembla guère goûter, pour sa part, l'arrogance du souverain et sa volonté de prendre le commandement suprême des armées.

Quoi qu'il en fût, les nouvelles d'Allemagne étaient bonnes et les troupes autrichiennes ne paraissaient opposer en Italie qu'une résistance symbolique. N'ayant jamais suivi jusqu'alors d'expédition militaire, j'aurais trouvé celle-ci divertissante sans les querelles incessantes entre le Maréchal et le Roi : le premier, génial improvisateur, ne pouvant s'accorder avec le second, son cadet de cinquante ans, aussi sérieux qu'un commis de banque. Ils n'en parvinrent pas moins à conquérir le Milanais avec une facilité qui les étonna eux-mêmes, et nous célébrâmes la fin de l'année au château des Sforza.

La nouvelle de nos victoires se répandit très vite en dehors de Milan, au point que je reçus, dans les premiers jours de 1734, la visite très inattendue du baron de Neuhoff. Ne l'ayant revu depuis plus de dix ans, il me sembla avoir épaissi de corps comme de visage. Lui, au contraire, en courtisan bien renseigné, me complimenta autant sur mon apparence que sur ma fortune et parut heureux de m'entendre le tutoyer comme jadis. Il avoua avoir beaucoup erré par les Cours d'Europe, vendant à qui voulait conseils et renseignements, avant de retourner se fixer en Espagne chez ses anciens maîtres :

— À présent que nos souverains ont signé un pacte de famille[51], sourit-il, il ne devrait plus y avoir de conflit entre Bourbons…

Comme je doutais à voix haute qu'il eût pris la route dans le seul but de m'entretenir d'une chose aussi futile, il expliqua arriver, non de Madrid mais de Livourne, où il avait rencontré des chefs corses exilés. Je ne pus réprimer un haussement de sourcils.

— Évidemment, grommela-t-il, on se moque à Versailles de ce qu'il advient outre-mer, et l'on se flatte d'ignorer que les Corses sont en révolte contre les Génois, qui les traitent comme bois d'ébène…

Il assura, touché par leur noblesse, avoir fait sienne la cause de ces désespérés après que leurs meneurs eurent vainement

51. Premier du nom, signé le 7 novembre 1733 entre Bourbons de France et d'Espagne.

demandé l'appui de l'Espagne. J'éclatai tout à fait de rire lorsqu'il annonça le plus sérieusement du monde que ses protégés lui avaient offert de devenir leur roi !

— *Théodore Ier*, gloussai-je ; l'Empereur va trembler ! Et qu'attend de moi *Votre Majesté* ?

— Que tu m'aides à faire jouer le Pacte de famille, grogna-t-il. La France a déjà, par le passé, soutenu les aspirations des Corses avant de s'allier à Gênes.

— Notre bien-aimé Louis XV se moque de l'Amérique comme d'une guigne ; alors la Corse… Sait-il seulement la placer sur une carte ? Et puis il propose quoi, ton *bois d'ébène*, face aux Génois ?

— Des idéaux de justice, d'équité, de liberté.

— Chansons : un royaume de fable dont tu serais le monarque !

— Puis-je compter sur ton appui ?

— Évidemment, repris-je en imitant ses accents, on se moque sur ton caillou de ce qu'il advient du continent et l'on se flatte d'ignorer que l'Europe est en conflit !

— Nous trouverons ailleurs d'autres alliés, grommela-t-il soudain très pâle.

— En Chine ! m'écriai-je.

Il tourna les talons et je ne fis rien pour le retenir, certain de ne le point revoir avant longtemps.

L'armée ayant pris ses quartiers d'hiver, je pensais mettre à profit ce séjour milanais pour renouveler mon cheptel — Wang et Vassili avaient fait le voyage avec Colas mais chacun éprouvait ce besoin de changement qui caractérise le mâle — lorsque la néfaste année 1733 pointa son dard une ultime fois avec le courrier de Paris.

Envoyé à la fin du mois de décembre précédent, un paquet de lettres m'apprit certes que nos affaires, grâce aux banquiers, bénéficiaient fortement du commerce de guerre, mais, sous la plume inconsolable d'Henry d'Ystirac, que Blanche, son épouse et ma si chère amie, avait succombé en quelques jours à une fluxion de poitrine :

« Nous ne cessons de pleurer, écrivait-il. Elle qui jurait que la foi guérit n'a guère été sauvée par elle, bien au contraire : ses mortifications dans le froid et l'humidité des églises l'ont achevée. Françoise-Aymone, qui s'en fait toujours le reproche, a avoué s'être rendue, les derniers temps, avec elle chez une espèce d'illuminé se prétendant prophète et qui leur a prescrit toutes sortes de vexations. Si je n'étais si découragé, je punirais ce chien à la mesure de ce que nous endurons... »

Je songeai aussitôt à Vaillant, alias Ilion et, découvrant que la défunte marquise serait inhumée au début du mois de mars en Béarn, demandai à Villars l'autorisation de m'y rendre : il me l'accorda.

Je parvins en vingt-cinq jours au château d'Ystirac, sans Wang ni Vassili mais avec Colas, trois autres domestiques et une escorte, dans une énorme berline tirée par six chevaux. Les étapes que nous fîmes, tant chez des nobles que dans de modestes auberges, ne passèrent guère inaperçues : on me prit, à plus ou moins juste titre, pour l'émissaire secret du maréchal de Villars et, certain que ma mission était de la plus haute importance, on me témoigna les plus vifs respects sans jamais poser de question.

Mon entrée dans la cour du château produisit donc son effet sur les gens qui s'y trouvaient ; Aymery d'Ystirac sortit en courant du logis et, manifestement surpris de me trouver là, me donna l'accolade :

— Vous êtes le premier, glissa-t-il gravement. Mon frère et vos enfants ne seront point des nôtres avant une semaine.

Une grande agitation régnait à l'intérieur, que je crus d'abord redevable à mon arrivée et au deuil de la marquise, mais des vagissements, au premier étage, indiquèrent une troisième cause :

— Notre petite Anne-Félicité est née il y a quelques jours à peine, s'excusa Aymery. Mon épouse est encore alitée mais vous la pourrez saluer dès demain. Nous n'attendions point votre visite…

Il me montra les appartements qu'il avait fait préparer pour les différents membres de notre famille — nos petits-enfants n'étaient pas du voyage — et je compris qu'à moins de partager le lit d'Anna ma place n'y avait pas été comptée.

— Eh bien, dis-je en tâchant de masquer ma contrariété, j'irai dormir à Pau chez les Durelais.

— Ils ont en effet repris l'auberge de leur regretté père, bredouilla mon interlocuteur, mais vous pourriez plus sûrement vous rendre chez Monsieur votre frère aîné.

— Vous pensez sans doute, grinçai-je, que je serai mieux à mon aise dans une ferme.

Aymery blêmit :

— Je sais, murmura-t-il, que votre glorieux destin vous a irrémédiablement éloigné de cette branche de votre parentèle. Il faut, nonobstant, que vous sachiez que Monsieur votre frère a eu, ces dernières années, assez de fortune en affaires pour acheter, entre autres, la terre de Roccaze — dont vous vous souvenez peut-être qu'elle jouxte le domaine de vos ancêtres — qui lui confère le titre de baron. Il refuse de s'en prévaloir, ni même habiter le manoir de Roccaze, mais Monsieur Guy, son héritier et votre neveu, en est très fier et l'a fait aménager. Comprenez bien que votre carrière suscite céans l'admiration de tous, sans aigreur pour vos silences — que l'on comprend —, et que vous contenterez nombre de personnes en les honorant de votre présence.

Ainsi, après avoir mandé Colas les avertir, devins-je l'hôte de mon frère aîné et de son rejeton : si le premier avait, en presque vingt ans, pris un visage dégarni et parcheminé qui le faisait ressembler à un vieux paysan — il avait pourtant à peine plus de cinquante ans — le second était un rude trentenaire dont la brusquerie de ton et de manières, tout juste polie par l'éducation, me séduisit autant qu'elle m'irrita.

On me présenta toutes sortes de cousins, petits-cousins, neveux et nièces, dont la plupart semblait propre et en bonne santé ; leurs géniteurs, qui pour certains avaient conclu des alliances avec de riches familles tant nobles que roturières, jouissaient à l'évidence des largesses de la fortune.

Les funérailles de Blanche d'Ystirac semblaient l'événement le plus important du monde, auquel personne ne pouvait envisager ne point paraître. On se réjouissait ouvertement par avance de ce que le duc de Gramont, gouverneur de Béarn qui avait présidé à la cérémonie funèbre de feue la marquise douairière d'Ystirac, serait de nouveau présent en dépit de la guerre.

— Il est heureux, risqua quelqu'un, que la maternité de son épouse ait retenu chez lui Monsieur Aymery : qui tiendrait la maison sans cela ?

L'un de mes frères expliqua que le prestige local des Ystirac avait été terni par le peu d'empressement d'Henry et d'Alban à se rendre en leurs domaines, délaissant les fruits de la terre pour ceux, plus rentables mais moins prestigieux, de la finance — attitude commune aux grandes maisons installées à Paris et que je partageais, ne m'étant moi-même jamais rendu en ma seigneurie de Champigny ni dans la plupart de mes bois, fermes et vignobles de province, laissés aux soins de mes intendants. Je compris néanmoins que l'on me pardonnait plus aisément, eu égard à la modestie de ma naissance, d'avoir si vite gravi les échelons de la noblesse et qu'il se contait à mon sujet des légendes qui n'eussent point déparé celles ramenées de Perse par Monsieur Galland[52].

Je pris, avec ma suite, mes quartiers dans le manoir de Roccaze, où celui que je nommais par secrète dérision le *cousin Guy* me fit les honneurs de l'appartement de parade.

Le bâtiment, qui paraissait tout droit sorti de l'époque gothique, consistait en une massive construction à un seul étage, flanquée de tours carrées; les seuls ornements en étaient intérieurs, avec des cheminées en marbre, d'élégantes boiseries d'inspiration italienne, quelques tableaux de facture honorable et une bibliothèque.

Mon neveu occupait une partie de l'étage avec sa femme — petite brune aux hanches larges dont les mains potelées trahissaient l'origine — et leurs enfants. Contrairement à son père, qui n'en avait jamais voulu, le maître de maison disposait à demeure de cinq domestiques, d'une femme de chambre et d'une nourrice.

Je pus constater, au cours du premier dîner que nous prîmes dans le grand salon, que mon hôte connaissait le contenu de ses propres livres — ce qui n'était point si ordinaire — et qu'il professait certaines idées à la mode anglaise qui, à Paris, l'eussent conduit en Bastille. La remarque le fit sourire :

— Il semble, observa-t-il avec son bel accent béarnais, que l'on soit plus libre en acte comme en esprit à mesure que l'on s'éloigne de la Seine.

---

52. Antoine Galland (1646-1715) premier traducteur français des *Contes des Mille et Une Nuits.*

— Tout est fonction de la position que l'on occupe, répondis-je.

— Certes, mon oncle. Mais de trop près l'on voit mal.

— Encore une fois, insistai-je, cela dépend de l'objet que l'on observe.

— Le royaume, le peuple ?

— Servir le Roi c'est les servir.

— En êtes-vous certain ?

— Que voulez-vous dire ?

— Que vous et les vôtres vivez sur une île, cher oncle.

Son regard malicieux me troubla et je me surpris à observer la courbure de ses lèvres, puis la rotondité de ses épaules, perceptible sous le tissu de même que le reste de son épaisse musculature. Lui continua sa péroraison, citant pêle-mêle Montesquieu, Voltaire et le *Mercure* sans paraître se rendre compte de la nature particulière de mon intérêt, jusqu'à ce que son épouse l'interrompît par un bâillement avant de se retirer.

Nous nous levâmes alors de table pour déguster, au fond d'un canapé, un peu d'eau-de-vie dans l'antichambre de mes appartements. L'alcool aidant, les questions de mon commensal s'attachèrent à ma carrière sans toutefois en oser aborder le point crucial. Quand enfin il m'interrogea sur les moyens que j'avais déployés pour percer à la Cour, je glissai mes mains sous mes fesses et répliquai être assis dessus.

— Les *deux* ? s'étonna-t-il.

— Ou les trois, raillai-je. Ou les cinq, ou davantage : tout dépend...

— Je vois, murmura mon interlocuteur en rougissant...

— Vous a-t-on dit comment j'ai connu Henry d'Ystirac ?

— Je ne m'intéresse point aux rumeurs.

— Vous le savez donc. Le reste n'est que jeu entre hasard et nécessité. Je ne me reconnais d'autre qualité que la loyauté — parfois aveugle, je l'admets — ni d'autre arme pour la servir que mes poings. Et je me sens moins esclave sur mon *île* que vous parmi vos livres poussiéreux, vos tristes campagnes, votre famille et vos gens.

La harangue le laissa sans voix. Je nous resservis un verre, que nous sirotâmes en silence. Puis il se tourna vers moi, le regard brillant, et avoua *ex abrupto* s'être adonné jusqu'au mariage à l'amour des garçons :

— C'est, bredouilla-t-il, si…

— Différent ?

— Ma femme…

— Pourquoi la vouloir mêler à ce qu'elle ne peut entendre ?

— Mais la trahir… Et ma réputation…

— Voyez-vous combien vous êtes prisonnier ?

Mon joli baron baissa la tête et je sentis qu'il serait aisé d'abuser de l'opportunité. Je me contentai de passer un bras amical autour de son épaule — qui était en effet musculeuse — et l'invitai à Paris :

— Mes obligations auprès du maréchal de Villars m'obligeront à repartir directement pour Milan après les obsèques, glissai-je. Aussi pourrez-vous faire le voyage avec les Ystirac sans risquer votre renommée, et vous rendre ensuite en mon hôtel du quai des Balcons où je veillerai à ce que vous soyez attendu.

Je voulus lire dans ses yeux luisants un peu de cette émotion que j'avais ressentie, près de trente années auparavant, lorsque Henry d'Ystirac m'avait fait une offre similaire. Nous trinquâmes une dernière fois, puis il se leva en titubant, heurta ma poitrine et m'embrassa sur la bouche avant de me laisser seul, un peu décontenancé et le sexe en émoi, à la porte de ma chambre.

Henry, notre progéniture et leur suite arrivèrent l'avant-veille des funérailles avec le lugubre sarcophage de plomb contenant les restes de celle que nous vénérions. La douleur n'empêcha pas la joie naturelle des retrouvailles et je présentai mes enfants — qui n'en étaient plus — à leur parentèle de province : c'était leur premier séjour en Béarn et les manières du cru, autant que le français que l'on y parlait, différaient évidemment de ceux de Versailles.

Ma fille, en dépit de la fatigue, se prêta de bonne grâce à l'exercice ; mon fils, en revanche, pressé de retourner se battre contre les Allemands, montra maints signes d'exaspération — il me confia n'avoir suivi le convoi que pour complaire à sa belle-famille. Je m'efforçai d'adoucir son calvaire en l'entretenant de nos victoires italiennes et en lui faisant visiter les décors de mon enfance.

Le clan avait prévu de s'installer jusqu'à l'été ; Louis-Henry et moi-même partîmes chacun de notre côté à peine le caveau refermé, après une cérémonie triste et pompeuse en tout point conforme à ce qu'en attendaient les participants, duc de Gramont compris.

XIII

Je fus de retour au château des Sforza peu après Pâques, juste à temps pour accompagner mon vieux maréchal au palais ducal de Colorno. Il y devait rencontrer l'infant Charles, nouveau duc de Parme et bientôt souverain des Deux-Siciles par la grâce de ses conquêtes — ou plutôt celle des armées de son père le roi d'Espagne car il ne faisait aucun mystère de sa détestation pour la chose militaire. C'était un adolescent fort laid mais extrêmement affable en dépit de l'étiquette, qui sut mieux apprivoiser mon impatient compagnon que ne l'avait fait Charles-Emmanuel de Savoie. « Un trait de caractère propre aux Bourbons », assura Villars après l'entrevue.

Nous dûmes néanmoins rejoindre bien vite le quartier général du roi de Sardaigne à Bozzolo, non loin de Mantoue, où nos troupes étaient stationnées et où les querelles reprirent de plus belle entre les deux hommes. Le plus vieux, victime de son âge, y brûla ses dernières forces contre l'entêtement froid de son allié et lorsque, au sortir d'une ultime dispute, il lança un « rentrons ! » plein de lassitude, je compris que nous n'assisterions pas au terme de l'expédition.

Nous repassâmes par Milan, où m'attendait une lettre de Richelieu annonçant ses noces avec Élisabeth de Lorraine-

Harcourt, princesse sans dot mais non sans titre, dont un proche cousin avait cru devoir défendre la haute naissance dans une tranchée de Philippsburg[53] :

« Il m'a osé donner du *Vignerot*[54], écrivait mon correspondant, je lui ai fait tâter de mon épée. Nous avons été blessés tous deux mais c'est lui qui est mort. Quant à ton cher Eugenio, notre Berwick a mis ses bataillons en déroute mais il l'a payé de sa tête ; au sens propre : un boulet allemand. »

L'anecdote amusa Villars l'ancien mais sans le consoler du spectacle de son propre état, qui se dégrada irrémédiablement durant le voyage vers Turin, où nous avait précédé, au palais royal, un Villars le jeune dévoré d'inquiétude.

Le maréchal nous quitta doucement dans son lit le 17 juin, tel un vieux brick ayant rompu ses amarres après de trop longs et trop glorieux services. Héritier de tous les titres et charges de son père, fors les militaires, Honoré prit aussitôt le deuil, ainsi que le roi de Sardaigne et sa Cour. Je n'eus pas à les imiter car je portais encore celui de Blanche d'Ystirac.

Le corps du défunt fut placé dans un enfeu de la cathédrale Saint-Jean-Baptiste, puis chacun retourna à *sa* guerre. Considérant ma mission achevée, je fis, quant à moi, atteler pour Paris.

La ville, lorsque nous y fîmes notre entrée vers la fin du mois de juillet, célébrait tout à la fois les victoires de nos armées — Philippsburg était tombée, la France occupait la Lorraine — et, plus ordinaire hélas, la naissance à Versailles d'une cinquième princesse, Madame Sophie. On ne parlait guère, même pour s'en moquer, de l'infortuné Stanislas,

53. Dans l'actuel Bade-Wurtemberg. À ne pas confondre avec Philippsbourg en Lorraine.
54. Le nom complet du duc de Richelieu est Louis François Armand de Vignerot du Plessis.

chassé de son trône par les armées saxonne et russe, puis enfermé derrière les remparts de Dantzig, d'où il avait fui, déguisé en paysan, pour se réfugier *in extremis* en Prusse.

Incapable de prendre part aux réjouissances mais espérant retrouver le *cousin Guy*, je me rendis directement quai des Balcons. Mon parent m'y attendait en effet, aussi rayonnant et émerveillé qu'un adolescent qui découvre la ville. Il me donna l'accolade au pied du carrosse — un peu intimidé, à leur descente, par Wang et Vassili qu'il ne connaissait pas — et expliqua avoir fait le voyage, une semaine auparavant, avec le seul Alban d'Ystirac, le reste du clan ayant décidé de passer tout l'été en Béarn.

— Vos enfants, sourit-il, ont aimé le pays. Quant à Monsieur le marquis, il paraît qu'il ne s'en veut plus retourner !

À la manière appuyée dont il loua l'accueil que mes gens lui avaient réservé — Maurice de Saxe parti en campagne, il était, avec Baremont, le seul invité —, je compris que l'on avait ouvert pour lui mon musée secret et qu'il avait sans doute bénéficié d'autres prévenances, notamment de la part du maître d'hôtel. Celui-ci étant du même âge que moi, je me repris à laisser mon esprit errer sur l'entrejambe de mon visiteur. Nous prîmes ensemble une collation dans le grand salon cependant que je consultais mon courrier.

— N'ayant personne pour me guider, regretta mon neveu, je n'ai guère osé visiter Paris.

— N'avais-je point ordonné que l'on vous accompagnât et vous donnât une chaise à porteurs ? répondis-je en décachetant un pli du lieutenant général de police.

— Si fait, bredouilla-t-il, mais vos armoiries ducales, l'appareil de votre suite… Et puis mon accent…

La missive de Monsieur Hérault contenait un bref compte rendu d'enquête au sujet de Vaillant — ce soi-disant prophète qui avait subjugué la malheureuse fille Luquiet mais également deux de mes proches dont l'une était décédée — d'où ne ressortait aucune piste probante quant à un éventuel commanditaire. *Élie* avait été enfermé à Charenton[55] mais je ne pouvais, en la mémoire de Blanche, abandonner ainsi l'affaire.

— Votre accent, répondis-je distraitement, est une chose que vous pourrez corriger mais sans vous en défaire complètement. Il plaît aux Parisiens de railler les Provinciaux : y prêter attention c'est leur donner raison. Quant à mes armoiries…

— Auriez-vous reçu quelque nouvelle fâcheuse ? s'inquiéta mon hôte.

Je décidai de ne lui rien dissimuler de mes préoccupations relatives à l'épisode *Ilion,* ni mon vœu de conduire ma propre enquête. Il se proposa aussitôt pour me seconder :

— Ainsi, appuya-t-il, découvrirai-je un univers que peu connaissent !

Considérant que la plupart de mes amis manquaient à l'appel — retenus sur leurs terres ou à la guerre ainsi qu'en témoignait le reste de ma correspondance —, j'acceptai l'offre, qui me permettrait en outre de me rapprocher davantage de mon beau neveu.

L'abbé Desfontaines me suppliant, dans un placet, de faire escale aux Petites Tuileries pour une question importante, nous y commençâmes nos investigations.

Bien que la tentation fût grande, je n'esquissai, dans les temps qui suivirent, aucune manœuvre vers mon exempt improvisé, attendant qu'il se libérât de ses préventions et espérant secrètement qu'il se jetât de lui-même entre mes cuisses.

55. Ancien asile d'aliénés situé à Saint-Maurice, dans l'actuel Val-de-Marne.

Je trouvai particulièrement excitant d'être tel un chasseur à l'affût d'une proie dont il pouvait devancer le moindre mouvement pour en mieux disposer à l'instant choisi. Lorsque Samory nous accueillit sur le perron des Petites Tuileries, nous en étions donc encore à jouer la séduction.

Les travaux de réparation du corps de bâtiment principal étaient achevés mais il restait encore fort à faire aux communs ; l'incendie n'avait chassé aucun des familiers du lieu mais la guerre en avait clairsemé les rangs.

Je laissai l'Africain suborner mon invité et m'enfermai seul avec Desfontaines. N'ayant point goûté depuis longtemps à ses monstrueux appas, je m'en délectai cependant qu'il m'entretenait entre deux soupirs. Ainsi appris-je — chose dont je ne m'étais jamais soucié — qu'il exerçait ses talents comme journaliste et traducteur, qu'on lui devait notamment la version française des *Voyages de Gulliver* et qu'il avait édité maintes feuilles critiques, la dernière en date, intitulée *Le Nouvelliste du Parnasse,* ayant été censurée pour cause de partialité de jugement mais surtout, selon lui, d'amour immodéré pour l'Angleterre.

Appliqué à honorer son membre gigantesque, je prêtai une attention médiocre à ses diatribes anti-Voltaire — pourtant tout aussi *anglomane* que lui — et attendis que nous eussions déchargé pour lui rappeler son placet.

— Mon métier, glissa-t-il, le souffle court, en essuyant son prépuce enfoutré, m'a souvent conduit à guetter ces abords de Saint-Médard où nous fîmes jadis connaissance. Je n'ai point, en bon jésuite, d'inclination pour le jansénisme mais je déteste que ses ennemis, qui ne valent pas mieux, le souillent dans la fange d'un tel cimetière. Et je hais plus encore le charlatanisme, qui abaisse autant qui le perpètre que qui le subit, surtout quand il s'agit de membres de la noblesse…

Il attendit que nous eussions refermé nos chausses pour se pencher à mon oreille :

— Point n'est besoin, chuchota-t-il, que je détaille à Votre Seigneurie les noms prestigieux que j'ai ouï à Saint-Médard, mais ceux de ses proches ont été prononcés, ce qui m'a intrigué. Et comme cela faisait suite à l'esclandre de cette pauvre Luquiet devant Sa Majesté et qu'il se murmurait que Monsieur Hérault serait empêché de remonter trop haut, j'ai écouté et suivi chaque rumeur. Toutes se sont avérées non fondées sauf une, que Votre Seigneurie est seule en mesure de vérifier : Vaillant prenait ses ordres à Sceaux…

Sceaux, résidence du duc du Maine, ce bâtard séditieux que j'avais contribué, durant la Régence, à mettre hors d'état de nuire ainsi que son épouse. Ne pouvant m'immiscer dans ce splendide repaire sans y être expressément invité, je décidai d'en référer d'urgence au Cardinal de Fleury.

Je tins néanmoins, avant de quitter les Petites Tuileries, à me rendre sur la tombe de la vicomtesse d'Arcadia. Redoutant, sans me l'avouer, que le spectre revînt, je demandai à mes compagnons de se tenir à mes côtés. L'endroit était aussi paisible qu'à l'accoutumée, doucement animé par la brise.

— Merci, susurra paisiblement la voix.

— Hélas, m'écriai-je, vous êtes toujours là !

— C'est vous-même, mon oncle, qui nous avez convoqués ! protesta Guy.

— N'avez-vous rien ouï ? gémis-je. — Tous firent non de la tête.

— J'ai tenu parole, reprit la voix, et je n'importune plus personne. J'erre désormais en paix, quoique toujours céans ; on ne maîtrise pas tout, *Petit Taureau*… Ma seule conversation possible semble être avec le chef de la maison de Mondétour, et dans cette clairière uniquement. Je conserve nonobstant une grande transparence de vue sur quiconque franchit les grilles du domaine. Ne me demande point l'avenir, je l'ignore autant que toi ; du passé ou du présent, en revanche…

Déçu et blessé d'avoir vainement fait jouer les incendiaires à mon fils et à Samory, et craignant de me couvrir de ridicule en dissertant à voix haute, j'abandonnai précipitamment la place, suivi à quelque distance par mes incrédules témoins.

Le *cousin* de Roccaze, extrêmement impressionné, m'accompagna ensuite à Versailles, où nous occupâmes en célibataires — mon épouse était encore en villégiature — le petit appartement de l'aile du Midi. La garde-robe de mon invité s'avérant inadaptée, je le confiai à un tailleur et m'en fus présenter seul mes hommages à Leurs Majestés puis au cardinal de Fleury.

Celui-ci revint brièvement sur la disparition des maréchaux de Villars et de Berwick, qui semblait n'avoir affecté que la Reine, notre bien-aimé Louis préférant sans doute célébrer des victoires plutôt que des trépas.

Nous évoquâmes les noces du duc de Richelieu, auxquelles, malgré le bannissement, s'était rendu Voltaire — Fleury, contrairement à moi, avait lu les *Lettres anglaises* et s'en était scandalisé au point d'exiger le renvoi de leur auteur hors de nos frontières — et nous nous moquâmes de ces querelles de philosophes qui ressemblaient à des disputes de harengère.

Nous en vînmes, enfin, à l'affaire Vaillant-Luquiet et je citai le nom du duc du Maine.

— N'en dites point davantage, souffla mon interlocuteur soudain très sérieux, Sa Majesté n'est informée de rien et les principaux protagonistes de ce regrettable événement ont été, peu ou prou, mis hors d'état de nuire.

— Sceaux n'est pas Charenton, répliquai-je. Je suis hélas bien placé pour savoir comment les Maine recrutent…

— Assez avec ce nom ! Quand bien il y aurait matière à s'en défier, j'ai obtenu de Sa Sainteté qu'elle condamnât les convulsionnaires et renouvelât ses exhortations contre le jansénisme. Cela sera lu en chaire, publié et placardé ; nos ennemis devront trouver autre chose.

— Si c'est le Roi qu'ils veulent perdre, ils trouveront en effet autre chose.

— Nous veillerons à ce que cela ne soit point.

— M'interdirez-vous de me rendre à Sceaux ?

— Que je l'autorise ou non, vous n'y serez point admis : on a, là-bas, solide rancune et bonne mémoire...

Il se leva, fit quelques pas dans la pièce et revint vers moi avec un fin sourire :

— Madame la duchesse du Maine, murmura-t-il, se flatte de posséder un esprit éclairé ; saurait-elle interpréter à son juste sens votre présence à mes côtés ? À votre carrosse on n'ouvrira point les grilles, mais au mien...

Nous nous comprîmes du regard et convînmes d'attendre que la Cour quittât Versailles pour Fontainebleau afin de parer à toute représaille éventuelle des Maine.

Je passai, dans l'attente de cette expédition, de fort divertissants moments avec mon neveu, que la découverte éblouie des pompes royales — comme simple spectateur, n'ayant pas encore été officiellement présenté — rendait aussi touchant que troublant.

Je tenais à respecter la promesse que je m'étais faite de n'y point toucher le premier mais, faute de pis-aller, la contemplation de ses appas — j'avais découvert, à la faveur d'un changement d'habit, que son corps était joliment bouclé de brun — m'était une source de tentation difficile à contenir.

Lui cacher ce point faisait aussi partie de l'épreuve, aussi convoquai-je Wang et Vassili à Mondétour au début du mois de septembre, prétextant la nécessité de préparer avec eux le retour imminent du clan Ystirac. Guy m'y suivit volontiers, curieux de découvrir mon domaine.

Nous y trouvâmes le *lieutenant-général* de Saxe, fraîchement revenu de Philippsburg, entre les bras de qui la danseuse Camargo se consolait de l'absence du comte de Clermont, son amant officiel toujours en campagne. Le beau Maurice fit un récit nuancé des offensives de nos armées, louant même le génie stratégique du prince Eugène, son opposant, et tympanisant la médiocrité du commandement français dont les victoires, à ses yeux, devaient davantage au nombre et à l'ardeur de nos troupes, voire à la fortune, qu'au talent militaire.

— On chante partout des *Te Deum,* s'indigna-t-il, mais la guerre est loin d'être achevée !

Seul échappait à la critique le maréchal-duc de Noailles, beau-père d'Honoré de Villars, dont j'inférai que l'un des charmes résidait dans son offre de parrainer Maurice à la Cour.

Lequel, devant un Guy écarlate et une Camargo faussement outrée, narra ensuite par le détail comment les comtes de Charolais et de Clermont, frères par le sang, s'étaient, avec le marquis de l'Aigle, partagé le jeune prince de Conti afin d'en user à l'instar d'une femme.

— Son Altesse Sérénissime, expliqua-t-il, s'est forgé une réputation de fille à soldats appliquée à la tâche, aussi endurante au lit que sur le front. Beaucoup se sont étonnés de ce que Madame son épouse mît récemment au monde un héritier qui ressemblât assez au père pour que se tussent les mauvaises langues…

Devinant mon anxiété en ce qui concernait mon rejeton, le comte s'empressa d'ajouter que la droiture de Louis-Henry suscitait l'admiration et que si l'on raillait parfois sa passion des fusils, qu'ils soient de chasse ou de guerre, c'était assurément par jalousie.

— Monsieur ton fils, conclut-il, possède un don de séduction dont il ne semble user que sur Sa Majesté. Il ne paraît guère priser la débauche, ni vouloir se rendre compte des envies qu'il excite auprès des deux sexes…

Mon fringant *seigneur de Morienval*, promu brigadier, revint à temps pour suivre le Roi dans ses battues automnales et fermement inviter son épouse à l'accompagner. Françoise-Aymone — tout juste débarquée du Béarn avec ma femme et ma fille mais sans Henry, demeuré à Ystirac — obéit sans enthousiasme. Je songeai, en voyant leur carrosse s'éloigner, combien notre regrettée marquise avait raison : mon petit soldat et sa chère dévote étaient comme carpe et lapin…

J'abandonnai temporairement le *cousin* Guy aux bons soins du comte de Saxe et m'en fus à Versailles comploter avec le cardinal de Fleury. Le vieux prélat, qui se délectait par avance du mauvais tour que nous nous apprêtions à jouer aux Maine, fit aussitôt atteler pour Sceaux.

Nous franchîmes sans encombre — et même avec les honneurs — les grilles du château. L'endroit, dans la pénombre du couchant, ressemblait étrangement aux tableaux représentant le Versailles de Louis XIII, avec son perron de marbre, ses façades en brique et ses toitures d'ardoise. Lustres, girandoles et lampions étaient éclairés comme pour une fête.

— Notre hôtesse, glissa perfidement mon compagnon, fait en sorte que l'éclat de ses nocturnes compense la fadeur de sa retraite. On parle céans de *petite Cour* : vous allez voir jusqu'à quel point cela est exact…

Le chef des gardes s'étant précipité avertir la maison, en ressortit avec sa maîtresse. La duchesse baisa l'anneau cardinalice en excusant son mari, retenu dans sa chambre par une forte fièvre. La grâce avec laquelle elle me rendit ensuite ma révérence me fit douter qu'elle se souvînt de moi : nous ne nous étions vus qu'une seule et brève fois en 1718 dans son appartement de la rue Saint-Honoré et je n'étais, alors, qu'un simple exécutant, traité comme tel avec un mépris que je n'avais pas oublié.

Une, en revanche, qui se remémorait parfaitement nos rencontres — certes plus nombreuses qu'avec sa protectrice — était Madame de Launay, embastillée en partie grâce à moi pour sa participation à la conspiration de Cellamare[56], et qui nous fut annoncée comme *baronne de Staal,* du nom d'un vieux maréchal de camp du duc du Maine qu'elle venait d'épouser : son visage, aussitôt qu'elle me vit, prit une furtive nuance d'effroi qui m'amusa d'autant plus qu'elle dut incontinent la masquer. Son amie ne se rendit compte de rien, au contraire de mon illustre accompagnateur.

— Voilà au moins une truite ferrée ! chuchota-t-il alors que nous pénétrions dans le vestibule.

— Et que nous vaut… ? gazouilla la duchesse.

— Monsieur le duc de Mondétour et moi-même, insista le ministre, avons choisi de ne point suivre Sa Majesté à Fontainebleau afin de mieux jouir, avec votre permission Madame, des agréments de ce séjour que l'on dit parmi les plus brillants de l'Univers.

— Votre Éminence me flatte ! soupira d'aise notre hôtesse.

— J'ignorais, lança la Launay en me toisant, que Monsieur le *duc* était féru d'arts et de lettres.

— On change parfois, Madame, répondis-je en lui rendant son regard.

56. Destinée à renverser le Régent. Cf. tome II — *L'Élixir d'oubli.*

— N'est-ce pas, Madame ? appuya Fleury.

— Mondétour, Mondétour, reprit pensivement la duchesse… Votre nom ne m'est point inconnu : n'êtes-vous l'audacieux qui corrigea naguère l'impudent duc de Bouillon ? On dit également…

— On dit beaucoup de choses, Madame, coupai-je.

— On en écrit aussi, intervint méchamment la Launay.

— Ah bon ? s'étonna sa voisine. Et qu'écrit-on ?

— Des louanges assurément ! s'exclama le cardinal. Nous savons ce qu'il convient de faire avec le reste…

La duchesse eut un rire aigrelet et nous précéda dans le grand salon où une compagnie élégante de courtisans attendait comme à la parade que leur bienfaitrice les présentât. Cependant que le ministre se prêtait au cérémonial, je restai en retrait avec mon ennemie.

— J'ignore, souffla-t-elle, quel forfait vous êtes venu perpétrer mais je vous préviens…

— Tout doux, *baronne* ! ripostai-je à mi-voix. Il serait dommage que votre ressentiment vous fît commettre de nouvelles folies. Savez-vous bien la charge que je tiens à la Cour ?

— Je la connais et la méprise, Monsieur.

Je saisis son poignet et le fis doucement craquer. Elle étouffa un cri.

— Savez-vous bien aussi, repris-je, qu'un cou qui se brise produit un son similaire ?

Je lus de la terreur en ses yeux mais sa bouche continua à persifler :

— Je n'ai pas peur de vous, mentit-elle. Si vous aviez formé le projet de m'assassiner — car c'est bien cela que vous êtes, n'est-ce pas : un sicaire ! —, vous n'auriez point paru céans avec Son Éminence, mais dans ma propre demeure, nuitamment, tel un spectre, un serpent…

Elle allait exploser ; je la laissai quitter la pièce et m'installai confortablement dans un fauteuil en attendant que la fête reprît. Le prélat ayant achevé sa revue, je le vis s'éloigner au bras de sa compagne cependant que l'orchestre entamait une chacone. On dansa sans me prêter attention, puis une vieille et digne personne, qui avait dû connaître les étés de Louis XIV, vint s'asseoir à mes côtés :

— Bonsoir, cher collègue, glissa-t-elle en souriant.

— Madame, répondis-je, aussi surpris que charmé, je ne crois pas avoir l'honneur…

— Elle a eu chaud, la petite Launay ! repartit imperturbablement mon interlocutrice. J'ignore ce que vous lui avez dit — cela ne me regarde nullement — mais je comprends mieux pourquoi on vous a recruté.

— Madame, répétai-je…

— Appelez-moi Louise. Mon patronyme vous sera nécessairement inconnu : nous n'avons point servi les mêmes maîtres et j'ai trop longtemps vécu en province. Question de génération : chacun est célèbre dans la sienne et je le suis, en ces murs, bien moins que vous… Oh, je ne connais à votre sujet que ce que l'on en dit : votre titre de duc exterminateur excite la crainte des messieurs et la curiosité des dames ; lesquelles rêvent, sans doute à raison, de vos charmes interlopes…

Elle cacha son rire derrière un éventail, puis me considéra avec bonté :

— Il n'est point dans mes intentions de vous importuner, sourit-elle, mais j'aimerais que nous fussions amis.

— Madame…

— Ne vous sentez pas obligé de répondre sur-le-champ. Je ne suis qu'en visite ; comme vous, j'accompagne quelqu'un. Quand on n'a plus ses entrées à la Cour, il faut saisir les invitations qui se présentent, même des séditieux lorsqu'ils sont grands seigneurs… Enfin, les Maine sont moins infréquentables que naguère puisque l'on trouve céans davantage de beaux esprits qu'en maintes académies.

— Rien n'est plus douteux, Madame.

— Vous attisez mon intérêt, Henry ! Venez me voir rue des Saints-Pères : mon hôtel fait l'angle avec la rue de Verneuil. Nous y pourrons causer plus librement et puis, qui sait, peut-être aurai-je des choses à vous apprendre…

Elle se leva, j'accompagnai son mouvement, et comme retentissait une pavane, nous rejoignîmes le bal. Au moment de la contredanse, elle me laissa entre d'autres doigts et je ne la revis plus.

— Sauriez-vous, demandai-je à l'une de mes cavalières, comment se nomme la vieille personne avec qui j'ai dansé ?

— C'est Madame la duchesse d'Aubigny, répondit-elle en haussant les sourcils. Votre question me confond : on vous aurait cru intimes…

Fleury revint environ une heure plus tard, toujours accompagné de notre hôtesse, dont le sourire me sembla toutefois forcé. Nous demeurâmes le temps de prendre une collation, le Cardinal occupant la place d'honneur, mais sans que la baronne de Staal ni la duchesse d'Aubigny ne reparussent.

Au moment de prendre congé, la duchesse du Maine accepta mes hommages avec autant de courtoisie qu'à l'arrivée mais elle se crut obligée de protester à mi-voix de son amour pour le Roi. Fleury me lança une œillade :

— La pêche a été bonne ! se réjouit-il à peine la première grille franchie. Les Maine et moi-même — Monsieur le duc a bien voulu me recevoir en sa ruelle — avons médité sur l'Ancien Testament ; plus précisément l'épisode de la princesse Jézabel, maudite par le prophète Élie après avoir détourné son mari du Vrai Dieu… Monsieur le duc a compris très vite ; Madame son épouse a nécessité que votre Launay lui vînt rappeler tout le bien qu'elle pensait de vous. J'ai regretté que vous ne fussiez là… Voilà donc nos ennemis terrassés ; piètres ennemis, en vérité…

J'interrogeai le prélat sur la duchesse d'Aubigny ; il s'étonna de sa présence à Sceaux :

— Bien que nos âges voisinent, expliqua-t-il, elle a, pour ainsi dire, quitté la carrière alors que j'y entrais. Elle fut jadis le redoutable autant que séduisant instrument de Louis XIV pour suborner Charles II d'Angleterre, dont elle devint la maîtresse et eut un fils, décédé, je crois, il y a une dizaine d'années. Adulée et jalousée comme une reine, elle a amassé des fortunes considérables avant de tout dilapider après la mort de ses protecteurs. Je n'ose imaginer ce qu'elle serait devenue si le Régent ne l'avait secrètement protégée et pensionnée…

Ne les trouvant pas à Mondétour, je rentrai quai des Balcons rejoindre Maurice de Saxe et mon neveu. Leur connivence me tira quelque jalousie, aussi ne fus-je guère fâché d'apprendre que notre lieutenant-général s'apprêtait enfin à changer de résidence.

Mais cette transhumance me laissa trop peu de temps pour faire avec succès ma cour au *cousin* de Roccaze avant qu'il regagnât son Béarn : j'eus beau lui montrer tout Paris, souffrir pour lui Mondonville et Marivaux, jamais nos membres ne se réunirent dans l'obscurité, pas plus qu'il ne franchit les portes que je laissais délibérément ouvertes sur mes amours avec Wang et Vassili. Mon unique salaire fut, au moment du départ, le baiser passionné qu'il posa sur mes lèvres et la sensation, peut-être imaginaire, de la raideur de son sexe contre ma cuisse, à travers le tissu.

L'hôtel de Buridan me sembla soudain très vide : Henry, à en juger par ses lettres, voulait déplacer sa résidence principale à Ystirac et le duc de Richelieu, mon voisin du quai des Balcons, tout à son épouse, s'était enfermé avec elle, ne quittant ses murs que pour se mieux reclure à Versailles.

Le mauvais automne assombrissant mon âme, je décidai de panser celle-ci en me rendant à l'invitation de la duchesse d'Aubigny. La vieille dame était locataire du baron de Montmorency, pour la modeste suite d'appartement qu'elle occupait au rez-de-chaussée de son hôtel.

La saison, hélas, n'avait guère été propice à mon hôtesse, que je trouvai alitée. Elle me reçut pourtant avec gaieté et nous dissertâmes longuement, plusieurs jours d'affilée, sur nos carrières respectives. Discrète autant que réservée quant à ses talents, elle parut apprécier que je me fusse renseigné à leur sujet et que je ne lui masquasse rien des miens. Elle me donna à réfléchir sur la témérité des Maine et d'autres grands seigneurs qui, frustrés de leur influence à la Cour et ne pouvant s'attaquer frontalement à la personne du Roi, œuvraient à en flétrir la réputation — et avec elle celle de toute la monarchie — par le soutien qu'ils offraient aux esprits séditieux :

— Ces insensés, tempêta mon interlocutrice, nourrissent des bouches ingrates qui un jour les mordront !

Elle me conseilla de lire, pour m'en mieux garantir, ces Voltaire, Montesquieu et Cideville, plus malfaisants selon elle que les croquants, Cartouche ou autres Fanfaron.

Nous nous attachâmes assez rapidement l'un à l'autre, au point que je ne me rendis pas compte de ce qu'elle faisait tout pour que j'ignorasse que son état empirait. Un soir pourtant, ma confidente s'évanouit au beau milieu d'une tirade.

— La camarde s'en vient, grogna-t-elle en reprenant connaissance. Je croyais passer l'hiver à Paris, voilà que cette phrase prend une tournure définitive !

Je voulus la rassurer, elle plaisanta, mais aucun d'entre nous n'était dupe : à quatre-vingt-cinq ans, la machine était bien fatiguée. La vieille femme révéla que Charles d'Aubigny, son petit-fils, avait à sa demande quitté Dublin pour Paris où, espérait-elle, il parviendrait avant l'heure fatale.

— Reste, confia-t-elle, que je vous serais éternellement obligée si vous m'aidiez à satisfaire quelques-uns de mes ultimes caprices. Certains seront du ressort de Charles ; d'autres du seul vôtre…

Son vœu principal était que je me rendisse, après sa mort, au château de la Verrerie[57], unique bien rescapé des créanciers, y détruire sa correspondance avec les rois de France et d'Angleterre, pieusement conservée dans un cabinet dont elle me confia la clef. Elle entendait également me léguer certains livres, gravures et miniatures licencieux et attira mon attention sur un petit meuble d'ébène disposé à côté de son lit :

— Il contient, chuchota-t-elle en rosissant, quelques truchements propres à satisfaire les dames et, dit-on, certains messieurs. Je n'ai jamais eu le courage de m'en débarrasser et désormais le temps manque : faites-en ce qu'il vous plaira mais, de grâce, ne les abandonnez point entre les mains de mes héritiers !

Je compris, à son regard et à son silence lorsque je lui demandai si cela était tout, qu'un souhait final, plus secret que les autres, ne pouvait franchir ses lèvres. Je l'exauçai donc la dernière nuit en bandant ses yeux et les miens. Elle mourut au matin, emportant dans sa bouche une saveur mâle dont elle eut le temps de souffler que c'était la vie même…

---

57. Près d'Aubigny-sur-Nère, dans l'actuel département du Cher.

XIV

L'esprit vide mais serein, je demeurai en l'hôtel de Montmorency jusqu'à l'arrivée du duc Charles, à la fin du mois de novembre. C'était un gaillard d'une trentaine d'années dont la noblesse un peu rigide, de port comme de manières, constituait la seule différence d'avec mon joli neveu. Il parut surpris de me trouver là mais devint plus cordial après avoir lu le testament de sa grand-mère et le bref codicille sur lequel je figurais.

Nous convînmes de nous rendre ensemble à la Verrerie y ensevelir la défunte et partageâmes ma lourde berline capitonnée. Notre suite, qui comptait une quinzaine de personnes, parvint à destination en moins d'une semaine.

Mon compagnon de voyage, dont le français suffisait à la conversation, ne fit point mystère du peu de rapports qu'il entretenait avec son aïeule. Nous discourûmes davantage à propos de nous-mêmes, et nous découvrîmes un ami commun en la personne d'Alexandre Pope, ainsi qu'une patente connivence d'inclinations.

Le duc eut beau préciser être marié et avoir des enfants — je me hâtai de lui faire savoir que j'étais dans le même cas —, nos cuisses, excitées à s'effleurer dans le carrosse, finirent par se rejoindre. Le corps musclé de Charles, couvert de villosités brunes, exhalait un parfum de gibier et je découvris avec ravissement de larges tétins aussi sensibles que ceux d'une fille ; si vifs que mon partenaire tenta en vain d'en éloigner ma langue.

Il n'avait manifestement pas forniqué avec un homme depuis longtemps, protestant mollement à la moindre caresse, refusant à mes lèvres son anus carminé avant de l'y aboucher plus sûrement qu'un bardache accompli, criant trop fort lorsque j'y dardai l'index. Accroché à mon épieu tel un naufragé, il n'eut d'autre choix que de l'engouler et en cueillir les humeurs. Tête-bêche, je lui rendis délicatement la pareille afin d'éviter que son membre épais, veineux et bandé à l'extrême, n'expulsât prématurément sa semence.

Dominant ma propre fièvre, je restai attentif à ses soupirs, aux pulsations de sa verge, à la dureté de ses couilles — soyeuses et odorantes — et forçai patiemment son fondement, de la langue, puis du nez, puis un doigt après l'autre, jusqu'à ce qu'il suppliât qu'on le baisât. Je le couvris alors de face, nos souffles confondus, et laissai ses mains accompagner mon gland, puis mes génitoires, offrant mon propre fondement à l'ancrage de ses phalanges. Nous jouîmes de concert, à pleine poitrine, ce qui provoqua quelques toussotements à l'extérieur de la voiture.

Le gardien de la Verrerie et sa femme, uniques domestiques habitant au château, nous présentèrent en larmes leurs hommages : avertis des infortunes de leur auguste maîtresse, ils ne s'attendaient visiblement pas à ce qu'elle revînt dans un cercueil de plomb.

Charles les rassura quant à leur devenir mais annonça vouloir vendre les quelques terres que conservait son aïeule, ainsi que la majeure partie de ses biens meubles.

— Je n'aurai point le courage de céder les murs, ajouta-t-il en se tournant vers moi, mais il y a peu de chances que j'y revienne. J'emporterai ce qui me plaît ; tu feras de même, pour l'amour d'elle et de moi.

Soucieux de respecter les us mais plus superstitieux qu'il ne le voulait admettre, il fit apprêter à mon intention la chambre de la défunte et occupa celle qui était contiguë. Je m'imposai les nuits suivantes dans son lit et mis à profit la petite semaine pendant laquelle nous restâmes au domaine pour remplir mes obligations testamentaires et choisir, outre une délicate miniature figurant notre duchesse, ce que je souhaitais conserver sans paraître abuser de la générosité de mon hôte.

Intrigué par la riche beauté du cabinet orné de salamandres duquel j'avais tiré la correspondance à brûler — deux paquets clairement identifiables, mais il y en avait d'autres auxquels, sans les lire, je fis subir le même sort —, je le mis sur ma liste, de même que le petit meuble d'ébène au contenu licencieux et une partie de la bibliothèque. Charles ne discuta que ce dernier point et nous passâmes une soirée fort divertissante à nous répartir livres et gravures comme aux enchères, n'abandonnant *in fine* sur les rayonnages que les traités de religion.

Nous quittâmes la Verrerie avec plusieurs chariots bâchés, dont l'un destiné à mon ermitage de Mondétour, et revînmes à Paris aussi intimes que les compagnons voleurs de Fanfaron. Je ne parvins néanmoins pas à persuader mon partenaire de me suivre à Versailles et dus me contenter de lui promettre de traverser bientôt la Manche.

Honoré de Villars, de retour d'Espagne où il était allé remettre, pour la mieux reprendre, la Toison d'Or héritée de son père, illumina toute la Cour, ce Noël-là, en narrant ses aventures Outre-Pyrénées. De mauvaises langues relevèrent que sa faconde, presque aussi théâtrale que celle du regretté Maréchal, avait pris une ampleur nouvelle depuis que le décès de celui-ci lui avait permis — contre toute justice pour d'autres assurément plus talentueux — d'accéder au fauteuil d'académicien. Il n'en avait cure mais avoua en aparté ne rêver qu'à la charge de gouverneur de Provence également léguée par Villars l'ancien :

— J'étouffe céans, soupira-t-il, et crève de m'ouïr appeler *Grand Flandrin* par ces militaires de théâtre dont je méprise la gloire. Croyez-m'en : sitôt la guerre achevée, je m'en irai, à l'instar de l'ami Ystirac, chercher fortune ailleurs !

Ce fut lui qui, avant Anna, m'apprit que mon rejeton avait obtenu qu'on lui attribuât une confortable suite d'appartement au premier étage du Grand Commun, son épouse ayant fini par apprécier assez la compagnie de la Reine — et surtout probablement sa bigoterie — pour souhaiter demeurer à la Cour.

Les jeunes Ystirac, en revanche, préféraient leur hôtel parisien, où les enfants du clan étaient élevés ensemble ; Louise-Blanche venait à peine de donner le jour à une quatrième fille prénommée Françoise-Bienvenue.

Mon vigoureux seigneur de Morienval, avec qui je m'en entretins, appréciait que ces bambins fussent frère et sœurs de lait mais goûtait plus modérément la présence à Versailles de sa dévote Françoise-Aymone. Je ne fus pas long à comprendre qu'il partageait toujours ses maîtresses — sinon davantage — avec le Roi et ne souhaitait guère que la chose s'ébruitât. Je lui renouvelai donc mes préventions en matière de descendance adultérine.

— Sa Majesté, confia-t-il, m'a assuré n'avoir aucune intention de légitimer qui que ce soit en dehors du mariage. À Dieu ne plaise, père, je l'imiterai.

Quand je l'exhortai à consolider d'abord sa propre lignée, il détourna d'abord le regard, puis la conversation.

1735 débuta étrangement : je reçus concomitamment la triste nouvelle du décès à Champigny de notre cher Valère, et une missive enflammée du *cousin* de Roccaze.

Pour le premier, Simon Panchaud, qui souhaitait déléguer l'administration de nos domaines pour se mieux consacrer aux finances, me recommanda l'un de ses meilleurs clercs — un nommé Jean de Laspasses, sorte de fouine obséquieuse âgée d'une vingtaine d'années — au poste de surintendant. Pour le second, n'ayant jamais auparavant reçu semblable littérature, je fus en peine de répondre à ses phrases enamourées sinon par le serment de me rendre, passée la saison froide, à son invitation ; je savais en outre qu'Henry d'Ystirac serait ravi de me voir débarquer chez lui.

La plupart de mes compagnons, fors le comte de Charolais, ayant choisi d'endurer l'hiver auprès du Roi, je procédai pareillement. Les occasions de débauche étaient toujours aussi rares — l'éternel cardinal de Fleury veillait — aussi trouvâmes-nous maintes fois refuge sous l'habit de neige des Petites Tuileries ; le duc de Richelieu lui-même se joignit à nos escapades.

Je ne tentai pas la fortune en me rendant sur la tombe de l'Arcadia mais passai, grâce à Samory et ses catins, des soirées de chaude extase sous les courtepointes de fourrure, devant la cheminée ou le petit théâtre.

L'abbé Desfontaines, en plein conflit avec son ennemi de prédilection — Voltaire, dont il se murmurait qu'il était discrètement revenu à Paris avec une riche protectrice —, n'y parut guère, mais notre hôte, qui connaissait mes goûts pour la monstruosité, me sut fournir de quoi pallier cette absence.

Je croisai mon fils à une ou deux reprises. Nous nous contentâmes de nous saluer : je me sentis, alors, partagé entre inquiétude et satisfaction de le voir aussi ardent que moi à son âge, bien que pour des objets différents, et fier de constater combien son beau visage d'homme et son corps musculeux attisaient les regards.

Je quittai Versailles en mars, peu après que la Reine, enceinte de trois mois — d'un garçon, insinuèrent les vipères —, eût fait une fausse couche à la suite d'une fièvre.

La saison était en retard, ce qui nous obligea, Wang, Vassili, Colas et moi-même, à emprunter la grosse voiture capitonnée pour nous rendre en Béarn : nous n'y souffrîmes point du froid.

Henry d'Ystirac, à qui j'avais souhaité faire la surprise, pleura d'émotion en apercevant le carrosse ; il ne m'en assura pas moins se sentir revivre au fond de sa campagne et ne point regretter son choix : nos enfants lui manquaient parfois, concéda-t-il, mais ceux d'Aymery suffisaient à le consoler. Quant à la *bagatelle,* il savait pouvoir compter sur son nouveau valet de chambre — jeune brute timide recrutée à Pau — et sur Henry Durelais, du même âge, dont pas plus les talents que les inclinations ne s'étaient démentis.

Ajoutée au confort de la maison, cette retraite me parut enviable et j'y établis volontiers ma tanière. Mon hôte, lorsque je lui montrai la lettre du *cousin* de Roccaze, en resta bouche bée :

— Ton neveu, s'esclaffa-t-il, fait montre céans d'une droiture quasi-huguenote ; qui aurait cru que Paris le suborneraitt à ce point ? Sa bouche déborde d'éloges à ton sujet : je comprends mieux pourquoi !

Lui ayant fait savoir que je résidais au château d'Ystirac, Guy de Roccaze m'y vint visiter peu de temps après mon installation. Toujours aussi séduisant, un sourire illuminant son visage, il avait revêtu ses plus beaux atours — quand je m'étais empressé de me défaire des miens, perruque comprise — et attendit que l'on nous laissât seul pour se jeter dans mes bras.

— Ah, mon oncle, soupira-t-il, je vous dois avouer...

— Vous me l'avez écrit, interrompis-je, un peu embarrassé.

— Oui, gémit-il en posant sa tête contre ma poitrine, et je sais que la morale... Vous-même, peut-être...

— Il ne s'agit point de cela, repris-je en nous faisant asseoir côte à côte, mais plutôt de sens commun : nous sommes certes parents de même sexe et je vis loin d'ici...

Il me fit taire d'un baiser et, sans décoller ses lèvres des miennes, entrouvrit ma chemise pour y glisser sa paume brûlante. Je n'offris aucune résistance et lui laissai ôter le peu que je portais.

L'appétit avec lequel il se jeta sur mon épieu m'étonna toutefois moins que ses talents à l'honorer : s'il ne fréquentait l'arrière-cour du jeune Durelais — mon cher marquis d'Ystirac ne savait peut-être pas tout —, le ribaud avait manifestement trouvé où s'exercer ! Je l'en complimentai, à quoi il répondit par de savantes louanges sur mon engin qui eussent fait se pâmer les habitués des Petites Tuileries.

L'instant n'étant point aux interrogations, j'entrepris de cueillir à mon tour ce que j'avais semé l'été précédent. Et je retrouvai, dans ce corps athlétique couvert de boucles parfumées, un peu de Charles d'Aubigny, la souplesse et la luxure en plus. Car mon ardent partenaire ne nous laissa aucun répit, ni aucun pouce de ma chair qui n'eût son attention.

Son sexe très brun, plus arqué que celui du duc, emplit avantageusement ma bouche puis mon fondement, avant que

Guy ne décidât de s'empaler face à moi pour mieux expulser sa semence dans les toisons de ma poitrine. Enfin, il se dégagea, goba mes saccades et demeura abouché à mon pubis jusqu'à ce que la flaccidité permît à l'objet de se libérer par lui-même.

Cet *Exultate* célébré, je tentai de faire doucement entendre à mon partenaire que je n'étais point autant épris de lui qu'il l'était de moi.

— Qu'importe, s'empourpra-t-il, si vous acceptez que l'on vous aime !

Un peu incrédule, je me ralliai *in petto* à l'idée que cette passion, lointaine par essence, éviterait sans doute à mon neveu de s'amouracher trop près de chez lui au risque de compromettre sa notoriété et la concorde de son ménage.

Je sonnai Colas, commandai à boire et interrogeai mon soupirant sur l'école de son art : Durelais aîné en était bel et bien l'un des professeurs, dans le secret absolu d'un abri de chasse que Guy possédait en lisière de forêt. Les deux hommes, après maintes œillades dans les rues de Pau, avaient véritablement lié connaissance au hasard d'une noce :

— N'ayant rien à nous dire d'emblée, expliqua mon partenaire, nous avons parlé de vous. Il conservait un souvenir torride de l'ermitage de Mondétour. Votre réputation et la sienne ont fait le reste : je lui accorde une absolue confiance ; il semble que je ne me sois pas trompé…

— Mais vos autres amants ? risquai-je.

— Amenés et remportés aussitôt par Henry Durelais. Jamais les mêmes : il en passe, du monde, dans une auberge de poste…

— Et Henry d'Ystirac ?

— Vous n'y pensez pas : un marquis quinquagénaire !

— Les ducs quadragénaires ont-ils votre préférence ?

— Il n'en est qu'un, oncle bien-aimé…

Pensant ne rester que quelques semaines, je demeurai plusieurs mois en Béarn, victime à mon tour de cette étrange Cythère dont le plus beau monument était un simple abri de chasse au sol couvert de paille.

J'y forniquai sans vergogne avec le fils de mon regretté Minotaure ainsi que les jeunes bardaches de toutes provenances — fors celles de la région, précaution avisée — qu'il entraînait à sa suite. J'y fis également admettre Henry d'Ystirac, excité comme un adolescent, et mon trio de valets. Nous troquions, pour l'occasion, nos vêtures contre celles de paysans et revenions souillés de terre mêlée de foutre.

Paris ne me manqua nullement, tant j'appréciai ces agrestes orgies, nos journées simples et nos veillées seulement ponctuées par la lecture à haute voix du *Mercure* ou le craquement du feu dans l'âtre. Pauline, la jeune épouse d'Aymery, touchait en outre fort correctement le tympanon.

Il fallut en juillet, pour me remettre en route, que mon rejeton écrivît, à la suite de sa mère, que la dévote Françoise-Aymone, après avoir caché sa grossesse comme un péché, accoucherait bientôt et que mon absence était désagréablement perçue.

Quitter Ystirac ne fut pas mieux ressenti : la dernière soirée, à laquelle s'était joint un Guy désespéré, ressembla à une veillée mortuaire. Personne ne dormit sereinement cette nuit-là et chacun, moi compris, versa au matin des larmes bien amères.

— Reviens-nous ! s'écria Henry d'Ystirac en refermant la porte de mon carrosse.

— Revenez-moi ! répondis-je en écho aux affligés qui se soutenaient les uns les autres dans la cour du château.

Je franchis, après un morne voyage, les grilles de Versailles vers le 15 août, l'esprit sombre et habité d'une rage diffuse qui ne savait contre quoi s'exprimer. La vue d'un second héritier Mondétour — Louis-Charles, né au début du mois — mit temporairement du baume sur cette plaie mais la noirceur revint d'autant plus vite que la plupart de mes compagnons était retournée à la guerre, et que la Cour ne semblait, *ipso facto,* peuplée que de femmes, gens de robe, religieux et vieillards.

Anna, impuissante à redessiner un sourire sur mes lèvres, me poussa, en désespoir de cause, à tenter ma chance aux Petites Tuileries, où les travaux sur les communs étaient enfin achevés. Samory, lorsqu'il aperçut ma mine, déploya toute la science de sa maison et alla jusqu'à commander à mon intention, sur le petit théâtre, une représentation dévêtue et exclusivement masculine des entrées de ballet des *Indes Galantes,* de Monsieur Rameau, qui rencontrait alors un certain succès à l'Académie royale de musique. Las, ces histoires de Turcs et d'Incas, pour lascives qu'elles fussent, me plongèrent derechef dans la nostalgie.

Mes pas solitaires me conduisirent souvent dans le parc du château et, sans le vouloir délibérément, finirent par m'entraîner jusqu'au tombeau de l'Arcadia. La voix de Coprophile ne masqua pas son plaisir de me pouvoir de nouveau entretenir :

— Il est bon, susurra-t-elle, que tu aies renoncé à l'*élixir d'oubli* mais voilà que tu fuis désormais tes propres anniversaires : le souvenir du temps jadis t'empoisonne, *Petit Taureau*... Quarante-cinq ans est pourtant un bel âge : c'était le mien en 1705, l'année où tu as débarqué à Paris ! Certes, tu étais jeune, alors, et vert en tant de choses : faut-il pleurer là-dessus, au regard ce que tu es devenu ? Ton âme s'est autant renforcée que ton beau corps ferme et rond, et ta fortune, *Petit-Taureau,* ta fortune...

Une bourrasque emporta autour de moi les premières feuilles mortes telle la pluie d'or sur Danaé. Je laissai les larmes baigner doucement mes joues et m'assis contre le cénotaphe.

— Tu es aimé, Henry, reprit le murmure ; de plus diverses façons que tu n'es haï : quel privilège ! Pourquoi ne t'abandonnes-tu point à rendre ses sentiments à ton joli neveu ? Je sais bien, moi, qu'il t'a conquis... Mais voilà : c'est un Provincial, et il y a l'ombre du *grand absent*...

Je n'avais en effet jamais laissé s'éteindre en mon cœur la passion — partagée, intense — pour François-Louis Gruthus, *cartouchien* si brutalement disparu qu'il hantait toujours mon âme.

« C'était lui que j'aimais ! », formulai-je en esprit.

— Et tu l'aimes toujours, répondit Coprophile. Tu chéris vainement la mémoire d'un spectre ! Tu te rappelles chaque instant passé avec lui mais tu as déjà oublié ce que Sa Majesté t'en a dit... — La voix du jeune Roi raisonna alors clairement : *Il n'est point bon que cette amour tragique erre en vous tel un fantôme et en empêche de nouvelles. Vous qui disposez de la liberté, bien inestimable qui nous sera à jamais refusé, pourquoi n'en usez-vous point ? Vous voyagiez, jadis : que ne le faites-vous encore ?*

— Hélas, gémis-je, voilà que je deviens fou !

— Pardonne-moi, supplia Coprophile, mais je n'ai fait que rappeler à tes oreilles ce qu'elles ont ouï il y a dix ans.

— Saurais-tu me rendre les mots de François-Louis ?

— Merci de me tutoyer enfin... Oui, bel ami, je pourrais ; ceux-là et tous ceux que tu as entendus depuis ta naissance. Mais je ne le ferai point car ta raison n'y survivrait pas.

La voix se tut, sourde à mes prières. Je regagnai le château l'esprit apaisé. Bien que les paroles du Roi m'eussent rappelé celles de Baremont — *Je sais bien ce que je fuis mais non pas ce que je cherche* —, j'envoyai, le soir même, des instructions pour que la *Daria* fût ravalée et que l'on recrutât un nouvel équipage : ignorer quelle destination j'indiquerais à son capitaine me procura une sensation délicieuse. Wang, Vassili et Colas seraient du voyage.

XV

L'Europe en conflit, ce fut l'Angleterre qui s'imposa en octobre, alors que le cardinal de Fleury négociait discrètement à Vienne — entre autres marchandages dont nous n'eûmes connaissance qu'ultérieurement — la renonciation de l'infortuné Stanislas à la Pologne contre les duchés de Lorraine et de Bar.

Je n'avais pas revu Alexandre Pope depuis 1732 mais en avais reçu maintes lettres se concluant invariablement par une invitation à séjourner en son havre de Twickenham, aussi mon navire mit-il le cap dans cette direction. Partis de Paris vers le 15, nous appontâmes au bas de sa villa une semaine plus tard : mon hôte louait en effet un terrain en bordure de Tamise sur lequel il avait construit une maison certes moins imposante que ses nobles voisines, mais élégante avec ses façades claires encadrées de briques, son portique à la mode romaine, son parc et sa grotte.

La *Daria,* qui avait attiré les regards depuis l'embouchure du fleuve, ne manqua pas de faire se précipiter à notre rencontre les habitants de la demeure. Le poète, tout à la joie des retrouvailles, me serra longuement contre son sein et me couvrit de baisers sans prêter attention aux regards narquois de nos gens.

Son personnel comptait un majordome appelé William — dont la brune robustesse me fit espérer que son ouvrage ne se limitait pas au service domestique —, une cuisinière, deux jardiniers — le père et son fils, également avenants — et un cocher au teint mat qui me rappela Yunus. Seuls ce cocher et le majordome logeaient sous le toit de leur maître. Faute de place, je ne conservai auprès de moi que mes compagnons de lit, Colas et l'équipage demeurant à bord de la *Daria.*

Le premier soin de Pope, après que j'eusse pris possession de mes quartiers au premier étage de la villa, fut de me montrer comment il avait agencé, dans un boudoir attenant à sa chambre, les obscènes collections ramenées de ses périples ou acquises auprès d'autres collectionneurs : lampes, statuettes et bas-reliefs précieusement enfermés derrière des boiseries marquetées en trompe-l'œil dans le goût italien. Comme je m'extasiais sur la finesse de certaines pièces, il objecta que mes propres musée et bibliothèque étaient infiniment plus riches, dont il ne connaissait aucun équivalent en Europe et dont la sulfureuse renommée avait, assura-t-il, dépassé les frontières.

— On prétend même, renchérit-il malicieusement, que vous y cachez aussi quelques volumes de magie auxquels vous devez votre fortune !

— On a raison, répondis-je avec un clin d'œil : feu le Régent a jadis recruté certain alchimiste écossais nommé Law qui transforma brièvement le papier en or : j'ai été bien conseillé…

— Vous, et de rares autres, dont notre regretté prince de Conti ; mais combien ont vu, *in fine,* leurs avoirs s'évaporer ?

— La bourse est un tripot, mon ami : on n'y gagne jamais sans la complicité du taulier.

Mon interlocuteur éclata de rire avant d'expliquer que Law était, à sa connaissance, prématurément mort en exil à Venise, pendant le carnaval. Nous en vînmes naturellement à évoquer celui de Paris et ses participants ; Metastasio et mon gros Jean Mattheson n'avaient guère quitté Vienne et Hambourg, mais les craintes de George Frideric Handel au sujet de Porpora s'étaient vérifiées : l'insupportable Italien, embauché par ses ennemis, avait non seulement créé une compagnie d'opéra rivale avec Farinelli comme tête d'affiche, mais s'était en outre associé à Senesino, le castrat fétiche du Saxon ! L'affaire, défaite en trois ans, avait empoisonné *ad resurrectionem mortuorum* les rapports entre ses protagonistes et plongé Handel dans un abattement duquel il tardait à sortir.

— Ne pouvant prendre parti pour l'un ou l'autre, ajouta Pope, je me vois contraint de ne les plus recevoir céans que séparément, ce qui me désole. Nos Italiens nourrissent le projet de regagner leur patrie sitôt cette ultime saison achevée mais j'ignore les intentions de George Frideric, qui se fait extrêmement rare ; peut-être, en vous rendant chez lui à Londres, l'aideriez-vous à songer à autre chose, et en ramèneriez-vous des nouvelles ? Il vit seul, et fort simplement : outre une cuisinière, son seul luxe domestique est ce joli Lusitanien, Bento, que vous lui avez jadis cédé ; il lui est fort attaché...

Refusant, pour respecter la neutralité qu'il s'était imposée, se joindre à la visite, mon hôte me prêta son majordome — William avait appris le français au service de Charles d'Aubigny, ami intime de Pope — afin que je pusse sans encombre m'entretenir avec Handel, qui s'exprimait toujours mal dans notre langue.

Nous empruntâmes une calèche et nous présentâmes à Brook Street sans que je pusse explorer plus avant les charmes, manifestes mais réservés, de mon viril compagnon de voyage. Bento ouvrit la porte : il me reconnut aussitôt, présenta ses respects, toisa le majordome, nous fit cérémonieusement pénétrer dans le salon du rez-de-chaussée et s'en fut à l'étage avertir son maître.

Il y eut de l'agitation en haut des marches, quelques exclamations en anglais — idiome que Bento semblait maîtriser —, puis Handel apparut, mine un peu hagarde et perruque mal ajustée. Il avait, disait Pope, célébré ses cinquante ans en février mais la fermentation et sa triste mise bourgeoise lui en imposaient dix de plus. J'abrégeai ses hommages et lui donnai l'accolade.

William et Bento se disputant la traduction, je sus tout des innombrables avanies personnelles et financières de mon hôte, lequel acheva de nous affliger en accompagnant au clavecin, d'une voix au fausset pathétique, une complainte de marin affreusement triste qu'il venait de composer. Se rendant compte de notre tristesse, il s'excusa confusément et proposa de finir la journée au théâtre de Drury Lane, où il disposait d'une loge et où l'on représentait une version locale de *L'Avare* de Molière mise en musique par un jeune compositeur de ses amis nommé Arne. L'endroit, malgré sa belle architecture et ses lambris tendus de brocart vert, était envahi d'une foule bruyante mêlant sans distinction, dans une même vulgarité de ton et de manières, gens du monde et piétaille.

L'art d'Érato paraissait moins encore qu'à Paris intéresser cet étrange public que celui du jeu ou de la conversation, ce dont les chanteurs eux-mêmes ne semblaient avoir cure. Notre guide expliqua cependant y trouver matière à délassement, terme dont je compris mieux la signification au cours de la soirée : les *boxes,* en effet, n'étaient pas grillagées mais leur profondeur, ajoutée à la pénombre ambiante, offrait un asile commode à toutes sortes de trafics, dont celui de la chair. Pourvu qu'ils fussent correctement vêtus, filles de joie et mauvais garçons pouvaient, moyennant un shilling, aller et venir à leur guise du parterre aux galeries, offrant discrètement leurs services à qui voulait. Notant l'intérêt de mon distant majordome pour les plus jeunes d'entre ces ribauds, j'en louai un que je plaçai à sa gauche, occupant moi-même l'autre côté. Porte refermée et chandelles éteintes, Bento et son maître prirent place, avec un autre larron, sur le rang situé devant nous.

Les premières notes de l'opéra retentirent dans une indifférence quasi générale. Les doigts de William s'égarèrent aussitôt dans l'entrejambe de son voisin et je lançai mon poing à l'assaut de sa culotte. Ce que j'y découvris était ferme et chaud, englué de poils, aux veines à ce point saillantes que je pus me représenter l'objet au simple toucher. L'éclairage de scène me permit d'en percevoir les contours — notamment ceux du gland, brillant comme une améthyste — et me rendre meilleur compte des proportions de l'engin.

Sans méditer plus avant sur la justesse des choix de Pope, je gobai la colonne, en épousant de mes lèvres les aspérités, en humant les parfums, jusqu'à ce que mon nez touchât les bourses, et son méat le fond de ma gorge. Nous poussâmes un même soupir, qui se fondit dans le vacarme ambiant ; je laissai William branler mon vit cependant que je tétais le sien. Son foutre envahit mon palais avant la fin du troisième *aria* ; celui de son compère ayant englué sa dextre, il me la donna à lécher puis, à ma grande surprise, se pencha prestement sur ma braguette y déguster le mien. Enfin, je le forçai à m'embrasser : d'abord réticent, il prit vite plaisir à cet échange de saveurs.

Handel ayant pour principe de ne jamais quitter un théâtre avant la fin de la représentation, le majordome et moi-même renouvelâmes nos agapes après l'entracte.

Nous rentrâmes à Twickenham au petit matin. Devant la villa attendait un carrosse sur la portière duquel je reconnus le blason du duc d'Aubigny. Je crus d'abord que Charles et

Alexandre avaient passé la nuit ensemble mais compris ma méprise en apercevant mon complice de la Verrerie seul dans la pénombre du grand salon. Revenant d'une fête et me sachant invité par son ami, il n'avait pas davantage dormi que moi et espérait me surprendre.

— Cet idiot de cocher mériterait le fouet! tempêta-t-il quand je mentionnai sa voiture.

Lorsque je narrai mon escapade, il m'enjoignit de ne me point glorifier devant Pope d'avoir conquis son majordome, dont notre poète était fort jaloux, ni trop afficher mes inclinations dans un pays où l'on vouait encore les bardaches au bûcher:

— Tes naissance et qualité te protégeront toujours, ajouta-t-il, mais songe aux malheureux que tu risques, si tu n'y prends garde, d'envoyer à une mort atroce…

La mode locale étant aux *clubs* de toutes sortes, il en cita quelques-uns très fermés dont la vocation, sous couvert d'un commun intérêt pour la botanique, la défense du dialecte écossais ou de l'architecture galloise, était de rassembler et protéger ses membres *phallophiles*:

— Le Roi en personne n'y serait point admis sans un commerce préalable avec l'un d'entre eux, assura mon interlocuteur. Même les exempts de la *Society for the Reformation of Manners,* qui dénoncent parfois ces assemblées, sont passés, pour ainsi dire, par leurs fourches caudines…

Lorsque je l'interrogeai plus avant sur ses rapports avec notre hôte, Charles prit un ton de conspirateur pour évoquer d'autres cénacles, plus restreints encore, dont les élus, auxquels Pope appartenait, partageaient une vision du monde si originale — sorte de philanthropie égalitaire aux relents républicains — que je protestai de l'absurdité pour un duc de cautionner pareille philosophie.

— Non seulement je la cautionne, répliqua-t-il, mais je la professe. Et je ne suis, ni ne serai, le premier duc dans ce cas. Notre objectif est d'œuvrer à l'élévation de l'Homme : en est-il de plus noble ?

— Les inquisiteurs ne disent pas autre chose, objectai-je.

— Ils prétendent sauver leurs victimes contre leur gré, quand nous sommes de purs serviteurs de la liberté, confiants dans la bonté naturelle de cette sublime architecture qu'est l'Univers.

— Voilà donc où naissent ces *idées anglaises* dont feue Madame ta mère, le cardinal de Fleury et tant d'autres se défient…

— Il faut évoluer, Henry ! Et puis elle n'est point si anglaise, cette philosophie, puisqu'on la retrouve en France.

— Les bardaches y sont-ils admis ?

— Nos *constitutions* stipulent que nous ne saurions être athées ou libertins mais elles laissent à chacun son opinion particulière pourvu qu'il soit bon, honnête et sincère.

— N'avons-nous point forniqué ensemble ?

— Si fait, mais pour moi en toute honnêteté et sincérité.

— Je doute que tes coreligionnaires épousent cette opinion.

— Quelle importance, puisque nous partageons l'essentiel ?

Alexandre, que notre conversation avait éveillé, passa la tête par l'entrebâillement de la porte :

— Tant qu'à partager, plaisanta-t-il, *Your Graces* seraient inspirées de me bien vouloir rejoindre autour de la table du *breakfast*. Cette nourriture-là en surpasse nombre d'autres…

Charles, au cours du repas, ne revint pas sur son exotique doctrine mais, après avoir ouï par ma bouche les infortunes de Handel, se fit l'avocat des ennemis du musicien, ayant apporté son soutien à Porpora lors de la création de sa troupe.

— Ce Saxon, s'exclama-t-il, n'est qu'un orgueilleux qui se croit meilleur que Lully !

— C'est *le* génie musical de notre temps, martela Pope.

— Porpora aussi ! protesta le duc. Dans plusieurs siècles, on ne parlera peut-être plus de Handel, mais on continuera assurément à le faire de Porpora.

— Je crains, soupira Alexandre, qu'on ne les célèbre pas davantage que ceux qui les ont précédés : se rappelle-t-on, deux cents ans plus tard, les gloires de 1535 ?

— Certains s'en souviennent ! bredouilla Charles. Je suis sûr qu'en 1935…

— Nous n'aurons plus mal aux dents ! ironisai-je.

— Et nos épigones tiendront les mêmes vaines palabres, ajouta pensivement notre amphitryon. *Homines quod volunt credunt*[58]…

Charles, *fair-play,* nous convia à une représentation d'*Adriano in Siria* de Veracini — autre génie sur lequel on ne manquerait pas de gloser au XXe siècle — dans le cadre opulent du *King's Theatre* de Haymarket. Les domestiques n'y étant point admis, il me fallut subir, sans autre compensation que les frôlements discrets de notre hôte et la voix surnaturelle de Farinelli, plusieurs heures d'incantations en musique auxquelles l'auditoire lui-même, pourtant mieux choisi et plus attentif qu'à Drury Lane, finit par succomber.

Nous dînâmes dans la loge du célèbre castrat et je m'y endormis, sur un canapé aussi traître que bienvenu disposé en fond de *box.*

58. *Les hommes croient [en] ce qu'ils veulent [croire].* Jules César, *De Bello Gallico.*

Le matin suivant me trouva sous un baldaquin de *Richmond house,* élégante résidence que Charles avait récemment fait construire en bord de Tamise et où je pris mes quartiers d'hiver malgré la moue déçue d'Alexandre, y rapatriant la *Daria* et mes gens.

Les lieux semblaient un vaisseau gothique italien qui aurait accosté en Angleterre : une longue galerie couverte bordait des jardins sur trois faces, à l'arrière de laquelle, côté fleuve, s'élevait un logis aussi aérien qu'une chapelle. La décoration intérieure empruntait à tous les styles, comme si l'architecte n'avait su choisir, où je reconnus quelques meubles et tableaux provenant de la Verrerie.

Maîtresse incontestée de ces enchantements, la duchesse Sarah me réserva cet accueil à la fois aimable et distant propre aux dames d'atour — elle commandait celles de la reine Caroline. Quant à sa progéniture, si je ne vis point l'héritier — encore dans les langes et veillé d'autant plus précautionneusement que ses aînés étaient décédés en bas âge —, deux poupées blondes, Lady Georgiana et Lady Emilia, me firent de charmantes révérences et leur compliment dans un français tout aussi châtié que celui de leurs parents.

Charles, contrairement à moi et à la plupart des gentilshommes français, semblait éprouver un bonheur authentique à tenir le rôle de père et de mari, passant de longues heures auprès de son épouse, ou à jouer avec ses enfants et en supporter le babillage : les *idées anglaises* couvraient décidément de vastes pans de l'existence…

Mais, tout aussi contrairement aux gentilshommes français, il ne lui était guère aisé de s'extraire de cette cage ensorcelante, vivant ses inclinations dans un semi-mensonge fort peu compatible avec ses idéaux d'honnêteté et de sincérité. Bien que je ne lui en eusse point fait la remarque, il se crut obligé de justifier ses dissimulations par celles qui le liaient à sa secte philanthropique :

— Dans ce royaume, soupira-t-il, on aime et philosophe clandestinement ; personne n'est blessé, chacun y trouve son compte, et si d'aventure on redoute les effets d'une question, on ne la pose pas davantage que l'on y répond…

Mon hôte pouvait heureusement compter sur les absences de sa femme, très assidue à la Cour, et sur la discrétion de sa nombreuse domesticité. Ainsi, sous le prétexte d'honorer ma visite et complaire à ses protégés, invita-t-il un soir, avec d'autres distingués bardaches — mais sans Alexandre, qui boudait toujours à Twickenham —, les ennemis de Handel.

Farinelli, toujours aussi accort en dépit de la célébrité, eut la politesse de me bien vouloir reconnaître mais Porpora agit comme s'il me voyait pour la première fois, ce qui m'exaspéra. Je ne trouvai d'attrait au Senesino, verrat aussi imbu de lui-même que son complice, que lorsqu'il interpréta avec Farinelli un florilège époustouflant de duos d'opéras — Charles avait loué, pour l'occasion, une partie de l'orchestre du *King's Theatre.*

Nous n'étions guère plus d'une quinzaine d'invités autour de la table : j'occupais la droite de notre hôte, Porpora la gauche, les autres convives se répartissant selon leur rang et leur intimité avec le maître des lieux. Tous me furent présentés par leur nom mais je n'en retins aucun, n'ayant trouvé physique plus avenant que celui de Charles ni surtout français mieux parlé. La fête n'en fut pas moins agréable, ces messieurs relâchant peu à peu leurs manières au fil des *toasts*.

Elle s'acheva dans un salon de compagnie où de gracieux acteurs donnèrent quelques extraits d'une comédie obscène, intitulée *Sodome, ou la Quintessence de la débauche*[59], pour laquelle nul n'était besoin de savoir l'anglais. Popora fit alors dans cette langue une remarque dont je compris seulement qu'elle me concernait. Sommé de traduire, il se contenta de glousser avec ses voisins. Le duc, que cet affront irritait autant que moi, héla vainement l'impertinent, à qui l'alcool avait fait perdre toute prudence.

— Le glaiseux s'oublie, grognai-je en me levant, retrempons-le.

— Laisse cela aux laquais, intervint mon compagnon.

Ignorant le conseil, je m'en fus soulever l'Italien, aussitôt dessaoulé, par le col et le secouai vigoureusement au milieu des ris jusqu'à ce que ses guinées, ses boîtes et sa perruque jonchassent le tapis. Puis je l'abandonnai aux taquineries des acteurs et regagnai mon siège. Senesino voulut intervenir mais Farinelli lui imposa furtivement de demeurer assis. Toute honte bue, ma victime se força à rire de sa mésaventure avant de récupérer ses effets et tirer sa révérence.

Le Transalpin et son complice — mais pas Farinelli, retenu par ses engagements professionnels — quittèrent Londres au début de 1736. Partagé entre la demeure de Charles et celle d'Alexandre — où William m'accueillait en secret dans la grotte que son patron avait fait construire sous sa maison — j'eusse volontiers attendu que le printemps me chassât d'Angleterre.

Mais à l'instar du Béarn l'année précédente, ce furent des naissances qui me firent prendre le chemin du retour : celle d'un Louis-Antoine au foyer de Richelieu, d'un Henry-

---

59. *Sodom, or the Quintessence of Debauchery,* pièce attribuée à John Wilmot (1647-1680).

Dieudonné chez Alban d'Ystirac — l'héritier tant espéré ! — mais surtout d'une petite Marion Mondétour, dernière fille de Moussa-Saül dont l'épouse avait succombé en couches, transformant l'événement en tragédie. Louise-Blanche, par la plume de son mari, proposait généreusement que le bébé, faible et en grand danger de succomber, devînt sœur de lait de son propre nouveau-né.

Chacun insistant sur la nécessité de ma présence, je dus prendre congé de mes hôtes.

XVI

Je trouvai, de retour en l'hôtel d'Ystirac, le clan au complet, Henry ayant consenti à quitter temporairement sa retraite. Mon fils y rayonnait de sa nouvelle promotion au grade de maréchal de camp et de la grâce royale qui venait d'élever Morienval en marquisat. L'attention, néanmoins, se concentrait sur les deux bambins, l'un rose, l'autre mordorée, qu'une opulente nourrice conservait collés à sa poitrine.

Henry expliqua que Moussa, cloîtré à Mondétour, pleurait, outre sa compagne, un enfant décédé en janvier. Nous résolûmes de nous y rendre ensemble.

Mon compagnon, en chemin, revint longuement sur le sujet du *cousin* Guy, dont je restais sans nouvelle et que mon départ avait, semblait-il, plongé dans l'affliction :

— Désespérant en obtenir une réponse, son épouse m'est venue questionner, indiqua Henry. Je lui ai assuré que son mari regrettait Paris, ce qui n'est pas complètement faux. Je ne lui pouvais décemment révéler l'entière vérité, à savoir que Guy a cessé de fréquenter notre fameux abri de chasse et qu'il macère, depuis que tu nous as quittés, autant dans la nostalgie que dans le foutre non-évacué. Tu lui devrais écrire.

Nous parvînmes à Mondétour en fin de journée. Moussa et sa famille occupaient, sur deux niveaux, l'extrémité d'un bâtiment des communs. Jean, l'aîné, nous accueillit avec respect mais sans effusions : âgé d'une quinzaine d'années, presque aussi brun et musclé que son père, sa beauté grave me troubla. Je savais par l'intendant que ces qualités, ajoutées à la clarté de sa voix pendant la messe et à la vivacité de son intelligence, l'avaient tôt fait remarquer du curé, qui l'avait pris à l'étude avec d'autres garçons du voisinage. On espérait, avec mon appui et l'accord de Moussa, le faire admettre dès le mois de septembre au collège de Saint-Michel à Paris. Annette, sa cadette, qui aidait leur défunte mère au château, s'occupait désormais des quatre autres frères et sœurs en bas âge.

Moussa, assis le regard vide sur un banc face à la cheminée, ne se retourna point lorsque nous pénétrâmes dans la salle. Je pris silencieusement place à ses côtés et passai un bras autour de ses épaules ; il soupira profondément puis inclina sa tête contre la mienne. Ses paupières étaient closes, peut-être pour ne pas pleurer. Nous demeurâmes ainsi pendant de longues minutes. Les bambins avaient instinctivement atténué leurs cris, Jean et Henry s'entretenaient à voix basse. Annette demanda timidement si nous souhaitions dîner : son père ouvrit des yeux très brillants, m'interrogea du regard et commanda à la jeune fille de se rendre aux cuisines. Il eut ensuite pour moi un geste inédit de tendresse, posant sa main sur la mienne, qui fit battre mon pouls.

— Maître bien-aimé, murmura-t-il, je vous supplie de prendre soin des miens lorsque je ne serai plus.

Au bord des larmes, je protestai de ce que sa santé était vigoureuse et que j'espérais avoir à tenir serment le plus tard possible. Il eut un faible sourire, détacha mes phalanges de son épaule pour les baiser et posa sa paume sur ma cuisse.

Bien que je m'en fisse *in petto* le reproche, je ne pus m'empêcher de bander: combien de fois n'avais-je rêvé étreindre mon pupille et qu'il me rendît mes tendresses?

Mais cette main se leva bientôt afin de réclamer à boire et nous dûmes pivoter de manière à nous attabler devant le repas que l'on avait apporté du château.

Je mis à profit, au cours des semaines qui suivirent, l'isolement dans lequel nous maintenait la neige pour me consacrer à la correspondance et rédiger, avec l'aide d'Henry, une délicate missive à destination de Guy de Roccaze, où je tentai de lui faire comprendre la nature délétère de ses sentiments; je l'invitai à revenir en mes murs, espérant secrètement que le spectacle de nos débauches éteindrait sa passion ou lui donnerait, du moins, un tour différent.

Dans un tout autre domaine, les belligérants ayant enfin préféré le grattement de la plume au fracas des armes, il apparut que l'on se dirigeait enfin vers un traité de paix réglant définitivement la succession de Pologne. Le cardinal de Fleury n'était point disert sur la question et les militaires de mon entourage ne semblaient guère s'en soucier. J'en fus néanmoins informé par Eugenio, *via* une lettre codée par laquelle il me faisait en outre savoir que sa santé déclinante lui laissait peu d'espoir de me retrouver.

Ses accents me touchèrent et, comme il avait l'élégance de ne me la point rappeler, je résolus d'honorer, sitôt l'hiver achevé, la promesse que je lui avais jadis faite de me rendre à Vienne. Vienne où je savais également revoir Metastasio…

Henry ne m'y voulut point suivre, préférant regagner Ystirac, mais je me mis en voyage au début du mois de mars en compagnie de mon *trio de chambre* — Colas, Wang et Vassili. Fleury, que j'avais averti du projet, me confia un message à destination de notre ambassadeur, insinuant perfidement qu'il ne verrait pas d'un mauvais œil la disparition de l'un des plus anciens ennemis du royaume par principe opposé à toute solution pacifique.

Un mois plus tard, notre petite ambassade battait le pavé de la cour du palais d'hiver d'Eugenio. Nous y fûmes reçus avec de grands égards mais sans le maître des lieux, reclus dans sa chambre. Une étrange atmosphère d'attente recueillie régnait sur les riches salons presque vides où les domestiques passaient comme des fantômes.

Alors que je prenais possession des quartiers que notre hôte m'avait offerts non loin des siens, le comte Batthyány — l'un de ses derniers intimes et compagnon de lit dont je connaissais la vigueur — vint m'entretenir à voix basse :

— Mon épouse et moi-même, murmura-t-il de sa belle inflexion mâle, sommes désormais seuls à veiller Son Altesse. Ses ultimes batailles contre vos armées ont autant épuisé son corps que son âme ; les deux ne respirent plus qu'avec peine. Ainsi que vous pourrez vous en rendre compte, le souffle lui manque. Il doit garder le lit en permanence et ne point trop parler ni… — du regard, il désigna furtivement ma braguette — ni songer à autre chose que sa prochaine rencontre avec Dieu.

Eugenio assommé par ses potions et ne pouvant me recevoir avant le lendemain, je dînai seul avec les Batthyány dans un petit salon de l'étage où se trouvaient nos appartements. La comtesse indiqua que notre illustre ami avait d'ores et déjà réglé sa succession, laquelle devait revenir en majeure partie à sa nièce Victoire, princesse française enfermée dans un couvent et qui ignorait encore les richesses inouïes dont elle allait hériter.

— Mais elle n'emportera pas tout, chuchota notre interlocutrice. Dans son insigne bonté, Son Altesse a pensé à chacun d'entre nous ; rien d'immeuble, mais tout de même…

Elle évoqua bijoux, médailles, étoffes, vaisselle et livres précieux avec une singulière désinvolture qui lui valut de se faire imposer de la retenue par son mari.

Celui-ci, malgré ses préventions, ne m'en raccompagna pas moins jusqu'à ma porte, qu'il franchit en dégrafant sa culotte. Je me sentis un peu coupable de le laisser m'honorer — et l'honorer lui-même, car il était fort ardent — sous le toit et à si peu de distance de notre commun ami, mais je songeai, cependant que son sexe brûlant m'emplissait et me nourrissait, combien Eugenio eût aimé se joindre à nous.

Temporairement remis sur pied par ses médecins, notre hôte nous surprit, au matin, dans les bras l'un de l'autre. Il s'en amusa et s'immisça aussitôt sous les couvertures. Malgré les ris — ou peut-être à cause d'eux, tant ils étaient brisés par l'asthme —, Eugenio me parut tel un cadavre en sursis. Il ne pouvait plus bander mais prit plaisir à faire jouer nos membres et en soutirer la semence ; après quoi, le comte s'en fut retrouver sa femme, nous laissant déguster seuls le *frühstück* qu'un domestique avait apporté.

— Crois-tu en l'au-delà ? demanda abruptement mon commensal.

— Non, bredouillai-je… Du moins pas en celui que nous promettent les curés.

— Moi, j'y veux croire : s'il n'y avait rien, ce serait atroce.

— Mais tu ne t'en rendrais aucunement compte, n'ayant plus ni yeux, ni oreilles, ni raison : pourquoi te tourmenter ?

— Parce qu'*elle* est proche, Henry… Je l'ai trop souvent vue à l'œuvre sur les champs de bataille : les morts ont des regards si différents… Je me demande quel sera le mien, le moment venu.

— Quelle importance ?

— Ta légèreté m'effraie autant qu'elle me réjouit, mon ami. Ne crains-tu point le trépas, la damnation éternelle ?

— Si, comme tout le monde, mais cela n'occupe ordinairement pas le premier rang de mes préoccupations : ce qu'il advient après la vie n'est point du ressort de mon entendement.

— Athée ?

— Libertin.

— Les flammes de l'Enfer ?

— Tu n'y crois pas toi-même !

Il eut un sourire songeur et détourna la conversation sur les événements du monde : même en retrait de la vie publique, il demeurait extrêmement bien informé, le réseau d'espions de l'Empire restant l'un des plus efficaces d'Europe. Non seulement il connaissait mes attributions secrètes mais il fut en mesure de donner des nouvelles du pacha Bonneval, récemment revenu en grâce auprès du Sultan de Constantinople, et surtout du baron de Neuhoff : ce dernier, avec le soutien des Anglais et du Bey de Tunis, venait de débarquer en Corse où il s'était fait proclamer roi sous le nom de Théodore Ier !

La chose me sembla si incongrue que je n'y eusse ajouté aucune foi si un autre m'en avait parlé. Eugenio, qui partageait mon incrédulité, doutait que le règne de ce monarque inattendu durât bien longtemps :

— Les Génois auront tôt fait de rappeler la France à ses engagements, observa-t-il. Il serait surprenant que l'île échappât aux uns ou à l'autre. Quant à ton Théodore, j'espère pour lui qu'il a de bons navires…

Nous ne parlâmes guère de la succession de Pologne, pour laquelle tant de sang avait été versé, mais il me dit grand bien du cardinal de Fleury, qu'il considérait comme un sage.

Avec l'autorisation de mon hôte, j'invitai le beau Metastasio à partager — sans son Espagnol de Naples, que je jalousais trop — quelques-unes de nos soirées. Le *cher Jumeau* Farinelli avait rapporté l'éclat survenu dans Londres et l'humiliation de Porpora, dont la rage épistolaire s'exerçait contre moi, les Anglais et la noblesse en général. Nous en rîmes.

Eugenio parut recouvrer des couleurs, plaisantant, jouant et se livrant en notre compagnie à une luxure modérée qui endormit nos craintes jusqu'au matin du 21 avril, lorsque l'un de ses laquais se répandit dans les couloirs en sanglotant que son maître était décédé. À considérer l'expression tourmentée du défunt, il avait suffoqué pendant son sommeil. Je pleurai peu l'ami disparu, enfin libéré de ses souffrances, mais cette ultime image me poursuivit longtemps.

Sitôt connue la funeste nouvelle, la Cour d'Autriche, Empereur en tête, vint honorer le trépassé, que l'on avait disposé dans la chambre de parade du premier étage. Le surintendant de la maison ordonna aux domestiques de répartir dans une vingtaine de caisses les objets que notre bienfaiteur nous destinait et dont il était fait mention dans son testament. Comme il se murmurait que la famille de Savoie au complet s'apprêtait à investir les lieux, les Batthyány et moi-même n'attendîmes point les funérailles pour regagner nos pénates.

À la fin du mois de mai, ma lourde et triste caravane revint à Paris : les Bourbons comptaient une sixième princesse, Thérèse, les Ystirac de Béarn une nouvelle fille, Diane-Aymone, et le duc du Maine avait enfin, à Sceaux, rendu à Dieu son âme corrompue.

Mandant, sans en prendre connaissance, le legs d'Eugenio à Mondétour, j'ordonnai à Yunus d'atteler directement pour Versailles, présenter mes respects à Leurs Majestés et obtenir l'autorisation de porter le deuil de mon ami, prince étranger belligérant. Le Roi, qui arborait celui de son bâtard parent — je ne fus pas le seul que l'attention heurtât —, me fit l'honneur de me l'accorder, ainsi qu'un entretien particulier au cours duquel il évoqua brièvement les deux disparus et, plus longuement, mon fils, qu'il continuait à distinguer avec la tendresse d'un compagnon de débauche.

À vingt-six ans, notre souverain irradiait une beauté virile à laquelle nul, fût-il ou non bardache, ne pouvait se prétendre insensible. Je n'osai le questionner sur la vraie nature de ses rapports avec Louis-Henry mais pus en appréhender la profondeur, ce qui me gonfla le cœur autant de fierté que d'inquiétude : *Cave ne cadas* !

À l'été, le piteux Stanislas revint de Königsberg, où il avait trouvé asile chez le Roi-Sergent[60], afin de s'aller cacher à Meudon[61] et je profitai de la migration royale vers Compiègne pour rejoindre mon ermitage.

J'y trouvai Villars, Saxe et Richelieu ainsi que le *cousin* de Roccaze : ce dernier m'attendait depuis une semaine, ne s'étant point risqué seul à Versailles par crainte de s'en voir refuser l'accès — le juge d'armes de la Cour n'avait point encore statué sur ses preuves de noblesse.

Je lui ouvris ma couche mais y imposai la présence de Wang et Vassili : il ne s'en offusqua pas, se contentant de réclamer un lit plus large, requête à laquelle je donnai d'autant

60. Frédéric-Guillaume Ier de Prusse (1688-1740).
61. Actuels Hauts-de-Seine. Le château a disparu.

plus volontiers suite que la chaleur de l'air et des corps rendait le sommeil difficile. Nous nous y livrâmes au stupre sans la moindre retenue : je poussai mon neveu entre les cuisses d'Honoré, qui s'en avéra heureux, et contraignis Maurice à déverrouiller son fondement.

Ces gentilshommes ayant débarqué avec leur suite, le logis suffit à peine à contenir tout le monde. On reparla de Mademoiselle de Charolais, qui avait hérité le château de Madrid — là même où, sur ordre du cardinal de Fleury, le malheureux comte de Morville était, par mes mains, passé de vie à trépas — et y organisait des orgies pour les dames de la haute noblesse. Charles, son terrible frère, avait enlevé la femme d'un maître des requêtes et la retenait, prisonnière de son plein gré au grand dam du mari, dans une petite maison de campagne sise sur la route de Paris à Chantilly.

— Le joli prince de Conti est de toutes ces fêtes, ajouta Louis-François, et l'on s'étonne que tu n'y prennes part. On raconte que tes fantômes t'en empêchent : ta réputation s'en ressent...

Mon prestige se trouva néanmoins augmenté aux yeux de mes complices lorsque nous ouvrîmes les caisses d'Eugenio : Au nombre de neuf, elles contenaient, outre quelques livres interdits et truchements obscènes, de très précieuses antiquités grecques et romaines dont la perfection m'eût incliné à les offrir au Roi si le sujet en avait été moins licencieux. Le dernier coffre abritait d'étonnants rouleaux asiatiques sur lesquels des personnages au sexe démesuré s'entrefoutaient le plus sérieusement du monde.

Honoré, qui n'avait retenu que la collection de godemichés, les voulut éprouver sur nos domestiques. Nous alignâmes donc une vingtaine d'entre ceux-ci — soit légèrement moins que le nombre d'instruments —, yeux bandés et jambes écartées, autour de la table du grand salon. Le spectacle de ces solides ribauds à l'intimité servilement offerte nous porta, en guise de prélude, à y darder la langue : Maurice, seul, refusa ce festin mais il fut le premier, ensuite, à forcer dans les orifices les objets préalablement enduits de graisse.

Nos victimes poussèrent de discrètes plaintes et engagèrent bientôt le tournoi charmant des capacités de leur anus à se dilater, puis comprimer un corps étranger ; chaque expulsion était suivie du remplacement de l'ustensile par un plus gros. Lorsque nous leur donnâmes l'ordre de s'allonger sur la table, cuisses repliées, afin de nous offrir l'entité de leur anatomie, nous nous réjouîmes de constater que la plupart bandait. Chacun d'entre nous fit décharger quiconque était à portée, substituant *in fine* son propre membre au truchement de bois, d'ivoire ou de métal.

En septembre, lorsque le retour du Roi à Versailles sonna le départ pour Honoré, Maurice et Louis-François, le *cousin* Guy semblait avoir enfin compris qu'il n'était nul besoin d'être amoureux pour que la chair exultât. Ce fut même lui qui tint à ce que je le présentasse à Mademoiselle de Charolais, puis à son frère.

La première lui fit bon accueil, trouvant piquantes ses manières provinciales et insistant pour le partager avec ses commères — bacchantes issues des meilleures maisons et qui toutes rêvaient d'être admises un jour dans la couche de notre bien-aimé Louis XV.

Le second, en revanche, détailla et palpa mon neveu comme un bœuf à la foire avant de déclarer n'en pouvoir tirer que des quartiers de viande. Je savais qu'il ne plaisantait qu'à demi et, n'apercevant pas à ses côtés les domestiques qu'il avait dévoyés chez l'ambassadeur de Venise, tirai Guy par le bras pour abréger notre visite en l'hôtel de Bourbon-Charolais. L'entêté ne voulut pas comprendre.

— Voyons mon oncle, s'exclama-t-il, Son Altesse Sérénissime n'est point cannibale!

Le sourire lubrique de Charles me fit frémir, et plus encore lorsqu'il exposa comme une farce les turpitudes dont j'avais été le témoin quelques années auparavant. L'innocent Guy se désopilait, redoublant de ris à ma mine effarée.

— Il est heureux, grondai-je en fixant mon regard dans celui de notre hôte, que Son Altesse Sérénissime ne s'intéresse qu'à l'écume de l'ordure, et non aux blanc-poudrés...

— J'ai dit cela? ricana Charolais.

— Peut-être, insistai-je sans baisser la garde, pourrais-tu faire à mon neveu les honneurs de ta petite suite du premier?

— Assurément, reprit notre hôte en clignant de l'œil, mais elle n'est point en usage à cette heure. La cave, en revanche...

— Souffre que nous commencions par l'étage.

Charles acquiesça et prit la main de Guy, lequel se laissa conduire, incrédule, dans la fameuse enfilade de pièces de l'aile septentrionale. Ce ne furent pas tant les échafaudages, chaînes ou miroirs brisés qui l'impressionnèrent, que les traces brunâtres demeurées çà et là sur le marbre, la basane et le chagrin. Les explications de notre guide mirent quelques secondes à allumer dans ses pupilles une lueur d'effroi.

— Vous vous moquez! souffla-t-il.

En manière de réponse, ayant obtenu mon consentement tacite, le comte, moi-même et un laquais nous saisîmes du *cousin,* le dévêtîmes et l'entravâmes sur un chevalet, sans égard pour ses protestations. Charles tira ensuite d'un cabinet une pince d'argent niellé dont il usa sur notre victime soudain très pâle.

— Ne crains rien, glissa-t-il à mon oreille, je te le rendrai vivant.

Il agaça ainsi tétins, anus et génitoires ; je me saisis quant à moi d'une badine pour irriter les fesses, d'abord doucement puis à forts revers. Le laquais était allé quérir un long épieu à bout arrondi dont il introduisit l'extrémité là où il se devait.

Notre Provincial, assez étrangement, ne se mit à bander qu'après que nous l'eûmes bâillonné. Le comte enroula un lacet de cuir autour du membre palpitant, de sorte que seul le gland, largement déployé, émergeât au sommet ; je procédai semblablement avec les bourses, que le cordon repoussa en deux sphères violacées hérissées de poils, si sensibles au toucher que leur propriétaire se mit à haleter. Nos effleurements du doigt, des lèvres, de la langue, ajoutés aux coups de pal dans son rectum, lui tirèrent bientôt de profonds soupirs.

Charles, qui avait sonné deux autres valets afin qu'ils prissent soin de nous, déchargea dans la bouche du sien cependant que Guy, en un ultime sanglot, maculait nos visages de foutre et perdait connaissance. Je jouis enfin de ma propre main, ajoutant une nouvelle tache à celles qui avaient tant intrigué notre proie.

— Nous pouvons l'abandonner ainsi quelques minutes, suggéra Charles en refermant ses chausses, ou descendre *illico* à la cave…

— Je ne voudrais pas que tu corrompisses mon parent, objectai-je.

— N'as-tu point toi-même suborné Wang mon tourmenteur ? Sais-tu combien il m'a été difficile de le remplacer ?

— Guy n'est pas Wang : son âme…

— Brise là : le fauve en nous n'est jamais éloigné, crois-en mon expérience !

— Je te crois. Mais je souhaite que mon neveu regagne son Béarn en honnête homme.

— Chansons!

— Veuille au moins le laisser choisir!

Guy, revenu à lui, fit signe que l'on ôtât sa muselière:

— Détachez-moi, supplia-t-il d'un ton las, je suis à bout de forces…

— Ne souhaites-tu point connaître l'indicible? lança le comte avec grandiloquence.

— Une autre fois, répliqua le supplicié. Pour l'heure, je veux du repos. — Il se tourna vers moi: Rentrons, s'il vous plaît.

J'envoyai une brève œillade victorieuse à Charles et aidai mon neveu à remettre de l'ordre dans sa mise avant d'inviter notre hôte à nous reconduire.

— J'aime cette réticence, chuchota-t-il dans mon cou au moment où j'entrais dans le carrosse. Reviens me voir; nous avons tant à partager…

Guy resta silencieux jusqu'à notre retour en l'hôtel de Buridan. Je lui fis préparer un bain, l'aidai à se déshabiller et m'installai dans son dos afin de poser mon visage contre son épaule et mes paumes sur sa poitrine. Ses tétins durcirent et son sexe reprit progressivement vie sous l'eau savonneuse.

— J'ai honte, lâcha enfin mon neveu.

— Mais de quoi? dis-je en massant ses génitoires marquées par le cuir.

— De m'être livré à ce gentilhomme et à ses valets; du spectacle que je vous ai donné. Je me sens vicié, corrompu…

— Par le plaisir?

— Cette volupté-là m'offense: je ne puis envisager blesser quiconque.

— Vous n'avez meurtri personne.

— Si, moi-même. Et je hais la fruition que j'en ai tirée.

— Elle semblait profonde : vous avez défailli !

— Elle n'en est que plus redoutable ; je crains d'en devenir esclave.

— Auriez-vous découvert quelque chose ?

Guy bascula la tête en arrière et m'embrassa. Sa verge tendue émergea, encore empourprée, que je serrai fermement dans ma poigne. Il laissa échapper un cri mais ne retint pas mon geste, l'accompagnant, au contraire, de torsions des reins. Il ouvrit ma chemise et ma braguette, tourmenta les poils de mon torse, pinça mes tétins et branla ma pine avec la même vigueur que je torturais la sienne.

Je pris place, cuisses écartées, au-dessus de la baignoire, le fondement offert à la langue de mon partenaire cependant que je poursuivais lentement mon œuvre. Tirant sur mes bourses tout en dévorant mon antre, il contraignit mon pénis congestionné à battre son sein, sensation à la fois douloureuse et lascive qui m'inclina à procéder semblablement avec son épieu. J'accompagnai mon poing de la bouche en évitant de trop flatter l'objet, dont les veines brûlantes saillaient contre mes lèvres, et nos râles s'entremêlèrent jusqu'à ce que mon neveu ne pût retenir sa décharge et m'en gorgeât. Je pivotai ensuite pour lui offrir la mienne, qu'il goba tel un nourrisson. Nous reprîmes souffle affalé l'un sur l'autre.

Guy posa ultérieurement de nombreuses questions au sujet de Charles mais refusa catégoriquement de retourner en son hôtel : je ne devais que bien plus tard comprendre pourquoi. Il fit en revanche grand usage de mes collections infernales, ainsi que de certains de mes gens, à Paris, à Mondétour puis dans les caves des Petites Tuileries.

Chacune de nos joutes constituait une occasion supplémentaire d'explorer la douleur ; mon appétit en la matière se calma assez vite mais le sien s'avéra insatiable. Il lui importait moins de supplicier que de l'être lui-même, parfois jusqu'au sang, souvent la pâmoison.

Rentrer dans son Béarn devint sans objet : je n'osai le chasser et me contentai de donner des consignes pour que se trouvât toujours à ses côtés quelqu'un pour contenir sa fièvre.

Plusieurs semaines s'écoulèrent, au cours desquelles je ne pus détourner mon neveu de sa nouvelle flamme qu'à la seule opportunité de sa présentation à la Cour, qui se fit juste avant l'hiver à l'occasion d'une chasse royale en forêt de Rambouillet. Sa première réflexion, quand je le retrouvai dans mon appartement de Versailles, fut de relever que ce nouveau privilège lui offrait le prétexte de se rendre plus souvent à Paris.

— Mon épouse, ajouta-t-il, n'aura point à souffrir mes mensonges et je pourrai explorer plus avant ce mystère d'horreur qui me fait tant jouir…

Madame de Roccaze ayant maintes fois ajouté sa plume inquiète à celle d'Henry d'Ystirac, Guy finit néanmoins par lever l'ancre, jurant qu'il reviendrait avec la belle saison.

La petite Louise-Adélaïde d'Ystirac, en revanche, ne survécut pas aux mauvais jours, abandonnant ses parents à leur chagrin au début de 1737.

Comme si ce désordre ne suffisait pas, *on* décida, à Versailles, qu'il était nécessaire de réaménager les appartements de l'aile du Midi : nous dûmes, avec Anna, migrer au Grand Commun, dans un logis certes plus vaste, attenant à celui de mon fils, mais éloigné du cœur du château. La chose me vexa, malgré l'amitié du Roi et les assurances de mon rejeton, et je passai le reste de la saison à Paris.

Ce fut donc en l'hôtel de Buridan que le cardinal de Fleury vint un soir m'entretenir des affaires de l'État. Le vieux prélat affichait une santé à ce point insolente que je lui demandai, en guise de plaisanterie, s'il avait percé le secret de l'immortalité.

— Certains le croient, répondit-il d'un air sombre. Fréquentez-vous le duc d'Antin ? — Je fis signe que non. Voilà qui me rassure. Ce gentilhomme, pair de France, n'en est pas moins un séditieux, un alambiqueur que le sang de Montespan qui coule dans ses veines a naturellement porté à nuire au royaume. Lui et ses *frimassons* — ainsi nomme-t-on ceux qui prêchent cette sorcellerie à la mode anglaise — prétendent introduire cette vermine chez nous. Le duc est l'un de leurs chefs mais il n'est point le seul membre de la haute noblesse à s'ainsi compromettre : vous connaissez le duc de Bouillon... Il a recruté à son service un certain chevalier de Ramsay, aventurier écossais qui a osé, par son truchement, me faire parvenir une lettre dans laquelle il me demandait de bénir son hérésie : la bénir, rien moins ! J'ai aussitôt écrit à Sa Sainteté et m'apprête à faire interdire ces conventicules. Le Conseil devrait, par ailleurs, exposer ces motifs aux principaux intéressés mais je ne me fais guère d'illusion sur leur opiniâtreté. Notre objet est d'empêcher la dissémination de cette impiété en dehors de la Cour, raison pour laquelle nous vous saurions gré d'y bien vouloir souscrire.

— Votre Éminence connaît mes opinions et mes inclinations, objectai-je. Il est à craindre que l'on m'en fasse grief et me ferme les portes.

— Une secte naissante cherche toujours des prosélytes : jouez les convertis.

— Tel Judas au milieu des Saints Apôtres ?

— Ne blasphémez pas ! Il y a autre chose : ainsi que vous le savez, nous avons récemment signé à Vienne un traité qui met fin à la guerre de Succession de Pologne…

— Et proclame Sa Majesté Stanislas, roi de Meudon !

— Écoutez plutôt : une clause secrète prévoit que les duchés de Lorraine et de Bar reviennent à la couronne de France après que le duc François les aura légués à Stanislas en échange du grand-duché de Toscane, dont le prince n'a point d'héritier.

— Et Stanislas ?

— Il régnera symboliquement et jouira de ses deux millions de livres de rente.

— Et moi ?

— Vous hâterez l'Histoire en vous rendant à Florence. Vous savez bien ce que l'on raconte au sujet du dernier des Médicis…

— On raconte tant de choses sur tant de personnes…

— Ne badinez pas avec ma patience, *Thésée,* je l'ai perdue en vieillissant. Vous n'aurez aucune difficulté à vous introduire à la Cour de Florence, où vous ferez ce qu'il convient pour servir nos intérêts.

— J'obéirai pour l'amour du Roi. Quand dois-je partir ?

— Attendez l'été et, ce faisant, songez à ma première requête.

Je me gardai de révéler à mon interlocuteur avoir eu vent des frimassons en Angleterre et envoyai un placet à Charles d'Aubigny afin qu'il me recommandât au duc d'Antin, ajoutant, sans tout expliquer ni trahir mon illustre commanditaire, qu'il en allait de ma vie.

Quelques semaines s'écoulèrent avant que sa réponse ne me parvînt, sous la forme d'un court message d'amitié présenté, à mon immense surprise, par Louis-Henry, mon propre fils !

— Ne dites rien, père, sourit-il à mon effarement, je devine vos pensées. Et je sais également que vos intentions ne sont point aussi claires qu'on le croit.

— Qui êtes-vous pour en juger ? m'indignai-je.

— Votre héritier, père. Et plus digne que vous ne le pensez sans doute à cette heure car je viens en ami, en *frère,* non en adversaire ou, pis, en juge.

— Votre bouche déborde, Louis. Est-ce ainsi, chez les vôtres, que le respect s'enseigne ?

— On y découvre bien davantage, mais tel n'est point le motif de ma visite.

— Et quel est-il ?

— Vous, père.

— Vous disiez n'être point venu en juge.

— Je le maintiens, mais ne vous saurai laisser mettre en péril une œuvre sublime à laquelle de grands esprits sont attachés.

— Dont le vôtre, évidemment…

— Entendez-moi bien, père : ceux qui m'ont envoyé sont tout près de vous accueillir en leur sein. Ils ignorent et ce dont je suis averti et la teneur de notre entretien. Si vous persistez dans votre entreprise je ne m'y opposerai point mais en devrai rendre compte à mes *frères.*

— Vous n'avez qu'une famille, Louis, dont un père qui n'a jamais manqué à ses engagements.

— Vous est-il envisageable que je me puisse également honorer d'amitiés et de serments ?

— Certes, mais dans quel ordre placez-vous vos devoirs ?

— Être céans c'est les servir, père. Je m'étonne de ce que le progrès de l'Homme vous indiffère à ce point. Sachez que trahir les miens c'est me trahir moi-même.

— Et vous, vous trahissez le Roi ! Il m'importe peu que vous prétendiez remplacer une religion par une autre : pour moi, toutes se valent. Mais je ne puis accepter que vous attentiez à l'ordre immuable dans lequel nous vivons.

— Cet ordre n'est point immuable, père ! Pardonnez-moi en outre de vous rappeler comment il traite ordinairement les... — il détourna le regard. Enfin, si nous n'y prenons garde, les ténèbres...

— Brisons là, Monsieur, cette conversation me déplaît. Signons plutôt un pacte : je vous abandonne à vos frimassons si vous consentez à m'informer de leurs assemblées. Son Éminence craint pour la sûreté de l'État et je lui dois rendre compte. Vous direz à vos *frères* que je ne puis embrasser leur philosophie, que mon âme n'est point assez élevée ou que sais-je, et serez, en échange, mes yeux et mes oreilles. Et s'il advenait que le Conseil prît quelque fâcheuse décision à l'encontre de votre secte, vous en seriez incontinent instruit. Cela vous semble-t-il raisonnable ?

— Ça l'est, père, mais je ne pourrai renier...

— On ne vous en demande pas tant. Vous êtes sincère : ce que vous rapporterez suffira.

Louis-Henry sourit et me donna l'accolade.

— De grâce, glissa-t-il à mon oreille, ne redites jamais que je trahis Sa Majesté car elle est plus qu'un *frère*, je souligne ce mot. Mon cœur saignerait d'avoir à vous en demander raison...

Perplexe, je le laissai repartir en songeant aux mystères que recelaient ses belles lèvres pourpres.

XVII

En avril, alors que le Roi retombait en adolescence avec ses *marmousets*[62] dont mon rejeton — la mode elle-même l'imitait, qui était aux pantins : ridicules et précieux Scaramouche, Arlequin, Polichinelle, que l'on promenait dans sa poche, fût-on vénérable seigneur ou jeune bourgeois —, Alexandre Pope m'avertit de ce que George Frideric Handel avait failli succomber à une crise d'apoplexie et qu'on lui avait vivement conseillé d'aller prendre les eaux à Aix-la-Chapelle, où il s'était rendu avec Bento et où il espérait, sans me l'oser écrire, que je lui rendrais visite.

Peu enclin à partager les frasques puériles de notre bien-aimé souverain, je profitai donc de son séjour à Marly pour entamer un périple dont le but obscur était Florence.

Mon trio de chambre et moi-même fîmes notre entrée dans la cité de Charlemagne peu après Pâques en discret équipage. Retrouver Handel ne fut guère difficile car il logeait, à l'instar des hôtes de qualité, dans une belle maison forte transformée en auberge où son arrivée titubante au bras de Bento l'avait rendu plus célèbre que sa carrière de musicien. L'aubergiste,

62. Singe, statuette grotesque. Dépréciatif créé pour qualifier les intimes du roi Charles VI (1368-1422).

après m'avoir donné une belle chambre, déclara en français que le Saxon, paralysé du côté droit, passait le plus clair de ses journées à infuser dans l'eau brûlante.

Je me rendis conséquemment aux thermes en compagnie de Wang et Vassili, où un étuviste bâti comme Hercule ouvrit la porte. Une forte odeur de soufre s'imposa à nos narines. La mine soupçonneuse du tourier — nous étions manifestement en trop bonne santé — s'amenda à la vue de mes écus : il nous tendit des linges jaunâtres et indiqua un déshabilloir.

Ayant ôté nos hardes — confiées moyennant finance à un jeune baigneur au teint très pâle qui leva à peine les yeux de sa sébile —, nous pénétrâmes, les reins sommairement drapés, dans une enceinte de briques aux contours rendus insaisissables par l'épaisse vapeur. Un peu de lumière filtrait par de grandes baies situées en fond de salle, qui nous permit de repérer, dans l'angle d'un bassin, deux formes masculines dont l'une, massive et affaissée, ne pouvait être que George Frideric.

Bento nous aperçut le premier ; il poussa une exclamation joyeuse et nous aida à pénétrer dans le bouillon. La température, à peine supportable, nous tira des jurons qui amusèrent nos hôtes ; le rictus de Handel, déformé par la paralysie, se mua en borborygme attristé. Bento expliqua à mi-voix que le compositeur éprouvait de grandes difficultés à former des mots, doublées d'une quasi-impossibilité à se consacrer aux muses, mais que son âme meurtrie demeurait celle d'un combattant qui s'était juré de ne point quitter Aix-la-Chapelle sans la pleine recouvrance de ses facultés.

— Le maître parle par ma voix, ajouta-t-il, car moi seul le puis comprendre. Il est persuadé des vertus de ces eaux ainsi que des vigoureux massages qu'on lui administre trois fois par jour. Mais les journées sont longues et les divertissements rares…

Le cœur affolé par la touffeur, je ressortis de la piscine. Le Portugais m'imita, abandonnant temporairement son patron aux soins de mes deux géants, que la brûlure ne paraissait guère affecter. Nous nous installâmes en retrait, dans une pièce d'eau tiède et solitaire où nos mollets purent distraitement jouer l'un contre l'autre.

— Il semble, reprit mon acolyte, que l'on se défie céans des bardaches. L'étuviste nous a cependant paru bien étrange ; quant à l'enfant qui travaille à ses côtés...

— Pour celui-là, assurai-je, il y a peu de doute. J'examinerais volontiers l'Hercule...

— Le maître avait parié que Votre Seigneurie s'en piquerait !

— A-t-il dit pourquoi il tenait tant à ce que je vinsse ?

— Je sais juste qu'il s'est entretenu avec Monsieur Pope avant le départ. Je l'ai maintes fois ouï prononcer le nom de Votre Seigneurie. Le connaissant bien, je crois pouvoir m'avancer à dire que cela concerne les amis de Votre Seigneurie ; enfin, ceux qu'elle convie en sa privauté...

— Souffrirait-il de solitude ?

— De cette solitude-là, oui. Il a ses habitudes — que connaît Votre Seigneurie — dans Londres et quelques autres demeures. Mais personne, ailleurs, n'est en mesure de lui rendre ce service, qu'il n'oserait jamais demander.

— Mais toi ?

— Ma tâche est purement domestique et je n'ai point les amis de Votre Seigneurie.

— Assez de *Seigneuries*...

Je glissai une main sous le linge entrouvert et déjà tendu qui ceignait les reins de Bento, lequel écarta les cuisses en me rendant mon geste. Son membre épais emplit ma paume. Je voulus me pencher pour en redécouvrir la saveur mais le Lusitanien se déroba, jetant des regards inquiets en direction de l'entrée.

— Le taulier veille, souffla-t-il, je ne voudrais point qu'il nous surprît : il a déjà menacé de nous jeter dehors, le maître et moi… Et puis les autres malades pourraient nous dénoncer…

Ne distinguant autour de nous que de la vapeur, je forçai mon complice à se redresser afin qu'il me fût plus facile de déguster ses appas. Mais ses craintes s'avérèrent fondées car, surgi du néant, le tourier fendit bientôt les nuées tel un dieu vengeur, la bouche pleine d'invectives.

Alors qu'il se penchait pour nous séparer, je le saisis par la nuque et le précipitai dans le bain. Il revint très vite de sa surprise et se jeta sur moi ; nous luttâmes à deux puis, comme je n'avais pas le dessus, à trois. Nous ne parvînmes à le maîtriser qu'après avoir enfoncé plusieurs fois sa tête sous l'eau, et j'ordonnai à Wang, accouru au tumulte, de retourner à son chaudron.

Les vêtements du cerbère étaient en lambeaux, ses yeux luisaient de colère mais son sexe, dont il n'avait pu réprimer la turgescence, nous invita à sceller la paix. Je tirai donc sur ses bourses afin d'y déposer un baiser cependant que Bento procédait semblablement avec ses lèvres. Le sexe de notre conquête était moins impressionnant que la masse découpée de ses muscles que recouvrait un très fin duvet blond. L'Hercule poussa un mâle gémissement et, se dégageant tant bien que mal, nous pria de le suivre. Personne, par chance, ne nous vit quitter la pièce, pénis en majesté, pour trouver refuge dans le déshabilloir. Là, notre cerbère aboya quelques ordres au baigneur pâlot, qui disparut, avant d'ouvrir une porte donnant sur les réserves. L'ayant soigneusement refermée, il s'accroupit aussitôt afin d'honorer nos verges avec un talent et une délicatesse qui nous confondirent.

Ses bras et ses épaules sculpturaux ondulaient et se gonflaient au rythme de ses mouvements sur nos intimités ; son cou épais et veineux servait de piédestal à une large mâchoire assez affamée pour engouffrer nos deux pénis ; ses yeux, enfin, d'un bleu sombre, guettaient dans les nôtres le plaisir et les encouragements.

Souhaitant mieux posséder cet amant et espérant faire durer la joute, je le relevai et flattai son vaste sein — ses tétins, très larges, avaient une saveur sucrée — cependant que Bento s'agenouillait. Un tas de linge accueillit le prolongement de nos jeux, où l'Hercule, couché sur le dos, cuisses écartées et bouche ouverte, endura nos assauts en bramant. Mon complice jouit le premier dans le fondement de notre gibier et je me précipitai, sitôt qu'il eût déculé, boire la résurgence, dont je partageai la saveur miellée avec mes partenaires. Je me délectai ensuite des abondants jets de foutre que produisit le cerbère au simple contact de ma langue sur son méat et le payai, *in fine,* de ma propre semence, qu'il avala cependant que je pourléchais son gland. Aucune parole ne fut prononcée mais je compris, au regard du taulier, que nous faisions désormais partie de la maison.

Handel avait mis à profit notre absence et la commisération de mes géants pour se faire masser d'iceux selon une acception que je connaissais bien. Il eut à nouveau l'un de ses étranges rires lorsque nous lui narrâmes notre aventure. Nous rentrâmes ensemble à l'auberge partager le dîner.

George Frideric, par la voix de son valet, s'enquit de mes projets. N'ayant pas à cacher mon périple, je parlai de Florence et de Jean-Gaston de Médicis, mais sans dévoiler l'objet de ma mission. Le compositeur haussa les sourcils et répondit, toujours par Bento, qu'il connaissait bien ce prince pour avoir résidé quelque temps chez lui une trentaine d'années auparavant, et que l'opulence de sa Cour n'avait d'égale que la dépravation de ses mœurs.

Handel avait, par son entremise, rencontré maints artistes illustres mais il conservait de son séjour un souvenir pour le moins contrasté, où dominait la figure d'un certain Giuliano Dami, favori, âme damnée et grand ordonnateur des débauches de son souverain : rien ne se pouvait entreprendre sans son accord et je ne serais probablement admis au palais Pitti, quels que soient mes titres ou patentes, qu'après un passage par le palais Dami. L'importance du personnage avait cru avec le temps, la raison du grand-duc l'ayant progressivement abandonné au point qu'il se murmurait que celui-ci ne quittait plus sa chambre.

Plus tard dans la soirée, Handel me fit remettre un billet sur lequel Bento avait retranscrit les mots suivants :

« Je supplie Votre Seigneurie de pardonner à un infirme, qui point n'a eu le courage de le lui demander *in persona,* qu'elle lui veuille bien céder temporairement ses masseurs, lesquels lui seront moins utiles à Florence que le jeune baigneur qu'elle a aperçu aux thermes et que j'ose suggérer qu'elle recrute pour complaire à qui nous savons. J'en remercie par avance Votre Seigneurie, ainsi que d'avoir daigné honorer celui qui demeure à jamais son très humble et très obligé serviteur. »

Le placet me sembla boursouflé mais pertinent : j'achetai le baigneur — Gottfried de son prénom — dès le lendemain à son patron, contre une poignée d'écus et la promesse de le ramener vivant. Âgé d'une quinzaine d'années, sa carnation très blanche, ses yeux bleus presque translucides et ses lèvres charnues l'eussent d'autant plus aisément fait passer pour fille, s'il en eût adopté la vêture, que sa constitution était fluette et sa voix haut perchée bien qu'il fût pubère. Il ne parlait qu'Allemand. De son visage, encadré de fins cheveux blonds, émanait une impression de candeur soumise et un peu sotte, propre assurément à exciter la lubricité d'un amateur — dont je n'étais pas, loin s'en fallait.

Je lui fis, sur les conseils de Bento, confectionner des habits des deux sexes et le baptisai *Andrea.* Il ne manifesta aucune réticence et embarqua sagement dans la voiture, le moment venu, entre Colas et moi-même.

Ayant temporairement abandonné Wang et Vassili au service de George Frideric, nous quittâmes Aix-la-Chapelle au début du mois de mai et parvînmes en vue de Florence un mois plus tard. Sa patience surpassant la mienne, Colas était parvenu à inculquer à notre poupée quelques rudiments de courtoisie et de français. Plus nous nous rapprochions du but, plus Andrea attisait les regards dans les relais de poste : j'en eusse facilement tiré bien davantage qu'il ne m'avait coûté si je n'avais prétendu qu'il — ou, souvent, *elle* — était mon pupille.

Giuliano Dami, chez qui nous nous rendîmes aussitôt arrivés, parut flatté par cette démarche. C'était un affable quinquagénaire, apparemment bon mari et père de famille, aux formes aussi opulentes que le discours. Il protesta, dans notre langue, de son amour pour la France et de ses bonnes grâces à l'égard de ses représentants, ne s'enquit point des raisons de mon voyage mais jura se souvenir de Handel et assura que *son ami Gian Gastone* serait heureux de me connaître, ainsi qu'Andrea :

— Il est des *regali,* dit-il avec une lueur maligne dans les yeux, qui valent mille gemmes…

Il nous invita à demeurer quelques jours en son palais — splendide quadrilatère situé non loin de la place de la Seigneurie — et je compris, malgré la familiarité toute transalpine de ses manières, qu'il mettrait ce temps à profit pour mieux sonder mes intentions. Je fis conséquemment en sorte que son enquête portât principalement sur mes mœurs, que je dévoilai après de feintes réticences et un festin généreusement arrosé de vin de Chianti. L'ivresse ayant saisi mon commensal, le porta, une fois les domestiques congédiés, à confesser un penchant irrépressible pour les très jeunes garçons, qu'il consommait tel un ogre dans sa villa de campagne.

— Ton Andrea est trop mûr, gloussa-t-il, mais il plaira à Gian Gastone. Nos goûts se complètent : je commence, il poursuit, tu finis…

Le portrait qu'il brossa de son illustre complice me glaça davantage par le ton badin que par sa description de la déchéance quasi-totale du dernier Médicis. À l'entendre, on n'avait rien inventé de sa sénilité — il n'était pourtant âgé que de soixante-six ans —, ni des immondes caprices par lesquels elle se manifestait : presque aveugle, il vivait dans son lit, une ordure permanente répandue autour de lui à l'instar d'un nourrisson abandonné, perpétuellement pris de boisson, incapable de gérer ses états et s'en remettant en tout à *son* Giuliano, âme damnée, Principal ministre autant que proxénète. Sa Cour, autrefois l'une des plus brillantes de l'Univers, à qui la France devait deux reines, ne comptait désormais plus que les catins mâles recrutés dans les bas-fonds de Florence et que l'on nommait *ruspanti* en référence aux sequins — *ruspi* — avec lesquels on endormait leur dégoût.

— Ton succès auprès de Gian Gastone, lâcha mon compagnon, dépendra davantage des talents d'Andrea que des tiens ; point ne faudra qu'il soit trop délicat…

Ignorant tout de mes funestes intentions — j'avais simplement évoqué une mission non-officielle du cardinal de Fleury — mais soucieux de me plaire, mon hôte s'attacha à préparer son maître à mon arrivée, et Andrea aux *desiderata* de celui-ci. L'adolescent, forcé d'habituer ses sens aux effluves les plus odieux — les latrines du palais Dami, dont on lui confia l'entretien, étaient généreuses en la matière —, vomit, pleura, mais finit par s'accoutumer. On l'obligea également à de terrifiants baisers sur des mendiants squalides ravis de l'opportunité. Il n'en perdit point, pour autant, cette candeur efféminée qui faisait son charme, ce qui fit dire à Giuliano, moins de quinze jours plus tard, que nous étions fin prêts.

Nous travestîmes notre poupée en princesse et je revêtis un habit de Cour dont j'emplis les poches de mouchoirs parfumés. Notre hôte nous fit ouvrir les portes du Palais Vieux, où un long corridor orné de tableaux permettait, *via* les Offices, de rejoindre discrètement et en toute sécurité le palais Pitti. Quatre laquais en livrée nous escortèrent silencieusement. Midi sonnaient — début de journée pour le grand-duc —, la ville au-dehors était calme; seul parvenait à nos oreilles l'écho des conversations animées qui se tenaient au bout de la galerie.

Le bruit se précisa, et avec lui l'odeur — fruit ignominieux du bran, de la sueur, du tabac et de l'alcool — d'une Cour des miracles imitant si bien son prince que la nausée me saisit.

Andrea eut un sourire narquois; Giuliano ouvrit une fenêtre donnant sur l'Arno afin que j'y soulageasse mon estomac, puis il me tendit une fiole de marc. Nous traversâmes une compagnie de *ruspanti* avinés et pénétrâmes enfin dans la chambre ducale.

Si le Médicis n'avait conjointement été affligé de cécité, d'ivrognerie et de gâtisme, il eût sans doute ri ou se serait offusqué de ma révérence titubante au pied de son grabat, le nez enfoui dans mes dentelles, le cœur soulevé à chaque respiration. Mais, gueux régnant sur ses semblables, barbu, les ongles en deuil, la bouche noire, il ne remarqua rien sinon la robe flottante d'Andrea, que l'un des molosses fuligineux qui partageaient son lit tira par jeu.

Et de s'étonner, en italien, de la présence d'une fille dans sa ruelle. Dami souleva alors le jupon de mon protégé afin que le grand-duc y risquât la main : exclamations ! Giuliano s'empressa de préciser que j'étais à l'origine du cadeau, ce dont notre Silène ne parut avoir cure, attirant contre lui sa victime comme s'il en voulait incontinent disposer. Je m'avançai et tirai doucement Andrea en arrière :

— À Versailles, glissai-je, le dessert vient après le repas...

— Qui es-tu ? tempêta le vieillard en français.

— Le duc de Mondétour a raison, intervint Dami. Une telle délicatesse, tout droit venue de chez Sa Majesté Très-Chrétienne...

— Rien à acheter ! reprit le Médicis, appuyé par les aboiements de son *cane corso.*

— Allons, Gian Gastone, gronda tendrement Giuliano en lui versant à boire, écoute un peu notre ami : il arrive de France !

Le soûlaud ne répondit pas, trop occupé à replonger dans sa beuverie, et nous dûmes ressortir, déconcertés par ce premier échec. Dami nous rattrapa dans le corridor :

— La curiosité finira par l'emporter, affirma-t-il, et vous serez bientôt convoqués en audience privée : patience !

Il en fallut : La scène, en effet, se répéta plusieurs fois avec quelques variantes, où le Médicis, plus récalcitrant qu'une bréhaigne, voulut goûter d'Andrea sans rien accorder en échange sinon une suite d'appartement contiguë aux siens. Je me gardai de décliner un tel honneur mais ne cédai en rien. Ce jeu inédit amusa le géronte, qui se piqua de le faire durer, transigeant, lorsque sa conscience le lui permettait — soit au lever, juste avant le premier verre —, sur la longueur de l'entretien et les charmes d'Andrea avec autant de véhémence qu'un marchand levantin.

Cette attente et cette installation permirent, outre la découverte avec Giuliano des innombrables merveilles de Florence, que je fusse introduit, en la seule présence de ses dames d'atour, auprès d'Anne-Marie Louise de Médicis, sœur aînée du grand-duc et veuve de Jean-Guillaume de Bavière, prince-électeur palatin. La princesse douairière, hautaine et distante, incarnait tout ce qui faisait défaut à son cadet, notamment la grandeur de sa Maison. Je fis, en présentant mes hommages, l'éloge de sa dignité, que je comparai à celle d'une sainte aux outrages. Étant fort bigote, l'image la toucha :

— Vous aurais-je méjugé ? s'interrogea-t-elle en français. Votre présence dans cette Cour, aux côtés de Monsieur Dami…

— Je ne suis céans, Madame, que pour servir mon roi.

— Il y a longtemps, hélas, que ma famille n'a donné de souveraine à votre pays. Quelle misère !

— Sa Majesté Très-Chrétienne n'en a pas moins de grandes ambitions pour la Toscane, Madame…

— L'Europe entière a de grandes ambitions pour la Toscane ! Dieu veuille nous délivrer de cette humiliation… Ah, si seulement… — Elle s'interrompit et détourna les yeux.

— Si seulement, Madame ?…

Les pupilles de mon interlocutrice glissèrent furtivement sur ses fidèles qui se tenait en retrait, puis vers la porte, avant de s'ancrer dans les miens :

— Retrouvez-moi tantôt au jardin, glissa-t-elle avant de se retirer. *Alla grotta del Buontalenti.* Seul…

En ayant aperçu l'entrée depuis l'une des fenêtres du corridor reliant le palais Pitti au Palais Vieux, je savais comment rejoindre l'endroit de cette convocation. Ainsi attendis-je que ce qui tenait lieu de Cour s'affairât auprès de son horrible chef pour franchir, au crépuscule, le portique de la grotte.

Un jeu d'eau mystérieux faisait perler des gouttes du plafond, lesquelles étaient ensuite recueillies dans des vasques disposées tout autour de la pièce ; au centre était un bassin où s'ébattaient des poissons d'or. L'oculus laissait filtrer les lueurs du couchant sur les esclaves de Michel-Ange à demi dissimulés au fond de niches couvertes de stalactites. Un frisson luxurieux parcourut mon échine ; il le fallut vite réprimer car les pas et la conversation d'un groupe de personnes résonnèrent dans l'allée, qui me précipitèrent dans la seconde salle de la caverne. La princesse m'y rejoignit presque aussitôt, vêtue de noir, un immense capuchon masquant son visage.

— On m'a précisé qui vous étiez, frémit-elle…

— *On* ? m'inquiétai-je.

— Pourquoi vous le cacher : il s'agit du prince de Craon, ambassadeur du duc de Lorraine, qui a douté devant moi de la fortuité de votre visite et a bien voulu révéler ce qu'il savait, fors les vrais motifs de cette mission, qu'il m'a juré ignorer, ce dont je doute.

— Me dénoncerez-vous ?

— Je l'eusse déjà fait, Monsieur, et point ne me serais compromise à vous revoir.

— M'aiderez-vous ?

— À commettre un forfait ? Dieu m'en préserve !

— Qu'en savez-vous ?

— Je le sens, voilà tout… J'ai si souvent prié pour que… Oh mon Dieu, j'ai si peur pour le salut de mon âme !

Elle se réfugia dans la troisième pièce, où je la suivis. Quatre satyres de marbre y aspergeaient d'eau fraîche une Vénus indifférente. S'appuyant à la fontaine, la princesse conserva le silence durant quelques instants.

— La porte de service de mon frère n'est jamais verrouillée, lâcha-t-elle d'une voix lasse. On y accède par le couloir qui dessert nos appartements ; il est vide entre quatre heures trente et cinq heures du matin. Débarrassez-vous d'abord des chiens. Si vous êtes pris, ne comptez que sur vous-même…

Et elle m'abandonna à l'obscurité.

Revenu au palais, je songeai d'abord agir seul mais l'hostilité des molosses m'en dissuada : veillant sur leur maître avec l'efficacité des oies du Capitole, ils aboyaient au moindre mouvement. Je dus en conséquence utiliser Andrea et le mettre, ainsi que Colas, dans la confidence du complot. Si mon cher valet se contenta de lever les yeux au ciel, Andrea, qui ne comprenait pas ce que l'on attendait de lui, s'épouvanta à la simple idée de participer à un crime. Il fallut le convaincre puis, en secret, répéter maintes fois nos gestes, comme au théâtre, avec une incertitude de taille : la réaction des chiens.

La nuit venue de notre attentat, je poussai mon prétendu pupille dans le couloir de desserte ; Colas suivait avec des amorces de viande gorgées d'une mixture fournie par l'une des dames d'atour d'Anne-Marie Louise — antique tradition familiale qui ne s'était point perdue. À mon signal, Andrea, nu sous une immense robe de tulle rouge, gratta chez Jean-Gaston ; les *cani corso* se mirent aussitôt à japper.

— *Chi è* ? brailla l'ivrogne.

Tremblant comme un roseau, le jeune homme pénétra dans la chambre en refermant la porte derrière lui. Les glapissements cessèrent ; nous retînmes notre souffle.

Il était convenu qu'Andrea, ayant fait accroire à notre proie qu'il s'offrait à elle à mon insu, en obtiendrait qu'elle chassât ses cerbères le temps de consommer l'étreinte.

Le cœur battant, l'oreille collée à la paroi, j'attendis l'ordre espéré : il vint ! Le vieillard refusant de quitter son grabat, ce fut notre complice qui rouvrit la porte sur les molosses. Lesquels, indifférent à ma présence, se jetèrent incontinent sur les appâts que Colas avait semés jusqu'au seuil de nos appartements, où il s'enferma avec eux.

Je comptai mentalement trois minutes et m'introduisis à mon tour chez le grand-duc. Conformément à ce que nous avions répété, je trouvai Andrea juché, robe déployée, sur le visage de son abject partenaire, le sexe profondément enfoncé dans la bouche de celui-ci. M'apercevant, le jeune homme bascula en avant, de sorte que je couvrisse cet appareil, pressant de tout mon poids le ventre du sucé contre le visage du suceur cependant que mes poings et mes genoux empêchaient tout mouvement. Les deux amants poussèrent un même râle, puis Jean-Gaston se mit à hoqueter, étouffé par la masse et noyé dans ses vomissures.

Cinq minutes plus tard, tout était redevenu calme. Je desserrai l'étau, aidai mon complice terrifié à se relever, retournai le défunt face contre le matelas, remontai ses draps, fermai le dais et nous hâtai vers la sortie. Colas me seconda pour hisser les chiens, déjà endormis, sur le cadavre, et faire disparaître nos traces.

Vers cinq heures du matin, nous entendîmes passer dans le couloir le valet chargé de veiller au bon sommeil de son maître : ses pas réguliers indiquèrent qu'il n'avait rien remarqué. Le Petit lever du Médicis ne s'effectuant jamais avant midi, nous occupâmes le temps à préparer discrètement notre départ, non sans angoisse.

L'étiquette n'ayant pas la rigueur de Versailles — les laquais étaient habitués à attendre que le grand-duc sonnât pour ouvrir portes et dais —, la lugubre découverte n'eut lieu que vers une heure de l'après-midi, lorsque les molosses enfin réveillés se mirent à japper. Les cris qui s'en suivirent alertèrent tout le palais : nous nous joignîmes aux courtisans.

— Hélas, s'écria Giuliano aussitôt qu'il nous aperçut, Gian Gastone n'est plus ! Il est mort étouffé sous ses *cani* !

Anne-Marie Louise, qui se tenait sur le seuil de ses appartements, éclata sur-le-champ en sanglots, imitée par ses dames de compagnie et par notre Andrea, signal aux lamentations de toute la Cour.

Le dernier Médicis fut installé dans une chambre mortuaire improvisée au rez-de-chaussée du bâtiment, où tout Florence lui vint rendre hommage, bien davantage par égard pour la dynastie, toujours révérée, que pour le personnage, unanimement méprisé. La princesse sa sœur, désormais ultime dépositaire du grand nom — et des biens afférents — ne laissa guère s'écouler plus d'une semaine avant de faire chasser les derniers débauchés, dont Giuliano, qui n'avaient pas encore compris que leur temps était achevé.

Dami, humilié, se réfugia dans sa maison de campagne ; quant à moi, si je conservai mes quartiers au palais Pitti, je ne fus plus invité à la table ducale ni admis en audience privée. Je ne m'entretins de nouveau avec Anne-Marie Louise qu'à l'instant de prendre congé. À ses côtés se tenait le prince de Craon, sourire narquois aux lèvres.

— Vous présenterez mes respects à Sa Majesté Très-Chrétienne, lâcha-t-elle froidement. Dieu nous jugera.

XVIII

Nous étions de retour à Aix-la-Chapelle pour le 15 août. À mon grand plaisir, Pope et Mattheson s'étaient installés pour l'été auprès de Handel, dont l'état avait fait de visibles progrès.

On évita d'évoquer les absents — Metastasio, Farinelli, Porpora —, cause première des tourments de notre ami, mais on glosa à l'envi sur l'étonnant destin de Théodore de Neuhoff : toutes les gazettes s'étaient fait l'écho de son règne éphémère sur la Corse et de sa fuite consécutive à la ruine de ses finances et à la désaffection de ses sujets. Le regretté Eugenio avait raison, qui prophétisait la chute de notre aventurier, et je me demandai *in petto* combien de temps s'écoulerait avant que j'en eusse des nouvelles.

Mes compagnons évoquèrent aussi l'étrange hasard qui m'avait conduit à Florence au moment où se mourrait le grand-duc de Toscane, dont Louis XV venait hypocritement de prendre le deuil... J'éludai les questions avec un soin tel qu'Alexandre Pope s'en amusa :

— Une nouvelle princesse de France[63] est née le mois dernier à Versailles, indiqua-t-il. Il paraît que la déception a été

63. Louise-Marie de France, dite *Madame Dernière* (1737-1787).

grande de ne pouvoir remplacer le défunt duc d'Anjou : qui sait si notre Mondétour n'est point impliqué dans l'affaire ?

Pour toute réponse, je me réfugiai entre les bras de Wang et Vassili. Andrea, que son séjour florentin avait rendu plus délicat encore qu'avant le départ, retrouva quant à lui l'Hercule des bains en son humide réduit ; sans joie, contrairement à notre troupe de débauchés qui passa de fort agréables moments dans la vapeur.

Alexandre m'entretint en privé de Charles d'Aubigny et des frimassons français, que l'hostilité du cardinal de Fleury inquiétait et qui semblaient compter sur ma protection.

— Monsieur de Morienval votre fils, ajouta-t-il, a, selon le duc d'Aubigny, été approché par le chevalier de Ramsay au nom du duc de Bouillon — dont chacun sait, nonobstant, qu'il est votre ennemi depuis la correction que vous lui avez infligée — afin qu'il intervienne auprès du Roi. Nos *frères* applaudissent mais Charles craint que Bouillon ne cherche à se venger de vous à travers votre progéniture.

Bien qu'une telle rancune me parût inédite, le danger me fit hâter les préparatifs de voyage. Je laissai de nouveau mes masseurs aux bons soins de Handel, confondu de reconnaissance, et ne conservai à mes côtés que Colas, et Andrea dont les regards déchirants m'avaient su attendrir.

À Versailles pour la mi-septembre, j'y rencontrai brièvement le cardinal de Fleury, satisfait jusqu'à l'obscène du succès de ma mission, mais ne me pus entretenir avec mon fils qui avait suivi la Cour à Fontainebleau. Je croisai, en revanche, avec surprise, le cardinal de Polignac, que je n'avais point revu depuis dix ans et que l'on disait reclus en son archevêché auscitain. Bonifié par la vieillesse, son visage rond encadré de cheveux blancs rayonnait d'un bonheur paisible qui me fit le serrer dans mes bras tel un père au lieu de baiser son anneau cardinalice.

Il ne s'en offusqua pas, bien au contraire — souvenir, peut-être, des sentiments que je lui avais jadis inspirés —, et expliqua, comme pour excuser sa présence chez le Roi, que *son cher aîné* le cardinal de Fleury avait manifesté le désir qu'il le vînt seconder.

— Son Éminence est fatiguée, glissa-t-il, et n'a trouvé personne sur qui s'appuyer. Les ministres qu'on lui adjoint lui conviennent aussi peu que l'atmosphère de la Cour...

Nous échangeâmes quelques apophtegmes sur les conflits de générations, puis mon interlocuteur s'intéressa à ma carrière et à mes attributions, dont il ignorait manifestement la portée.

— Son Éminence n'a guère été diserte, ajouta-t-il, et je n'attends point que vous le soyez ; mais elle vous a qualifié de *duc exterminateur*, ce qui m'intrigue et me navre car il semble en outre que l'on ne prononce céans votre nom qu'avec crainte. La mutité de Madame votre épouse n'arrange rien à l'affaire, ni sa proximité avec Sa Majesté la Reine, sans parler des connivences que Sa Majesté le Roi entretient avec Monsieur votre fils, et qui font jaser...

Goûtant peu la tournure du conciliabule, j'en déplaçai le sujet sur les objets licencieux que le cardinal et moi-même collectionnions. Le prélat, aussi rouge que sa barrette, chuchota avoir à grand regret cédé les siens juste avant son départ de Rome et ne masqua son intérêt pour mes trésors que par la curiosité de découvrir comment le Faune Barberini agrémentait mes jardins.

Rendus à Mondétour, nous y trouvâmes mon neveu de Roccaze, qui avait pris prétexte d'imaginaires obligations à la Cour pour déserter province et famille en compagnie du sombre mais ardent Henry Durelais, son valet pour l'occasion.

Passées les effusions, il me sembla que le regard des deux hommes était habité d'une fièvre inquiète, de ce *mystère d'horreur* que Guy évoquait jadis, sentiment que Polignac dut percevoir et qui le mit probablement mal à l'aise car il s'obstina à ce que je le laissasse explorer seul mon ermitage :

— Vos invités vous demandent, insista-t-il, et j'ai peu de temps.

Je m'inclinai. Roccaze, après quelques nouvelles sans relief concernant notre parentèle et celle des Ystirac, finit par aborder les vrais motifs de son séjour ; ainsi que je l'anticipais, il fut à demi-mot question des événements qui s'étaient déroulés un an auparavant en l'hôtel de Bourbon-Charolais :

— Son Altesse Sérénissime le comte Charles n'a jamais répondu à mes lettres, regretta Guy, et je n'ai point été reçu chez lui. Je n'ai osé vous écrire sur la question…

— D'autant, coupai-je, que vous n'aviez point souhaité revoir le comte après votre expérience. Attendiez-vous que j'intercédasse en votre faveur ?

— Je vous en serais fort obligé ; il est des choses… — Il regarda intensément son complice. Des choses que nous voudrions connaître…

— Telles que… ? m'impatientai-je, connaissant déjà la réponse.

— Tenez-vous tant à ce que je le dise ? répliqua Guy avec une lueur de défi. Vous savez mieux que moi ce que cache Son Altesse Sérénissime.

— Pour qui me prenez-vous, mon neveu ?

— Pour ce que vous êtes, mon cher oncle.

Le ton me déplut ; je tournai les talons pour sortir. Guy m'apostropha sur le seuil :

— Toute la Cour, martela-t-il d'une voix forte, sait, Monsieur, qui vous êtes ! Certes, peu s'en réjouissent — encore que ceux-là soient des plus illustres —, beaucoup le redoutent, moi, je m'en glorifie !

Je ne répondis rien et m'en fus, l'esprit troublé, rejoindre Polignac. Le vieux prélat, riche de son expérience ès âmes humaines, me complimenta d'abord sur la qualité de mes collections puis, rappelant son vœu de saluer Faunus en son nouveau décor, demanda à gagner le parc. Nous cheminâmes sans un mot, sa main gantée dans la mienne.

Parvenus au pied de la statue, il déclama un poème latin que je fis maladroitement mine de comprendre. Il sourit.

— *Le bon juge,* traduisit-il, *condamne le crime sans haïr le criminel...* C'est du moins ce que prétend Sénèque ; je lui donne raison pour vous, beau compagnon qui chérissez notoirement vos amis et servez si loyalement l'État. La Justice est figurée aveugle ; on songe au fléau mais on oublie le glaive. Vous êtes ce bras, Henry ; cela ne vous doit point tourmenter et je vous demande pardon pour tous ceux, dont j'ai failli être, qui osent vous vilipender en leur intime lâcheté. Dieu vous éclaire, cher duc, et vous dispense du sort de Caïn...

Le Cardinal repartit le soir même pour Versailles mais nous convînmes de nous rencontrer de nouveau en mes murs parisiens afin de compléter, et la visite de mes collections et l'examen de ma conscience.

Je présentai des excuses à mon neveu — à qui je confiai Andrea, idée funeste —, écrivis au comte de Charolais et demandai à Yunus d'atteler pour Fontainebleau.

J'y trouvai la Cour entichée d'un certain Vaucanson, mécanicien talentueux qui avait su donner vie à un automate joueur de flûte que chacun, à commencer par Leurs Majestés, avait trouvé fascinant, et à qui l'on espérait passer commande. Mais le drôle ne s'achetait pas qu'à prix d'argent : Honoré de

Villars, lassé sans doute d'amasser des pantins obscènes, en avait fait la cuisante expérience en proposant une fortune contre la construction d'une poupée virile judicieusement équipée. La chose avait fait le tour de *ce pays-ci*[64], où l'on répétait à l'envi la réponse du savant, ébruitée grâce à l'indiscrétion d'un laquais : « J'aime mieux concevoir un volatile conchieur qu'un bardache pollueur ! »

Notre *Grand Flandrin,* qui en frémissait encore, me redit son vœu de déserter la place au profit de son gouvernement de Provence, où l'ami Vladislav avait promis de le rejoindre. Nous évoquâmes succinctement le passage de Farinelli par Paris sur la route d'Espagne, au mois de juillet précédent — succès de curiosité selon les mauvaises langues —, et les débordements du prince de Conti, qui venait de quitter le deuil de sa femme, décédée un an auparavant, et forniquait désormais sans vergogne sous l'égide du comte de Charolais. Quant au duc de Richelieu, il jouait les stratèges en compagnie du joli Maurice de Saxe, leur commune et récente expérience militaire faisant écran — mais pas pour Honoré — à leur commerce de chair.

Un autre à qui ses faits d'armes — et probablement d'autres plus obscurs — avaient valu le cordon de l'Ordre de Saint-Michel, était mon fils, que je parvins à retenir en privé après une chasse royale. Je le trouvai si épanoui que j'éprouvai de la honte à devoir baisser le ton pour lui rappeler ses engagements.

Il corrobora les affirmations du duc d'Aubigny mais non ses craintes :

— Monsieur de Ramsay, assura-t-il, n'a rien ajouté à la lettre qu'il m'a fait parvenir et que j'ai incontinent détruite.

---

64. Ainsi appelait-on familièrement la Cour de France.

Le sujet n'ayant point été abordé en loge, je n'y ai prêté aucune foi. Je sais, par ailleurs, comme tout le monde, la détestation dans laquelle vous tient Monsieur le duc de Bouillon et, bien que je ne puisse douter du *frère,* je me défie du courtisan. Sa Majesté m'honore d'une tendresse dont elle ne fait point mystère et il n'est rien que je lui doive cacher. Elle connaît mon obédience, dont elle n'a cure car elle ne se pique guère de religion : c'est du domaine de Son Éminence le cardinal de Fleury et conséquemment du vôtre, père, si vous me permettez.

— Tentez-vous de suborner Sa Majesté ? risquai-je.

Il éclata de rire :

— Nous comptons bien davantage sur vous que sur elle pour nous protéger ! s'exclama-t-il. L'obstacle s'appelle Fleury, non Louis !

— Son Éminence, soupirai-je, n'entend pas davantage votre religion que moi-même. J'imagine que le *statu quo* prévaudra pour autant que votre secte ne fomente aucune sédition.

— Cela nous siéra aussi longtemps que la condamnation ne sera que verbale.

— Sa Sainteté risque de lui donner plus de corps. Œuvrez-vous toujours à la destruction de la monarchie ?

— Je vous l'ai dit, père : nous voudrions qu'elle évoluât, il en va de sa survie ; mais tel n'est point le but de nos assemblées. Renoncez à vos complots, rejoignez-nous et vous verrez !

— Vous ne voulez pas de moi… et vous avez raison, souris-je.

Nous fûmes de retour à Paris en novembre. Guy de Roccaze et son acolyte, enfin reçus en l'hôtel de Charolais, y passèrent le plus clair de leur temps : mon neveu me fit savoir que son illustre hôte avait adopté le jeune Durelais, et plus encore Andrea, dont il était fort épris.

Je prêtai d'autant moins attention à la chose qu'un incendie spectaculaire, prophétisé par Baremont, venait de consumer la Chambre des comptes, temporairement déménagée sous des tentes, place royale, non loin de l'hôtel d'Ystirac. Les jansénistes — plus discrets que jadis mais toujours actifs autour de l'église de Saint Médard — y voulurent voir une punition divine contre leurs persécuteurs, lesquels dénonçaient aussi bien la marque des jansénistes que celle des frimassons.

Autre motif pour me désintéresser du destin de Guy : George Frideric et Alexandre, sur le chemin de Londres, débarquèrent en l'hôtel de Buridan avec Bento et mes chers Wang et Vassili ; Mattheson était rentré à Hambourg.

Handel, qui avait pleinement recouvré ses facultés, me fit l'offrande d'une *aria* érotique en langue grecque ; les paroles étaient d'Alexandre. Le clavecin désaccordé et nos voix peu harmonieuses n'empêchèrent nullement l'émotion et je promis de confier la partition à l'une des cantatrices amantes de Maurice de Saxe afin que justice lui fût rendue.

Notre Saxon avait ouï dire que l'un de ses vieux amis, le compositeur Telemann, éminemment renommé, était de passage à Paris : on prêtait à ce génie des inclinations assez proches des nôtres malgré le mariage et la paternité, ce qui excita mon intérêt. Nous nous rendîmes donc au Salon des Suisses, palais des Tuileries, où ces Messieurs du Concert Spirituel avaient invité le grand homme à diriger sa musique. L'endroit étant bondé, nous ne dûmes nos sièges qu'au hasard qui nous y fit rencontrer Richelieu, lequel usa de son titre, du mien et de la relative célébrité de mes compagnons pour faire vider une loge de ses occupants.

Telemann, puissant sexagénaire vêtu et coiffé à l'ancienne mode, fut ovationné avant même sa prestation, ce qui ne laissa pas de me surprendre. Signe supplémentaire de respect, les conversations s'interrompirent durant presque tout le concert, à l'exception des vivats que le public poussa à intervalles lorsque se taisaient les instruments.

Louis-François put néanmoins m'entretenir à voix basse de son idylle guerrière avec Maurice, attisant involontairement mon dépit en relatant leurs tête-à-tête quai des Balcons, à quelques pas de mon propre hôtel. Ma grimace s'allongea lorsqu'il fit allusion aux orgies du comte de Charolais et à la place de choix qu'y occupaient Roccaze mon neveu, Durelais son complice et Andrea leur jouet. Des soupirs d'impuissance, enfin, montèrent à mes lèvres quand j'appris que mon rejeton partageait avec le Roi des parties fines chez Mademoiselle de Charolais, au château de Madrid, et qu'il semblait que Louise-Julie de Mailly, maîtresse de Sa Majesté mais également de mon fils, avait pris un embonpoint suspect.

— Le Roi changera bientôt de cavale, chuchota mon interlocuteur sans paraître se rendre compte de ma contrariété, mais on redoute la réaction de la Reine au moment où il ne sera plus possible de lui rien dissimuler…

Je songeai qu'il était heureux que la concubine eût un mari, lequel, fallait-il l'espérer, ne manquerait point de légitimer l'enfant sous peine de se couvrir de ridicule.

Averti de ce que Handel connaissait Telemann, Richelieu voulut, après les applaudissements finaux, qu'on le lui présentât. Une partie de la foule s'étant amassée au bas de l'estrade afin d'acclamer le maître, les Suisses nous ouvrirent un salon contigu à l'antichambre qui servait de coulisses et où quelques personnes de qualité patientaient déjà. On se salua discrètement entre gentilshommes, puis on sirota un rafraîchissement en attendant que le grand homme parût.

En courtisan bien informé, son premier mouvement, lorsque enfin il franchit la porte, fut de se jeter aux pieds des plus titrés, soit Louis-François et moi-même, saluant à peine du regard son ami George Frideric cependant que celui-ci annonçait, dans un français hésitant, ses patronyme et dignités.

Nous échangeâmes deux ou trois phrases protocolaires, après quoi mon compagnon demanda à l'Allemand s'il n'avait d'autre passion que la musique.

— Les fleurs, Messire, répondit-il dans notre langue avec un accent étrangement appuyé. Je me pique d'en collectionner des plus rares spécimens, particulièrement ceux des Indes, dont les étamines sont fascinantes… — Son regard remonta jusqu'au mien. S'il plaît à vos Seigneuries, murmura-t-il en se redressant, nous en pourrons reparler…

Et, en effet, nous y revînmes sitôt partis les derniers importuns. Telemann, mis à l'aise par nos prévenances et les *toasts* échangés avec ses admirateurs, versa quelques larmes de joie entre les bras de Handel avant de s'asseoir à nos côtés.

La conversation reprit sur la botanique ; les multiples sous-entendus nous tirèrent bientôt de francs éclats de rire et j'invitai notre hôte à herboriser aux Petites Tuileries, ajoutant, songeant à Samory, qu'il y pourrait cueillir moult plantes africaines. Le vieux maître me considéra en souriant :

— J'ai l'honneur, précisa-t-il, d'être à Paris l'invité de Monsieur Blavet, flûtiste émérite et surintendant de la musique de Son Altesse Sérénissime le comte de Clermont. Lesquels ont bien voulu évoquer devant moi ces *autres* Tuileries que Votre Seigneurie réserve aux grands seigneurs et où, dit-on, Sa Majesté elle-même se rend parfois en secret. La modestie de ma condition interdit que je m'y ose risquer seul.

— Soit, répondis-je en désignant Alexandre et George Frideric, vous vous y présenterez avec nos amis et je m'assurerai que la table vous soit ouverte.

— Votre Seigneurie me comble, reprit l'Allemand ; cependant…

— Cependant, compléta Richelieu avec un clin d'œil, notre glorieux herboriste voudrait que tu l'accompagnasses !

— Voyons, glissai-je à son oreille, tu sais bien que je n'aime point…

— Aurais-tu toujours peur des fantômes ? s'esclaffa-t-il.

Je haussai les épaules mais dus capituler et promettre. Mon unique compensation fut d'obtenir que Louis-François et Maurice se joignissent à l'équipée.

Les affaires des uns et des autres — celles de Telemann, surtout, appelé à se produire devant la Cour — firent que je n'eus à tenir serment qu'au début de l'année 1738. Handel et Pope s'en étaient retournés en Angleterre mais Saxe et Richelieu prirent place avec nous dans le carrosse.

Le compositeur, visiblement intimidé par la compagnie, parla beaucoup et presque tout au long du voyage : ainsi apprîmes-nous qu'il était fort lié avec mon gros Jean Mattheson, entre les cuisses duquel il se distrayait des affres liées à sa charge de directeur de la maison d'opéra et des églises de Hambourg, et de celles, plus cruelles, d'un foyer comptant une douzaine de ventres — la seconde Madame Telemann était décédée après une existence particulièrement dévoyée sur laquelle notre interlocuteur ne s'étendit guère.

Louis-François félicita le vieil homme sur ses succès parisiens et s'amusa de ce que la Cour eût trouvé un nouveau sujet d'émerveillement :

— Le *flûtiste* de l'*inventeur* Vaucanson, glousa-t-il, a été supplanté par l'*invité* du *flûtiste* Blavet !

Et d'ajouter que le savant était entré au service du comte de Charolais et que l'on se demandait si celui-ci en obtiendrait ce qui avait été refusé au duc de Villars.

N'ayant point revu mon neveu et ses compères, l'idée de m'en inquiéter traversa brièvement mon esprit mais je l'oubliai aussitôt.

Samory avait préparé un accueil fastueux en musique — de la plume de Telemann — qui nous éblouit, et plus encore l'Allemand, confondu par la magnificence des lieux et les appas du personnel.

Peu enclin à jouer les guides, je laissai cette tâche à Richelieu et à l'Africain. J'espérais me pouvoir isoler avec le beau Maurice quand l'asinien Desfontaines, que je n'avais croisé de longtemps, se précipita à ma rencontre. Il s'était empâté mais son ventre rebondi masquait à peine une braguette où je savais se cacher un outil gigantesque. Aussi interrompis-je son importune diatribe anti-Voltaire — ces deux-là semblaient décidément indispensables l'un à l'autre — en lui demandant de faire au comte de Saxe la démonstration de ses agréments. Il rougit fortement ; cependant, étant mon obligé, il ne put repousser la requête. Nous nous enfermâmes dans un salon, où j'extirpai l'objet, déjà bien gonflé, de sa tanière. Maurice ouvrit de grands yeux :

— Diable, s'exclama-t-il, quelle affreuse holothurie !

— Elle plaît à certains ! répliqua l'abbé, un peu froissé.

— J'en suis ! m'esclaffai-je.

— Sa Majesté en est-elle ? plaisanta le comte.

L'organe de notre compagnon perdit de sa superbe :

— Vos Seigneuries ne devraient point plaisanter là-dessus, murmura-t-il. Monsieur Samory se glorifie d'être le seul que prévienne Monsieur le marquis de Morienval des passages céans de notre bien-aimé souverain ; personne d'autre n'est en mesure de confirmer quoi que ce soit. Il se peut donc que Sa Majesté…

Je posai une main sur sa bouche. Maurice rit de plus belle :

— Rassure-toi, lança-t-il à mon intention ; notre Richelieu, qui est parfois invité à ces fêtes, n'aurait point manqué m'en avertir ! Quant à ton joli marquis, il a certes force soupirants des deux sexes, mais n'a d'yeux que pour les dames… et pour le Roi.

Me voyant ébranlé, le comte déposa un baiser sur mon cou :

— Laisse donc l'holothurie, chuchota-t-il en pressant ses reins contre les miens. Je devine que tu as besoin d'autre chose…

Congédiant l'abbé, perplexe, d'un revers de gant, il nous allongea sur un canapé, ses lèvres collées aux miennes, dégrafa mes vêtements, caressa longuement ma poitrine, puis mon sexe, qu'il flatta ensuite de la langue cependant que je libérais le sien. Nous nous aimâmes avec la passion des nouveaux amants.

Comme pour se faire pardonner ses tête-à-tête avec Louis-François, il n'y eut rien que Maurice, alors, me refusa, pas même son fondement, réputé inaccessible. La ferveur de ses soupirs sous mes coups de boutoir, ses paupières closes et ses poings agrippés à mes hanches m'eussent presque tiré des larmes de reconnaissance.

Nous intervertîmes nos positions afin qu'il me possédât de face, avec la lenteur des partenaires accomplis, sa verge naturellement lubrifiée entrant et issant pleinement, sa bouche exhalant dans la mienne un souffle brûlant. Quand nos regards s'autorisèrent la jouissance, Maurice vint me nourrir et, allaité par moi, s'abandonna à l'extase.

Nous demeurâmes ainsi jusqu'à ce que nos verges se libérassent d'elles-mêmes, puis nous échangeâmes un long baiser enfoutré avant de sonner pour une collation. Ce fut Samory qui l'apporta.

— Est-il exact, lui demandai-je, que mon fils invite céans Sa Majesté ?

— À vous Messire, sourit-il, on ne peut rien cacher !

— Que sais-tu d'autre ?

— *Nulla,* Messire. Le jeune maître, averti de nos soirées masquées, y paraît souvent en diverse compagnie ; Sa Majesté les honore parfois de sa présence mais le marquis de Morienval, uniquement, sait qui est qui.

— Madame de Mailly ?

— Ce patronyme m'est inconnu.

— Il circule dans toute la Cour ! s'étonna Maurice. Et même, on prétend que les rondeurs de la mignonne ont détourné les yeux de notre Louis vers celles, plus discrètes, de l'une de ses sœurs…

— Les Petites Tuileries ne sont point Versailles, Messeigneurs, objecta Samory. — Il se pencha à mon oreille : Si vous en souhaitez apprendre davantage, chuchota-t-il, pourquoi ne pas interroger *qui vous savez* ?

Bien que cela m'eût souvent effleuré, j'éprouvais la plus grande réticence à retourner sur la tombe de l'Arcadia m'entretenir avec Coprophile, et j'avais évité de le faire depuis notre ultime conciliabule, près de trois ans auparavant, tant il m'était pénible de croire à la réalité de ce que je percevais.

Abandonnant néanmoins mes compagnons à la porte du petit théâtre — Samory avait recruté quelques artistes pour une parodie grivoise de l'*Atys* de Lully —, je jetai une fourrure sur mes épaules et m'en fus, dans la nuit glacée, jusqu'au cénotaphe.

— Quel courage ! railla bientôt la voix de mon défunt ami.

— Puisque tu sais tout ce qu'il advient céans, grognai-je en esprit, dispense-moi des préliminaires et réponds franchement à ce que tu lis dans mes pensées.

— Soit : Louise-Julie de Mailly abrite en son sein une femelle qui, si Dieu leur prête vie, joindra un jour son sang royal à celui de ton petit-fils Henry-Philippe.

— Morbleu ! Mais n'as-tu point protesté, naguère, ignorer l'avenir ?

— Je l'ignore en effet, mais Sa Majesté et ton rejeton sont certains que ce sera une fille : je les veux croire...

— Et ils ont déjà scellé leur union ! Mais pourquoi ?

— Parce qu'ils partagent beaucoup, *Petit Taureau*... Veux-tu que j'exprime les mots que, dans une sotte crainte, tu n'oses prononcer ?

— Ni Sa Majesté ni mon fils ne sont des bardaches !

— Il suffit qu'ils le soient l'un pour l'autre... Je te sens tourmenté, bel assassin, quand tu devrais au contraire te réjouir du destin de ta lignée...

Je demeurai silencieux : n'aimais-je point assez le Roi pour m'enorgueillir de ce que mes arrière-petits-enfants fussent de son sang ? N'avais-je point, moi-même, procédé semblablement avec Henry d'Ystirac ? La froidure hivernale me fit grelotter.

— Rentre au château, suggéra tendrement Coprophile : j'ai froid pour toi !

— Souffres-tu encore de ces sensations ?

— Sont miennes toutes celles des êtres qui visitent le domaine, animaux compris.

— N'est-il point cruel de n'être qu'un témoin, un...

— Un voyeur désincarné ? Non, mon ami, car j'expérimente en cet état le centuple de ce que je n'eusse éprouvé en mille années de vie.

— Combien de temps cela durera-t-il ?

— Je l'ignore.

— As-tu déjà tenté de t'enfuir ?

— À l'instar du feu qui réchauffe la chair, j'ai besoin de ma thébaïde et je ressens comme une algide angoisse à l'approche de ses grilles. Je crois que les franchir signifierait...

— Mourir une nouvelle fois ?

La voix se tut et ne répondit plus à mes interrogations. Je me hâtai vers les bâtiments illuminés. Samory attendait, solitaire, sur le perron, un samovar à ses côtés.

— Il est autre chose que je ne pouvais confier à Votre Seigneurie devant témoin, glissa-t-il en nous versant une tasse de vin chaud. Elle concerne Son Altesse Sérénissime le comte de Charolais et votre neveu Monsieur de Roccaze. Lesquels ont maintes fois honoré la maison de leur présence ; les caves, principalement... Or il se trouve qu'ils ont amené avec eux deux autres personnes...

— Oui, précisai-je, le jeune Durelais et notre petit Andrea.

— En avez-vous des nouvelles, Messire ?

— Aucune, mais j'en comptais prendre.

— Votre Seigneurie m'obligerait beaucoup : j'ai quelques craintes qu'il ne soit arrivé malheur à ces individus — Dieu fasse que je me trompe ! — car ni Son Altesse Sérénissime ni Monsieur de Roccaze n'ont reparu céans en leur compagnie. Plus alarmant : ils m'ont rudoyé lorsque je leur en ai osé demander raison, attitude inédite à mon encontre. Je n'ai point insisté mais il m'a semblé indispensable d'en référer à Votre Seigneurie...

Le placet que je fis parvenir à Charles dès le lendemain reçut une réponse étonnamment rapide et courtoise, eu égard au ton impatienté que j'avais employé :

« Ton Andrea est à présent le mien, écrivait le comte. J'espère que tu ne me tiendras point rigueur de ce choix qui compense, *mutatis mutandis,* le départ de mon Wang. Quant à ton joli neveu et son non moins charmant laquais, voici plusieurs semaines qu'ils ont regagné leur province ; je pensais que tu le savais. »

Suivait une longue supplique pour que je le vinsse rejoindre. À demi rasséréné par ces lignes, je mandai quelques reproches à Guy, puis, sans rien promettre à Charles, m'en fus à Versailles tenir mon rang.

Fleury malade — certains l'avaient déjà enterré —, ce fut Polignac qui me reçut. Évoquant en préambule les affaires courantes de l'État, le Cardinal, qui connaissait mes liens avec Théodore de Neuhoff, s'inquiéta de savoir si j'en avais ouï des échos. Déçu que ce ne fût point le cas, il révéla qu'un corps expéditionnaire français avait récemment débarqué en Corse sur demande des Génois mais qu'il y rencontrait une résistance inattendue.

— Le prétendu roi Théodore en exil, regretta-t-il, ôte un arcane majeur à notre jeu. Je vous conjure de nous aider à retenir ce fuyard, dans l'hypothèse où il se présenterait chez vous ou vous enverrait un signe : nous devons empêcher que cette île sauvage tombe aux mains des Anglais.

Nous revînmes ensuite sur les succès de Telemann, et mon illustre interlocuteur s'enquit timidement de savoir si le musicien partageait nos inclinations ; son visage s'éclaira lorsque j'acquiesçai.

— J'envie vos secrets, avoua-t-il, mais serais incapable d'en payer le prix.

— Me pensez-vous si criminel ? grinçai-je.

— Loin de moi cette opinion ! Votre liberté et votre fortune font, à juste titre, des envieux. Il n'est que cette froideur en vous qui choque : n'éprouvez-vous aucune compassion ? Ne songez-vous jamais à ceux que vous avez occis ?

— Ce serait contester la légitimité des ordres que l'on me donne.

— Et si l'on vous commandait de me supprimer…

— Souffrez que je réponde comme jadis Son Éminence le cardinal de Fleury : *cela est fort improbable mais je le ferais, de même que je tuerai quiconque l'on me désignera, sans égard pour le rang, le sexe ou l'âge.*

— Vous m'effrayez, Henry.

— C'est l'objet.

— Je vous sais pourtant sensible.

— Je le suis, Monseigneur. Les bourreaux font, dit-on, d'excellents pères.

— Mais vos motivations…

— Je donnerais ma vie pour Sa Majesté. Avez-vous jamais aimé ?

— Oncques au point de tuer ! Et puis, je crois en Dieu, *moi.*

— Le Grand Inquisiteur le prétend aussi. Contrairement à lui et à ses coreligionnaires, j'agis sans haine ni passion…

— Sans passion et sans foi !

— Ma seule foi est cet amour que vous méconnaissez.

Nous nous évaluâmes amicalement du regard pendant de longues secondes.

— Cher opposant, reprit le Cardinal sans cesser de sourire, répondez, fût-ce *in pectore*, à cette dernière interrogation : lequel, de l'amour pour le Roi ou pour votre frimasson d'héritier, prendrait le dessus s'il advenait que le dilemme se présentât ?

Je lui rendis son sourire sans rien ajouter, mis un genou à terre, baisai son anneau et sortis. Retrouvant mon fils seul en ses appartements, je lui soumis l'alternative.

— Un choix biblique! plaisanta-t-il. Ne pouvant décider entre les deux, sans doute, cher père, retourneriez-vous l'arme contre celui qui l'aurait osé placer entre vos mains.

— Contre le Roi?

— Voyons, père, si Sa Majesté ordonnait que l'on m'assassinât, ce serait que j'aurais mérité sa colère. Or je sais qu'elle m'aime…

— Et je sais, quant à moi, combien vous l'aimez: avez-vous déjà choisi le prénom de l'enfant Mailly que vous comptez donner en épousailles à mon petit-fils?

Louis-Henry, soudain très pâle, tomba dans un fauteuil:

— Je ne puis envisager que l'on ait trahi notre secret! souffla-t-il.

— Rassurez-vous, lançai-je, je tiens cela de la même source qui vous révéla autrefois mes songes en compagnie du feu Roi. Je ne sais rien de plus et n'en souhaite point connaître davantage.

Mon gracieux marquis recouvra la joie en même temps que la mémoire, puis la conversation dévia sur notre famille. Louis-Henry me reprocha doucement le peu d'intérêt que j'y portais, bien qu'Alban d'Ystirac veillât sans relâche sur nos avoirs avec Simon Panchaud, cependant que son hôtel abritait les plus jeunes éléments du clan, et la petite Marion, fille de Moussa-Saül. Lequel, sans que je m'en fusse aperçu ni qu'on me l'eût rapporté, ne semblait nullement s'être consolé du trépas de son épouse, et se querellait de plus en plus souvent avec ses proches ainsi qu'avec ce Jean de Laspasses, surintendant pointilleux recruté par Panchaud.

— On n'attend point que vous résolviez tous les problèmes, glissa Louis-Henry, mais on apprécierait assurément votre intérêt pour ces matières, votre présence en vos domaines. Vos gens vous vénèrent tel un dieu tutélaire, lointain, non comme un être de chair. Craignez qu'ils ne changent un jour de religion…

XIX

Fleury, quasi ressuscité d'entre les morts, reprit gaillardement son ministère au printemps et je profitai de la transhumance royale à Marly pour regagner Mondétour avec mon trio de chambre.

Mon premier soin fut de rendre visite à Moussa-Saül, que je trouvai accablé au coin de sa cheminée, comme s'il n'en avait point bougé depuis notre dernière rencontre. Ses cheveux grisonnaient, ses traits et sa mise s'étaient affaissés et son regard, jadis si brillant, avait perdu tout éclat, affichant désormais un dédain qui m'intimida. Les fines rides qui barraient son front s'étaient élargies et sa bouche conserva un rictus douloureux tout au long de la conversation.

Il ne se plaignit point pour lui-même mais brossa des uns et des autres, surtout du surintendant, un portrait si sombre que j'en vins à me demander quelle foi ajouter à ses propos. Même Jean, son aîné, dont les études au collège de Saint Michel se déroulaient au mieux en dépit des brimades que lui valait la couleur de sa peau, ne trouvait point grâce à ses yeux ; et ma promesse de le promouvoir intendant de Mondétour ne souleva que soupirs désenchantés.

Peut-être eussé-je dû insister mais je fus si désemparé par cette attitude que les mots justes, si tant était qu'ils existassent, me firent alors défaut et que je pris rapidement congé, attristé par mon impuissance, sans deviner que la pente était fatale.

Parmi le courrier que je reçus dans les temps qui suivirent, je trouvai une lettre inquiétante d'Henry d'Ystirac : ayant convié Guy de Roccaze à se joindre au voyage estival qu'il comptait entreprendre pour Paris, il avait essuyé un refus embarrassé, mon neveu s'abritant derrière le mariage annoncé de Louis, cadet d'Henry Durelais, et l'impossibilité pour ce dernier de l'accompagner.

« Nos compères ont beaucoup changé depuis leur dernier séjour en bords de Seine, regrettait mon correspondant. Il semble qu'il se soit passé quelque chose sur quoi ils ne veulent pas revenir. Pour avoir lourdement insisté, je sais que tu n'es point en cause mais ce changement de dispositions me trouble. Nos jeux y ont perdu en simplicité et nos conversations en franchise. »

Comprenant que je n'obtiendrai rien de Guy, qui d'ailleurs n'avait pas répondu à mon dernier message, j'annonçai ma visite au comte de Charolais.

Je me rendis en son hôtel peu après Pâques, serrant encore dans ma poche un billet sur lequel mon fils avait inscrit ces simples mots : « Elle s'appelle Hortense-Félicité. »

Charles et son benjamin le comte de Clermont m'accueillirent avec d'encombrantes démonstrations d'amitié qui ajoutèrent à mon malaise. L'élégant Clermont, avec qui je n'entretenais jusqu'alors que des rapports protocolaires, se glorifia même de pouvoir appeler *frère* mon rejeton, ce qui, *in petto,* me sembla outré de la part d'un prince du sang par ailleurs abbé et libertin notoire. Point ne me fut besoin, toutefois, de notifier mes griefs car Charles en vint sans détour aux motifs de ma présence :

— La tonalité de ta prose, sourit-il, était des plus claires et il était prévisible que ton cher neveu n'osât avouer ce qu'il savait...

Nous pénétrâmes dans le salon de compagnie aux boiseries érotiques, où l'impassible majordome en livrée rouge et or servit à boire.

— Andrea est mort, annonça paisiblement notre hôte.

Je me levai d'un bond mais mon interlocuteur me retint par la manche :

— Laisse-moi achever, gronda-t-il. Tu publieras ensuite à ton aise quel monstre je suis...

Et il expliqua comment le jeune homme, victime des turpitudes de ses bourreaux — dont mon neveu et son complice — y avait succombé ; comment, ensuite, touché malgré lui par l'horreur de ce trépas, il avait exhorté Monsieur de Vaucanson de rendre à Andrea la vie qu'on lui avait ôtée.

— À dire vrai, confia-t-il, j'étais surtout préoccupé par ta réaction et piqué de connaître l'étendue des talents de Monsieur de Vaucanson. J'ai dû insister, menacer, patienter, verser des sommes folles, mais je n'ai point été déçu...

Charles frappa dans ses mains ; entrèrent alors quatre vigoureux domestiques, vêtus seulement de ces cafetans noirs, brodés d'argent que je connaissais trop, portant un palanquin aux couleurs de leur maître. Ayant déposé le fardeau devant nous, l'un d'entre eux ouvrit les rideaux : Andrea, ou quelque objet monstrueux lui ressemblant, se tenait assis sur une cathèdre dorée, les yeux fermés comme en un songe douloureux. Il était habillé en femme ; la peau de son visage, plus blafarde qu'à l'ordinaire, s'ornait de discrètes mouches et sa bouche, très rouge, affichait un sourire crispé. Je demeurai interdit.

Au signal de Charles, le majordome glissa un bras sous la robe. Il y eut une espèce de cliquetis, puis les paupières et les mains gantées de l'automate s'animèrent lentement. Lorsque la tête de la chimère se tourna vers moi et que son regard hyalin perça le mien je sentis mon cœur se soulever et je perdis brièvement connaissance.

Quand je recouvrai mes esprits, Charles et son frère s'étaient penchés pour me secourir mais je pouvais, dans leur dos, distinguer la machine agitant ses membres et roulant des œillades aussi épouvantées que les miennes ; ses lèvres entrouvertes laissaient échapper une espèce de gargouillement qui me donna la nausée. Je suppliai qu'on l'ôtât de ma vue.

— Es-tu émotif ! glissa notre hôte en me tendant un verre de marc. Monsieur de Vaucanson a pourtant accompli des prodiges jusques aux moindres détails : bien que devant rester assis par la nécessité des merveilleux ressorts et rouages actionnés dans son dos et sous son trône, *cela* siffle, chuchote, mange, bande même, et son rectum fonctionne d'après le nôtre !

— Comment un savant aussi réputé pour sa rigueur morale a-t-il pu accepter semblable ignominie ? m'étouffai-je.

— Le nom du commanditaire, le défi scientifique et l'argent, répondit Charles avec légèreté. Dans cet ordre ou un autre, je ne sais… Monsieur Telemann lui ayant ravi les faveurs de la Cour, il les espère reconquérir avec…

— Avec Andrea ?

— Tu vois : tu lui as toi-même redonné son nom… Mais pour revenir à notre génial mécanicien, c'est un canard digérateur qu'il compte incessamment présenter à Leurs Majestés. Un jouet qu'il a conçu pour se distraire des nôtres…

— Du *tien,* tu veux dire !

— J'ai bien dit des nôtres, bel ami ; car celui-là t'est destiné après que Monsieur de Vaucanson aura achevé celui qu'il réalise pour moi. Ne t'avise point de refuser ou je dénonce ton neveu : c'est lui, après tout, qui est la cause première de ce... phénomène.

Je priai intérieurement pour que le diabolique mécanicien prît son temps et résolus d'offrir Andrea au duc de Villars ou de l'oublier en quelque réduit dont je jetterais aussitôt la clef. Charles sourit à mon silence puis me montra les plans de son automate, monstre à la fois mâle et femelle dans lequel circulaient toutes sortes de fluides et dont l'objet ne faisait aucun doute.

Le comte de Clermont, à qui je demandai son avis au moment de me retirer, eut un ricanement gêné :

— La science nous confond souvent, marmonna-t-il, mais nous ne croyons guère en ces imitations de la Nature. D'aucuns les voueraient au bûcher...

Le Pape, quant à lui, fit clairement connaître ce qu'il pensait des frimassons en les excommuniant, comme attendu, par une bulle *ad hoc*. Fleury, triomphant, vint en personne le proclamer peu après en mes appartements de Versailles.

— Cette secte, s'exclama-t-il, ne dépassera jamais le cercle de la haute noblesse ; Sa Sainteté vient de la transformer en simple *club* !

Devinant que je craignais pour mon fils il ajouta :

— Notre siècle est réputé éclairé, cher *Thésée* ; nous convaincrons les récalcitrants par la seule vertu de la vraie foi et nous garderons soigneusement d'inquiéter les membres illustres de ces conventicules. Nous veillerons, en revanche, avec la plus grande sévérité, à ce que le peuple ne se commette point en ces espèces de séditions et punirons de même quiconque l'exciterait à le faire : vous le rapporterez à qui de droit...

Résolument en santé, le Cardinal s'étendit ensuite sur les mesures d'économie qu'il s'apprêtait à prendre contre les *petites dames* de la famille royale en mandant les cinq plus jeunes à l'abbaye de Fontevraud :

— Ces bouches-là ne rapporteront rien avant longtemps, martela-t-il. — Et plus mystérieusement : Sa Majesté semble condamnée aux filles jusques en ses adultères. Une Mailly en chasse une autre…

Qui de droit, ce furent mon fils, le comte de Clermont et le duc d'Antin — mais évidemment pas celui de Bouillon — venus, peu de temps après, s'inquiéter de mes dispositions à les protéger de la vindicte du Cardinal. Ils étaient accompagnés par un quinquagénaire au poil roux et à l'œil anxieux dont je devinai immédiatement qu'il s'agissait du chevalier de Ramsay.

— Notre *frère* d'Aubigny, commença le duc d'Antin, a dit de vous le plus grand bien et nous savons qu'à défaut de les partager vous acceptez assez les idées de Monsieur votre fils pour veiller à ce qu'il ne souffre point à cause d'elles. Aussi souhaitions-nous que vous fussiez le premier *non-maçon* qui sût la fondation de notre Grande Loge, laquelle réglera les arrêts s'appliquant à toutes celles du royaume.

— Vous m'en voyez fort aise, ricanai-je. Et quel usage attendez-vous que je fasse de cette nouvelle ? Voulez-vous que j'explique à Son Éminence comment s'organise la sédition ?

— En quoi la liberté de conscience est-elle séditieuse ? intervint Ramsay.

— Votre accent étranger est la meilleure réponse, claquai-je.

— Nous aimons tous le Roi, père ! intercéda mon rejeton. Le peuple…

— Laissez Sa Majesté et le peuple en dehors de cela, grognai-je. C'est pour eux que tremble Son Éminence ; c'est eux qu'elle défendra.

— Il y a peu de risque qu'elle ait à s'en soucier, grinça Ramsay : l'esprit de Sa Majesté est, dit-on, fort léger et le peuple a trop faim pour penser.

— Croyez-vous que nous l'ignorons ? risqua Clermont.

— Non seulement nous l'ignorons, repris-je, mais nos titres, charges, fortunes, et l'endroit même où nous nous trouvons rendent ridicule sinon scandaleuse cette conversation. Je crois, pour ma part, que vous vous inquiétez moins du peuple que du pouvoir que sur lui vous pourriez exercer. Je ne vous blâme point de vouloir rivaliser avec le Pape mais je vous enjoins de ne rien entreprendre qui attente à l'ordre pour lequel nos ancêtres, ceux surtout de Votre Altesse Sérénissime — je pointai Clermont —, ont combattu.

— Si nous ne le réformons, insista le duc d'Antin, cet ordre auquel nous tenons tous s'effondrera de lui-même, croyez-m'en ! Et la France, alors, sera livrée sans défense à l'Étranger. Est-ce là aimer son roi ?

Mes visiteurs s'étaient approchés au point de m'entourer d'assez près pour que je sentisse leur souffle. Je demandai de l'air, bousculai Ramsay et pris un fauteuil en retrait de la pièce.

— Votre rhétorique m'épuise, soupirai-je en leur désignant la porte. Veillez sur mon fils, craignez le prosélytisme et je répondrai de vous auprès de Son Éminence.

Mes hôtes se retirèrent en dissimulant mal leur satisfaction.

Henry d'Ystirac arriva à Paris au moment où la Cour s'ébranlait pour Compiègne.

Telemann, sentant peut-être tourner le vent — le canard de Monsieur de Vaucanson avait couvert, au propre comme au figuré, la musique de l'Allemand —, mit également à profit cette migration pour regagner sa patrie, non sans avoir rendu hommage à mon sens de l'hospitalité et promis de revenir, accompagné cette fois de son complice Mattheson.

Les nouvelles de Béarn étaient bonnes, exception faite de mon neveu, autant emmuré dans son mutisme que dans son château et qui refusait d'en sortir. Henry Durelais avait, à l'imitation de son cadet, épousé une Paloise de son âge aussitôt engrossée, mettant un terme que l'on espérait temporaire à ses frasques du fameux abri de chasse. Quand je révélai à mon cher marquis ce qu'il était advenu d'Andrea, il ouvrit des yeux effarés.

— Je comprends mieux, murmura-t-il, la réclusion volontaire de Guy. Sa personnalité a tant évolué depuis… On dit que Paris l'a gâté. Il demeure affable avec ses gens mais ses proches le craignent : j'ai pu m'en entretenir brièvement avec Madame son épouse, qui t'en veut beaucoup.

— Sait-on ses inclinations ?

— Si on les sait, on les tait. La province…

— Et que dit-on de moi ?

— Que tu es bien à ta place…

Honoré de Villars, soucieux de revoir mon visiteur, vint séjourner à Mondétour, où le clan entier avait, à l'habitude, pris ses quartiers d'été. Ignorant ce qui se tramait entre mon fils et le Roi, notre duc annonça comme un grand secret que Pauline-Félicité, cadette de Louise-Julie de Mailly, avait succédé à cette dernière dans la couche royale et qu'il était heureux que l'impétrante fût mariée au jeune et falot marquis de Vintimille afin de parer à toute bâtardise.

— Hélas, ajouta-t-il, Sa Majesté la Reine a fini par l'apprendre et en a, dit-on, perdu le fœtus mâle qu'elle portait. Chacun, dans ce *pays-ci,* s'étonne de ce qu'elle ait pu si longtemps ignorer l'évidence...

Ne me pouvant résoudre à mettre mes compagnons dans la confidence des noces annoncées de mon petit-fils avec le fruit des amours adultérines de notre bien-aimé souverain, j'évoquai de nouveau Andrea et voulus, par avance, l'offrir à Honoré. Il fit la grimace :

— Les mauvais esprits, grinça-t-il, ont trouvé en moi un sujet perpétuel de dérision qui a importuné jusqu'à Sa Majesté. Laquelle m'a enfin autorisé à me retirer en ces États de Provence dont j'ai hérité la charge. Je partirai pour Aix dès l'automne. Vous y serez les bienvenus, tendres amis, mais point cet Andrea.

Baremont, qui nous suivait toujours, s'agita beaucoup dans les temps qui suivirent. On attribua son étrange exaltation à l'approche de l'éclipse partielle de soleil qui devait marquer le 15 août, et les enfants s'amusèrent de ses prophéties apocalyptiques : « Elle vient ! » ne cessait-il d'écrire sur ses parchemins et chuchoter à mon oreille telle une mouche importune. Mes amis rirent, pour leur part, de mes agacements, sachant trop bien l'écho que ces augures trouvaient en mon âme.

Mais l'effroi nous frappa tous lorsque, au matin de l'éclipse, dans la lueur mordorée du phénomène céleste, le beau Jean Mondétour accourut à notre porte sangloter que l'on avait retrouvé son père pendu dans le verger.

Nous nous précipitâmes aux communs, où le corps nu du défunt, magnifique malgré les stigmates du trépas, avait été allongé sur une table. Les yeux mi-clos de Moussa-Saül, encore brillants, conféraient à son visage une expression narquoise qui fit jaillir nos larmes. Le curé du village survint peu après, la mine contrariée :

— On m'a dit, commença-t-il sans nous avoir salués, que la mort n'était point naturelle, et même que…

— Il a succombé au chagrin, dis-je sèchement.

— Votre Seigneurie n'ignore pas que le suicide…

— N'as-tu point entendu ? soufflai-je en serrant les mâchoires.

— Certes, mais l'Église…

Je saisis le ratichon par le col :

— Ne me force pas à en référer à ton évêque, tonnai-je, car alors tu t'en repentiras !

L'autre blêmit, marmotta quelques protestations mais n'en fit pas moins signe à ses acolytes de commencer la cérémonie. L'ultime sourire de mon pupille disparut sous un suaire et l'on disposa des cierges autour de la table. Jean et ses frères se tenaient en retrait, comme étrangers à ce qui se déroulait.

Ravalant mon chagrin, je mis à profit l'arrivée de Laspasses, le surintendant, pour recommander à celui-ci la garde de la famille et l'instruction de l'aîné afin qu'il pût un jour assurer l'administration du domaine. Je vis bien que ces ordres ne lui plaisaient guère mais il parut comprendre le peu d'intérêt qu'il aurait à les discuter. Je me retirai aussitôt après, submergé par l'affliction.

Moussa-Saül fut inhumé aux côtés de son épouse, et ses enfants retrouvèrent leurs diverses attributions domestiques au château ; seule Marion, la plus petite, demeura au sein du clan en l'hôtel d'Ystirac. Quant à Baremont, vilipendé comme un oiseau de malheur, il prit la fuite. Je pensais le retrouver quai des Balcons mais il n'en fut rien.

Henry reparti en Béarn et Honoré à Fontainebleau pour prendre congé du Roi, je m'apprêtais à regagner Paris lorsque, à la faveur d'une nuit, un carrosse s'immobilisa sur le parvis. En descendirent plusieurs formes vêtues de noir, dont l'une semblait connaître assez l'endroit et ses gens pour apostropher familièrement Colas.

Campé sur le seuil du grand salon, perruque et chapeau vissés sur la tête, le chef de cette mystérieuse délégation attendit que je le reconnusse, ce dont je fus incapable avant que sa voix ne retentît : en quatre ans, le *roi Théodore* — ci-devant baron de Neuhoff — s'était en effet avachi au point que je m'étonnai *in petto* de ce que nous eussions autrefois pu être amants.

— Ai-je donc tant vieilli ? gémit-il après m'avoir présenté ses compagnons dont j'oubliai aussitôt le visage et l'identité.

— J'ai vieilli moi aussi, répondis-je évasivement en désignant un siège à mes visiteurs.

— Contrairement aux miennes, soupira Théodore, tes affaires sont florissantes et ta fortune...

— Est-ce pour cela que tu es revenu ?

— Pouvais-je passer en France sans te revoir ? Ton immortel patron, le cardinal de Fleury, que j'ai secrètement rencontré en sa maison d'Issy, semble redouter que je tombe ès mains anglaises. Nul doute qu'il m'eût fait arrêter sur-le-champ si je lui en avais laissé l'opportunité... On dirait que la Corse intéresse enfin les Français !

— Qu'attends-tu de moi ?

— Que tu montres le même sens des affaires que certains Hollandais qui m'ont prêté de l'argent contre un traité commercial très avantageux.

— Avantageux pour eux ou pour toi ? Je crains, quoi qu'il en soit, que tu n'aies gratté à la mauvaise porte : mon sens des affaires s'appelle Simon Panchaud, Alban d'Ystirac et les frères Paris.

— Parlons-en : ils n'ont jamais répondu à mes lettres !

— Peut-être avaient-ils quelque raison.

Théodore baissa les yeux.

— Nous fûmes amis, jadis, murmura-t-il. Je ne puis croire que ton cœur se soit desséché au point de me refuser une ultime fois ton aide.

— Ton combat n'est pas le mien, protestai-je, un peu ébranlé, mais mon cœur n'est point aussi sec que tu le crois.

Je me levai, demandai à Colas d'improviser un souper et m'en fus extirper d'un cabinet quelques lettres de change. Je les glissai dans un portefeuille que je tendis à mon visiteur. Il sourit tristement en en prenant possession et, se levant à son tour, me tira à part.

— Je pensais te connaître, murmura-t-il ; tu as tant voyagé... J'étais intimement persuadé que tu épouserais, non point tant ma cause que mon odyssée : devenir roi, Henry, fonder une dynastie !

— Je suis meilleur duc que tu n'es monarque, glissai-je, et plus avancé que toi en matière de descendance...

— Mais à quel prix, Henry ?

— Chacun le sien, *Sire*...

La petite délégation, après s'être sustentée, repartit comme elle était venue — le baiser de Théodore avait un goût d'adieu —, laissant derrière elle un fumet d'aventure dont mon âme égratignée se reput autant qu'elle s'en tortura. Ce fut dans ces dispositions d'esprit que je fis route pour Fontainebleau, rendre compte à mon *immortel patron* de cette visite inattendue. Il m'en sut gré mais la question corse était de nouveau occultée par la résolution de la succession de Pologne, pour laquelle un traité venait d'être signé à Vienne, officialisant la renonciation de Stanislas à la couronne polonaise en échange des duchés de Bar et de Lorraine, qui reviendraient à la France par clause secrète et moyennant finance.

On reparla donc du grand-duché de Toscane, cédé en partie grâce à mon crime au duc de Lorraine, et d'autres savants découpages qui donnaient Parme à l'Empereur, contre Naples et la Sicile pour Philippe V d'Espagne ; Fleury lui-même s'y retrouvait difficilement.

— Nos plénipotentiaires ont ramené la paix, soupira-t-il, c'est tout ce qui importe. Mais ils ont dû accepter la Pragmatique Sanction[65] et cela m'effraie : en aurons-nous jamais fini des guerres de succession ?

Le cardinal de Polignac, témoin de l'entrevue, me confia ensuite le maigre crédit que les propos pacifiques et un peu ternes du vieux ministre recueillaient auprès d'une Cour avide de briller et d'un jeune monarque aussi léger d'esprit que les jupons qu'il troussait.

— Tout est jeu, regretta-t-il, même la guerre ! Quant à l'Histoire…

Il me conduisit dans ses appartements pour me montrer les premiers relevés d'un pittoresque ensemble de ruines romaines découvert à la Fontaine de Nîmes et assura, d'une voix passionnée, que cela n'était rien en comparaison des vestiges mis au jour quelques mois plus tôt non loin de Naples :

— Je tiens cela de l'un des plénipotentiaires de Vienne, précisa-t-il. Le roi des Deux-Siciles a bien de la chance ! Ah, si j'avais dix ans de moins…

65. Règle édictée en 1713 par l'empereur Charles VI (1685-1740) et qui ouvre aux femmes la succession au trône d'Autriche, mais pas à celui du Saint Empire.

Cette réflexion, ajoutée à celle que m'avait faite Théodore, empoisonna mes pensées tout le temps que je demeurai à Fontainebleau, où je me sentis en retrait, spectateur blasé sinon lâche. Impression que conforta ma présentation, très protocolaire et très hypocrite, par mon fils aux sœurs Mailly : l'aînée, Louise-Julie, avait l'aplomb d'une duchesse, un large front et de grands yeux de jais mais une bouche dure. L'à-propos et l'humeur me manquèrent pour la saluer comme la future grand-mère de ma lignée et je me contentai des billevesées d'usage. La cadette, Pauline-Félicité, tout à son bonheur de catin suprême, me laissa à peine baiser le bout de ses doigts avant de s'en retourner à ses danseries.

Louis-François de Richelieu et Maurice de Saxe, qui avaient observé la scène, s'amusèrent de ma raideur quasi-militaire, qu'ils comparèrent aux automates de Monsieur de Vaucanson :

— On prétend, insinua Maurice, que Son Altesse Sérénissime le comte de Charolais en possède de fort curieux. Tu serais mieux inspiré de fréquenter sa Cour plutôt que celle de Sa Majesté : les bardaches ne sont plus de mode céans et le sérieux déplaît.

Devinant que le trait me blessait, il s'excusa aussitôt et, prenant mon bras, nous consacra quelques minutes d'extase en ses quartiers. Je me fusse aisément habitué à cet usage si les premiers frimas n'avaient ramené bien vite la Cour à Versailles.

Vers la fin de l'année, cependant que je macérais quai des Balcons, un jeune agent du roi Théodore me vint remettre une missive codée dans laquelle celui-ci se réjouissait des victoires éclatantes de son peuple sur *l'ennemi* mais s'inquiétait de la réaction française. Il espérait que j'accepterais de soutirer à Fleury quelques informations cruciales afin de les lui communiquer par retour de courrier.

« Le porteur de ce pli, concluait-il, a reçu l'ordre d'attendre tes volontés. »

Je constatai que l'adolescent, râblé et très noir de poil, qui se tenait devant moi parlait assez bien notre langue. Il me dit son prénom — Calistu — avec un accent chantant et une moue interrogative qui me séduisirent, mais l'offrande, trop facile, me rebuta. Je lui fis donner un lit, de quoi manger, et retournai à mes austérités.

Vers les onze heures, alors que s'éteignaient les braises dans le foyer du bureau et que je m'apprêtais à rejoindre mon trio de chambre, on gratta à la porte. J'ouvris moi-même et me retrouvai à quelques pouces du Corse, nu et bouclé, abrité sous une simple couverture, le sexe dressé et toujours cette délicate expression de reproche aux lèvres.

Je le fis entrer, verrouillai l'huis et me délectai des reflets fauves qui embrasaient ses contours. La couverture produisit un frottement presque imperceptible en tombant sur le tapis. Nous conservâmes le silence. Calistu me regarda me déshabiller avec attention, suivant chacun de mes mouvements comme s'il en voulait apprendre la combinaison. Je me plaçai face à lui devant l'âtre, de sorte que nos balanes ne se pussent effleurer que par l'effet de la volonté de l'un d'entre nous.

Ce fut lui, le premier, qui posa ses paumes sur ma poitrine, entraînant ses reins dans un mouvement qui pressa son membre, très rigide et un peu froid, contre le mien. Lui aussi dont le poing glissa contre ma nuque afin que nos lèvres s'unissent. Lui, enfin, dont la main restée libre indiqua à ma verge le chemin à suivre. Soulevant mon partenaire, je l'empalai doucement, debout puis à genoux, ses jambes et ses bras ancrés tel un sauvage à son arbre, son souffle rauque et le parfum capiteux de sa peau enivrant mes sens. Une boule musculeuse dont je ressentis la fruition en même temps que la mienne et qui resta longuement enlacée, réticente à ce que nos humeurs se séparassent. Ne pouvant me résoudre à l'abandonner ainsi, je pris le jeune homme dans mes bras et m'en fus l'installer entre Wang et Vassili, au creux de ma couche. Nous dormîmes peu.

Calistu, au matin, s'enquit avec candeur de la réponse que je ferais à son maître.

— Nous devons d'abord en référer à Son Éminence mon immortel patron, répondis-je en clignant de l'œil.

Le soir même nous étions à Versailles. Mon jeune compagnon, très impressionné, à qui j'avais fait endosser une perruque et un habit de Cour trop grands pour lui, ne souffla mot durant le trajet qui nous conduisit jusque chez Fleury. Lequel, surpris de me voir semblablement escorté, se réjouit néanmoins de ce que le baron de Neuhoff eût repris, pour ainsi dire, langue avec moi.

— Il est exact, reconnut-il, que nos troupes ont eu fort affaire, à Borgo[66], avec les séides du prétendu roi Théodore mais nous nous apprêtons à mander sur l'île de nouvelles forces sous le commandement de l'excellent marquis de Maillebois. Ces sauvages…

— Souffrez, Monseigneur, que je vous présente l'un d'entre eux, interrompis-je en jetant Calistu à ses genoux.

— Joli spécimen ! ricana le vieux prélat.

— *Sire,* bredouilla l'adolescent…

— Voilà qu'il s'adresse à Sa Majesté ! s'amusa Fleury.

— *Sire,* persista Calistu, point ne sommes sauvages, et la noblesse de ma famille est très ancienne quoique modeste.

66. Dans le nord-est de la Corse, près de Bastia. L'événement prit le nom de « Vêpres corses ».

— Eh bien, répondit sèchement le Cardinal, prouvez-le-nous par votre allégeance.

— Nous sommes obéissants, *Sire,* à notre roi, comme le sont les Français au leur, et les Espagnols, et les Anglais...

— Belle plaidoirie! ironisa le ministre — Et s'adressant à moi: qu'en comptez-vous faire?

— Théodore attend une réponse, Monseigneur. Son jeune avocat la lui portera.

— Croyez-vous? Nous tenons là, ce me semble, un otage de choix: la question, judicieusement appliquée...

Il allongea le bras vers le cordon, probablement pour appeler la garde. Calistu blêmit et tourna vers les miens de grands yeux incrédules qui me firent aussitôt m'interposer:

— Laissez-moi en disposer, lançai-je.

— Soit, accorda le prélat un peu surpris en suspendant son geste, mais vous me rendrez compte de ce qu'il sait et le tiendrez à la disposition de Monsieur de Maillebois. Et ne me venez surtout point dire qu'il s'est enfui!

Je fis la révérence sans répondre, pris mon protégé par la main et nous dirigeai vers la sortie.

— Suis-je votre prisonnier? s'enquit le jeune homme.

— Nous le sommes tous deux, maugréai-je.

Faute de le pouvoir faire au Roi, je présentai Calistu à ma famille et l'installai sur un pliant dans l'antichambre de nos appartements versaillais. Il s'y trouva bien — quel jeune hobereau de province n'en eût éprouvé légitime fierté? — et, s'il n'eut point les honneurs de la Cour, il reçut ceux de mes ardents amis, dont il partagea maintes fois les cabinets aux heures avancées de la nuit. Je me gardai toutefois de le laisser approcher du comte de Charolais, qui faisait des œillades moqueuses et des mines d'automate à chaque fois qu'il nous croisait.

La confiance établie, l'adolescent ne m'apprit toutefois rien sur Théodore que je ne susse déjà, exception faite de la loyauté toute relative de ses sujets, parmi lesquels les voix discordantes semblaient prendre de l'ampleur à chaque nouvel exil. Calistu lui-même, bien que sincèrement fidèle à Neuhoff, avait bien plus à cœur le destin de son peuple.

Ayant remis en ce sens un rapport au Cardinal de Fleury, et avec l'autorisation de celui-ci, je ramenai mon jeune amant à Paris dès le mois de janvier 1739 en attendant son départ, annoncé mais non encore arrêté, avec l'escadre du marquis de Maillebois.

Je lui fis confectionner des habits de ville, nous fûmes à l'opéra et au théâtre et je l'entretins des mille choses qu'un gentilhomme parisien se devait de connaître. Je crus me revoir à travers lui, trente-cinq ans auparavant — trente-cinq ans ! — quand Henry d'Ystirac m'avait ouvert, plus que les portes de son hôtel, un univers tout entier. Mais sa fascination, contrairement à la mienne d'alors, ne le détacha point de ses racines et il ne succomba guère au tourbillon.

De la Corse, en effet, il fut souvent question, et du dessein de mon invité d'y retourner au plus tôt : ce Maillebois que je craignais, lui en espérait chaque jour des nouvelles.

Un bal splendide fut organisé à Versailles à l'occasion des futures noces de Madame Élisabeth, aînée de Sa Majesté, avec l'infant Philippe, quatrième fils du roi d'Espagne. La Cour murmurait contre cette alliance, où le jeune âge de la promise choquait moins que les prétentions subalternes du fiancé au trône de son père, mais je ne pris guère part aux débats ; je pus en revanche — telle était d'ailleurs la raison première pour laquelle j'avais honoré l'invitation — m'entretenir en privé avec le marquis de Maillebois.

Ce sexagénaire très vif, de la trempe d'un Eugenio de Savoie fors l'amour des garçons, voulut bien m'informer de son départ au printemps suivant et de la consigne que lui avait donnée Fleury de ne me point autoriser à son bord :

— Son Éminence, sourit-il, craint que vous ne penchiez trop du côté corse...

Il ajouta que Calistu serait du voyage bien qu'il doutât de son utilité, le roi Théodore ayant derechef pris la fuite après un débarquement avorté. Je le suppliai de ne point maltraiter mon protégé, à quoi mon interlocuteur répondit qu'il en espérait user à la fois comme interprète et intermédiaire avec les notables locaux. Mais bien qu'il s'engageât à me le ramener en bonne santé, je doutai que le jeune homme, une fois son île retrouvée, eût envie de la quitter de nouveau pour Paris.

XX

Juste avant Pâques, une estafette du marquis se présenta quai des Balcons avec ordre de lui remettre Calistu. Les adieux furent brefs : lui ne masqua point sa joie, emportant un bagage léger depuis longtemps préparé, moi j'éclatai en sanglots sitôt la voiture disparue ; j'avais encore aux lèvres le goût de sa sueur, la saveur de sa semence, et mes doigts conservaient si vive la mémoire de sa peau… Colas eut beau me reprocher une sensibilité peu en rapport avec mon âge, rien de ce qu'il tenta avec ses compères du trio de chambre ne parvint à éloigner ma douleur.

Ce qui m'en détourna en revanche, dont je ne pus croire qu'elle était redevable au hasard, fut la livraison chez moi, quelques jours plus tard, par le comte de Charolais en personne, du cadeau tant redouté, ce *monstre de Vaucanson* ainsi que je l'avais secrètement baptisé.

Charles avait également emmené son propre automate, chimère puissamment armée des attributs des deux sexes dont il fit la démonstration des talents en l'accouplant à Andrea. Les mouvements de l'objet étaient limités mais on en pouvait disposer plus aisément ; sa robuste poitrine s'augmentait de mamelles aux tétins proéminents et son périnée d'une vulve à moitié dissimulée par une épaisse toison brune. Contrairement à celui, très expressif, de mon automate, le visage de celui-là n'exprimait qu'un désir impérieux, inassouvi, et sa bouche n'avait d'autre fonction que sucer telle une sangsue.

Ainsi Charles la fit-il opérer sur le membre d'Andrea, puis sur le sien propre, le mien refusant obstinément de se dresser. Désespérant me pouvoir impliquer au congrès, mon visiteur héla trois valets de sa suite, dont les verges emplirent ce qui devait l'être. Les humains jouirent, mais point la mécanique, dont les grincements affolés me firent craindre qu'elle ne cédât. Devinant mon inquiétude, Charles m'invita à alors presser l'auriculaire dans le nombril de son jouet, dont l'épieu projeta aussitôt de longs jets de substance blanchâtre :

— De la farine diluée dans de l'eau, précisa le comte. À remplacer par tout liquide qui te conviendra. Andrea fonctionne de même. J'ai d'ailleurs demandé à Monsieur de Vaucanson de rédiger un petit manuel.

— Ton mécanicien doit être bien riche, bougonnai-je.

— La Cour en est folle ! Je crains hélas que notre savant n'ait été dégoûté d'imiter la nature ; son nouveau labeur est de pure industrie : *on* fait désormais dans le textile…

Andréa, ou ce qui en tenait lieu, rejoignit les collections infernales de mon musée sans que l'envie me prît d'en user à l'instar de son commanditaire. Son succès, en revanche, fut immédiat auprès de mes roués, qui joignirent leur plume à la mienne pour en faire l'éloge auprès d'Honoré de Villars, toujours enfermé dans Aix.

J'en reçus une réponse trois semaines plus tard, dans laquelle il décrivait les charmes de la vie méridionale et annonçait la venue imminente de notre cher Vladislav. Il revenait, par ailleurs, en philosophe de province, sur le destin des uns et des autres qu'il prétendait pouvoir juger avec le recul nécessaire. Cela m'agaça — surtout la partie me concernant — mais ses philippiques contre la Cour et son aveugle désinvolture ne manquaient point d'à-propos, à telle enseigne que je me demandai s'il n'avait, lui aussi, adhéré aux idées *frimassonnes*.

« Nos épigones, prophétisait-il, nous feront un jour le reproche de les avoir laissés dans l'ignorance du monde ! »

L'univers des miens était certes éloigné du commun, telle était leur naissance. Ainsi le petit Henry-Philippe fêta-t-il richement ses sept ans, opportunité que ses parents saisirent pour faire réaliser son portrait par Monsieur de La Tour et l'amener pour la première fois à l'opéra. Notre héritier, qui ignorait qu'on l'avait déjà marié — mais il me sembla que sa mère en était informée —, ne goûta ni l'un ni l'autre, faisant la grimace au peintre et la sourde oreille aux *Fêtes d'Hébé* de Monsieur Rameau. Le seul cadeau qui eût sa préférence fut un simple toton[67] de bois offert par Sa Majesté, qui l'avait tourné pour lui à part des tabatières dont elle faisait présent à ses intimes.

Humble labeur qui eût satisfait le duc de Villars mais dont ne tint guère compte le Premier président de la Cour des aides[68] lors de sa harangue annuelle à Versailles devant le Roi. Nous fûmes abasourdis de l'ouïr évoquer *ce peuple qui gémit dans la misère, sans pain et sans argent, obligé de disputer la nourriture aux bêtes qui sont dans les champs pendant que le luxe immodéré des courtisans et des gens d'affaires semble encore insulter à la calamité publique*. Personne ne répliqua. Le Cardinal de Fleury insinua toutefois que le magistrat, dont la fortune

67. Petite toupie.
68. La Cour des aides de Paris jugeait en appel les affaires fiscales et procédait notamment à la vérification des lois en ce domaine, avec droit de remontrance au Roi.

n'avait rien à envier à celle de ses victimes, se vengeait là d'une pension qu'on lui avait refusée l'année précédente. Et comme la Cour s'apprêtait à suivre le souverain à Compiègne, l'incident fut vite oublié.

Il me marqua, pourtant, et je m'appliquai, de retour en mes terres, à observer mieux mes gens. Mais je n'y décelai d'autre vraie misère que l'ignorance, et le surintendant de Laspasses assura que les doléances qu'il recevait ne m'impliquaient en rien. Jean Mondétour, son brillant élève, émit quant à lui l'idée que l'on ne se rendait compte de son infortune que lorsque l'on en était instruit par un tiers ou quelque hasardeuse nécessité, ajoutant que la faim était un maître bien plus redoutable que la philosophie :

— Nul n'est besoin de savoir lire, observa-t-il, pour comprendre les grognements de son ventre. Craignons que cela ne tienne lieu de doctrine au peuple…

— Messieurs les curés, intervint Laspasses, sont en cela nos meilleurs alliés, qui veillent à ce que chacun demeure à la place que Dieu lui a réservée.

— Point ne faudrait toutefois, insista Jean en me regardant droit dans les yeux, que Messieurs les gentilshommes, l'outrepassant, missent la leur en péril.

— Penses-tu que je sois dans ce cas ? demandai-je en lui rendant son regard.

— Oh non, Messire ! bredouilla-t-il.

Laspasses fit quelques remontrances à son apprenti et la conversation dériva sur Simon Panchaud, qui s'apprêtait à se retirer définitivement des affaires et s'installer en Béarn près d'Henry d'Ystirac. Resté célibataire, le devenir de son riche héritage faisait d'autant plus débat qu'il ne s'était jamais prononcé sur la question. J'avais bien mon idée, étant son associé, mais je me gardais de la partager avec quiconque, espérant surtout qu'il vivrait le plus longtemps possible, que ce soit en philosophe ou en débauché.

Cet ensemble de sujets s'incarna, pour ainsi dire, au cours de l'été quand je reçus la visite d'un notaire breton venu me ramener près de vingt années en arrière : Le sénéchal de Chemendy, conspirateur auquel j'avais, en son temps, évité la hache du bourreau après qu'il eût trahi son maître — le malheureux marquis de Pontcallec, cuisant souvenir[69] —, venait en effet de rendre l'âme. Il me léguait, en reconnaissance de ce forfait, une île du Morbihan dotée d'un manoir portant son nom, héritage que j'eusse refusé en 1720 mais que j'acceptai en hommage expiatoire à mes premiers crimes. Le notaire, après la signature, précisa que les lieux étaient depuis longtemps à l'abandon et que je devrais entreprendre de vastes travaux si j'en souhaitais jouir.

— La Bretagne est si pauvre, soupira-t-il, que la noblesse n'y a guère plus de revenus que le reste de la population.

Et il me prévint contre un bandit femelle surnommé Marion du Faouët, dont la bande s'attaquait aux rares Bretons opulents ainsi qu'aux étrangers à la province égarés sur les grands chemins ; une sorte de légataire en jupon du défunt Cartouche. La tentation m'effleura alors de m'aventurer en Bretagne ; lisant en mes yeux, le notaire s'appliqua à m'en dissuader :

— Sauf à s'y rendre *incognito,* assura-t-il, la meilleure escorte du monde ne protégerait Votre Seigneurie ni des bandits, ni surtout des envieux…

Il m'enjoignit de mander sur place un architecte afin que celui-ci en rapportât quelques *vedute* de mon île et de ce qu'il conviendrait ou non d'en faire. À regret, je lui donnai raison.

69. Cf. tome II — *L'Élixir d'oubli.*

Le désir de voyage me hanta néanmoins de nouveau, que la *Daria,* ancrée depuis trois ans quai des Balcons, ne fit que raviver. Où aller, cependant, et à quelles fins ? Personne, parmi mes proches, ne voulut répondre, ne souhaitant probablement guère me voir reprendre la route.

Ce fut le Roi qui s'en chargea : s'inquiétant, auprès de mon fils, de ma mine préoccupée et s'entendant expliquer que je souffrais de langueurs, notre bien-aimé souverain suggéra que je fusse présenté au marquis de Villeneuve, gentilhomme provençal qui avait succédé au vicomte d'Andrezel au poste d'ambassadeur près la Sublime Porte.

— Il paraît, précisa mon rejeton lorsqu'il me rapporta la conversation, que notre diplomate a souventes fois eu maille à partir avec l'un de vos amis, ce comte de Bonneval qui se fait appeler *Ahmed Pacha.* Sa Majesté est certaine qu'il vous plaira de le revoir, ainsi que Constantinople, où l'on s'agite en ce moment pour raccommoder les Turcs avec les Autrichiens...

N'en ayant reçu de nouvelles depuis longtemps et presque convaincu qu'il était décédé, je fus flatté que l'on songeât à moi pour aplanir les écueils qui se dressaient entre Claudio et l'ambassadeur. Lequel fut mis en ma présence lors du banquet fastueux qui suivit le mariage par procuration de Madame Élisabeth avec l'Infant Philippe.

Villeneuve était un sexagénaire aussi fatigué que son adversaire, mais extrêmement doux de manières et raffiné de langage. Il attendit poliment que j'évoquasse Bonneval pour relater les innombrables altercations qu'il avait eues avec lui.

— Il est heureux, ajouta-t-il, que je me sois toujours entendu avec les différents vizirs, et que Sa Majesté le Sultan, pour ce que l'on a daigné m'en faire accroire, se défie davantage d'Ahmed Pacha que de moi. L'ennui, voyez-vous, c'est que Bonneval interfère trop avec les affaires autrichiennes, ayant à l'encontre de cette nation le ressentiment que vous savez. Vous m'obligeriez beaucoup en le *neutralisant*...

Voyant que l'idée me séduisait, il me prit à part à la fin du repas pour me demander d'empêcher que Claudio ne se rendît à Belgrade, où un important traité devait être signé sous l'égide de la France, fixant les frontières entre belligérants. J'acceptai avec reconnaissance, annonçai aussitôt ma visite à Ahmed Pacha et me mis en quête d'un nouveau capitaine pour la *Daria*.

L'ayant trouvé — frais émoulu de la marine royale, recommandé par Maurice de Saxe —, je quittai Paris par la route le jour même où Madame Infante s'exilait pour l'Espagne.

La *Daria*, partie avec Jean et Colas une semaine auparavant, devait nous attendre à Marseille. Avertis de mon voyage, mon fils et Alban d'Ystirac eussent aimé s'y joindre mais le cœur leur avait manqué de déplaire, au Roi pour le premier, au clan pour le second. Jean Mondétour, en revanche, m'était venu supplier de l'admettre parmi l'équipage ; son mentor et le capitaine n'y faisant aucune objection, j'avais accepté : belle récompense que son bonheur, mais combien eussé-je préféré être à sa place qu'à la mienne ! Yunus, assez curieusement, refusa de se joindre à l'aventure : peut-être, devenu Parisien, ne lui importait-il plus de revoir sa patrie.

Nous parvînmes à Marseille deux jours après la *Daria*, avec Wang et Vassili, et fîmes incontinent voile vers le Levant ; n'ayant pu m'arrêter à Aix chez Honoré de Villars, je me promis de le faire au retour.

XXI

La traversée fut d'autant plus agréable que la météorologie nous sourit. Le capitaine voulut bien enseigner quelques rudiments de son art à Jean Mondétour et, celui-ci ayant approximativement l'âge de Calistu, l'étrange sentiment de me revoir adolescent s'imposa derechef.

Mais, à l'instar du jeune Corse, le fils de Moussa-Saül arborait une gravité qui n'avait jamais été mienne. Et comme le beau Jean répugnait à parler parentèle ou amours — sujets que l'on évite généralement, a dix-huit ans, de partager avec un géronte de quarante-neuf — je le laissai m'entretenir de ses idées sérieuses, trompant l'ennui du sermon par la contemplation des lèvres charnues de l'orateur et de l'angle gracieux que faisait son cou lorsqu'il l'inclinait, sourcil froncé, pour appuyer ses arguments.

Les hommes, à l'entendre, étaient égaux devant Dieu, et donc les uns devant les autres ; la fortune de la naissance ne se pouvait prévaloir d'aucun mérite. Je ne tentai pas d'argumenter mais, après quelques conversations de cette trempe, se rendant compte de ce qu'il monologuait, mon interlocuteur voulut ouïr mon point de vue. Je lui servis la même réponse qu'à mes frimassons, à savoir qu'il était selon moi dérisoire, ventre plein et cul chevillé au brocart, de pérorer sur les intérêts du peuple et le péché d'être bien né.

— Point ne suis-je en ce cas, objecta-t-il.

— Fort bien, répliquai-je, ta cause n'en sera que plus légitime. Devons-nous ces vues à Monsieur de Laspasses ?

— Certes non, Messire. Monsieur le surintendant se soucie avant tout des intérêts de Votre Seigneurie. À ceux qui récriminent, il répond que cela pourrait être pis : les exemples ne font point défaut…

— Mais alors, d'où tiens-tu ta philosophie ?

— De mes maîtres du collège de Saint-Michel, de conversations avec Monsieur le marquis de Morienval et de certains ouvrages de sa collection, ainsi que celle de Votre Seigneurie, dont Monsieur Colas a accepté de me prêter quelques exemplaires.

J'éclatai de rire en songeant qu'il était probable que la plupart des bibliothèques nobles, peu utilisées par leurs propriétaires sinon pour orner leurs rayonnages de précieuses reliures à leur blason, continssent, ainsi que le relevait jadis feue la duchesse d'Aubigny, la matière même d'une sédition destinée à les perdre.

— Crois-tu, repris-je, que cela fera de toi un bon intendant ?

— S'il plaisait à Votre Seigneurie de me mettre à l'épreuve, assura-t-il, je suis certain que personne n'aurait à s'en plaindre.

— Et un bon surintendant ?

— Votre Seigneurie, murmura-t-il en baissant les yeux, oublie ma naissance et la couleur de ma peau… Monsieur de Laspasses rappelle d'ailleurs souvent l'élévation que notre famille doit à Votre Seigneurie et l'honneur qu'elle a fait à mon père en lui donnant jadis, et la liberté et un nom. Mais Dieu a décidé de ma venue en un temps où il ne suffit point de savoir pour pouvoir. Un jour, peut-être…

— Un jour, assurai-je, tu porteras perruque et brocart. Nous verrons alors si tu professes toujours la révolte !

— Quelle révolte, Messire ? Monsieur de Voltaire...

— Un caudataire en exil n'est point digne d'exemple, Jean. Il est infâme de mordre la main qui vous nourrit.

— Mes maîtres diraient que cela dépend de la nature de cette morsure : qui sait si celle d'un philosophe ne guérit davantage qu'elle ne blesse ?

Je battis en retraite, ému par la brillance de ce jeune esprit mais le cœur pincé à l'idée que le regretté Moussa-Saül se fût, en choisissant la mort, privé du spectacle de sa réussite. Ragaillardi, mon invité laissa, durant la traversée, la joie envahir plus souvent son visage et j'en eusse volontiers entrepris la conquête si, étant le fils de mon pupille, il n'avait aussi été un peu le mien.

Nous appontâmes à Scutari vers la mi-septembre, quatorze ans après que la *Daria* s'en était éloignée. Le splendide palais du pacha Bonneval avait conservé son éclat mais l'on en pouvait guère dire autant du propriétaire : empâté, les traits lourds, barbe et cheveux blancs écrasés par le turban, le regard et la bouche empesés de fatigue, Claudio trahissait les vicissitudes de sa carrière. Ce furent d'ailleurs elles qu'il évoqua en me serrant dans ses bras.

— Nous bavarderons plus longuement à mon retour, s'empressa-t-il d'ajouter ; je pars à l'aube pour Belgrade.

L'urgence de complaire au marquis de Villeneuve me fit craindre le pire mais c'était compter sans la présence, chez notre hôte, d'un étrange adolescent vénitien qui se prétendait chevalier de Seingalt, titre dont son accent italien un peu vulgaire inclinait à douter. Bonneval avait fait sa connaissance peu de temps auparavant chez une sienne amie.

Je me rendis vite compte de ce que le mignon, à peine sorti de l'enfance mais d'une très vive intelligence, était un aventurier ouvert à toutes les opportunités et qui savait user de ses charmes naissants pour obtenir le vivre, le couvert, sinon davantage. Sa conversation était charmante, et Claudio visiblement satisfait de la compagnie bien que n'ayant point réussi, de son propre aveu, à la conduire jusqu'à sa chambre.

Nous festoyâmes en vieux amis jusqu'à ce que notre amphitryon, imbibé de vin et se devant lever tôt, prît le chemin de ses appartements. Demeuré seul avec le soi-disant chevalier, je me penchai à son oreille et posai une main sur sa cuisse :

— Te plairait-il, chuchotai-je, de gagner cent ducats ?

— Oh oui, Messire ! sourit-il. Si ce n'est point un crime…

Mes doigts remontèrent jusqu'à sa braguette, qui était prometteuse ; il se laissa faire.

— Il ne s'agit pas de moi, murmurai-je tout contre sa joue, mais de notre ami le pacha.

— J'aurais cédé à moins…

— Offre-toi à lui cette nuit et les suivantes.

— Mais, Belgrade ?

— Cent ducats s'il te préfère à elle.

Je tirai une pièce d'or de ma poche et la glissai dans le jabot entrouvert de l'adolescent. Il se leva sans un mot, fit une révérence, et emboîta le pas à notre hôte.

J'avais envisagé de rosser l'Italien s'il eût trahi, puis enlever Claudio, mais n'eus point nécessité de recourir à ces extrémités : ayant guetté l'aube avec anxiété, je ne vis pas redescendre le vieil homme. Et lorsque vint s'amarrer la barque qui le devait conduire sur l'autre rive du Bosphore, je fis répondre au nautonier que le maître, souffrant, n'embarquerait pas davantage ce jour que les suivants.

Il était à croire que la manœuvre arrangeait également le Sultan et ses vizirs, car aucun envoyé de la Cour ne se présenta. Quant à la victime du complot, elle conserva le lit avec son amant pendant près d'une semaine, s'y faisant servir à manger et refusant toute visite, la mienne comprise.

Ignorant le temps que devait durer ma mission, je mandai discrètement le capitaine de la *Daria* chez notre ambassadeur. Il en revint avec un large sourire et ces simples mots : « Traité signé. » Je préparai les ducats et chargeai Colas de les remettre au chevalier dès qu'il abandonnerait la chambre du pacha, avec injonction de quitter Constantinople au plus tôt.

Claudio, radieux, ne parut guère regretter son absence à Belgrade et plaisanta même sur le fait qu'il se rattraperait à Nyssa[70], où un traité similaire devait être scellé avec la Russie. Mon jeune complice, également satisfait, annonça avec légèreté qu'il partirait à cette occasion pour de nouveaux horizons. Bonneval, philosophe, ne protesta point, mais il se vengea involontairement sur moi en exhortant l'adolescent à ne point suivre l'exemple de Cabir Pacha, mon bel amant gouverneur d'Athènes, qui n'avait point survécu à son exil, étant mort de soif dans le désert d'Arabie.

Notre hôte nous quitta peu après, avec le serment que nous nous reverrions à Paris.

— Demeurez céans autant qu'il vous plaira, ajouta-t-il ; et prenez soin de mon *cavaliere*…

Je me serais accommodé de laisser l'Italien tracer sa propre route mais le maraud veilla à se faire un ami de Jean Mondétour, imposant sa présence à nos côtés lors des quelques incursions que nous fîmes en ville, notamment chez le marquis de Villeneuve. Et lorsque, au moment de lever l'ancre, le jeune

70. Actuelle Nevflehir, dans le centre de la Turquie.

Mondétour vint, les yeux pleins de larmes, solliciter une place à bord pour son camarade, je n'eus pas le courage de refuser. Pensant avoir changé de victime, notre beau parasite espérait sans doute nous suivre jusqu'à Versailles, aussi sa mine s'allongea-t-elle lorsque je vantai ouvertement, et à escient, les mérites de Venise.

Il commit alors la première erreur de m'oser contredire devant son compagnon ; lequel me fit part de la seconde, étonné que l'autre se fût vanté de posséder beaucoup d'argent et pouvoir suborner quiconque il souhaitait, capitaine inclus. Quant à la troisième, je la devinai lorsque Jean se présenta, front empourpré, au petit réveil pour demander, sous un prétexte futile, à ne plus partager la cabine de notre invité…

Nous étions encore en mer Égée. Je proposai au plaignant d'abandonner le fâcheux à la prochaine escale mais il s'y opposa. Je convoquai donc le *cavaliere* en entretien particulier, coupai court à ses flagorneries et lui ordonnai de choisir le port où nous nous séparerions : Ce fut Naples. J'exigeai en dédommagement la moitié des ducats que je lui avais donnés, pour les remettre à Jean. L'Italien ravala sa grimace et, en courtisan précoce, ne témoigna d'aucune rancœur durant le reste du voyage, qu'il passa sagement reclus en ses quartiers. Impatient d'honorer l'accord, je fis hâter vers la cité de Parthénope[71] en évitant l'Adriatique.

Nous y accostâmes en novembre. L'importun Seingalt disparut aussitôt. Je me fis, pour ma part, annoncer à la Cour du roi Charles en rappelant au jeune souverain notre entrevue de Colorno avec feu le maréchal de Villars. Un héraut apporta sa réponse le soir même, sous la forme d'une invitation à résider

71. Du nom de la sirène, amoureuse d'Ulysse, qui mit fin à ses jours en baie de Naples.

au palais avec ma suite. Je veillai à ce que Jean en fût, sous l'habit de page ; on le trouva fort élégant et il eut fort à faire pour repousser les prétendants des deux sexes.

La Cour n'avait certes pas la brillance de Versailles mais, en dépit d'une étiquette similaire, ses membres, même étrangers, y étaient plus affables. Sa Majesté me fit même l'insigne honneur de me recevoir en audience privée afin que je l'entretinsse des affaires françaises — dont je ne savais mie, fors ce qu'en disait le *Mercure* — et de notre regretté Maréchal. Me souvenant de ce qu'affirmait le cardinal de Polignac au sujet des vestiges antiques découverts non loin de Naples, je me permis d'en faire part à mon illustre interlocuteur, qui me convia à les visiter en sa compagnie. Je m'empressai d'accepter mais ne pus refuser d'assister, dans la loge royale du nouveau théâtre de San Carlo, à une représentation de la *Partenope* de Monsieur Sarro.

Le Roi n'était pas des nôtres, ce soir-là, mais une compagnie de gentes dames et gentilshommes extrêmement cultivée. Faute d'y pouvoir étinceler par mon savoir, ma patrie et mon titre me valurent une certaine déférence ainsi que des questions sur notre bien-aimé Louis XV auxquelles il me fut moins malaisé de répondre qu'à celles concernant la politique ou l'opéra. J'appris incidemment que Porpora était célébré dans Naples, de même que l'insupportable Senesino, qui tenait justement l'un des rôles dans cette *Partenope.* Mon triomphe fut assuré lorsque j'indiquai connaître ces artistes, ainsi que Farinelli et Metastasio.

Pendant la représentation, l'un des courtisans — élégant trentenaire que l'on m'avait présenté comme étant de la très ancienne famille princière des Capece Minutolo et qui parlait un meilleur français que celui, mâtiné d'espagnol, de son souverain —, rapprocha son siège du mien pour m'entretenir à voix basse de ces célébrités et tenter, surtout, d'en savoir davantage à mon sujet. Je lui donnai satisfaction, ce qui me permit d'en ouïr en retour de savoureuses anecdotes et comprendre, à demi-mot, qu'il n'était point une malédiction d'être un bardache céans. Gennaro — ainsi se prénommait-il — me surprit en revanche par sa mention du Roi Théodore, dont quelques partisans avaient trouvé refuge à Naples : Neuhoff y tenait une espèce de Cour en exil où l'on pouvait croiser de fort accorts aventuriers au teint mat et aux mains calleuses, prêts à tout et au pire contre une pièce d'argent.

— Vous plairait-il, glissa mon interlocuteur, que je vous introduisisse en ce cénacle ?

— En celui-là comme en d'autres, répondis-je en désignant sa braguette du regard.

— Me feriez-vous, demain, visiter votre navire ? sourit-il.

— Au palais, après le Petit Couvert[72], acquiesçai-je…

Il ne fut point en retard. Son carrosse attendait dans la cour d'honneur, privilège dû à sa famille, et nous nous y engouffrâmes avec une hâte qui nous fit pouffer. Puis nous prîmes gravement place l'un en face de l'autre, cuisses écartées et bouche sèche, en silence, sans autres effleurements que ceux de nos pupilles. Gennaro passa maintes fois sa langue sur ses lèvres ; je l'imitai, ne tentant guère de masquer l'érection qui déformait ma culotte.

Le trajet fut bref. Le capitaine de la *Daria,* que j'avais fait prévenir, eut à peine le temps de nous saluer avant que je nous précipitasse, mon invité et moi-même, au fond d'une cabine.

L'ardeur de Gennaro à honorer chaque pouce de ma chair, se souciant peu que je lui rendisse la pareille, me fut un

72. Repas de midi pris en « privé » par le Roi dans ses appartements.

enchantement : dévorant mes seins, mes aisselles, mes cicatrices, embrassant mes cuisses, mordillant mes fesses, gobant mes génitoires, il murmura avec fièvre, les yeux brillants, que j'étais son guerrier, son idole, son sacrificateur. Et quand enfin il me laissa le déshabiller, je constatai qu'il avait déjà joui, son membre tout englué de foutre ne s'en redressant pas moins sous la caresse, sa peau frémissant au contact de mes doigts, de ma langue, de mon gland.

Je le pénétrai doucement, enserrant son corps finement musclé entre mes bras, et fis durer l'étreinte autant que nous le pouvions supporter. Il déchargea une nouvelle fois, de ma main, cependant que j'ensemençais son ventre. Nous demeurâmes imbriqués jusqu'à ce que nos balanes reprissent consistance, puis en tirâmes, tête-bêche, de nouvelles saccades ; le sperme de Gennaro avait une saveur sucrée.

Nous passâmes à bord le reste de la journée et toute la nuit. Que mes charmes bientôt quinquagénaires pussent enflammer un gentilhomme de l'âge et de la qualité de mon amant me semblait à ce point délectable que je ne me lassai point de l'écouter en faire l'éloge et que je répondis de bon cœur à toutes ses questions sur l'origine de tel stigmate ou l'histoire de mon oreille emportée.

Lui buvait mes propos avec la même avidité qu'il me faisait l'amour. Il ne me sembla pourtant point épris ; fasciné, plutôt, par ma carrière autant que ma carrure, ainsi que par ces détails auxquels je n'avais, auparavant, pas voulu prêter attention : mes toisons ponctuées de blanc, par exemple, ou le fait que *j'étais né au XVII*^e^ *siècle,* constatation dont mon interlocuteur usait à l'envi pour expliquer nos divergences d'opinion. Mais le plus troublant était qu'il ne cessait de bander en me considérant avec l'avidité d'un prédateur.

Nous séparer s'avéra impossible : sous couvert de me faire connaître Naples, Gennaro demanda à son cocher d'en emprunter chaque rue, les rideaux de son carrosse tirés…

L'hiver, très en avance, différa la visite promise par le Roi des fameux vestiges antiques, mais point celle à la *Cour* de Théodore, où je me rendis en chaise à porteurs avec mon noble amant. Neuhoff et ses partisans louaient un hôtel dans le quartier d'Avvocata, non loin de la place du marché, sombre bâtisse dont le porche ouvrait sur un petit atrium décrépit empestant l'urine.

Les portefaix nous hissèrent jusqu'au premier étage, où notre arrivée attira l'apparition inquiète d'un domestique. Reconnaissant Gennaro, son visage se détendit ; il nous rendit les honneurs avant d'ouvrir à deux battants les portes d'un grand salon aux boiseries lépreuses. Quelques personnes qui y devisaient se levèrent aussitôt pour nous faire la révérence, parmi lesquelles de jolies brutes, en effet — dont certaines en uniforme, ce qui m'étonna —, au teint basané et à l'œil aussi noir que le poil.

L'aîné de cette assemblée, sexagénaire aux traits fatigués et aux épaules tombantes, portant habit et perruque, mit un genou à terre pour nous supplier de pardonner à la modestie de l'accueil ainsi qu'à l'absence de *Sa Majesté Théodore,* partie une fois de plus arpenter l'Europe en quête de finances. Gennaro me le présenta comme marquis de Paoli, Premier ministre en exil et colonel au régiment Corsica du roi de Naples.

— En somme, plaisantai-je, un grand ami de Monsieur de Maillebois !

— Je lui dois ma déportation, grinça le vieil homme.

Il fit un récit amer des victoires remportées par nos troupes alliées aux Génois mais ne me reprocha pas d'être Français,

Théodore lui ayant probablement fait part de mon soutien. Il ne put rien dire, en revanche, au sujet de Calistu, qu'il se rappelait à peine avoir aperçu aux côtés de Maillebois. La question des appuis et de l'argent revenant très souvent, Gennaro interrompit notre interlocuteur :

— C'est justement ce qui nous amène, lança-t-il en dardant un regard vers les jeunes recrues.

Le Corse détourna le sien :

— Le Grand Chambellan ayant suivi Sa Majesté, commença-t-il...

— Ne m'allez point dire, s'exclama Gennaro, que lui seul est habilité...

— Votre Seigneurie sait combien la chose me répugne.

— *Pecunia non olet*[73], marquis.

Le malheureux colonel baissa pavillon :

— Votre Seigneurie connaît et le chemin et la procédure, grommela-t-il en désignant une porte de service.

Gennaro prit ma main et nous conduisit, par le couloir de desserte, jusqu'à un réduit sans fenêtre dont le seul mobilier consistait en une pile de matelas douteux posée à même le sol. Les taches, ainsi qu'une odeur ténue de sueur mêlée de foutre, indiquaient l'usage des lieux mais je ne compris pas immédiatement en quoi consistait cette *procédure* que le marquis avait évoquée. Nous nous assîmes sur le grabat, chausses dégrafées, et patientâmes en nous livrant l'un l'autre à quelques voluptueuses taquineries.

Une dizaine de minutes plus tard, le premier *invité* faisait son apparition, un loup rouge au visage ; sans doute avions-nous croisé ce joli rustaud dans le grand salon. Il semblait un

73. *L'argent n'a pas d'odeur,* fameuse réplique prêtée à l'empereur Vespasien (9-79) au sujet de la taxation des latrines publiques.

peu gris, s'étant peut-être donné du courage au *Limoncello,* mais n'en affichait pas moins une érection digne de Priape qu'il nous offrit aussitôt à déguster. Nous en vînmes à bout assez vite et partageâmes notre récompense sans oublier de glisser, en guise de congé, trois écus blancs dans le gousset de notre mâle nourrice. Laquelle fut presque incontinent remplacée par un nouvel étalon aussi bien doté que le précédent, puis un troisième, un quatrième — Gennaro déchargea avec lui — et un cinquième, fort poilu, entre les cuisses duquel j'éjaculai à mon tour. Le sixième reçut la consigne que l'on portât de quoi nous laver et apprêtât une collation.

Nous nous restaurâmes seuls dans une antichambre sous le regard résigné du *Premier ministre* à qui mon compagnon avait discrètement remis un billet à ordre.

— N'est-il pas troublant, murmura Gennaro en savourant un cédrat, de savoir pareille fontaine ouverte *ad libitum*? Peu de femmes en osent profiter — c'est, du moins, ce que *Sa Majesté* m'a daigné confier — mais l'adresse est connue des hommes de qualité...

À la question de savoir si Neuhoff avait parlé de moi, il répondit par la négative et me prodigua des œillades gourmandes lorsque je narrai nos communes aventures.

— Notre roi Charles et les Corses, commenta-t-il, n'ont en alliance que leur détestation des Génois. Je doute, et ne suis point le seul, que Théodore vaille une guerre contre la France; quant à ses partisans...

— N'en sommes-nous point? ricanai-je.

La mine taciturne de notre hôte contint mon cynisme: il y avait, chez lui, de cette austère dignité que j'avais trouvée chez Calistu et, bien qu'il ne fût point Corse, chez Jean Mondétour. Une grandeur dont Théodore était, et resterait à jamais dépourvu. J'en conçus du regret qu'un peuple si fier ne se fût doté d'un monarque à sa mesure et résolus d'aborder cette matière avec le cardinal de Fleury dès mon retour à Versailles. Lequel ne se pouvait envisager avant que j'eusse honoré l'invitation royale à visiter les vestiges antiques.

Cela se concrétisa fin décembre, à la faveur d'une journée ensoleillée mais très froide — l'Europe entière, disait-on, grelottait sous les frimas. Je pensais, dans ma folle vanité, que Sa Majesté me distinguerait seul et me sentis furtivement blessé d'apprendre que la Cour au grand complet ferait le déplacement. Gennaro, pour mon bonheur, fut donc du voyage, ainsi que Jean Mondétour, qui s'était, avec Colas, lancé à la découverte de Naples cependant que je baguenaudais avec mon amant.

Le village de Resina, pour lequel notre caravane s'ébranla, n'était distant que de trois lieues. Un camp de toile avait été monté, où l'on pouvait boire, manger, ouïr de la musique et danser, ce qui attira le plus grand nombre de courtisans. La petite partie restante, dont j'étais, fut conviée à se rendre en un champ contigu, où des puits permettaient d'atteindre, cent pieds plus bas, l'antique théâtre qui avait donné son nom au site : *Herculanum.*

Ma déception fut grande de ne pouvoir observer aucun bâtiment — « Attendais-tu l'Atlantide ? » gronda Gennaro — mais l'un de nos accompagnateurs indiqua qu'il était offert aux plus téméraires de descendre au fond des cavités. De vigoureux mineurs, presque nus en dépit du gel, s'affairaient à la tâche. Je demandai à ce que l'un d'entre eux me précédât sous terre et entrepris de me débarrasser de mon habit de Cour. Leurs Majestés, ainsi que les dames présentes, applaudirent à mon courage et louèrent ma vigueur ; je fus conséquemment imité par cinq ou six rivaux avides de partager ma gloire. Gennaro demeura prudemment à l'extérieur.

Le trou au fond duquel nous nous enfonçâmes, à la suite d'un Vulcain aux muscles luisants fleurant les enfers comme un démon, était assez large pour que l'on en pût distinguer les profondeurs, qui semblaient infinies. Une simple corde à nœuds — doublée d'une seconde, lisse, destinée à remonter les trésors découverts en contrebas — permettait d'y accéder. Quelqu'un assura d'une voix sinistre que plusieurs ouvriers avaient fait une chute mortelle, ce qui redoubla notre appréhension ainsi que le temps nécessaire à atteindre l'abîme.

Lorsque enfin nous y fûmes, chacun protégeant craintivement sa lampe, il nous sembla découvrir une grotte dont les concrétions auraient à la fois recouvert et généré colonnes, frontons historiés et sculptures ; un courtisan érudit évoqua l'antre de la Sibylle, un autre la caverne de Polyphème. Je n'avais quant à moi, malgré son fumet sauvage, d'intérêt que pour notre Vulcain, dont les chausses paraissaient fort généreusement pourvues ; aussi, lorsque le tunnel se sépara en plusieurs branches, attendis-je que chacun eût choisi la sienne pour indiquer à l'ouvrier un boyau laissé vacant.

Le sapeur, familier sans doute des caprices de ses maîtres, obéit sans un mot et, croyant à juste titre que je recherchais des curiosités d'une nature moins raffinée, ouvrit la voie jusqu'à une espèce d'alcôve dont les parois, dissimulées par des planches, s'ornaient de scènes extraordinairement impudiques. Le ribaud, campé tel un taulier au seuil d'un lupanar, sourit à ma surprise ; un ris édenté mais que soulignaient des yeux noirs de satyre, une poitrine aux toisons irisées et une poigne veineuse refermée sur la hanche, l'autre main rapprochant la lanterne des figures damnées.

Nous les détaillâmes en plaisantant, exclamations et œillades palliant la différence de langue. Il bandait autant que moi, tirant à intervalles sur le tissu de sa culotte pour en détacher le contenu. N'y tenant plus, mes doigts suivirent insensiblement les contours d'une peinture pour aller à la rencontre du bras au lumignon, dont ils remontèrent la courbe puissante au point de jonction avec l'aisselle ; puis ils parcoururent en silence les quelques pouces de chair mordorée qui les séparaient de l'aine. Le poing du mineur s'en saisit alors et les mit au contact de sa verge, précisément à la naissance du méat, là où une naturelle lubrification commençait à percer.

La lumière quitta la cloison pour mieux éclairer l'objet lorsque je l'extirpai, énorme, englué de poils et presque inquiétant en semblable décor. Les couilles, à la mesure du reste, pendaient lourd dans ma paume. Le prépuce charnu libéra, avec un bouquet entêtant, un gland dessiné comme une flèche dont je cueillis les premiers traits — épais filaments de miel à la saveur un peu âcre — avant de l'engouler, le nez assailli de toisons et de fragrances. L'ouvrier soupira, oscillant légèrement du bassin, les yeux mi-clos observant la scène à la dérobée.

L'inconfort et l'urgence relative de la situation me décidèrent à pousser cette souterraine dégustation à son terme : mon Vulcain exhala une plainte grave, la lueur vacilla et d'abondants jets de foutre envahirent mon palais cependant que je me soulageais moi-même.

Chacun ayant trouvé matière à émerveillement, la remontée fut plus joyeuse que la descente, et l'obole à notre Charon conséquente. Couverts de poussière, nous dûmes prendre un bain, lequel chauffait déjà sous une tente. Gennaro ne tarda guère à deviner la nature particulière de mon exploration :

— Il est notoire, railla-t-il en me frictionnant le dos, que les gens de Resina savent l'art d'accommoder les gentilshommes. Point n'est indispensable, ce me semble, de s'enfermer avec eux au fond des cavernes...

J'allais répliquer lorsque, par l'entrebâillement du chapiteau, au milieu de la petite foule qui allait et venait des fouilles au camp, un visage attira mon attention : celui du soi-disant chevalier de Seingalt ! Tout habillé de blanc, le jeune séducteur paradait, chapeau emplumé, au bras d'une matrone richement vêtue et apparemment fort aise.

— La princesse Filomarino a un nouveau soupirant, commenta Gennaro. Celui-là m'est inconnu.

Je comblai incontinent cette lacune et, une fois lavé et apprêté, me hâtai à la poursuite de l'étrange couple. Le Vénitien m'aperçut de loin et fit courageusement front :

— Puis-je vous présenter Monsieur le duc de Mondétour ? glissa-t-il obséquieusement en français à la matrone.

— C'est donc vous ! sourit-elle en me saluant de la tête. *Giacomo* m'a narré tout le bien que vous lui fîtes et je vous dois rendre grâce de l'avoir conduit jusques à nos côtes.

— Vraiment ? m'étonnai-je. Savez-vous, Madame...

— Je sais mon bonheur, coupa la princesse en fixant, toujours souriants, ses yeux clairs dans les miens.

Insister eût été importun ; je fis la révérence et me retirai.

L'accès au palais royal lui étant ouvert par sa protectrice, j'y croisai de nouveau le chevalier à quelques reprises mais il eut la sagesse de ne me point aborder. Ainsi l'année 1740 — celle de mon cinquantenaire — débuta-t-elle fort paisiblement.

J'eusse volontiers poursuivi jusqu'au printemps mes escapades avec Gennaro si Jean, puis Colas, ne m'eussent rappelé, d'une façon de plus en plus insistante, aux engagements de mon état, à mes amis, à ma famille et à mon roi. Faute d'attendre utilement le retour de Théodore, jouir de ses soldats ou subir l'assaut des ouvriers de Resina, je dus me résoudre à prendre congé. Gennaro se joignit à nous afin, selon ses dires, de mieux découvrir la France et ses habitants.

XXII

Nous débarquâmes à Marseille pour la Chandeleur, transis de froid, et laissâmes la *Daria* repartir avec son équipage cependant que nous faisions atteler pour Aix. Honoré de Villars, qui y disposait d'un fort bel hôtel, nous reçut d'autant plus chaleureusement que le prince Vladislav demeurait avec lui depuis l'été précédent : bientôt quarantenaire, notre Russe avait pris quelques rides — et perdu quelques cheveux, ainsi qu'il nous le montra en ôtant facétieusement sa perruque — mais il avait gagné en mâle assurance. Dégoûté des oukases de la Czarine, il ne se consacrait plus désormais qu'à l'administration de l'immense fortune léguée par feu le prince Kropotkine, et aux voyages, dont nous fîmes joute des récits.

Autant lui qu'Honoré considérèrent Jean et Gennaro avec gourmandise ; notre hôte expliqua que si la noble compagnie du siège de son gouvernement était presque aussi raffinée qu'à Paris, c'était à Marseille, surtout, qu'il s'amusait, assuré d'y trouver de ces gibiers de potence susceptibles de peupler utilement la couche d'un bardache.

— Vous saurez, ajouta-t-il, que Monsieur Hérault, qui tant nous haïssait, est en passe de l'aller conter au Très-Haut. Un certain Feydeau lui succède, que l'on dit ami de Voltaire ; lequel devrait donc plus souvent paraître en bords de Seine avec Madame du Châtelet, sa marquise savante… L'ami Desfontaines va pouvoir enrager de plus belle !

Prenant des nouvelles de la Cour — Honoré y résidait quelques semaines dans l'année, son épouse ayant refusé de le suivre à Aix —, j'appris le décès de Monsieur le Duc, qui laissait pour seule mémoire, outre un héritier encore dans les langes, huit millions de livres de dettes malgré une rente annuelle de plus de deux millions… Vite consolé mais tout aussi prodigue, notre bien-aimé souverain avait fait l'acquisition du château de Choisy-Mademoiselle[74], où il engloutissait beaucoup de temps et d'argent mais où chacun rêvait d'être invité pour une chasse ; mon rejeton y tenait apparemment un rôle éminent. Quant au comte de Charolais, il s'était engagé dans des dépenses plus folles encore en transformant en éblouissant palais de campagne la maison où il enfermait ses maîtresses, sur la route de Chantilly.

Honoré nous fit découvrir les attraits de son gouvernement, et ce dans une atmosphère si délicieusement amicale que je fus très étonné lorsque, au dernier soir, mon cher duc, la mine sombre, me retint seul dans son bureau :

— Je n'ai point eu le cœur de vous le dire d'emblée, murmura-t-il, mais il faut que vous sachiez…

Et il me tendit cérémonieusement une lettre aux armes d'Ystirac. Craignant d'abord qu'il ne s'agît d'Henry, j'en pris connaissance en tremblant et ressentis un coupable soulagement d'y lire que seule mon humble parentèle de province était concernée, qui avait en partie succombé à une épidémie de petite vérole. Mon neveu de Roccaze, devenu chef de

74. Choisy-le-Roi, dans l'actuel département du Val-de-Marne. Détruit au XIXe siècle.

lignée, n'avait dû son salut qu'à l'enfermement dans lequel il se tenait avec les siens. Les Ystirac, également reclus en leur château, osaient à peine se réjouir d'échapper à un fléau qui tuait autant que l'extrême froidure régnant dans le pays. Les Durelais aussi avaient survécu.

S'adressant à Honoré, mon cher Henry déplorait n'avoir reçu de moi aucune lettre depuis mon départ, ignorant où mander les siennes et l'exhortant à m'en informer s'il advenait qu'il me revît le premier. Le ton était à ce point inquiet que je décidai de me rendre au plus vite en Béarn. Ne conservant avec moi que mon trio de chambre, je fis atteler dès le lendemain.

Ystirac fut en vue début mars. Il faisait encore froid et les demeures où nous avions fait étape ne nous avaient guère réchauffés.

L'accueil fut des plus émouvants : Henry, Aymery et leurs proches, ainsi que Simon Panchaud — installé depuis quelques mois dans une aile du château —, tels des assiégés ayant longtemps attendu qu'on les délivrât, nous étreignirent en pleurant. On me donna la chambre de parade, puis on festoya. Le sujet douloureux qui m'avait conduit céans fut certes abordé mais on ne s'offusqua guère de ma relative indifférence et l'on but littéralement mes paroles — les enfants, surtout — lorsque je narrai la partie autorisée de mes aventures à Constantinople puis à Naples.

Henry, au moment du coucher, demanda néanmoins à s'entretenir privément avec moi :

— La santé de notre ami Simon n'est point bonne, confia-t-il. Je parle autant de son âme que de son corps. La dévolution de ses avoirs, qui sont considérables, au seul profit de notre banque l'a laissé désœuvré. Il lit certes beaucoup, correspond de même, arpente parfois la campagne mais ne se livre plus ni au jeu ni à la débauche, et sa conversation se raréfie. L'hiver lui a été plus difficile encore qu'à nous ; le souffle lui manque souvent, et le sommeil, malgré les perles de Bomelius. Il assure ne s'ennuyer jamais mais je vois bien, moi, que l'air du Béarn lui pèse. Je l'ai maintes fois invité à me suivre à Paris, Honoré de Villars à Aix, en vain : Simon prétend que la route lui serait fatale. Nous craignons qu'il ne se pétrifie, ne dessèche sur pied. Tu es notre meilleur espoir…

Je promis de tenter une ambassade. Henry évoqua ensuite Guy de Roccaze, avec qui il ne s'était pas ouvert du crime commis chez le comte de Charolais mais que le deuil récent avait apparemment forcé à reprendre sa place parmi la société des hommes.

— On le dit très affairé, indiqua-t-il. Le *petit* Durelais, que je continue à fréquenter — tu sais pourquoi ; le mariage, heureusement, ne nous l'a point soustrait longtemps —, ne l'a guère revu depuis ce terrible épisode, dont il ne parle pas davantage que son ancien complice. Peut-être leur pourrais-tu rendre visite ?

Je promis derechef.

Étant de sa parentèle, je me présentai d'abord chez Guy. Son épouse m'accueillit en son absence, avec une froideur de mauvais augure : bien que je ne pusse envisager qu'il s'en fût ouvert auprès d'elle, la baronne semblait avoir deviné les inclinations de son époux et m'en attribuer la responsabilité. Sa politesse contrainte et le fait qu'elle ne m'offrît point de siège finirent par m'agacer.

— Madame, lançai-je, je vois bien que je dérange mais vous m'obligeriez fort en m'en disant sincèrement la raison.

— Que Votre Seigneurie me daigne pardonner, répondit-elle en évitant mon regard. Les épreuves…

— Pensez-vous que j'en sois l'artisan ?

— Dieu seul juge.

Je m'installai d'autorité dans un fauteuil :

— Point ne quitterai cette maison, assurai-je, avant que ne soit crevé l'abcès qui nous empoisonne.

— Mon mari ne sera pas des nôtres avant ce soir, souffla mon hôtesse d'une voix blanche.

— Avons-nous intérêt à l'attendre ?

La baronne se dirigea vers le cordon.

— Si c'est pour me chasser, tonnai-je, l'idée est très mauvaise !

— Je ne le sais que trop, grimaça-t-elle. J'appelle pour que l'on serve une collation.

Nous demeurâmes face à face sans un mot jusqu'à ce qu'une servante déposât devant nous un plateau chargé de fruits secs et de vin cuit.

— Notre ordinaire est moins raffiné que celui de Votre Seigneurie, commenta amèrement la baronne.

— Qu'en savez-vous ? répliquai-je.

— *Cela,* mon mari me l'a dit.

— Et que croyez-vous qu'il ne vous ait point confié ?

— Tout le reste.

— A-t-il eu tort ? Vous doit-il l'entité...

— Que m'importe, en effet, de connaître un secret dont je subis quotidiennement les conséquences ? Mon époux, jadis si franc, si pacifique, s'est mué en une espèce d'oiseau de nuit qui s'enferme en ses appartements, délaisse et ses enfants et plus encore... — elle baissa la tête, la voix brisée — et plus encore son domaine.

— Sur cette dernière matière, Madame, objectai-je un peu ébranlé, il semble au contraire...

— Les circonstances, voilà tout ; les affreuses circonstances...

— Mais enfin, Madame, en quoi pensez-vous que je sois...

— Il y a eu un *avant* et un *après* Paris, Messire. *Des,* devrais-je dire, puisque Votre Seigneurie a obtenu les honneurs de la Cour à mon mari, qui en a pris prétexte pour déserter la maison !

— N'est-ce pas avec lui, Madame, qu'il en faudrait discourir ?

— Comme votre Seigneurie méconnaît les femmes !

— Soit, Madame, mais je ne sache point qu'elles préfèrent s'entretenir de ces sujets avec n'importe qui.

— Certes non, Messire, elles les conservent dans leur pauvre cœur aussi longtemps qu'il en peut endurer la brûlure.

— Attendez-vous que j'implore votre pardon ?

— Nullement, Messire ; point n'aurai-je cette inutile outrecuidance.

— Mais alors ?

— Rendez-moi mon époux.

— Pensez-vous vraiment que cela soit en mon pouvoir ?

— Aidez-moi, au moins ! Je l'aime, voyez-vous...

Elle enfouit son visage dans ses mains et, sans réellement comprendre pourquoi, je me sentis coupable de ses pleurs. Ne lui pouvant révéler quoi que ce fût sans en avertir préalablement son conjoint, je protestai que l'on me prêtait trop d'empire et tentai de défendre Guy en insinuant, assez maladroitement, que l'épouse portait nécessairement sa part de responsabilité dans les changements d'attitude du mari. Les sanglots redoublèrent et je désertai l'endroit après avoir griffonné un placet invitant mon neveu à me venir rencontrer au château d'Ystirac.

Il y vint dès le lendemain, sur injonction, assura-t-il, de la baronne sa femme. Le deuil et la mine sombre lui conféraient un charme indéniable. Nous nous enfermâmes dans un salon.

— Pourquoi me tourmenter ? maugréa-t-il à peine assis.

— Vous faites cela fort bien vous-même, répondis-je en nous servant à boire. Mon intention était au contraire d'aider, s'il se pouvait, à vous soulager ainsi que Madame votre épouse.

— Que lui avez-vous dit ?

— Rien, vous le savez bien.

Guy s'enfonça dans son siège ; un long silence s'établit. Les mains veineuses du baron, le léger rictus attaché à ses lèvres, ses yeux pleins de ténèbres, ses soupirs, les boucles noires dépassant de sa perruque, sa poitrine rebondie, ses robustes mollets soulignés par le tissu clair, qu'il croisait et décroisait nerveusement, le rendaient semblable à un étalon piaffant d'impatience à la porte d'une écurie où quelque jument attendait la saillie.

— *Tu* es beau, mon Guy, murmurai-je, troublé…

Il ne parut point entendre.

— Je ne me pardonnerai jamais la mort d'Andrea, marmonna-t-il. J'en réponds déjà devant mon âme et je sais que j'en devrai un jour répondre devant les hommes, sinon devant Dieu.

— Ta jolie bouche déborde, soufflai-je. Aurais-tu oublié à qui tu t'adresses ? — Guy fit non de la tête. Eh bien, poursuivis-je, cet exterminateur que tu te glorifiais jadis de connaître, cet assassin entre les cuisses de qui tu t'es abandonné, celui-là qui t'a offert à ses compagnons de débauche, crois-tu qu'il te tiendrait rigueur de l'avoir imité ? Concevrais-tu qu'il te dénonçât ? Avoir imaginé ce qui précède est l'unique reproche que je te puisse faire, bel ami.

— Vous ne tuez point par plaisir, ce me semble, bredouilla le baron. Moi oui. Je suis un criminel, mon oncle, un damné.

— As-tu réitéré ton forfait ?

— Non : je l'ai expié, je l'expie encore… Et j'y prends un infâme plaisir.

Le regard furtif qu'il darda dans le mien me fit instantanément bander.

— Te plaît-il également de faire souffrir ta famille ? lançai-je.

— Je ne puis répondre à cela.

— Ton épouse, tes enfants…

— Ceux d'un ogre.

— Durelais ?

— Il s'est marié, comme vous le savez, et a engendré ; nous avons décidé de nous voir moins souvent. Le remords l'a vite quitté et ses joies sont si… simples.

— Comment procèdes-tu, alors ? On raconte que tu te mures en ton manoir.

— C'est de moins en moins vrai — les *événements,* mon oncle —, mais il est exact que je m'y suis longtemps cloîtré et que j'interdis à quiconque l'entrée de mes appartements. Ce que chacun ignore en revanche, et que je vous confie, c'est que l'on m'y vient secrètement punir. Un soldat polonais déserteur, simple d'esprit, brutal, recruté à Pau et à qui j'offre régulièrement la liberté de m'occire contre une simple pièce d'argent et de sanglantes vexations.

— Ton visage n'en porte nulle trace.

— Évidemment…

Il se leva pour ouvrir sa chemise : son torse musculeux, aux toisons arrachées, affichait lacérations et morsures ; ses tétins avaient disparu sous une croûte rougeâtre.

— Vous infligerai-je le reste ? demanda-t-il, sans attendre de réponse, en dégrafant ses chausses.

Son bas-ventre, dont la douceur duveteuse restait en ma mémoire, portait les mêmes offenses, excorié jusqu'à la verge, lesquels outrages se poursuivaient sur les cuisses « et les jambes mais point les pieds » assura Guy avec une candeur désolée. Çà et là, de petits amas de matière cireuse, reliefs de quelque mystérieuse géhenne, restaient accrochés aux poils, que leur propriétaire extirpa d'un geste sec, les paupières mi-closes. Son pénis martyrisé ne tarda guère à se dresser, que je n'osai effleurer de crainte qu'il souffrît.

— J'aimerais que vous fussiez le témoin de mes humiliations, chuchota mon neveu.

J'enserrai précautionneusement son pénis à la base.

— Je te satisferai, promis-je, si tu fais le serment d'honorer ta maison.

Je sentis le membre palpiter sous mes doigts. Nous nous tînmes de longues minutes face à face, souffles entremêlés, ma dextre étreignant son vit cependant que ma senestre emprisonnait la sienne. Il jouit à longs jets étouffés, puis s'empara de ma main polluée afin de la lécher.

— Retrouvez-moi après-demain, un peu avant onze heures de la nuit, glissa-t-il à mon oreille ; la petite grille sera ouverte côté jardin, derrière le roncier. Un escalier dérobé vous conduira chez moi. Aucune lampe, de grâce, et cachez votre monture…

Cette entrevue me troubla tant qu'elle m'empêcha de dormir. Ce fut donc l'esprit passablement embrumé que je m'en fus jouer ma partie auprès de Simon Panchaud, dans l'aile du château d'Ystirac où il avait aménagé sa luxueuse retraite. Mon air pensif le fit sourire :

— On jurerait, s'exclama-t-il, que votre beau neveu vous préoccupe davantage que de me venir faire la conversation !

Je décidai de tout narrer depuis le début, épisode Andrea compris. Sa bouche se figea et ses yeux s'agrandirent : notre hôte ne lui avait manifestement dévoilé qu'une infime partie de l'histoire. Quand j'en vins au temps présent et au rendez-vous nocturne, ce fut d'un geste tremblant qu'il nous servit à boire.

— Vrai Dieu, marmotta-t-il ; et moi qui me jugeais vicieux lorsque je fréquentais les mauvais garçons ! Moi qui ose encore faire la leçon à notre bien-aimé marquis lorsqu'il visite l'arrière-cour du jeune Durelais !

— Auriez-vous si vite oublié Paris ? m'étonnai-je.

— J'y étais banquier, Henry ; bourgeois bien en cour, certes, mais non point courtisan. Votre univers et le mien n'ont fait que se croiser. Votre espèce, si rare, ignore trop ce que la multitude appelle *illicite* : rien, par l'effet du seul hasard de la naissance et de l'état, ne vous est interdit, quand on pend et que l'on brûle, lorsqu'on ne les envoie pas aux galères, d'infortunés roturiers pour des fautes vénielles en comparaison des turpitudes des grands qui ont ourdi ces mêmes punitions auxquelles ils échappent…

— Diantre, m'amusai-je, seriez-vous devenu frimasson ?

— Encore un caprice de la noblesse, soupira Panchaud… Non, Henry, mais je lis beaucoup, et j'écoute ce qui se murmure de plus en plus haut parmi le peuple affamé, tant en ville qu'à la campagne. Et je ne suis point le seul : ces Messieurs d'Ystirac, de Villars… Votre fils, même, dit-on…

— Je crois davantage en votre sincérité qu'en la leur.

— Auriez-vous enfin une opinion ? On prétend…

— Que chacun veille sur ses gens, coupai-je. Les miens, fors la naissance à laquelle je ne puis rien, n'ont aucune raison de se plaindre : vous en aurez confirmation de leur bouche si vous me daignez suivre à Aix, où le charmant Jean Mondétour

— que vous avez si vite abandonné entre les griffes de Monsieur de Laspasses — attend de vous en pouvoir témoigner.

Mon interlocuteur cligna de l'œil :

— Votre discours est habile, sourit-il, qui nous détourne opportunément d'un sujet pour nous mieux enferrer en un autre. On vous aura expliqué ma mauvaise santé…

— Que l'on attribue au climat béarnais.

— J'ai toujours souffert du cœur, Henry ; ne vous moquez pas… Je redoute cette froidure qui m'a surpris en semblable latitude. Mais je me sais davantage en sécurité céans qu'en bords de Seine.

— On craint que vous ne vous assauvagissiez.

— Me reprocherait-on, n'en ayant jamais eu, de ne guère priser la compagnie des femmes et des enfants ? Je ne puis croire que l'on me méconnaisse au point de préférer que je jacasse sur tout et rien…

— Point n'êtes si âgé que vous vous deviez enclore à l'instar de cette *révérende mère* dont vous portâtes jadis le sobriquet !

— Songez au vôtre, *Thésée* : combien d'Ariane avez-vous abandonnées ? À combien de Phèdre avez-vous aveuglément obéi ? Et ce Minotaure, qui toujours se terre au fond de votre esprit, oserez-vous prétendre l'avoir dompté, après ce dont vous venez de me faire le récit ?

Mon silence fit naître en ses pupilles une expression malicieuse :

— Nous voilà quittes, sourit-il en remplissant nos verres. Je promets néanmoins de faire au mieux pour rassurer cette maison qui m'a si charitablement accueilli. Je vous demande, en échange, de ne me plus importuner sur la question des voyages : je les entreprendrai quand bon me semblera.

Ayant également informé Henry d'Ystirac de mon expédition nocturne, lui et Panchaud me regardèrent partir, le moment venu, avec une envie mêlée de crainte. Il faisait très froid, la lune descendante éclairait à peine le chemin. Je chevauchai au galop.

Ainsi que j'en avais reçu la consigne, j'attachai ma jument à un bosquet retiré afin de parcourir à pied les dernières toises. La forme massive du manoir de Roccaze paraissait emprisonnée par ses tours comme un gibier entre les serres d'un rapace. Aucune lumière ne filtrait des fenêtres. Passant au large, côté bois, je parvins directement dans le jardin, sorte de prairie ponctuée d'arbustes au centre de laquelle une pièce d'eau gelée tenait lieu d'agrément. L'obscurité me força à suivre à tâtons le mur du logis avant que les ronces masquant l'accès secret ne griffassent mes gants. La grille, fort basse, était entrouverte.

Je dus, faute de lanterne, me donner du courage et pénétrer à l'aveugle dans un étroit boyau empestant la pourriture, où ne résonnaient que mon souffle et les battements de mon cœur. Mon pied butta contre un escalier de pierre, que je gravis précautionneusement jusqu'à heurter une paroi vermoulue. Le bruit me dispensa d'avoir à y gratter car Guy ouvrit alors, une chandelle à la main : il était vêtu seulement d'un collet métallique similaire à celui des piloriés, et d'entraves de même nature aux poignets et aux chevilles.

Nous pénétrâmes sans un mot dans une pièce capitonnée où rougeoyait un âtre ; plusieurs bouteilles de vin étaient disposées sur une longue console, jouxtant des instruments de torture semblables à ceux que j'avais jadis vus à l'œuvre chez le comte de Charolais. Deux hauts miroirs de Venise, placés en vis-à-vis, conféraient à ce lugubre décor une dimension infinie, jetant de sinistres lueurs sur l'estrade qui en occupait le centre. Au sol, dans un angle, attendaient une bassine et quelques linges.

Toujours en silence, mon hôte déverrouilla une seconde porte, à l'opposée de la première, qui donnait sur la garde-robe de ses appartements. Il m'y désigna un siège, d'où je pourrais observer par l'ouverture de la serrure, embrassa furtivement mes mains et, refermant l'huis, m'abandonna à l'obscurité. Je n'eus guère à patienter : Moins d'un quart d'heure plus tard, la première porte s'ouvrit brutalement sur un colosse vêtu de sombre dont je ne pus d'abord distinguer le visage ; Guy avait, entre-temps, caché le sien sous une cagoule de cuir noir.

Le géant se débarrassa de ses hardes en maugréant contre la froidure, puis vint réchauffer son énorme carcasse devant la cheminée, me donnant à observer, outre une musculature couverte de villosités rousses plus massive encore que celle de Vassili, un sexe déjà gros aux bourses pendantes, des poings de boucher et, illuminés par le feu, des traits réguliers et des yeux clairs que la bêtise, manifeste, rendait inquiétants.

Mon neveu, à genoux, lui tendit une bouteille : il la but au goulot, une partie du breuvage traçant un chemin écarlate entre les poils de sa poitrine, puis de son ventre, jusqu'à s'égoutter par l'extrémité de la verge. Guy fit alors ce qu'eut fait tout bardache en pareil cas, et qui donna une belle érection au butor ; mais au lieu d'en être récompensé par quelque attention ou compliment, il fut renversé à terre par une gifle et insulté — en un mélange de français et, supposai-je, de polonais —, puis roué de coups de pieds. Il me sembla ensuite que le flacon trouvait, dans le fondement de sa victime, un usage que je connaissais mais ne prisais point, contrairement à mon baron, qui se mit à pousser des soupirs enflammés, incontinent suivis de nouveaux soufflets et invectives.

On se déplaça ensuite sur le pilori, où le bourreau immobilisa sa proie au moyen de cordes passées dans les collets métalliques ; Guy avait fait en sorte de se poster face à ma cachette, afin que je ne perdisse rien de ses extases. Lui furent appliqués la cravache, le nerf de bœuf, le chat à neuf queues ainsi que diverses vexations manuelles, buccales, et force piétinements évitant soigneusement le visage et les extrémités. Les gémissements se muèrent en cris, puis en râles. L'exécuteur, toujours bandant, ne suspendait ses tourments que pour boire et maculer d'urine les plaies de son hostie, jetant les bouteilles dans l'âtre où elles explosaient en immenses gerbes de braise. Plutôt que de son humiliation, je fus surtout le témoin du plaisir extrême de mon neveu.

Jusqu'à ce que, son dernier flacon vidé et brisé, le tortionnaire titubant ne s'avisât de ramasser l'un des gros éclats acérés qui jonchaient le sol entre la cheminée et l'estrade pour en menacer sa victime afin qu'elle s'en fût quérir du vin. Guy, toujours entravé, tenta vainement, d'abord en riant, puis d'une voix de plus en plus angoissée, de lui faire comprendre l'impossibilité dans laquelle il se trouvait d'obéir. Un rictus épouvantable déforma alors la face du Polonais, dont le poing armé s'abattit plusieurs fois sur le supplicié, qui finit par hurler à l'aide.

M'étant levé, je bondis de ma cachette et me précipitai sur l'agresseur. Déstabilisé par l'assaut autant que par l'ébriété, il tomba de tout son long, en arrière, sur les tessons : il y eut des craquements, un souffle rauque, puis son corps se tendit brièvement en arc obscène et son regard étonné se figea sur moi.

Couvert de plaies, le masque déchiré par d'affreuses estafilades, mais toujours en érection, Guy semblait avoir perdu l'esprit, délirant lorsque je le libérai pour laver tant bien que mal ses blessures. Il déchargea dans ma main avant de perdre connaissance. Je le portai délicatement jusqu'à son lit. Je revins ensuite à la salle de torture jeter au feu les effets du Polonais et tirer son cadavre au bas de l'escalier secret.

Après quoi je remontai traverser le logis, chandelle en main, vers les appartements de la baronne. Celle-ci, pour ma chance, n'exigeait pas de sa domesticité qu'elle dormît devant sa porte ; ainsi accédai-je aisément à sa couche. La malheureuse affichait en sommeillant une expression douloureuse qui se changea en effroi quand ma poigne se posa sur sa bouche pour l'empêcher de crier :

— Votre mari a été agressé, soufflai-je. Il souffre dans sa chambre et attend vos soins. Soyez courageuse, n'appelez point : vous le perdriez à jamais, et avec lui la réputation de votre famille.

Je sortis sans attendre, passai de nouveau chez Guy — toujours immobile, ensanglanté sur son grabat —, condamnai derrière moi la porte de la pièce capitonnée et redescendis dans le jardin récupérer la dépouille, que je chargeai sur mes épaules. Je chevauchai longuement à travers bois, en aval de la rivière, où je me débarrassai du fardeau : le fort courant l'emporta tel un tronc arraché à la forêt.

Je regagnai Ystirac au petit matin, recru et souillé. Colas, qui m'aperçut le premier, prépara aussitôt un bain, dans lequel je m'endormis.

Le grand soleil et ses émissaires, Henry et Simon, me trouvèrent affalé dans mon lit entre mes aimables géants. Je relatai mon odyssée contre une croustille et un verre de vin. Chacun ensuite — moi surtout — en attendit les conséquences.

Elles n'apparurent pas avant une semaine, à la faveur de l'indiscrétion d'une servante des Roccaze surprise par Colas sur un marché palois : Monsieur le baron, attaqué et dépouillé selon elle sur le chemin de sa maison, avait eu la force de se traîner jusqu'à la chambre de son épouse ; madame la baronne s'empressait depuis à son chevet ; on ignorait ce qu'il était advenu de l'agresseur.

Les Roccaze ne pouvant refuser leur porte au marquis d'Ystirac, nous décidâmes d'envoyer Henry en ambassade ; il en revint perplexe mais porteur d'un pli.

— Le baron se remet, commenta-t-il en me tendant la lettre ; sa figure a l'air normal. Quant à la baronne, c'est une *mater familias* qui se pourrait portraiturer en divinité romaine…

Guy, dans sa missive, s'inquiétait à mots couverts de savoir comment j'avais fini la terrible nuit, me remerciait pour les secours que je lui avais prodigués et annonçait qu'il me viendrait entretenir dès que sa santé et sa femme l'y autoriseraient.

Une nouvelle semaine s'écoula avant qu'il tînt parole. L'affaire, dans l'intervalle, avait fait le tour de la sénéchaussée, occasion de vérifier le grand crédit de mon neveu, tant auprès de la noblesse locale que du peuple, et, pour les exempts de police, d'emprisonner un certain nombre de vagabonds avec l'espoir de les voir balancer au bout d'une corde.

— Point ne me savais si respectable ! s'exclama notre baron lorsque enfin nous le revîmes.

En pleine santé, souriant et plaisantant à l'envi, l'épisode l'avait apparemment transformé. Il avoua cependant, après quelques chopines, avoir dû sceller un pacte avec son épouse, qui l'engageait à condamner la salle secrète et ne se plus livrer à la débauche dans un rayon de cent lieues.

— *On* me laisse la lecture, mes poings et le voyage… soupira-t-il.

Quand j'expliquai la manière dont j'avais, en voiture fermée, visité Naples avec Gennaro, le regard de notre visiteur s'illumina :

— L'ami Durelais aimera cette idée ! s'enthousiasma-t-il.

Celle que je dusse quitter Ystirac attrista en revanche tout le monde. Je pris néanmoins congé peu avant Pâques, n'ayant rien reçu de la baronne de Roccaze — qui pourtant me semblait redevable — ni appris quoi que ce fût au sujet du cadavre que j'avais livré à la rivière. Henry, Guy et même Simon promirent de ne point laisser s'écouler un an avant que nous ne nous revissions en bords de Seine mais je découvris, au moment du départ, un nouveau sentiment fort désagréable, qui était la crainte que ces adieux fussent les derniers.

XXIII

La Provence m'accueillit de nouveau en mai, et avec elle un climat enfin serein mais des hôtes qui l'étaient moins. En effet, si Honoré, Vladislav et Gennaro, complices en luxure, s'y étaient en mon absence joyeusement abandonné dans les lupanars marseillais, Jean Mondétour, privé de ma protection et de celle de Colas, avait eu à subir leurs manœuvres et défendre ses charmes. Ainsi trouvai-je les trois premiers affairés à préparer leurs bambochades cependant que le quatrième, réfugié en ses quartiers, trompait maussadement l'ennui par la lecture.

J'en fis le reproche à mes compagnons, qui arguèrent de ce que le jeune homme, oubliant trop son état et à qui il avait affaire, s'était cru autorisé à adopter devant eux certains points de vue et attitudes qui l'eussent, en d'autres circonstances, incontinent mené devant un tribunal :

— Il n'a point fait mystère, s'indigna Honoré, du mépris dans lequel il nous tenait et a même prétendu que le peuple, vertueux par nature — vertueux ! —, avait grand raison de nous vilipender !

Je ne pus m'empêcher de railler le philosophe accusateur de province devenu à son tour accusé, et lui rappelai les épîtres où il se piquait de juger les uns et les autres.

— Je suis duc et pair de France, protesta-t-il, et je gouverne céans. Qui est-il, ce moricaud, sinon votre obligé ?

Les ris et l'amitié éteignirent la querelle mais Jean, dont j'obtins qu'il présentât des excuses, ne se mêla pas davantage à notre société, préférant celle de mon trio de chambre, avec qui, malgré les mœurs, il se sentait visiblement plus en confiance. Ce fut d'ailleurs en la seule compagnie de Colas qu'il se rendit aux arsenaux de Marseille découvrir l'endroit où son feu père avait souffert. Ma déception de n'avoir assisté à cet émouvant pèlerinage fut toutefois compensée, au retour, par une effusion inhabituelle de reconnaissance et un billet de même trempe que je conservai précieusement.

Chacun souhaitant regagner Versailles avant le départ de la Cour pour Compiègne — Honoré, contrairement à Simon, aimait à quitter sa retraite pour la mieux retrouver —, nous ne tardâmes guère à nous ébranler en lourde caravane et escorte armée, ce qui impressionna fortement Gennaro, habitué à ce que cet appareil fût, à Naples, réservé au monarque.

Les égards que, sur la route, nous témoignèrent les hôtes auxquels nous fîmes l'honneur de demander asile constituèrent un autre motif d'éblouissement : Jean lui-même se vit à maintes reprises gratifier d'un *Votre Seigneurie* qui l'amusa autant que nous mais n'en devait rendre que plus délicate sa reprise de poste auprès du surintendant de Laspasses.

Jean et mon trio de chambre installés à Mondétour, je m'en fus avec Honoré, Vladislav et Gennaro — à qui les honneurs de la Cour étaient ouverts — présenter mes respects à Sa Majesté, laquelle nous reçut avec la distance qui lui était coutumière dès lors que l'on échappait plus de dix jours à ses regards. Moins épris de cérémonies, bals et soirées d'appartement que Villars, je laissai à celui-ci le soin d'y chaperonner Gennaro cependant que je retrouvais les miens.

Plus que du récent décès en Prusse du Roi-Sergent — dont il se murmurait que son fils et successeur, Frédéric II, était à la fois frimasson et bardache — ou celui de l'intrigante duchesse de Bouillon, mon fils glosa beaucoup sur l'impudence du duc d'Antin : Croyant à tort que son patronyme lui permettrait de passer outre l'opposition de l'éternel Fleury, et sans doute mal conseillé par le chevalier de Ramsay, le *grand maître* s'était en effet ouvert au Roi des assemblées frimassonnes afin d'en obtenir la protection. Sèchement éconduit, selon les dires du comte de Clermont qui assistait à l'entretien, le duc s'était sottement glorifié de ce que la fleur du royaume adhérât à la secte, *ergo* à la sédition.

« Vous me déplaisez, Monsieur et, plus encore, les vôtres ! » aurait asséné un Louis XV redevenu soudain Très-Chrétien. Convoqué sur-le-champ, le vieux cardinal avait ourdi une contre-offensive consistant à embastiller durant quelques mois les membres les moins titrés d'une liste que je lui avais communiquée grâce aux indiscrétions de mon rejeton. La haute noblesse, depuis cet éclat, rivalisait de déclarations antifrimassonnes et revendiquait sa fidélité à de prétendues vertus catholiques, allant jusqu'à se réclamer du Pape !

— Sa Majesté, gémit mon fils, m'honore toujours de sa tendresse mais, sans le dire, m'a bel et bien puni en ne m'invitant point à ses chasses de Rambouillet. Plaise au Ciel que la mortification ne se poursuive à Compiègne !

Comme j'observais qu'il ne s'agissait que de vénerie, mon beau marquis soupira que je n'y comprenais mie et révéla qu'il avait fait en mon nom l'acquisition du domaine très giboyeux de Trémainville, non loin de Fontainebleau, et qu'il s'apprêtait à en acheter un autre jouxtant celui de Choisy.

— Vous ignorez trop, ajouta-t-il, la chance qui est la nôtre de pouvoir compter sur les talents d'Alban d'Ystirac et des frères Paris ainsi que sur l'opiniâtreté de Monsieur de Laspasses. Savez-vous seulement l'étendue de vos biens ?

Je hochai négativement la tête : en quoi cela importait-il ? Ne suffisait-il pas que notre famille disposât de ce dont elle avait besoin ? Louis-Henry ne bouda point son plaisir, malgré mon peu d'intérêt, de détailler mes avoirs et insister sur le fait qu'un duc ne se pût contenter d'être opulent en banque.

— La vanité est-elle frimassonne ? finis-je par lâcher.

À mon grand amusement, la conversation s'égara aussitôt en des sujets moins polémiques.

Mi-juillet, la Cour s'ébranla pour Compiègne, et avec elle — du moins le croyais-je — ma parentèle et mes amis. L'été s'annonçait pluvieux. Je regagnai Mondétour, l'âme partagée entre tristesse et soulagement que mon cinquantenaire ne fût point célébré.

Mais Colas et mes gens eurent beau dissimuler, je compris bientôt qu'il n'en serait rien : trop de choses, au château, annonçaient un grand événement. Tapis et tapisseries avaient été brossés, boiseries et volets intérieurs repeints, la chambre de parade apprêtée, parvis et allées soigneusement ratissés, troncs d'arbres et sculptures lavés, les communs aussi propres que dans un tableau de Lancret, les soins s'étendaient à l'ermitage, embaumant la cire, dont le pré et les jardins resplendissaient de fleurs jusques aux pieds du Faune Barberini !

La visite inopinée du jeune architecte chargé de réaliser les *vedute* de l'île morbihannaise que j'avais héritée de Chemendy me permit de meubler l'attente. L'endroit, vaste selon lui de quelques vergées à peine, paraissait affreusement sauvage, où la présence humaine se résumait aux pauvres ruines gothiques que le notaire avait pompeusement baptisées *manoir.*

— Sauf à aimer cueillir des huîtres ou chasser la bernache, ajouta l'architecte, Votre Seigneurie risque fort d'y succomber aux fièvres ou à la déréliction, sans parler des brigands qui s'agitent en nombre dans cette province…

Je refermai donc le portefeuille et choisis d'oublier celui-ci avec son contenu, décidant qu'il ne m'appartenait pas de revendre une terre qui m'avait été offerte et dont la possession valait surtout pour le symbole.

L'autre affaire qui absorba ces étranges journées fut l'accession de Jean Mondétour à la charge d'intendant. Laspasses, son mentor, était clairement contre, autant pour des raisons ayant trait à l'inexpérience de son élève qu'à son état et à la couleur de sa peau. Si la première objection me semblait recevable, les deux autres sonnèrent comme une insulte à mes oreilles, ne fût-ce qu'en raison de ma propre carrière.

— Personne, s'exclama le surintendant à bout d'arguments, ne voudra obéir à un moricaud !

— Un *mulâtre,* corrigeai-je, agacé. Que cela vous agrée ou non, il me plaît de lui donner sa chance.

— Il échouera, Messire ! Chacun en souffrira, lui le premier. Votre Seigneurie a, par sa trop grande bonté, gâté l'entendement de ce jeune Monsieur, qui se prend pour ce qu'il n'est point.

— Et qu'est-il, selon vous ?

— Le protégé de Votre Seigneurie, et qui s'en devrait contenter, et qui lui rend ingratement des faveurs sans lesquelles il ne serait guère qu'un…

— L'aiderez-vous si je le commande ? coupai-je.

— Je suis l'humble serviteur de Votre Seigneurie, minauda Laspasses. Si elle l'ordonnait, j'aiderais le diable en personne !

Le trait ne me fit point rire et l'idée me traversa un instant l'esprit de renvoyer le fâcheux. Lequel dut lire en mes yeux car, abandonnant ses objections, il s'attacha immédiatement aux aspects pratiques d'une telle promotion : Jean, selon lui, devrait se marier et sa fratrie le suivre dans une maison indépendante des communs, où résidait encore la famille du précédent régisseur, qu'il faudrait congédier aussi charitablement que possible.

— Un intendant, observa-t-il, fût-il mulâtre, ne saurait demeurer célibataire et ses sœurs servantes. Si nous parvenons à donner une épouse à Monsieur Jean, peut-être aussi trouverons-nous un mari à Mademoiselle Annette en attendant que convolent Mesdemoiselles Louise, Mathilde et les autres…

Incontinent consulté, le principal intéressé masqua mal, et sa joie et l'intense inquiétude qu'aucune fille des environs ne voulût de lui.

— Tu es bien aveugle des regards qui se posent sur toi ! grondai-je. Quant aux pères, si ton teint les repousse, ton argent et mon nom les convaincront.

— Je n'ai point de finance, Messire, marmonna-t-il.

— Nous y pourvoirons.

Laspasses ravala sa contrariété, et plus encore quand je le chargeai de conduire la procédure à son terme avant la fin de l'année. Jean, pour sa part, fut sans doute en cet instant le plus heureux des hommes mais il se garda bien de le montrer.

Contrairement à moi, qui fondis irrépressiblement en larmes lorsque d'innombrables carrosses arrivés en même temps déposèrent enfin devant ma porte, avec leur suite, ma famille et mes amis au grand complet : même le vieux baron Leplat en était, que je n'avais pas revu depuis le sacre de Louis XV, et puis le jeune prince de Conti, les comtes de Charolais et de Clermont, Mademoiselle leur sœur, les ducs de Villars, de Richelieu, de Boufflers, d'Aubigny, les marquis de Meuse et d'Alincourt, le pacha Bonneval, et bien sûr Gennaro, Vladislav, Handel, Pope, Mattheson — qui excusa Telemann, retenu à Hambourg —, Metastasio, Farinelli ! Henry et Aymery d'Ystirac avaient convaincu Simon Panchaud, Guy de Roccaze voyageait avec son complice Durelais... Je défaillis tout à fait lorsque le beau Maurice de Saxe indiqua que Leurs Majestés feraient sans doute escale.

La brillante compagnie s'affaira en musique dans tout le domaine : chacun, en effet, avait en charge un moment de la fête, dont la grande ordonnatrice n'était autre qu'Anna, ma si discrète épouse. Mon bonheur était tel que les pleurs, maintes fois, jaillirent spontanément à mes paupières : aucun des riches présents que l'on me fit ce jour-là ne pouvait égaler l'inestimable valeur de tant d'amour.

Pendant plusieurs jours l'on festoya, l'on dansa et, comme annoncé, nos souverains et leur suite honorèrent la cérémonie entre deux chasses. Ainsi appris-je, de la bouche même du Roi, l'élévation définitive de Mondétour en duché-pairie, et reçus-je de ses mains la couronne d'or à huit fleurons sur toque de velours de gueules qui ornerait désormais notre blason et dont je ressentis quelque timidité à m'en laisser ceindre.

— Rien, cher cousin, plaisanta notre illustre visiteur en m'embrassant, ne vous oblige à la conserver en permanence, ni à siéger au parlement...

Elle resta néanmoins sur ma tête aussi longtemps que durèrent les réjouissances, lesquelles s'étiolèrent hélas avec la pluie et l'annonce du décès en couches, à seulement trente ans, de l'épouse bien-aimée du duc de Richelieu. Louis-François, très éprouvé, regagna alors Paris, ma parentèle et nombre de courtisans Compiègne, Farinelli l'Espagne, d'Aubigny, Pope et Handel l'Angleterre, Leplat et Mattheson l'Allemagne, Metastasio Vienne, Bonneval ses terres limousines, et je demeurai seul, un peu désemparé, comme mal réveillé d'un songe, avec Gennaro et les Béarnais.

Henry d'Ystirac suggéra alors que nous déménageassions aussi, aux Petites Tuileries. Samory — qui avait également célébré son cinquantenaire mais paraissait le mieux souffrir que moi — nous reçut avec le faste coutumier.

Gennaro, informé de l'existence de Coprophile, n'eut de cesse que je satisfisse son incrédulité. J'accédai au caprice en présence de Guy, esprit réfractaire aux fantômes, ce qui amusa fort le nôtre : Ayant mis chacun mal à l'aise par les obscènes révélations qu'il me transmit afin que je les proclamasse, et s'étant ainsi débarrassé des importuns, Coprophile m'entretint ensuite longuement, seul à seul, de son état sépulcral, dont il ne s'ennuyait toujours pas. Ayant, pour ainsi dire, table ouverte dans l'âme du moindre visiteur de sa thébaïde, son expertise en matière politique dépassait largement celle des meilleurs ministres.

— Le royaume est aux abois ! tempêta-t-il. Il ne manque à la plèbe affamée qu'un truchement pour faire sentir sa colère aux sourds aveugles qui la gouvernent.

— Un truchement ? m'étonnai-je.

— Une idée, un homme, que sais-je : une voix !

— La frimassonnerie a-t-elle cours dans les limbes ?

— L'esprit de ses adeptes est moins tortu que nombre d'autres, crois-moi.

— Et le mien ?

— L'ami Simon l'a remarquablement circonscrit, *Thésée*…

Il me donna à réentendre le ton ironique de Panchaud s'interrogeant sur mes Ariane, mes Phèdre et mon Minotaure.

— Penses-tu qu'à cinquante ans je changerai ? soupirai-je.

— Et toi, crois-tu qu'il existe d'autres limites que celles que l'on s'impose ?

— Ma vie est en majeure part derrière moi…

— Tu aurais pu mourir à vingt ans, *Petit Taureau,* tu peux mourir à cent : qu'est-ce que cela change ? Il te reste encore à te faire moine, Russe, prédicateur…

— Pourquoi n'éprouvé-je aucun remords ?

— Parce que tu ne t'en laisses pas le temps, bel ami, et cela est très bien.

— Mais après ?

— Après est un mot forgé par les hommes, Henry. Après, il n'y a pas d'après…

Comme à l'habitude, je revins au château le cerveau plus bourrelé de questions que de certitudes.

Coprophile avait toutefois vu juste au sujet du peuple car la nouvelle parvint bientôt de ce que les occupants de carrosses blasonnés étaient importunés, sur le chemin de Compiègne à Versailles, par des loqueteux criant misère et réclamant du pain. Un peu anxieux, je regagnai Paris avec mes hôtes, mon trio de chambre et une escorte armée.

Je n'avais point occupé mon hôtel du quai des Balcons depuis le voyage de l'année précédente. J'y retrouvai la *Daria* sagement amarrée, dématée, l'équipage réduit au seul capitaine, à qui je donnai congé.

Mon premier soin fut pour le duc de Richelieu, toujours enfermé chez lui. La petite Jeanne-Sophie avait survécu au décès de sa mère mais Louis-François refusait de l'approcher, tolérant à peine qu'Antoine, aîné de quatre ans, jouât dans la même pièce. Maurice de Saxe, également en visite, avoua désespérer améliorer l'état de notre ami.

Songeant à mes Provinciaux, je proposai que nous nous rendissions en habit bourgeois à la foire de Saint-Germain[75], où l'on remettait au théâtre une parodie particulièrement divertissante des *Fêtes Vénitiennes* de Monsieur Campra, intitulée *Fêtes Villageoises*. Richelieu accepta du bout des lèvres, pour nous être agréable. Gennaro et les Béarnais applaudirent à l'idée ; seul Louis-François attira notre attention sur le risque de se commettre avec le vulgaire en ces temps troublés. Nous ne l'en forçâmes pas moins, le jour venu, à prendre place à nos côtés dans un modeste coche de louage.

À en juger par sa belle humeur, le peuple de la foire ne mourrait pas de faim et nous ne dûmes qu'au hasard d'être bousculés. La presse divisa notre petit groupe et je me vis bientôt réduit à la seule compagnie de mon beau Napolitain. Foin de ces *Fêtes* auxquelles j'avais déjà assisté, nous déambulâmes au hasard afin de nous mieux abreuver du spectacle des passants agglutinés devant étals et tréteaux.

Les ayant jadis fréquentés, je désignai discrètement à Gennaro les coupe-bourses et mauvais garçons qui se mêlaient aux badauds, la plupart de ces pendards ignorant les profits bien plus importants et infiniment moins périlleux qu'ils eussent pu tirer de leur seul entrecuisse. J'en allais formuler l'idée lorsque mon compagnon me tira brusquement par la manche : à quelques pas de nous se tenaient le pacha Bonneval — que je croyais en Limousin — et un jeune homme sobrement vêtu mais extrêmement élégant dont le nom vint concomitamment à nos lèvres : Seingalt ! La princesse Filomarino ne semblait point dans les parages… Aussitôt qu'il nous aperçut,

75. Saint-Germain-des-Prés, dans Paris.

Claudio fendit la foule dans notre direction, suivi de mauvaise grâce par le Vénitien.

— La province m'ennuie, s'excusa-t-il ; et comme mon cher Giacomo m'a fait savoir qu'il se trouvait à Paris…

— Comment se porte la princesse Filomarino ? lançai-je en guise de salut au prétendu chevalier.

— Elle ne m'a point suivi céans, lâcha-t-il, maussade.

— Notre mignon, reprit Bonneval, est l'hôte d'une certaine comtesse française rencontrée dans Naples et qui l'a, en quelque sorte, ramené dans son bagage…

— Jolie garniture en effet, observai-je en désignant du menton la braguette de l'adolescent. Ces messieurs demeureront-ils longtemps en nos murs ?

— La comtesse est généreuse, hésita Claudio, mais je ne saurais abuser de son hospitalité. J'eusse néanmoins aimé, avant que de vider la place, t'entretenir en privé d'affaires plus sérieuses…

Nous convînmes d'en discuter le lendemain quai des Balcons. Le *cher Giacomo* parut soulagé que je ne l'invitasse pas à poursuivre en notre compagnie.

Claudio ne fut point en retard ; nous nous enfermâmes dans mon bureau. N'ayant nullement abandonné sa chimère d'une alliance entre la France et la Turquie, mon visiteur espérait finir ses jours comme ministre plénipotentiaire, avec l'espoir à peine voilé d'achever en sa patrie une longue et errante carrière. Il attendait que je l'introduisisse secrètement auprès de Fleury, de sorte qu'il pût directement plaider sa cause.

Je tentai mollement de lui en faire entrevoir les obstacles, certain nonobstant qu'il ne servirait à rien de s'opposer à un dessein si opiniâtre. Mais il fallait, pour approcher l'immortel prélat en sa maison d'Issy, que la Cour ne fût pas à Versailles

— unique prétexte pour le Cardinal de ménager sa santé — et attendre en conséquence que l'automne sonnât le départ vers Fontainebleau.

Gennaro, entre-temps, me glissa prudemment à l'oreille qu'il espérait que je le laisserais, le cas échéant, reprendre la mer avec le vieux pacha afin que le navire de celui-ci le déposât dans sa ville natale. Quant aux Béarnais, si Guy et le petit Durelais — à qui je n'avais pas eu la cruauté d'imposer le spectacle d'Andrea — s'attardèrent à Paris dans l'espoir de revoir le comte de Charolais, Henry d'Ystirac et Simon Panchaud, lassés des averses septentrionales, reprirent bientôt le chemin du Midi.

Mon été s'acheva tout à fait lorsque Honoré et Vladislav vinrent annoncer leur transhumance, le premier à Aix, le second à Saint-Pétersbourg, où la Czarine honnie se mourrait sans héritier et où l'on espérait du changement avec l'avènement d'un nouveau souverain.

La Cour s'ébranla comme prévu à la fin du mois de septembre. Craignant qu'il ne refusât tout net de recevoir Bonneval, j'envoyai à Fleury un placet mensonger.

Son visage se froissa lorsqu'il vit de qui j'étais accompagné mais il eut la bonté de laisser le pacha s'exprimer.

— Écoutez, soupira-t-il lorsque Claudio eut achevé, vous me voyez affairé, en dépit de l'âge et des infirmités, à lutter céans contre l'émeute — mon carrosse a été assailli hier encore ; on se bat, paraît-il, à Besançon — et Outre-mer contre les Anglais, aux côtés de notre allié espagnol —, la peste soit de ce pacte de famille… Et vous voudriez que je courusse le risque, en vous donnant raison, de compromettre l'instable neutralité de nos ennemis ? Nos relations avec Sa Majesté le Sultan conviennent, ce me semble, à toutes les parties et je ne veux rien dire de votre réputation, Monsieur, qui n'est point aussi bonne que vous le semblez croire. Enterrez cela, de grâce, et nous laissez en paix. J'oublierai en retour que vous trahîtes jadis votre patrie, et veillerai à ce que l'on vous autorise à demeurer en vos terres limousines.

Je fis signe à Claudio de ne point argumenter et, après qu'il se fut retiré, m'attardai quelques instants auprès de notre vénérable interlocuteur :

— Ne le pourrait-on mander en Corse ? glissai-je.

— Monsieur de Maillebois s'en sort fort bien tout seul, répondit Fleury sans lever les yeux de sa paperasse.

— Avons-nous des échos du roi Théodore ?

— Aucun.

— La nation corse n'aurait-elle nécessité à se doter d'un prince digne d'elle ? risquai-je.

— Vous ne parlez pas de Bonneval, j'espère ! — Fleury me considéra sévèrement. Le seul souverain digne de gouverner ces contrées, grogna-t-il, a pour nom Louis XV. Les Génois ne seront pas longs à le comprendre. Quant aux Corses…

Il quitta son écritoire pour me raccompagner :

— N'épousez point des causes perdues, *Thésée,* murmura-t-il en ouvrant la porte, car votre âme suivrait, et avec elle votre maison…

Très dépité, Bonneval quitta rapidement Paris, emportant Gennaro sur le chemin de Marseille, où attendait le navire qui les devait embarquer pour le Levant.

Mon neveu et son compère n'ayant guère obtenu du comte de Charolais — entraîné dans un conflit familial à la suite du décès de Monsieur le Duc — finirent également par prendre la diligence et je regardai, solitaire, tomber la pluie depuis mes fenêtres de l'hôtel de Buridan. Mon voisin Richelieu, dont l'âme s'alanguissait tout autant que la mienne, partagea avec moi quelques mornes soirées jusqu'à ce que la lassitude nous poussât dans le même carrosse pour Fontainebleau.

Outre la chasse, le jeu et les querelles de préséance, qui demeuraient, envers et contre tout, le désolant sujet principal de conversation à la Cour, on y glosait beaucoup, entre deux antichambres, sur les infâmes qui osaient importuner les grands par leurs cris de misère et à qui il fallait jeter des pièces pour qu'ils cessassent de lancer cailloux et invectives. L'annonce du décès de l'Empereur passa presque inaperçue, sinon que l'on en prit le deuil pour un mois. On moqua les rares esprits éveillés qui s'alarmèrent des conditions difficiles dans lesquelles la succession d'Autriche risquait de se dérouler et l'on traita plaisamment de Cassandre — sans savoir alors combien l'on était dans le vrai[76] — ceux qui prédisaient la survenue d'une nouvelle guerre.

Un trépas suivant l'autre, l'ambassadeur de Russie publia celui de la Czarine et le nom de son successeur, parent éloigné venu au monde deux mois à peine auparavant : Ivan VI. Bühren, l'ancien favori, devenait régent. Je songeai aux espoirs déçus de Vladislav et lui écrivis une longue missive.

Rentré à Versailles, l'hiver très en avance, je reçus de mauvaises nouvelles en provenance d'Ystirac : notre bien-aimé Henry était tombé malade au retour de Paris et son état avait empiré au point que, sans l'oser exprimer, on craignait pour sa vie. Le mal ressemblait à une fluxion de poitrine. Je devais trop à Henry pour ne me point hâter à son chevet. Alban d'Ystirac, également averti, se joignit au voyage, ainsi que ma douce Anna.

---

76. Cassandre est à la fois le nom d'un personnage de vieillard ridicule de la commedia dell'arte, et celui d'une princesse troyenne condamnée par Apollon à prophétiser l'avenir sans jamais être crue.

Nous savions tous trois, dans le secret de notre cœur, qu'il se pouvait hélas que le souffrant n'eût point la force d'attendre mais l'espoir chevaucha dix-huit jours avec nous, jusqu'aux grilles du château d'Ystirac, jusqu'à croiser le regard désemparé d'Aymery : Henry, sanglota-t-il en tombant dans nos bras, avait succombé peu de temps auparavant, étouffé par la maladie, et son corps reposait désormais à côté de celui de Blanche. Simon, que notre arrivée avait précipité sur le parvis, joignit ses larmes aux nôtres.

La perte était immense et je me sentis aussi impuissant qu'on peut l'être en semblable circonstance, coupable de n'avoir point assez mis à profit les ultimes heures que nous avions passées ensemble, revoyant son sourire, conservant précieusement en mémoire le son de sa voix... Je devais tout à Henry d'Ystirac !

Les semaines qui suivirent nous aidèrent à panser mutuellement la plaie térébrante de cette disparition et établir Alban dans ses nouveaux droits, qui respectaient et prolongeaient ceux que son défunt père avait accordés à la famille d'Aymery et à Simon Panchaud. Le nouveau marquis ne se voyant guère vivre en province, l'arrangement se fit sans heurt, ce qui nous soulagea. Mais la brutalité de ce trépas, qui nous rappelait à la terrible fragilité de l'existence, obscurcit durablement nos âmes.

Il me fut doux, en conséquence, de constater les bonnes dispositions des Roccaze, et plus particulièrement celles de la baronne, qui souvent nous invita en ses murs et, oubliant délibérément le passé, me traita avec une tendresse qui n'était point feinte. Personne ne souhaitant rompre cette étrange et douloureuse harmonie, les premières neiges nous convainquirent aisément de laisser en Béarn se passer les frimas.

Nous conversions beaucoup, lisions de même, jouions aux cartes, aux dés ou à la cavagnole[77] et nous rendions quotidiennement sur la tombe de notre regretté parent et ami. Le sénéchal de Pau vint quelques fois en visite, ainsi que force représentants de familles nobles, honorés de pouvoir s'entretenir avec un duc et pair de France auquel, s'il n'avait eu la fortune de croiser le chemin d'Henry d'Ystirac, ils n'eussent jamais adressé la parole.

Sous la plume de Vladislav, au début de 1741, le courrier de Saint-Pétersbourg nous apprit, avec retard, l'éviction prématurée de l'horrible Bühren et son remplacement par la mère du nouveau czar, créature frivole et débauchée qui laissait tout pouvoir à son Premier ministre ; un nommé Munnich :

« Celui-là, écrivait Vladislav, a su résister comme moi aux tempêtes mais, contrairement à moi, la tête endurant bourrasque. Craignons qu'il ne la perde au milieu des Prussiens… »

Une phrase sibylline dont le courrier de Paris éclaircit plus tard le terrible sens : Le roi Frédéric II, faisant litière de sa propre philosophie — il avait publié en français, préfacé par Voltaire, un *Anti-Machiavel* très lu et très commenté où il s'opposait à la guerre en professant le triomphe de la Raison — venait en effet d'envahir la Silésie[78] sans déclaration préalable et contre la Maison de Habsbourg, dont Marie-Thérèse, la jeune souveraine, peinait à assurer la stabilité. L'Europe était de nouveau au bord de la guerre.

Richelieu, qui semblait avoir recouvré son appétence de vie, nous fit savoir de son côté que la Seine était entrée en crue

77. Ou *biribi.* Sorte de loterie à choix multiples, ancêtre du *bingo.*
78. Province germanophone du sud de la Pologne, alors rattachée au royaume de Bohême, donc à la Maison d'Autriche.

et que nos hôtels du quai des Balcons n'étaient accessibles qu'en barque :

« Demeurez en Province ! insistait-il. On s'agite en ce *pays-ci* pour aller guerroyer aux côtés des Prussiens — l'occasion est trop belle d'affaiblir *la* Habsbourg — et le joli Fouquet de Belle-Isle a dorénavant dans la culotte un second bâton, qui est de maréchal… »

Les missives de nos proches se faisant pressantes, nous décidâmes de regagner Paris après Pâques. La séparation d'avec ceux d'Ystirac s'avéra particulièrement douloureuse : outre la rupture de cette concorde qui nous avait unis dans la peine, chacun, moi le premier, redoutait que la sournoise mort ne ravît l'un d'entre nous. Il fallut pourtant atteler, rouler et voir s'éloigner irrémédiablement ces visages aimés.

XXIV

Nous nous rendîmes directement à Versailles, dont nous franchîmes les grilles le jour même où Sa Majesté partait pour Marly. Je ne vis mon rejeton qu'entre deux carrosses et il me fut une surprise assez désagréable de constater que Françoise-Aymone, ma belle-fille, malgré ses dévotions, ne souffrait guère en apparence du décès de son père — annoncé par lettre peu de temps après notre départ. Attachée au moindre pas de la Reine, elle pressa même Anna de quitter au plus vite sa robe de deuil, en s'étonnant dédaigneusement de ce que Louise-Blanche persistât à jouer les *mater dolorosa* en l'hôtel d'Ystirac — épargné par les crues, de même que celui de mon fils, rue des Marais-Saint-Germain —, au milieu des enfants du clan.

Louis-Henry prit à peine le temps d'indiquer que mon hôtel du quai des Balcons avait été inondé jusqu'à l'étage et que l'on avait chargé Monsieur de Laspasses d'en diriger les réparations :

— Vos biens meubles, précisa-t-il, ont heureusement échappé au désastre grâce à la prévention de vos gens, qui les ont déménagés, mais certains parquets et boiseries ont dû être remplacés : le goût du jour devrait vous plaire… On a trouvé, en démontant la bibliothèque, un bien curieux mécanisme dont l'usage n'est point apparu : vous seul, sans doute, savez pourquoi...

Il n'attendit pas ma réponse pour tirer sa révérence. Je laissai Anna, très fatiguée, se préparer à retrouver la suite de la Reine et repartis pour Paris le soir même avec Alban.

L'accueil y fut plus digne : même les enfants — l'aînée, Élisabeth-Henriette, s'apprêtait à fêter ses dix ans, le benjamin, Henry-Dieudonné, en avait célébré cinq — semblaient comprendre la gravité du décès de leur grand-père.

Je n'avais, depuis fort longtemps, passé de nuit en l'hôtel d'Ystirac ; de nouvelles larmes jaillirent à contempler le décor de mes débuts, dont le moindre élément hurlait à mon esprit à quel point Henry avait compté dans mon existence et combien peu je l'avais rétribué en retour.

Ne souhaitant imposer mon chagrin à personne, je pris congé dès le lendemain pour faire escale quai des Balcons sur le chemin de Mondétour. Jean de Laspasses s'y affairait, plans en main, à donner des ordres aux ébénistes préposés à rendre figure au rez-de-chaussée de mon hôtel.

Les parquets avaient été changés pour de nouveaux, richement marquetés, les stucs ravalés, les boiseries endommagées remplacées par d'autres, gris de lin, qui s'ornaient de motifs chatoyants, dont une chinoiserie de Monsieur Peyrotte et quelques scènes champêtres de Monsieur Oudry. Quant à la bibliothèque, elle avait retrouvé sa place.

Le majordome, accouru à mon arrivée, expliqua à voix haute, marquant bien chaque mot, que l'on avait découvert l'entrée secrète du petit réduit souterrain dont j'avais jadis exigé qu'il fût muré et que, conformément à mes ordres, de nouveaux panneaux de bois en interdisaient définitivement l'accès. J'approuvai, et l'affaire en resta là.

L'étage était encore encombré de meubles attendant de retrouver leur place — mes collections infernales avaient été pudiquement masquées par des draps —, mais ma chambre était habitable. J'y passai une nuit agitée. Il me parut difficile d'installer plus longuement mes quartiers et, l'aube venue, je fis battre le rappel pour Mondétour. Laspasses se joignit à nous.

Il fut, en chemin, question de Jean Mondétour, à qui le surintendant avait trouvé une épouse, timide fille de drapier de trois ans sa cadette dont il avait amadoué les parents en exposant les bénéfices, notamment financiers, qu'ils tireraient d'un tel mariage. Mon autorisation n'étant point requise depuis l'accession du jeune homme à l'intendance, les noces avaient été célébrées en début d'année et le couple s'était installé dans sa maison, avec les frères et sœurs de Jean — fors Marion, la benjamine, qui demeurait en l'hôtel d'Ystirac.

Tout ce monde se jeta à mes pieds lorsque je me présentai à la porte et il me parut que l'épousée, prénommée Marinette — une rousse à la peau couverte d'éphélides —, masquait mal un certain embonpoint. J'interrogeai le père d'un haussement de sourcil et eus ma réponse en un furtif sourire…

Laspasses reconnut à contrecœur que les débuts de son élève étaient probants et, surtout, que nos gens lui témoignaient un respect inespéré eu égard à la jeunesse et à la couleur de peau. Jean confirma sobrement, préférant orienter la conversation sur sa sœur Annette, qu'il espérait donner à l'un de nos métayers, et sur Henry d'Ystirac, dont nous fîmes, réveillant ma douleur, un nouvel éloge mortuaire.

Je passai l'été à Mondétour, apparemment seul à me désintéresser des affaires européennes et des préparatifs de guerre. Le clan m'y rejoignit. Je reçus également la visite des compères

Richelieu et Saxe, dont la conversation peinait à s'éloigner des sujets à la mode. Mes deux complices réussirent néanmoins à exciter ma curiosité par la peinture qu'ils brossèrent du jeune Frédéric II de Prusse, allié de la France, grand ami de Voltaire et, se confirmait-il, insatiable bardache.

— On prétend, glissa Louis-François, qu'il a couvert d'honneurs un joli paysan dont il s'était amouraché, et qu'il joue au mouchoir avec les hommes de son régiment. Belle-Isle en est fort entiché, bien qu'il jure du contraire... Je me suis laissé dire que *Son Éternité*, qui déteste la guerre, rechignait plus encore à recourir aux bons offices de Voltaire, dont il a été question à Berlin lors de la récente signature du traité d'alliance entre le royal bardache et notre ardent maréchal. S'il te plaisait de reprendre du service...

Je ne répondis point, distrayant la causerie par un conflit plus amusant, qui opposait, devant le Parlement, le comte de Charolais à sa mère, duchesse aînée de Bourbon, sur le tutorat de Louis-Joseph, héritier orphelin de leur Maison, Grand Maître de France[79] à seulement quatre ans, après le décès de Monsieur le Duc et celui, survenu au mois de juin, de Madame la Duchesse son épouse. Les deux parties se vouaient une haine et un mépris dont les gazettes se faisaient complaisamment l'écho. Charles, que l'on soupçonnait — sans bien sûr l'oser dire ni écrire — de vouloir suborner son jeune neveu, traitait en public la duchesse aînée avec une déférence exagérée dont on se gaussait à la Cour comme à la ville. Mais il ne trompait personne que le fond de la dispute résidait dans l'administration des biens immenses de la Maison de Condé... et de ses dettes tout aussi colossales: Charolais voulait agir seul, sa vieille génitrice ne l'entendait point de cette oreille.

79. C'est-à-dire chef de la Maison du Roi.

Impliquée dans le procès, la nombreuse et prestigieuse parentèle de ces grands seigneurs prenait alternativement parti pour l'un et pour l'autre sans que le Parlement pût trancher, sinon en déboutant la demanderesse. On attendait que le Roi s'exprimât, ce qu'il se gardait bien de faire.

— Cette guerre-là, railla Maurice, sera plus difficile à éteindre que celle d'Autriche ; je parie sur Charles, s'il survit à sa mère !

En août, le beau comte de Saxe suivit Fouquet de Belle-Isle en Bohême avec une division de cavalerie à laquelle s'était joint le régiment de mon fils.

Et je reçus, début septembre, une convocation à Versailles, du cardinal de Fleury. Lorsque je m'y rendis, je trouvai le Roi et la Cour plongés dans l'affliction : Pauline-Félicité de Vintimille venait en effet de mourir en donnant naissance à un bâtard — qui avait survécu — sur le visage duquel la ressemblance avec son royal procréateur était, disait-on, frappante.

Le vieux prélat, peu touché par l'événement, remarqua seulement que la Reine s'était opportunément vu offrir le Trianon de marbre, où elle se trouvait bien, et que les yeux embrumés de notre Louis brillaient déjà pour la marquise de La Tournelle, troisième fille de Mailly-Nesle, veuve depuis peu et soutenue par le duc de Richelieu, qui y avait probablement goûté.

— Point ne vous ai-je fait quitter votre repaire pour ces billevesées, grogna le vieillard. Sa Majesté s'est laissée convaincre, malgré mes objections, de faire campagne pour le Roi en Prusse. Je n'ai aucune confiance en ce Frédéric II et je persiste à ne point entendre qu'il y ait quoi que ce soit à gagner en pareille alliance, quand bien l'Autriche s'en trouverait affaiblie. Nous voilà contraints d'occuper les Russes à la frontière suédoise afin d'éviter que la Régente Anna n'envoie ses troupes en Autriche au secours de Marie-Thérèse… Votre ami, le prince Vladislav Kropotkine, œuvre d'ailleurs à porter sur le trône russe Élisabeth Petrovna, fille du feu czar Pierre Ier et de son épouse Catherine, dont nous nous souvenons que vous fûtes un intime…

— En effet, soupirai-je. Il est douloureux de savoir les Russes de nouveau nos ennemis. Voudriez-vous…

— Non, coupa Fleury, c'est à Berlin que je vous veux mander. Monsieur de Belle-Isle est trop subjugué par Sa Majesté prussienne ; vos pensées, par ailleurs, s'accordent aux miennes concernant Voltaire, ce séditieux dont on ne saurait déterminer quelle cause il défend, ni avec quelle sincérité. Vous m'obligeriez beaucoup en acceptant de mettre, une fois encore, vos talents au service de l'État : nous devons absolument connaître les intentions de Frédéric.

— Et comment comptez-vous…

— Vous rejoindrez la suite du Maréchal. Point ne me semble nécessaire qu'il en connaisse la raison.

— Mais s'il objectait ?

— Vous êtes duc et pair de France, *Thésée,* et je suis *encore* le principal ministre…

Ne pouvant révéler à mon interlocuteur le degré d'intimité qui me liait à Fouquet de Belle-Isle — nous avions partagé maintes orgies depuis notre rencontre de 1723 au château de Bélesbat, chez feu la marquise de Prie —, je me contentai d'accepter la mission en attendant que notre *subjugué* revînt de Prusse, soit jusqu'en octobre.

Marinette Mondétour donna entre-temps naissance à un fils, baptisé Jean-Henry, et Annette, conformément au vœu de son frère, fut mariée à un métayer de quinze ans son aîné chez qui elle partit s'installer.

Nous célébrâmes, par ailleurs, le premier anniversaire de la disparition d'Henry d'Ystirac en la chapelle des Minimes, où le clan entier s'était réuni. Alban, à cette occasion, me révéla rêver souvent de son père, privilège que j'eusse bien volontiers échangé contre mes entretiens nocturnes avec Louis XIV.

Fouquet de Belle-Isle, rentré à Versailles, ne manifesta aucun désagrément, bien au contraire, à me présenter au roi Frédéric lors de la prochaine campagne :

— Je me doute, sourit-il, des raisons qui ont motivé Son Éminence. La démarche est aussi piquante que vaine mais il vous plaira assurément de connaître un monarque *à notre manière* à qui, je pense, vous plairez aussi...

Puis il expliqua que nos forces s'associeraient à celles de Charles-Albert, l'électeur de Bavière — que la France et ses alliés souhaitaient voir couronner empereur —, pour marcher sur Vienne, où elles rejoindraient celles de Frédéric afin que la victoire sur Marie-Thérèse fût assurée avant l'hiver. Ignorant tout de la chose militaire, je n'osai contredire un tel optimisme et, apprenant que nous retrouverions Maurice de Saxe et mon glorieux rejeton, ordonnai aussitôt à mon trio de chambre de préparer notre équipage de voiture.

Novembre nous trouva donc au château d'Amberg, en Palatinat, où décision fut prise par le haut-commandement de ne plus viser Vienne mais Prague, que les alliés emportèrent en trois jours grâce à la perspicacité du comte de Saxe et à la rapide capitulation de la garnison de défense.

En dépit de moult tentatives d'éclaircissement, je ne compris mie à ces stratégies, et l'objet de notre engagement, à l'instar de ce qu'en avait dit le cardinal de Fleury, me parut des plus futiles : puisque Marie-Thérèse ne peut être faite empereur, songeais-je, à quoi bon se battre, et pour qui ? Affaiblir le Habsbourg justifie-t-il que la France, sans rien gagner, risque un nouveau conflit avec l'Angleterre, son opposant traditionnel ? À ces questions, personne n'apporta de réponse convaincante, pas même le terne Charles-Albert lorsqu'il vint prendre possession de la ville afin de s'y faire couronner roi de Bohême.

Voyant que je m'ennuyais — contrairement à mon fils, je n'étais nullement sur le champ de bataille et passais mon temps dans le luxe du quartier général à lutiner, sans grand succès, jeunes recrues et officiers —, Fouquet de Belle-Isle m'invita à prendre place dans un carrosse pour Brünn, cité morave dans laquelle j'avais brièvement séjourné une vingtaine d'années auparavant et dont Frédéric s'était rendu maître.

La nostalgie le disputait en mon cœur à l'appréhension lorsque nous franchîmes les lourdes portes de la forteresse de Spielberg. Le commandement prussien nous rendit les honneurs avec une rigidité toute tudesque mais cette froide impression, que renforçait la rigueur du climat, se dissipa dès l'instant où nous pénétrâmes dans le logis.

Frédéric s'y tenait, rayonnant, au milieu de ses hommes ; il se précipita à notre rencontre. Les grands yeux pers de cet élégant trentenaire au corps élancé se posèrent avec curiosité dans les miens, que je baissai en faisant la révérence. Mon compagnon me présenta comme un émissaire de Fleury, ce qui fit sourire le souverain :

— Son Éminence, commenta-t-il en excellent français, nous fait un honneur et un plaisir. Ce que Monsieur de Voltaire nous a en outre écrit au sujet de Monsieur le duc de Mondétour paraît d'ores et déjà en deçà de la réalité…

Ne sachant que répondre, je me contentai de lever le regard vers notre royal hôte ; il poursuivit :

— Maria-*Tirésias* — l'assistance applaudit au brocard[80] — croit pouvoir mander ses forces à l'assaut de la Bavière, aussi ne demeurai-je céans aussi longtemps que votre présence m'incline à le souhaiter. Me suivrez-vous jusqu'à Francfort ? Il nous faut faire au plus vite un empereur de Charles-Albert.

Nous acquiesçâmes. Frédéric fit alors signe à un gentilhomme de sa Maison d'introduire auprès de nous deux courtisans qui se tenaient en retrait : le premier, d'épaisse corpulence mais au visage harmonieusement dessiné, paraissait avoir l'âge du Roi ; il baisa ma main avec empressement à l'énoncé de son nom — roturier : Fredersdorf. Le second, plus âgé et raide de manières, qui était comte de Keyserlingk, se contenta d'une génuflexion. Repensant à ce qu'avait insinué le duc de Richelieu, je tentai vainement de déceler, dans l'attitude de cet étrange duo, quelque détail trahissant une inclination particulière. Frédéric perça peut-être mon intention car il nous pria, le Maréchal et moi-même, de le rejoindre après-dîner en ses appartements.

Il nous y reçut en cheveux et en chemise, avec Fredersdorf et Keyserlingk, ce qui nous força à adopter une tenue similaire. Une collation était apprêtée, devant laquelle nous nous attablâmes.

La conversation qui suivit fut d'une telle portée philosophique que je ne m'en voulus point mêler ; ce que voyant, notre royal hôte se pencha sur moi, palpant mon épaule, afin de connaître mon opinion.

— Je n'en ai guère, Sire, répondis-je.

— Il connaît mieux les hommes, Sire ! lança Belle-Isle.

80. Tirésias est un devin de la mythologie grecque transformé en femme durant sept ans à la suite d'un sacrilège et rendu aveugle par Héra offensée.

— Monsieur de Voltaire en a fait mention, indiqua Frédéric, la main toujours en maraude. Et que pensez-vous de moi ?

— Je ne sais de Votre Majesté que ce que l'on en dit à Versailles, bredouillai-je…

— Avez-vous lu mon *Anti-Machiavel* ?

— Pour partie, Sire, mentis-je. J'en ai interrompu la lecture quand j'ai appris qu'elle était obsolète.

Frédéric me dévisagea avec un éclair de rage surprise, que les rires alentour muèrent en bonhomie quelque peu forcée :

— De votre part, murmura-t-il en écartant les pans de ma chemise, le trait est recevable. Vous aimez jouer…

— À certains jeux, Sire, en effet, soufflai-je.

— Votre Majesté connaît-elle l'*hombre dévêtu* ? intervint Belle-Isle. C'est une invention de notre ami Mondétour où…

— Jouons-y, coupa le monarque.

— Mais, Sire, reprit Belle-Isle interloqué, savez-vous bien…

— Des cartes, Michael ! ordonna Frédéric en se tournant vers Fredersdorf.

La confusion qui s'afficha alors sur le visage écarlate du Maréchal me fit inférer qu'il n'était jamais allé aussi loin avec notre glorieux amphitryon. Le sort, en outre, s'acharna à le faire battre, de sorte qu'il se retrouva en culotte le premier, exhibant piteusement ses toisons grises et ses tétins fanés.

— N'ayez pas honte, lui dit le Roi, car nous serons bientôt à égalité…

De fait, Keyserlingk suivit en malchance, dont le corps vigoureux, levées après levées, s'offrit à nos regards jusqu'à la complète nudité — de laquelle il n'avait guère à rougir, ce que d'ailleurs il ne fit pas, laissant même, avant de se rasseoir, son membre clair veiné de mauve prendre d'invitantes proportions. Belle-Isle l'imita à la partie suivante ; son énorme vit suscita des commentaires laudatifs, de même que les génitoires pendantes et brunes de Fredersdorf.

Frédéric avait décidé que les enchères suivant la complète effeuillaison consisteraient en promesses de commettre telle ou telle lubricité. En bon courtisan, je veillai à perdre avant lui, étalant des appas que l'âge et l'exercice avaient, me semblait-il, assez correctement conservés, et qu'il détailla sans feinte pudeur. Lorsque enfin il se retrouva dans le même état que nous — bel état, en vérité, car le jeune souverain était fort bien fait de sa personne — Keyserlingk, Fredersdorf et Belle-Isle s'étaient engagés, par le détail, à honorer chaque pouce de chair de notre illustre commensal jusques aux parties les plus intimes.

Quittant la table très échauffé, Frédéric me fit alors signe de prendre place sur son lit, où il s'empala à moi, couché sur le dos, cependant que le fondement de Fredersdorf, campé de face, accueillait la verge royale. Belle-Isle, jambes écartées au-dessus de cet appareil, fut prié de tendre son mandrin aux lèvres du monarque avant de pénétrer Keyserlingk dans cette même posture, Fredersdorf flattant de la langue l'anus du Maréchal.

Notre bande lubrique ondula de longues minutes avant que le Roi n'ordonnât qu'on le couvrît de sperme, ce à quoi chacun s'appliqua ; puis il jouit à son tour en une mâle plainte, protesta qu'on l'avait souillé et dépêcha Fredersdorf apprêter un bain. Nous bûmes en complices ce qu'il restait de vin et prîmes congé, autant grisés par l'alcool que par l'expérience.

Laquelle se renouvela une quinzaine de soirs d'affilée, avec la participation de Wang et Vassili, que Frédéric avait tôt fait de remarquer dans notre suite. Comme le Roi passait le plus clair de ses journées parmi son état-major, je désespérais pouvoir remplir d'autre mission auprès de lui que celle de compagnon de débauche.

Nous célébrâmes Noël en Prussiens, puis quittâmes Brünn au début de l'année 1742 avec le cortège royal pour gagner Francfort. Le froid était mordant mais les routes praticables. À ma grande surprise et mon immense honneur, Sa Majesté me pria de lui tenir compagnie dans son carrosse, distinction impensable en France qui fit naître une moue envieuse sur les lèvres de Belle-Isle, réduit à partager celui de Maurice de Saxe, qui nous avait rejoints.

Nous chevauchâmes d'abord en devisant de bagatelles, sirotant du vin chaud et jouant autant aux cartes qu'aux doigts qui s'égarent. Puis au quatrième jour, mon éminent compagnon de voyage se piqua de me tutoyer, ce qui ne me gênait guère, et que je lui rendisse la pareille — à l'instar, privément, de ses roués —, ce dont je fus incapable.

— Qui m'aime me tutoie, sourit-il. Michael le fait parfois en public!

— Pardonnez-moi, Sire, répondis-je, mais je ne saurais, en présence de Votre Majesté, fût-ce en habit de naissance, oublier qui elle est et qui je suis.

— Et qui es-tu, justement?

— Je croyais que Voltaire...

— Il a seulement répondu par écrit à une mienne question sur les bardaches français. Ton titre de duc exterminateur m'a piqué et j'ai été heureux de constater que le tableau que je m'étais fait, à la suite de cette lettre, correspondait à l'original...

Il saisit mes mains et les ouvrit:

— Je me délecte, glissa-t-il en fixant ses pupilles dans les miennes, à la seule idée que ces phalanges puissantes m'eussent pu étrangler si ton Cardinal t'en avait donné l'ordre...

— L'âme de son Éminence n'est point si ténébreuse! protestai-je.

— Pourquoi donc Fleury t'a-t-il mandé auprès de moi ?

— Pour connaître plus intimement Votre Majesté.

Frédéric éclata de rire puis se renfrogna. Après un court silence, son visage s'éclaira :

— Soit, proclama-t-il. Donne-moi à te mieux appréhender et je te rendrai la pareille.

J'entrepris donc le long récit de mes aventures, monologue entrecoupé d'exclamations et de questions avides qui nous conduisit pratiquement aux portes de Francfort. Lorsque j'eus achevé, les yeux de mon auditeur luisaient comme ceux d'un garçonnet à la fin d'un conte. Ôtant un très beau diamant de son pouce, il le passa à mon auriculaire :

— Ami, balbutia-t-il avec émotion, combien j'envie ta carrière ! Pourrai-je jamais te remercier assez pour le trésor que tu m'as confié ?

— Sire, répondis-je doucement, Votre Majesté me comblerait en tenant simplement sa promesse.

— Ah, soupira-t-il, Fleury...

Il commença, à mi-voix, par narrer les années qui avaient précédé son accession au trône, et notamment ses rapports conflictuels avec son géniteur, le bien nommé Roi-sergent : celui-ci, tyran aussi dévot que violent, vomissant les arts et plus encore les bardaches, n'avait cessé d'humilier un fils dont le raffinement insultait à sa lignée ; au point, suprême barbarie, de faire exécuter sous ses yeux l'un de ses premiers amants, avec qui l'adolescent formait le puéril dessein de s'exiler en Angleterre auprès de sa famille maternelle[81]. Un temps emprisonné, le jeune héritier s'était ensuite astreint à dissimuler ses goûts, marié contre son gré à une princesse allemande dont il

81. Sophie-Dorothée de Hanovre (1687-1757), mère de Frédéric II, est la fille du roi George 1er de Grande-Bretagne et d'Irlande (1660-1727).

n'avait, selon ses termes, effleuré que la main. Mais ces noces avaient au moins eu l'heur de l'autoriser à mener train de Cour indépendant à Rheinsberg, non loin de Berlin.

— C'est là, soupira-t-il, que j'ai appris la liberté. Correspondre avec ce Voltaire que tu prises si peu, et avec ses semblables, a ouvert mes yeux sur l'univers : je suis sorti des ténèbres, Henry ! À la mort du Roi mon père, j'étais devenu, grâce à ma propre éducation, pleinement apte à lui succéder ; le *vieux* lui-même l'a reconnu avant de rendre l'âme… Ainsi ai-je appris à faire la part du souverain, du philosophe et du bardache. Mon royaume est morcelé, je le dois unifier. L'homme que je demeure, philosophe, bardache, musicien, franc-maçon — oui — vient en second.

— Son Éminence, glissai-je…

— Fleury, coupa-t-il, aura bientôt affaire à un roi *de* Prusse, et non plus seulement *en* Prusse : la nuance, pour moi, est essentielle. Nos opinions et nos intérêts concernant l'Autriche ne sont point aussi concordants que le prétend Belle-Isle : il faut bien parler à Marie-Thérèse…

— Mais la guerre ?

— Elle ne saurait durer éternellement : contrairement à tes maîtres, il ne nous plaît nullement qu'elle ravage nos pays et nos peuples.

La tranquille majesté avec laquelle il avait exprimé ces idées crût en importance lorsque nous pénétrâmes dans Francfort et l'étiquette retrouva ses droits. Quittant le carrosse royal, je rejoignis alors celui du comte de Saxe, Fouquet de Belle-Isle s'en étant vu offrir un pour lui seul, digne d'un prince électeur.

Il fut d'ailleurs reçu avec des égards équivalents par l'archevêque de Mayence, qui présidait au couronnement de Charles-Albert ; lequel, après une cérémonie fastueuse, fut proclamé empereur romain germanique sous le nom de Charles VII.

La présence sur place de nombreux ambassadeurs me permit d'apprendre l'avènement en Russie d'Élisabeth Petrovna, dont l'amant français — l'intrigant marquis de la Chétardie, l'un de nos meilleurs diplomates — avait, pour l'occasion, œuvré aux côtés de notre Vladislav.

Et la disparition, à Versailles, du discret cardinal de Polignac. Le duc de Richelieu, de la bouche de qui vint la triste nouvelle, ajouta qu'un notaire tenait à ma disposition certaine cassette qui avait fait couler beaucoup de salive et dont il tardait à chacun que je prisse livraison. Louis-François ajouta, sur un ton plus badin, que le prince de Conti, *fille à soldats émérite,* passant outre l'interdiction royale de commander en Bohême, s'était enrôlé aux côtés de Maillebois — fait maréchal après ses succès en Corse — et qu'il avait été, en conséquence, brièvement mis aux arrêts avant d'être autorisé à faire campagne comme simple volontaire sans grade, ce dont il n'avait cure, étant davantage intéressé par la culotte des militaires que par leur cordon.

— Paris, poursuivit-il, n'a guère eu l'opportunité de s'en amuser car nous est débarqué, accompagné par ton ami Bonneval, un nouvel ambassadeur du Grand Turc dont je te réserve la surprise…

Sitôt achevé le sacre, la noble assemblée alla son chemin et je décidai de suivre Richelieu sur celui de la France. Frédéric II, au moment de prendre congé, glissa entre mes mains un long cylindre de cuir aux armes impériales :

— Tu l'ouvriras plus tard, chuchota-t-il. Charles-Albert l'a scellé sur mon expresse recommandation. Belle-Isle a reçu le même : l'intention, tu t'en doutes, est fort différente… Reviens-moi, Henry, avec ou sans Voltaire !

À l'étonnement général, il me donna l'accolade. Louis-François, qui avait deviné la teneur du présent, ne résista pas longtemps à la tentation de me la révéler :

— Il faudra, annonça-t-il sur un ton mystérieux mais avec une nuance d'envie, que tu demandes à notre souverain l'autorisation de *le* porter…

— De porter quoi ? demandai-je, intrigué, en décachetant le paquet.

— Ce titre de prince du Saint-Empire ! s'esclaffa mon compagnon à ma mine ébaubie.

— Je n'oserai jamais ! soufflai-je.

— D'autres l'ont fait avant toi, et qui méritaient moins…

— Mais enfin, ma naissance…

— *La naissance n'est rien où la vertu n'est pas*[82]…

— Moi, vertueux ?

---

82. Molière, *Dom Juan ou le Festin de pierre,* IV, 6.

XXV

Nous rîmes et forniquâmes tant et si bien, en route, que Versailles ne nous parut point aussi loin et que nous nous étonnâmes presque d'en aborder les grilles au début du mois de mars. Sur recommandation de Richelieu, je présentai à Fleury mon diplôme impérial en même temps que mon rapport. Les sourcils du vieillard ne se dressèrent qu'à la mention de l'état frimasson de Frédéric :

— Voilà, grogna-t-il, qui n'augure rien de bon. Les idées anglaises sont nos ennemies avec d'autant plus d'acuité que, contrairement à son prédécesseur, le comte de Wilmington, nouveau Premier ministre britannique, est suborné à la cause de Marie-Thérèse. Sa Majesté George II est trop heureuse de nous pouvoir enfin livrer bataille : cette succession d'Autriche nous cuira, *Thésée* !

Sachant mon retour, le notaire du feu cardinal de Polignac me vint remettre la cassette qui tant intriguait Louis-François et ses complices. L'objet, d'ébène rehaussée d'entrelacs d'ivoire, contenait une lettre portant ces simples mots : « Merci de ne me point oublier » et, enveloppée dans des pochettes de velours grenat, une collection de gemmes et camées antiques gravés de motifs érotiques, seuls reliefs — mais des plus précieux —

d'un trésor dont j'avais jadis, à Rome, admiré les chefs-d'œuvres. Il me sembla lire un peu de déception sur les visages; je me sentis, pour ma part, profondément honoré.

Louis-François nous conduisit dès le lendemain à Paris, quai des Théatins[83], afin que je fusse présenté au fameux ambassadeur de la Sublime Porte. Il y avait grand presse, ce jour-là, car le marquis de Bacqueville, original dont on daubait les folles inventions, s'était mis en tête d'y faire la démonstration d'une machine volante. Invités en son hôtel des bords de Seine par le duc de Bouillon — mon irréconciliable ennemi —, les Turcs attendaient, en dégustant des pâtisseries, que Bacqueville battît des ailes depuis les toits.

Forcé de m'introduire, Bouillon s'exécuta de mauvaise grâce, concluant perfidement sa présentation et l'énoncé de mes titres par un *Quod non ascendet*[84] qui se voulait piquant mais ne fit rire que lui.

L'ambassadeur Zaïd Effendi était un fin quadragénaire dont la barbe fournie et très noire renforçait l'extrême pâleur du teint; il ne parlait point notre langue mais répondit fort civilement à mon compliment, par la grâce de la traduction du pacha Bonneval. Après quoi celui-ci obtint de son maître l'autorisation de m'entretenir en privé:

— Me voilà désormais gouverneur de Chio[85]! proclama-t-il fièrement. Retraite, certes, petite, assurément, mais digne de l'Éden! Je ne désespère point, cependant, d'obtenir enfin de Sa Majesté française cette grâce que me refusent ses ministres…

— Lesquels, indiquai-je, sont à cette heure fort affairés à la succession d'Autriche.

---

83. Actuel quai Voltaire, dans le 7e arrondissement.
84. « Jusqu'où ne montera-t-il pas? », devise du surintendant (déchu) Nicolas Fouquet (1615-1680).
85. Île grecque de la mer Égée, proche de la Turquie.

— Une guerre absurde !

— Voilà au moins une matière qui vous accorde, Fleury et toi...

Apprenant la récompense dont Frédéric II venait de me gratifier *via* l'Empereur, mon vieux compère cligna de l'œil :

— *Votre Altesse,* railla-t-il, ne souffrira bientôt plus qu'un gueux lui suce le vit !

Et il vanta les agréments des habitants de son île, pêcheurs aux yeux noirs et à la peau cuivrée, dont la réserve naturelle s'achetait aisément pourvu que l'on fût discret.

Je pris des nouvelles du prétendu chevalier de Seingalt, avec qui il était resté en contact épistolaire : l'adolescent, changeant de monture aussi souvent qu'à l'ordinaire, s'était exilé à Gênes, où il avait vendu ses charmes à plusieurs gentes dames et gentilshommes avant que l'un d'entre ces nobles personnages, outré par sa désinvolture, ne le fît reconduire *manu militari* dans sa famille, à Venise. Il y croupissait, depuis, espérant s'enfuir sitôt que le permettraient ses finances.

Nous parlâmes enfin de Gennaro, qui m'écrivait fort peu depuis que Claudio l'avait raccompagné dans Naples.

— Ainsi vont les amants, soupira mon interlocuteur. Plus grande la différence d'âge, plus légère la chaîne !

La clameur de la foule interrompit notre conversation pour nous précipiter aux fenêtres : le marquis de Bacqueville, ayant fixé à ses membres de téméraires ailes de toile, avait brièvement plané au-dessus du fleuve avant de s'écraser sur un bateau-lavoir, apparemment sans dommage. Chacun applaudit, au héros ou au fou, que le duc de Bouillon et son hôte firent transporter jusques à eux ; notre Icare, entre-temps, avait perdu connaissance, jambes brisées. Je laissai Claudio remplir son office de traducteur et rentrai en mon hôtel voisin du quai des Balcons.

Richelieu m'y vint retrouver quelques jours plus tard, avant son départ pour le Languedoc où il devait escorter l'infant Philippe — celui qui, trois ans auparavant, avait épousé Madame Élisabeth — de la frontière espagnole en Italie.

Il ne fut pas peu fier de me remettre, en outre, l'autorisation royale, pour les membres de la branche aînée de notre famille, à afficher le titre princier offert par l'Empereur et, sur nos armoiries, le bonnet d'écarlate rehaussé d'hermine diadémé d'un demi-cercle d'or grêlé de perles et surmonté d'un globe portant une croix. Louis-François ironisa, à l'instar de Claudio, sur le prédicat d'altesse qu'il n'utilisait jamais :

— Sa Majesté, sourit-il, s'amuse fort des hochets dont aime à se parer la haute noblesse ; les seules que la chose agace sont ces vieilles lignées féodales parmi lesquelles *ton* Bouillon ou *mes* Lorraine.

— La guerre, assurai-je, leur donnera enfin matière à faire valoir l'ancienneté de leur écu et sa valeur…

— Les princes du sang eux-mêmes ne sont guère valeureux ! Sais-tu que l'on dit, en revanche, grand bien de ton fils ? Ses faits d'armes aux côtés de notre beau Maurice et du maréchal de Belle-Isle sont parvenus jusqu'à Versailles. Un charmant militaire dont beaucoup envient l'épouse — si fidèle, si froide et tant à la Reine — en glosant sur les rumeurs qui voudraient que les charmes du mari soient réservés au Roi et à ses putains…

— Épilogue-t-on encore sur les frimassons ?

— Fort peu : la succession d'Autriche…

Louis-François ajouta que le comte de Clermont, frimasson notoire, faisait davantage parler de lui par les maîtresses qu'il entretenait — dont la Camargo qui, pour s'en libérer, avait dû jeter entre ses bras l'une de ses amies. Quant au duc d'Antin, son régiment menait campagne en Westphalie auprès du maréchal de Maillebois.

Je revis souvent Bonneval durant le printemps et me joignis maintes fois à la suite de Zaïd Effendi, dont certains membres bien bâtis avaient favorablement répondu à mes sollicitations. Je présentai même à l'ambassadeur le peintre Coypel, qui faisait alors mon portrait et à qui le Turc commanda le sien.

La *fièvre ottomane* dura jusqu'à l'été mais l'un de nos auteurs, nommé Crébillon, ayant cru s'en prévaloir pour se moquer du Roi à travers un pamphlet intitulé *Le Sofa,* fut exilé en province, d'où il ne fut autorisé à revenir qu'après avoir proclamé que le texte lui avait été commandé par Frédéric II. L'aventure amusa fort Zaïd Effendi mais elle inquiéta tous ceux, parmi lesquels je comptais, qui y voyaient un symbole de l'aveuglement français.

Je m'en pus entretenir assez librement avec l'élégant prince Cantemir, ambassadeur de Russie, au cours d'une fête célébrant le couronnement à Moscou de l'impératrice Élisabeth :

— La France, confia-t-il, se fourvoie en cette guerre qui n'aura qu'un vainqueur, le roi de Prusse, et qu'un vaincu, dont je n'ose formuler le nom…

Nous évoquâmes le triomphe du marquis de la Chétardie et celui, concomitant, du prince Vladislav, favoris de la nouvelle souveraine. L'ambassadeur, au fait des inclinations de Vladislav et les partageant peut-être, prophétisa qu'elles lui permettraient de survivre aux intrigues de Cour. Ce fut lui qui m'annonça par ailleurs le décès, à Dresde, du baron Leplat, dont l'immense fortune s'était volatilisée dans la poche de ses trop nombreux amants.

Bonneval reparti avec son maître — mais sans avoir obtenu du Roi les faveurs espérées —, je m'installai à Mondétour dans l'espoir d'y recevoir Simon Panchaud et les Béarnais, dont les ultimes missives remontaient à l'hiver précédent. Alban d'Ystirac, son épouse et mes petits-enfants s'y trouvaient déjà, compagnie animée et bruyante que je prenais plaisir à fréquenter quelques heures dans la journée avant de m'aller réfugier en mon ermitage.

Mes attentes furent récompensées à la fin du mois de juillet, lorsqu'un même carrosse déposa à notre porte Simon Panchaud, Guy de Roccaze, le *petit* Durelais et leurs domestiques. Ma récente promotion au titre de prince du Saint-Empire avait certes ravi ma parentèle et excité la jalousie de certains courtisans mais ce n'était rien, selon mes visiteurs, en comparaison de l'effet suscité en province, où l'on me voyait déjà gouverneur !

La joie des retrouvailles fut toutefois ternie par la santé chancelante de Panchaud, que le voyage avait éprouvé, et surtout la nouvelle — tenue secrète par le cardinal de Fleury qui me la révéla néanmoins par un courrier codé — de ce que le maréchal de Belle-Isle, enfermé dans Prague avec nos troupes, dont le régiment de mon fils, y était assiégé par les Autrichiens, lesquels s'apprêtaient à signer un traité avec Frédéric II mettant la France en posture d'autant plus fâcheuse que les Anglais restaient en embuscade. Point n'était nécessaire d'être fin politique pour entrevoir le péril, mais je m'inquiétai d'abord pour mon Louis-Henry, n'osant mettre personne — et surtout pas Anna — dans la confidence.

Les Béarnais, peu enclins à solliciter le comte de Charolais, s'installèrent aux Petites Tuileries ; Simon, valétudinaire, demeura à mes côtés dans l'ermitage de Mondétour.

Les conversations que nous y tînmes furent dignes de vieillards, ce qui ajouta à mon tourment : Panchaud ne semblait plus éprouver d'appétence pour les choses du sexe, ressassant à l'envi que les *bagatelles* — qui incluaient nombre d'autres joies, telle la boisson, la musique ou la bonne chère — lui étaient indifférentes depuis la disparition d'Henry d'Ystirac, dont il cultivait la mémoire avec le soin d'un pénitent grattant ses plaies pour les empêcher de cicatriser. Cette dévotion allait de pair avec des lectures pieuses dont je n'eus pas le cœur de l'empêcher de discourir : sa foi renaissante n'avait rien d'hypocrite mais elle me peina davantage qu'elle ne me convainquit.

Nous arpentions le parc pendant de longues heures, à pas mesurés, et quand mon regard se posait sur tel jardinier vigoureux ou tel joli domestique croisé par hasard, le sien s'en détournait aussitôt. Il finit par avouer qu'il se serait fait chanoine à l'instar du duc d'Orléans si la naissance et l'obligation de confesser ses prétendus pêchés ne l'en avaient dissuadé. L'ennui, progressivement, s'empara de mon âme, au point que je demandai un jour abruptement à mon ami pourquoi il avait exposé sa vie aux risques d'un périple aussi manifestement inutile.

— Vous et vos proches demeurez chers à mon cœur, répondit-il, un peu ébranlé. Oserai-je dire que vous êtes ma seule famille ?

Touché à mon tour, je lui présentai aussitôt des excuses et, pour me faire pardonner, le mis dans le secret du mariage décidé entre Henry-Philippe, mon petit-fils, et Hortense-Félicité de Mailly, alors âgée de quatre ans. Loin de s'en scandaliser, il prit mes mains entre les siennes :

— Vos arrière-petits-enfants seront de sang royal ! souffla-t-il, les yeux brillants. Quelle fierté !

— Je ne sache pas qu'ils le dussent savoir, objectai-je. Sauf si leur parentèle en décidait autrement, ce dont je doute.

— Ne direz-vous rien ?

— Oncques ne romprai le serment que j'ai fait à mon fils et que je vous demande. Et puis, il faudrait que je vécusse assez longtemps…

Panchaud, tout en protestant de l'excellente constitution qui, selon lui, me ferait durer autant que l'immortel Fleury, jura le silence.

Celui qui dissimulait la situation de nos troupes dans Prague finit en revanche, gazettes aidant, par se dissiper et il fut impossible, à la fin du mois d'août, de masquer plus longtemps à Anna et au clan le péril qui menaçait notre Louis-Henry. Je fus assailli de questions angoissées auxquelles, par manque d'informations, il me fut impossible de répondre.

Le maréchal de Maillebois, éternel défenseur de nos intérêts, devant être dépêché sur place, je demandai à Fleury l'autorisation de me joindre à l'expédition mais il refusa au prétexte que ma maison courrait un danger trop grand et que Sa Majesté y était opposée. Je ne pus que recommander mon rejeton aux bons soins du comte de Saxe, prompt à s'engager sous les ordres du Maréchal, et faire acte de présence à la Cour aux côtés des miens.

Simon, qui s'était déplacé à Paris chez Alban d'Ystirac afin d'y suivre l'évolution de nos affaires, fit plusieurs fois le chemin de Versailles pour me consulter à leur sujet, épreuve qui aggrava insidieusement son état. Ne dormant pas sur place, y dînant à peine, ne se plaignant jamais, il ne me laissa guère l'occasion de m'en rendre compte. Aussi, lorsque je l'aperçus un jour montant l'escalier à bout de souffle, ne compris-je pas tout de suite la gravité de l'instant.

Nous pénétrâmes ensemble dans mon antichambre, où je lui donnai un siège devant mon bureau, comme à l'habitude; mais au lieu d'ouvrir son portefeuille, il me considéra avec l'expression d'un naufragé au bord de la noyade et, incapable de parler, se mit à suffoquer. Très inquiet, je me penchai sur lui dans l'espoir d'en tirer une parole; son dernier geste fut d'agripper mon bras avant de s'affaisser. Croyant ouïr battre son cœur, je sonnai afin que l'on mandât un médecin et attendis, la gorge nouée, que Monsieur de Lapeyronie en personne examinât l'infortuné. Lorsque le docteur fit signe que tout était fini, je tombai à genoux en maudissant ce Ciel qui enlevait le plus ancien de mes amis, et je pleurai sans retenue dans le sein de l'archiatre.

Je suivis, solitaire, le corps du malheureux jusqu'aux Minimes, où Alban d'Ystirac, les frères Paris et quelques autres avertis en urgence nous rejoignirent dans la soirée. Nous veillâmes le défunt jusqu'à l'aube, puis le portâmes en terre. La simplicité de la cérémonie contrastait si fort avec la qualité de ses participants que Joseph Paris en fit la remarque, ajoutant que notre petite assemblée réunissait probablement l'une des fortunes les plus importantes du royaume, avant celle, pourtant considérable, des princes du sang.

— Mais nul ne le verra, précisa-t-il en se tournant vers moi, car notre regretté associé a placé, sans les réaliser, ses avoirs partout en Europe, y compris la majeure part de ses rentes. Son notaire le confirmera: ses héritiers, au premier rang desquels figure Votre Seigneurie, n'auront d'autre souci que percevoir et disposer, aussi longtemps qu'ils daigneront accorder leur confiance aux experts que nous prétendons être…

Le plaidoyer, pour déplacé, me parut néanmoins pertinent lorsque Alban, quelques heures plus tard, me communiqua le testament de notre cher défunt et les chiffres y afférant : Simon nous avait gâtés à un point tel que nous résolûmes de lui élever un monument et faire dire des messes en sa mémoire aussi longtemps que durerait notre lignée. Je chargeai les Béarnais, désolés de quitter Paris en semblables circonstances — nous n'avions toujours aucune information de Bohême — de rapporter ces funestes événements à Aymery d'Ystirac, sachant bien, cependant, que la lecture de la partie du testament qui le concernait aiderait à le consoler. Et je repris ma place à la Cour, espérant chaque jour, à l'instar de nombreux courtisans, un courrier de Prague qui nous délivrerait de l'angoisse.

Rien de marquant ne parvint avant octobre, quand nous apprîmes que Maillebois, empêché de secourir les assiégés, s'était replié sur la Bavière, délivrant certes Munich, rendue à l'Empereur sans que cela ne nous rapportât, mais laissant Belle-Isle en grand péril. Le vieux maréchal de Broglie devait prendre la suite, ce qui n'augurait rien de probant.

Comme pour aggraver nos alarmes, Marie-Anne de Mailly, favorite triomphante et détestable, parvint à faire exiler sa propre sœur Louise-Julie — mère d'Hortense-Félicité, la promise de mon petit-fils. Fleury, dont les partisans se comptaient désormais sur les doigts d'une main, me convainquit de ne m'en point mêler mais je mandai Louise-Blanche d'Ystirac au palais des Tuileries afin qu'elle s'assurât du confort de la belle déchue.

La santé chancelante du Cardinal le poussa ensuite à regagner Issy, où il s'enferma, nous abandonnant à nos tourments.

Richelieu et Villars revinrent heureusement à la Cour en décembre, et avec eux les échos favorables : des espions avaient en effet rapporté que Belle-Isle, en une ultime bravade, était parvenu à dérober le départ de nos troupes aux assiégeants et qu'il campait avec elles, épuisé mais enfin libre, dans les environ d'Egra, en Bohême. Rien au sujet de mon rejeton, mais nous voulûmes croire qu'il fut au nombre des survivants, Maurice de Saxe ayant entre-temps donné signe de vie à l'une de ses maîtresses. Notre armée en retraite avait encore beaucoup à parcourir, aussi nous gardâmes-nous de célébrer Noël avant l'heure.

Le retour des nôtres, au début de 1743, donna lieu à d'intenses réjouissances mais Belle-Isle, malgré sa bravoure, se vit reprocher l'échec de la campagne, et Versailles, pour ainsi dire, lui claqua la porte au nez. Le seul héros avait pour nom Chevert, obscur militaire dont l'unique talent avait été d'obéir aux ordres de notre Maréchal, soit demeurer dans Prague y négocier la capitulation. Quelques militaires de haut rang regrettèrent à mi-voix cette injustice — dont Maurice de Saxe et mon rejeton, transfigurés par l'aventure —, mais Fleury lui-même, toujours alité en sa maison d'Issy, n'apporta guère de soutien aux vrais braves.

Il avait, certes, un ultime combat à mener, qu'il perdit le 29 janvier. Chacun, alors, s'étonna à la fois de sa longévité et de ce qu'il ne laissât presque rien à ses héritiers. Notre bien-aimé souverain pleura un peu, interdit que l'on attentât à la mémoire de son mentor, exila même le ministre Chauvelin qui s'y était risqué, puis se consola : l'heure, la politique et les amours restaient aux jeux…

Rassuré pour mon fils mais fatigué de la Cour, je rentrai à Paris. Inquiet de savoir ce qu'il advenait de Louise-Julie de Mailly, dont l'infortune n'avait guère ému mon désinvolte Louis-Henry, je me fis annoncer aux Tuileries.

Elle m'y reçut, confuse et désespérée, dans la chambre luxueuse mais triste qui lui servait de refuge. La petite Hortense-Félicité n'étant pas à ses côtés, mon hôtesse expliqua que l'enfant, faute de mieux, avait été placée chez une nourrice. J'offris alors qu'elle rejoignît les bambins de l'hôtel d'Ystirac, à quoi mon interlocutrice répondit par un flot de larmes que j'eus difficulté à contenir.

— Qu'un roi vous séduise puis vous rejette, sanglota-t-elle, cela se peut hélas comprendre ; mais que votre propre sœur en soit l'instrument !

Elle finit par accepter ma proposition mais refusa pour elle-même tout autre asile que celui que son royal amant lui avait octroyé :

— Il me reste céans quelques appuis, soupira-t-elle avec un pâle sourire, et je n'ai qu'à arpenter deux couloirs pour me rendre au spectacle...

Nous parlâmes de Voltaire, qu'elle avait défendu contre ses ennemis et qui triomphait à la Comédie Française — mais point à l'Académie, où Marivaux venait de lui ravir le siège du défunt Houteville — et aussi de Belle-Isle, dont elle admirait le courage. De mon rejeton, en revanche, il ne fut guère question, sinon pour rappeler ses engagements matrimoniaux et convenir qu'on ne le préviendrait point des dispositions concernant sa future bru. Voyant que j'étais dans le secret, elle souffla :

— Personne, jamais, ne devra savoir de qui Hortense-Félicité est le fruit ; pas même elle !

Les Ystirac accueillirent avec bonté la petite Mailly : je fus évidemment obligé de révéler qu'elle était promise à Henry-Philippe de Mondétour, mais sans en expliciter la raison.

Louise-Blanche, habituée à mes mystères et à ceux de son frère, se contenta de lever les yeux au ciel en maugréant contre l'inconstance des hommes.

Installé en mon hôtel de Buridan, j'y fus victime, dans les temps qui suivirent, d'un mal nommé *grippe,* dont on prétendait qu'il avait coûté la vie au cardinal de Fleury et frappait plus longuement et plus fort les faibles et les vieillards. Constater que les plus jeunes d'entre mes gens s'en sortaient avant moi me rappela à mon âge et j'eus alors la mauvaise idée de me vouloir distraire de cette contrariété par l'inventaire de mes collections infernales.

Loin de ramener en mes reins certains désirs depuis quelque temps amoindris, cette tâche me plongea dans la nostalgie : tant d'objets, en effet, se rattachaient à un être ou un événement irrémédiablement disparu ! Je finis par laisser Colas, moins sensible que moi, s'acquitter seul de cette tâche, et trompai vainement la mélancolie entre les cuisses trop fermes de mes valets.

Saxe, Villars et Richelieu, s'étant rendu compte de mon abattement, saisirent le prétexte d'une reprise des *Indes Galantes* de Monsieur Rameau à l'Académie Royale de Musique pour me contraindre à les y suivre, puis aux Petites Tuileries, la nuit même. Louis-François entendait ainsi fêter la charge de gouverneur de Languedoc que ses intrigues avec l'odieuse Marie-Anne de Mailly lui avaient procurée ; Maurice, quant à lui, s'apprêtait à repartir en campagne aux côtés de mon fils, promu lieutenant-général.

Je me laissai emporter, taquiner, enivrer, mais si le matin me surprit dans la couche d'un joli maraud à la chair veloutée — sans doute poussé là par Samory —, ce fut le sexe désespérément flasque. Le sien, en revanche, qui était tout à fait rigide, s'égaya en mes entrailles sans se préoccuper le moins du monde que j'y prisse ou non plaisir. L'ayant jadis éprouvé, je connaissais ce sentiment mais je fus blessé d'ouïr mon fouteur, au moment de décharger, louer *ces vieux culs qui savent leur affaire*.

— Sais-tu donc, m'indignai-je, à qui appartient celui-ci ?

— Dame non ! s'esclaffa l'autre en se dégageant. Monsieur Samory insiste assez pour qu'ils restent anonymes !

Partagé entre colère, larmes et ris, je choisis ces derniers mais mon âme assombrie interdit à ma verge de rendre la pareille au jeune impertinent. Je passai des vêtements et sortis seul du château. La promenade matinale me conduisit naturellement sur la tombe de la vicomtesse d'Arcadia.

— Holà *altesse,* susurra Coprophile, le temps semble au gris.

— Hélas, répondis-je en esprit, cette grisaille-là risque de durer.

— Et tu ne bandes plus. Veux-tu que je te narre...

— Non, coupai-je ; parle-moi plutôt de moi-même.

— Voyager, jadis, te réussissait.

— *Je sais bien ce que je fuis mais non pas ce que je cherche...*

— Certains prétendent que c'est la quête elle-même qui compte. Mais dis-moi : est-il si important de bander, je veux dire physiquement ?

— Quand on est vivant, oui, ce me semble, si tu me pardonnes...

— Je te pardonne, *Petit taureau,* mais je crois que tu te trompes : les amants les plus ardents ne sont-ils point ceux que l'on rencontre en songe ?

— Peut-être, mais on souille sa couche...

— Et l'on se réveille ! Rêves-tu toujours, bel assassin ? Je m'inquiète de ne trouver en ton âme aucun projet, fût-il chimérique...

Sa réflexion fit aussitôt naître une image que mon interlocuteur décela dans l'instant :

— La jeunesse, s'écria-t-il, tu voudrais recouvrer la jeunesse ! Mais si ce présent t'était fait, saurais-tu alors quitter tout ce qui te retient ?

— C'est en quittant ce qui me retient, murmurai-je en écho, que ce présent me sera fait…

Un étrange silence s'établit, puis une onde de chaleur m'envahit.

— Adieu, mon Henry, chuchota Coprophile ; tu n'as plus besoin de moi…

La voix s'estompa et je quittai le cénotaphe les yeux pleins de larmes mais l'âme apaisée. Je croisai Samory, venu à ma rencontre.

— Il semble, dis-je doucement, qu'un vieil ami nous a quittés…

— Monseigneur parle-t-il de Monsieur Panchaud ? s'inquiéta l'Africain. On raconte que sa succession…

— Et la tienne, y as-tu songé ?

— Il y aurait éventuellement ce petit Moïse qui me tient compagnie depuis quelques années et que Votre Seigneurie a peut-être aperçu à mes côtés… Mais plaise à Dieu de me prêter vie aussi longtemps qu'à elle !

— Si je m'en vais, me suivras-tu ?

— Monseigneur sait bien que les voyages et moi…

— N'en parlons plus.

Ne souhaitant tourmenter personne avec le projet d'un périple sans retour qui m'excitait autant qu'il me terrifiait, je n'en soufflai mot à quiconque mais pris quelques dispositions afin que la *Daria* fût prête, le moment venu, à répondre à mes vœux.

Mes proches, témoins des changements survenus en mon âme, s'en réjouirent donc sans en connaître l'entière portée, et ce fut dans cette sorte d'allégresse menteuse que nous célébrâmes le départ des nôtres en campagne, peu après Pâques.

Notre beau marquis de Morienval, qui devait rejoindre le maréchal-duc de Noailles avec ses frimassons de Clermont et d'Antin, prophétisa la gloire pour nos troupes : aucun Baremont, alors, ne nous put avertir du danger mais s'il s'était trouvé de Cassandre, nul ne l'aurait écouté.

Ainsi appela-t-on *bataille,* la défaite que nous subîmes en mai à Deckendorf, en Bavière, et célébra-t-on les hauts faits supposés du prince de Conti et du vieux maréchal de Broglie sans vouloir considérer combien cette guerre tournait en notre défaveur depuis que l'Angleterre, sous le prétexte de ce que le roi George II était électeur de Hanovre, avait pris la tête de la coalition ennemie.

Tout à la maturation de mes desseins, je ne m'intéressai guère moi-même aux nouvelles d'Allemagne, aussi ma surprise fut-elle grande, quelques semaines plus tard, de recevoir à Mondétour un héraut de Sa Majesté m'enjoignant de rejoindre Versailles au plus vite. Loin d'envisager ce qui devait suivre, je me présentai chez le Roi le jour suivant, en audience privée.

Anna et Françoise-Aymone s'y trouvaient déjà, recroquevillées au fond d'un fauteuil. Je compris qu'une chose terrible venait d'arriver et sentis mes jambes se dérober. Notre bienaimé souverain accourut alors pour me serrer dans ses bras :

— Mon Dieu, gémit-il, je vous dois annoncer une chose terrible ! Notre Louis-Henry...

Mes yeux se voilèrent et je ne retins pas plus mes sanglots que le Roi les siens. Nous tombâmes à genoux aux pieds de ma femme et de ma belle-fille et nous tînmes longuement serrés les uns contre les autres. Ce fut la toute-puissante — mais en l'occurrence fort douce et fort discrète — Marie-Anne de Mailly, probablement alertée par un laquais, qui mit un terme aux effusions.

La raison revenue, étouffant mes sanglots, j'appris que mon fils avait, à Dettingen, trouvé une mort glorieuse aux côtés du duc d'Antin et de nombreux autres gentilshommes, et que sa dépouille nous serait bientôt rendue. La voix tremblant de chagrin, le Roi assura Françoise-Aymone de ce que ses fils, qu'il considérait comme ses pupilles, seraient pensionnés et élevés à la Cour parmi les princes de la maison royale. Il voulut également que le jeune héritier Henry-Philippe reçût Morienval en apanage afin, selon ses termes, qu'il y eût, portant ce nom, toujours près de lui un marquis à aimer. J'acquiesçai, écrasé de douleur, sans songer à la peine qu'éprouveraient mes petits-enfants à quitter leurs frères et sœurs de lait de l'hôtel d'Ystirac.

Ayant pris le deuil, je fis tendre de noir les lambris de toutes nos maisons et veillai, dans l'attente des funérailles, à ce que le vœu royal fût exaucé : Henry-Philippe et Louis-Charles son cadet obéirent courageusement, voués à un destin princier sans mesure avec le tendre confort qu'ils laissaient derrière eux.

Le clan, éploré, parut alors se déliter, un peu comme si le boulet qui avait emporté Louis-Henry s'était abîmé en nos murs ; chacun se reclut en son affliction, sans réel égard pour celle d'autrui, et lorsque, après de pompeuses cérémonies, le cercueil plombé de mon fils disparut dans la crypte de Mondétour, je ne me sentis redevable à personne, pas même à Anna, réfugiée chez la Reine avec Françoise-Aymone, ou à mes amis retournés guerroyer en Bavière sans certitude d'en revenir.

Libre, je l'étais, et je pouvais appeler miens Colas, Wang, Vassili et même Yunus, qui déclara vouloir nous suivre lorsque j'annonçai que l'équipage de la *Daria* n'attendait que mon signal. Ignorant pour combien de temps nous partions, il ne me sembla point indispensable de faire des adieux.

Épilogue,
par Louis-Marie de Mondétour-Trémainville,
arrière-petit-fils d'Henry

La *Daria* appareilla le 19 septembre 1743, au soir des débuts à Paris de Mademoiselle Clairon[86]. Le bâtiment fit escale au Havre, puis on perdît son sillage. Définitivement.

Sa famille et ses proches espérèrent longtemps le retour du voyageur, mandant partout des enquêteurs ; dix longues années avant que la duchesse douairière Anna n'acceptât l'inéluctable.

Elle s'était, entre-temps, retirée à Mondétour et avait fait placer sous scellés les collections de son époux dans l'ermitage. L'hôtel de Buridan resta inhabité, de même que la maison de la rue des Marais Saint-Germain, désertée par la marquise douairière de Morienval, qui entra au couvent en 1768 après le décès de la Reine.

Le jeune duc-prince Henry-Philippe de Mondétour épousa à Versailles Hortense-Félicité de Mailly en 1751, quelques semaines avant la disparition de Louise-Julie de Mailly, sa belle-mère. Le mariage fut fécond, j'en puis témoigner !

86. Claire-Josèphe Léris (1723-1803), célèbre tragédienne.

Mon oncle paternel, Louis-Charles, reprit en 1752, à seulement dix-sept ans, le guidon du régiment de Mondétour-cavalerie ; un boulet prussien l'emporta en 1757 à la bataille de Rossbach, en conséquence de quoi le régiment fut vendu.

Parmi les amis inconsolables de mon bisaïeul, le poète Alexandre Pope mourut dans sa villa de Twickenham en 1744, le pacha Bonneval à Constantinople en 1747 sans avoir revu sa patrie. Le comte — fait maréchal — de Saxe rendit l'âme, couvert d'honneurs, à Chambord en 1750 ; Aymery d'Ystirac tira discrètement sa révérence dans le château familial en 1753. Samory, la même année, ferma les yeux dans sa chambre des Petites Tuileries ; il fut inhumé aux côtés de la vicomtesse d'Arcadia.

Une plaque commémorative fut dévoilée en janvier 1754 par Leurs Majestés à l'occasion d'une cérémonie funèbre en la chapelle de Mondétour. Scellé au pied de l'autel, le marbre portait cette inscription :

Henry, 1er duc de Mondétour, pair de France, prince du Saint-Empire, seigneur de Champigny et de Wolmar, chevalier de l'ordre du Saint-Esprit, de Saint-Michel, de Saint-Louis et de Saint-Alexandre Nevski. 1690 – déclaré disparu en l'an de grâce 1753. Priez pour son salut.

On pleura, surtout. Colas, Yunus, Wang, Vassili et les membres d'équipage dont on connaissait le nom eurent droit à une petite stèle. Tel ne fut pas le cas du baron de Neuhoff, ci-devant roi Théodore, qui finit misérablement une vie d'errance à Londres en 1756 après un emprisonnement pour dettes. Dans cette même capitale, George Frideric Handel succomba, riche mais infirme, en 1759 ; Bento ne lui survécut qu'un an. Quant à Honoré de Villars, il s'éteignit paisiblement à Aix en 1770, entre les bras de Vladislav.

Nombre d'autres seigneurs quittèrent trop tôt ce monde — le dauphin Louis-Ferdinand en 1765, le roi Louis XV en 1774 —, laissant une parentèle désemparée ; certains survécurent, dont l'existence m'est chère, mais ceci est une autre histoire…

Achevé d'imprimer en septembre 2009
par l'imprimerie GGP à Pößneck
pour le compte de H&O éditions
CS 00001 - 34270 Le Triadou
Tél. 04 67 58 14 73 - Fax 04 67 58 23 46
Courriel : heto1@wanadoo.fr
Internet : www.ho-editions.com

Dépôt légal : octobre 2009
Imprimé en Allemagne.